U0093427

全新譯校　經典新版世界名著 32

Wuthering Heights

咆哮山莊

〔英〕艾米莉・勃朗特 著

高莉娟 譯

經典新版　世界名著

閱讀經典名著確實是不一樣的宴饗。人們對於經典名著，不會只說「我讀過」，而是說「我又讀了」。事實上，我每次去讀它，都會讀出新的東西，新的精神。

——當代義大利名作家、後設小說大師卡爾維諾（Italo Calvino）

真正的光明，絕不是永遠沒有黑暗的時候，只是永不被黑暗掩沒罷了。真正的英雄，絕不是永遠沒有卑下的情欲，只是永不被卑下的情欲所征服罷了。閱讀經典名著，永遠可以使人自我昇華，不陷於猥瑣。

——法國名作家、諾貝爾文學獎得主羅曼羅蘭（Romain Rolland）

閱讀文學經典、世界名著，能夠滋潤現代人的心靈，使人對世事、愛情與人性重新有一番體悟。

——美國現代名作家、諾貝爾文學獎得主海明威（Ernest Hemingway）

台灣曾出版的世界名著與文學經典可謂汗牛充棟，然而，細察譯文品質與內容，大多是三十至五十年代大陸譯者的手筆，其行文用語的方式與風格，早已與當代讀者的閱讀習慣、閱讀趣味脱節，以致不再能喚起讀者的關注。這一套「經典新版　世界名著」是全新譯本，行文清晰、流暢、優雅，用語力求充分符合當代人的品味。故而，是「後真相時代」中尋求心靈滋養者最適切的選擇。

譯者序

一首愛恨交織而成的奇特抒情詩

高莉娟

艾米莉・勃朗特是英國十九世紀文壇上一顆耀眼的明珠。她與姐姐——《簡・愛》的作者夏綠蒂・勃朗特以及妹妹——《艾格尼絲・格雷》的作者安妮・勃朗特，並稱為「勃朗特三姐妹」。相比於姐姐夏綠蒂的文風，艾米莉的《咆哮山莊》有更濃厚的浪漫主義色彩。

這是一個愛情和復仇的故事。《咆哮山莊》通過三十多年的時間跨度，敘述了恩肖和林頓兩家兩代人的感情糾葛。

小說以女管家艾倫・迪思的口吻講述了這樣一個故事：

咆哮山莊的主人——鄉紳恩肖先生帶回來一個身分不明的孩子，取名希斯克利夫，恩肖先生對希斯克利夫的寵愛引起了兒子欣德利的強烈嫉妒。主人死後，欣德利為報復希斯克利夫，將他貶為奴僕，並百般迫害，可是恩肖的女兒凱薩琳跟希斯克利夫親密無間，青梅竹馬，他們相戀了。然而，後來凱薩琳卻嫁給了畫眉山莊的文靜青年埃德加・林頓。

希斯克利夫悲痛欲絕之下選擇出走，三年後致富回鄉，凱薩琳卻並不幸福。希斯克利夫為此進行瘋狂地報復，通過設計賭博，奪走了欣德利的家財。欣德利本人酒醉而死，兒子哈里頓成了奴僕。希斯克利夫還故意娶了埃德加的妹妹伊莎貝拉並對其迫害。內心痛苦不堪的凱薩琳死去，臨終前卻緊緊抓住希斯克利夫不放。

十年後，希斯克利夫又施計使埃德加・林頓的女兒小凱薩琳嫁給了自己即將死去的兒子小林頓。埃德加・林頓和小林頓都死了，希斯克利夫最終把埃德加家的財產也據為己有。

雖然復仇得逞了，但是他無法從對死去的凱薩琳的戀情中解脫出來，最終不吃不喝而死。小凱薩琳和哈里頓繼承了咆哮山莊和畫眉山莊的產業，兩人終於相愛，去畫眉山莊安了家。

復仇是懷念的另一種方式，因為仇恨正是源於對深愛之物的極度失望。希斯克利夫歇斯底里的復仇姿態也許怪異，卻無法不令人心生憐憫。對於自幼經受磨難的他來說，不難想像，凱薩琳是他生命裡唯一值得期盼的美好，也是他在感受到不多的親情之後所能找到的更重要的情感寄託。當凱薩琳選擇離開他，嫁給另一個當時相對於他要優秀富裕得多的人時，希斯克利夫終於崩潰了。可以想像，那幾年他一定是咬著牙苦幹，才為自己賺到了在舊愛面前張揚的底氣。

可是當你以傷害最愛的人為目的時，即使目的達到，又有什麼意義呢？希斯克利夫的內心被空虛和悔恨占領，他既得意於自己終於出了一口惡氣，又為心中的憂傷而迷茫，他失魂落魄，儼然已成為一具行屍走肉。

最後，曾經的糾葛、仇恨和報復，都化為了三座冰冷的石碑。在愛與恨的選擇中，希斯克利夫不是悲劇人物；但不難想像，當他陷入對往事的回憶與對凱薩琳的嚮往時，他是多麼的痛苦。當然，最後的他是幸福的——當他笑著死去時——他也應該由恨而得到了解脫。其實從希斯克利夫的角度來說，死亡更像是一場轟轟烈烈的殉情。他傷害了自己所愛的人，也被這種傷害危及自身。但最真誠的是他對凱薩琳生死不渝的愛，一種生不能同衾、死也求同穴的愛的追求。而希斯克利夫臨死前放棄了在下一代身上報復的念頭，表明他的天性本來是善良的，只是由於殘酷的現實扭曲了他的天性，迫使他變得暴虐無情。最後的人性復蘇是一種精神上的昇華，閃耀著作者人道主義的理想。

在小說中，作者的全部心血凝聚在希斯克利夫形象的刻畫上，她在這裡寄託了自己的全部憤慨、同情和理想。這個被剝奪了人間溫暖的棄兒，在實際生活中培養了強烈的憎惡，欣德利的皮鞭使他嘗到了人生的殘酷，也教會他懂得忍氣吞聲的屈服無法改變自己受辱的命運。

他選擇了反抗。凱薩琳曾經是他忠實的夥伴，他倆在共同的反抗中萌發了真摯的愛情。然而，凱薩琳最後卻背叛了希斯克利夫，嫁給了埃德加・林頓。這是她自己在「人間的愛」和「超人間的愛」之間的徘徊和選擇。

凱薩琳的背叛及其婚後悲苦的命運，是全書最重大的轉折點。凱薩琳一死，希斯克利夫一腔仇恨火山般迸發出來，成了瘋狂的復仇動力。希斯克利夫的目的達到了，他不僅讓欣德利和埃德加淒苦死去，獨霸了兩家莊園的產業，還讓他們平白無辜的下一代也飽嘗了苦果。這種瘋狂的報仇洩恨，悖於常理，但卻淋漓盡致地表達了「恨，是愛的異化」。在女作家心中，對立的愛和恨是可以互相轉化的。希斯克利夫對整個人類的憎恨來自他的愛，而「愛」，是「恨」的歸附。因此，愛和恨是互相對立的，又是彼此統一的。

《咆哮山莊》通過一個愛情悲劇，向人們展示了一幅畸形社會的生活畫面，勾勒了被這個畸形社會扭曲了的人性及其造成的種種恐怖的事件。

該書自出版後很長的一段時間，遭到評論界的猛烈譴責，一直不被世人所理解，批評為是一部「奧秘莫測」的「怪書」。直到近半個世紀之後，人們才發現，艾米莉遠遠走在人們前面，原因在於它一反同時代作品普遍存在的傷感主義情調，而以強烈的愛、狂暴的恨及由之而起的無情的報復，取代了低沉的傷感和憂鬱。它宛如一首奇特的抒情詩，字裡行間充滿著豐富的想像和狂飆般猛烈的情感，具有震撼人心的藝術力量。

目錄
Contents

chapter

chapter 1 新房客

一八〇一年的一天，我剛剛拜訪過我的房東回來——就是那個將要給我惹麻煩的孤獨的鄰居。這一帶的鄉間風景可真是美不勝收啊！在整個英格蘭境內，我簡直不敢相信我還能找到這樣遠離喧囂的地方，簡直像是世外桃源，而希斯克利夫和我正是分享這荒涼景色的如此合適的一對。

當我騎著馬走上前時，看見他用猜忌的眼光瞄著我，而在我說出自己姓名時，他把手指深深地藏到背心袋裡，完全一副不信任我的樣子。剎那間，我對他產生了一種親切之感，但他根本未察覺到，我對他充滿了何等的熱忱。

「希斯克利夫先生嗎？」我說。

他點了一下頭回答了我。

「先生，我是洛克伍德，您的新房客。我一到這兒，就馬上冒昧地來向您表示敬意了。希望我堅持要租畫眉山莊沒有讓您感覺到麻煩。昨天我聽說，您想……」

「畫眉山莊是我自己的，先生。」他突然打斷了我的話，愣了一下。「只要我可以阻止，我絕不允許任何人給我造成麻煩，進來！」

這一聲「進來」是他咬著牙說出來的，表示的是「見鬼」的意思。甚至連他靠著的那扇大門也沒有對這句許諾表現出同情。我想正是因為此情此景決定我接受這樣的邀請：我對一個似乎比我更怪僻的人頗感興趣。

他看見我的馬胸部就要碰到柵欄了，才伸手去解開了門鏈，然後他憂鬱地領我走上石路，當我們到了院子裡時，他就大叫著：

「約瑟夫，去把洛克伍德先生的馬牽走，順便拿點酒來！」

「我想他全家應該只有他一個人吧，」那句雙重命令讓我產生了這種莫名其妙的想法。「怪不得石板縫間長滿了鬱鬱蔥蔥的草，而且只有那頭老牛代替他們修剪籬笆。」

約瑟夫是一個上了年紀的人，不，簡直是個老頭——也許比想像的還老，雖然他看起來顯得很健壯結實。

「求主保佑我們。」他順手接過我牽著的那匹馬時，彆彆扭扭地低聲自言自語著，不知道在說些什麼，同時又用憤怒的眼神盯著我的臉，使我善意地揣度他一定迫切需要神的力量來幫助他，才能徹底消化他的飯食，而他那脫口而出的虔誠的禱告和我沒有預兆的造訪並沒有密切的聯繫。

「咆哮山莊」是希斯克利夫先生的住宅的名稱。「咆哮」是一個意味深長的形容詞，形容這地方在有風暴的惡劣天氣裡所能承受的氣體的壓力及其令人不安的騷動。的確，他們身處的這一片土地，一定是一年四季空氣明淨，清新爽朗，讓人有種心曠神怡的感覺。特別是房屋那頭幾棵矮小的松樹過度的傾斜，像是老婆婆直不起的腰似的。

還有那一排排非常瘦削的荊棘全都朝向同一個方向伸展枝條，像孩子一樣在向太陽乞討溫暖，就可以猜想到英格蘭的北風呼呼吹過的巨大威力了。幸虧建築師有先見之明，建房子時把房子蓋得相當地結實，看那窄小的窗子深深地嵌在白白的牆壁裡，好像它們是不可分割的一個整體，牆角還有大塊凸出的石頭靜靜地防護著。

在跨進門檻之前，我停下了腳步，站在那裡觀賞了一下整個房子的輪廓。在房子的前臉上大肆裝點的那些讓人感覺奇形怪狀的雕飾，尤其是正門周圍，除了許多殘破不堪的小怪獸和一個不知羞愧的小男孩之外，我還發現了「一五〇〇」年和「哈里頓・恩肖」的名字。看到那些情景之後，出於好奇，我本想說一兩句話，向這倨傲無禮的主人請教這地方的簡短歷史，但是從他站在門口的那副姿態，讓我徹底打消了這個念頭。他就像是在暗示我，要不趕快進去，要不就乾脆離開。而我在準備參觀內部之前，並不想無緣無故地增加他的不耐煩。

沒有經過任何穿堂過道，我們徑直走進了這家的起居間：他們頗有見地地乾脆把這裡叫作「堂屋」。一般所謂的堂屋，就是把廚房和大廳都包括在其中的，但是在咆哮山莊裡，不同尋常的是廚房被擠到另一個角落裡去了。至少我還聽得出在房子的盡頭有人咕咕噥噥的在說些什麼話，還有鍋碗瓢盆叮叮噹噹的響聲，顯得異常的清脆。

而且在那邊的大壁爐裡面，我也沒看出明顯燒煮食物或烘烤食物的痕跡，甚至牆壁上也沒有銅鍋和錫濾鍋之類的有關廚房用具在閃閃發光。倒是屋子的另一頭，在一個大椽木櫥櫃上擺放著一疊疊的白盤子以及一些閃閃的銀壺和銀杯，一排排，壘得高高的直到屋頂。

的確，它們發出的光線和熱氣映照得房子燦爛無比。櫥櫃從來沒有上過漆，它的整個構造一覽無餘，沒有任何的隱藏。只是其中一處，被擺滿了麥餅、牛羊腿和火腿之類的木架完全遮蓋住了。另外，壁爐臺上還放著一些雜七雜八的老式的特別難看的槍，還有一對馬槍，而且，為了美觀，壁爐架上一溜擺放了三個塗得眼花繚亂的茶葉桶。房子地面是由平滑的白石鋪砌而成的，擺放的椅子是高背的，非常老式的結構，塗著綠色；還有一兩把笨重的黑椅子藏在暗處。櫥櫃下面的圓拱裡，躺著一條豬肝色、短毛的大母獵狗，一窩唧唧叫著的小狗圍著牠，還有些其他的狗在別的空地徘徊。

如果這間屋子和裡面的傢俱屬於一個平凡質樸的北方農民，他有著頑強的面貌，以及穿短褲和綁腿套挺方便的精壯的腿，那倒沒有什麼稀奇的。這樣的一個人，坐在他的扶手椅上，一大杯啤酒擺在面前的圓桌上冒著白沫。只要你在飯後適當的時間，在這山中方圓五六英里區域內走一趟，總可以看到的，這是再普遍不過的事。

但是希斯克利夫先生和他的住宅，以及生活方式，卻形成一種奇特的反差。首先，他看起來像個黑皮膚的吉卜賽人，在衣著和風度方面卻又像個紳士——也就是像鄉紳那樣的紳士，也許他看起來有點邋遢，可是還不至於使人感覺不得體，這歸功於他有一個相當挺拔、漂亮的身材比例，而且他那副鬱鬱寡歡的神情，讓人充滿了期待。可能有人會懷疑，他是因缺乏某種程度的教養而傲慢無禮，但我不如此認為，我對他心生一絲同情，認為他並不是這類人。我憑著直覺認為，他的冷淡完全是由於對人和人之間矯揉造作的虛偽十分厭惡，他是個超凡脫俗的人。

關於他的愛或是恨，他都深藏不露，讓人捉摸不透。至於他被人愛或恨，他多半認為這是魯莽的。不，我這樣茫然地下結論可能太早了，畢竟我對他還不夠瞭解，只是把自己的想法強扣在他的頭上。當希斯克利夫先生在街上遇見一個熟人時，便不由自主地把手藏起來，讓人很不解。

而這會我也這樣做的理由與他有所不同，或許我也是一個與常人不同的人吧！但願我這所謂的天性可以稱得上是特別的吧！在我兒時，我親愛的母親常說，我不會像其他平凡人那樣擁有一個舒適溫馨的家。對於這一點，直到去年夏天我才漸漸證實了自己真的完全沒有資格擁有那樣一個家。

當時，我正在海邊享受著一個月天氣最好的時候，無意間認識了一個非常迷人的姑娘——在她還沒有對我中意那陣兒，她在我的眼裡就是一位不可侵犯的女神。我從來沒有把我的愛意對她表達出來。可是，如果神色可以傳情的話，我感覺就連傻子也能猜得出來我在沒命地愛著她。

讓人感到欣慰的是，她懂得了我的那點心思，就善意地回送了我一個愛的秋波——要多甜美就有多甜美的一泓秋水。我的荷爾蒙馬上劇烈上升，我該怎麼辦呢？我低下了頭，覺著臉上火辣辣的，羞愧地招認了——我冷冰冰地退縮，哆哆嗦嗦地像個蝸牛似的。

她越是看我，我就退縮得越遠，好像她能夠把我吃了似的。直到最後這可憐的天真的孩子不得不懷疑她自己當時的感覺，她突然對自己的感覺起了疑心，為自己鬧下的誤會感到不勝惶恐，竟然退縮到她媽媽的身後悄悄地溜了。

這件事之後，由於我極其古怪的舉止，讓我因此得了個冷酷無情的名聲。基於這些，只有我自己才能夠切身體會，我有多麼冤枉。

當我在爐邊的椅子上坐下時，我的房東就坐在對面的一把椅子上。我們都相對無言，為了不冷場，我壯著膽子伸手去摸了摸那條躺著的大母狗。隨後牠離開那窩生機勃勃的崽子，突然牠充滿凶狠地目光偷偷溜到我的腿後面，齜牙咧嘴地，白牙上饞涎欲滴，感覺像是要把我一口吃了似的，我哆嗦了一下，隨後牠從嗓子裡發出一長串的咆哮，像是在警告我什麼。

「不想活了？你沒事最好別理這隻狗！」希斯克利夫先生以同樣的音調向我咆哮著，接著轉向了那條狗，重重地跺了一下牠的腳來警告牠，意思是讓牠安靜一點。隨後他又對我說：「長期生活在這裡，牠是不習慣受人如此嬌慣的——牠不是被當作寵物來養的。」

接著，他從椅子上站了起來，邁著大步走到一個邊門，又朝外大聲叫喊：「約瑟夫……」只聽見約瑟夫在地窖的深處隱隱約約地咕噥了兩句，不知在講些什麼。但是，他並沒有打算要上來的樣子。因此他的主人走出了屋子，朝著地窖的方向去找他，而屋子裡只留下我和那凶暴的母狗，還有一對表情相當猙獰的蓬毛牧羊犬面面相覷。

這情景好像一部冒險的電視劇一樣，主人公被困到了一個危險的境地，面臨著生存的威脅。此時此刻，這對狗同那母狗正一起對我的一舉一動提防著，監視著，生怕我會有什麼舉動對牠們產生威脅。屋子裡靜悄悄的，就算掉了一根針都能聽得十分清楚。

我靜靜地坐著，並不想和犬牙打交道。隨後，出於無聊，我就對這三條狗擠眉弄眼做起了鬼臉。鬼臉突然激怒了其中的狗夫人，牠忽然暴怒，猛地一躍，跳上我的膝蓋。我驚慌失措地把牠一下扔了回去，又急忙把那張桌子拼命地拉了過來，擋在我們中間，感覺這樣對彼此的安全都有保障。

但是這一舉動惹起了公憤，六隻大小不同、年齡不一的帶有四隻腳爪的惡魔，從牠們的藏身之處一下跳了出來，這讓我感到手足無措。我覺得我的腳跟和衣邊是牠們進行攻擊的目標，所以我一面奮力地用火鉗來擋開那個較大的鬥士，一面又不得不向屋外的人大聲求援，希望這家裡的什麼人能出現，讓我脫離魔掌。

這時，我突然聽到希斯克利夫正在和他的僕人邁著極其煩躁的懶洋洋的腳步，爬上了地窖的梯階。我覺得他們和平常一樣，邁著沉重的步伐，絲毫沒有加快一秒鐘，即使是爐邊已經被撕咬和狂吠鬧得大亂，也無動於衷。不過幸虧廚房裡有人快步地走來：一個極其健壯的女人，只見她捲著衣裙，光著粗壯的胳膊，兩頰火紅，像兩個小火輪，掄著拳頭衝到我們身邊——這個武器和她的吼聲一樣見效，還沒等我反應過來，幾隻狗就平靜了下來，簡直就像變了一場魔術。等她的主人出現時，雖然都已平息，但是她依然像風暴過後卻還在起伏的海洋一般，大口大口地喘息著。

「見鬼，到底是怎麼回事？」他帶著斥責的語氣向我喊道。

在我受到了這樣失禮的怠慢之後，他沒有表現出一絲的同情，還這樣對待我，一下子使我難以忍受。

「是啊，我真是活見鬼了，大白天遇上這樣的事。」我嘀咕著，「先生，就是那群被魔鬼附體的豬也不會像這些想要吃人的畜生這樣凶神惡煞，與其這樣，您倒不如把一個活生生的客人丟給一群凶猛的老虎得好，這樣更乾淨俐落，不是嗎？」

「您先別著急，對於什麼都不碰的人，一般而言牠們是不會多事的。」他平靜地說，然後把酒瓶放在我面前，算是給我壓驚，隨後又把搬開的桌子回歸到原位。

「當有人對牠造成威脅時，牠應該警覺的。別生氣，喝杯酒嗎？」

「不，我一般不喝酒，謝謝您。」

「看您這樣應該沒被咬著吧？」

「那是必須的啊，我要是給咬著了，就不會站在這裡了，早就給那咬人的畜生打上戳子了，讓牠們也體會一下什麼是痛苦。」我一臉委屈地抱怨著。

而此時，希斯克利夫的臉上卻露出了笑容。

「好啦，好啦，您消消氣！」他說：「碰到這樣的情況，你大概是慌了神了，洛克伍德先生。」隨後遞給我一杯酒，「喏，喝點酒壓壓驚吧！一般情況下，這所房子裡來的客人非常少，只有我和我的狗相依為命。所以我得承認，我和我的狗都不大知道該怎麼接待客人。對於這些不便，請您原諒！先生，祝你健康！」

我向他鞠了一躬，並且回敬了他。對於希斯克利夫對我的安慰，我開始覺得自己竟然為了一群狗的失禮而坐在那兒生悶氣，真是十分愚蠢的行為！我可真是太傻了。此外，對於希斯克利夫，我也不願意讓這個傢伙看著我幸災樂禍，而對我產生一連串心理的攻擊，因為我懷疑他肯定會這麼做。

也許他也已察覺到，這些事可能會愚蠢地得罪一個好房客，所以他改變了對我的態度，說話不再像以前那麼生硬了。突然他轉移了話題，提起了他以為我會有興趣的話頭——談到我目前住處的優缺點，我們侃侃而談，之前的事情完全被我拋到了腦後。但是後來我發現他對我們所觸及的話題，是非常精明、有分寸的。令人感到奇怪的是，在我準備動身回家之前，所有情緒都煙消雲散了，我居然興致勃勃，並且還提出明天再來拜訪。

對於今天所發生的事，他顯然並不願我再來打擾，以免再生出一些不必要的事端。但是，不管怎樣，我還是要去。此時我突然覺得，同他一比，我居然如此愛好交際！真是讓人不敢相信，太驚呆了！

chapter 2 怪異的一家人

昨天下午這兒的氣候霧氣重重，伸手不見五指，天氣也異常的寒冷。作為外來人的我實在沒有什麼興致出去了，於是我想今天就在書房爐邊消磨一下午算了，我不想冒著寒冷踩著雜草污泥跑到咆哮山莊去了，再說，也沒有什麼重要的事。

但出乎意料的是，吃過午飯（請注意：我一般在十二點與一點鐘之間吃午飯，而這所房子的附屬物的管家婆——一位慈祥的太太卻不能這樣做，或者根本不願理解我請求在五點鐘開飯[1]的用意），我懷著這個懶惰的想法上了樓，當我邁進屋子的時候，看見一個女僕正跪在地上，旁邊擺著掃帚和煤斗。

我注視了一會兒才發現她正在用一堆堆煤渣封火，搞得一片瀰漫的灰塵在漫天起舞，這景象讓我立刻轉身回來。於是我拿起了帽子往外走，大概走了四里路，不知不覺中已經到了希斯克利夫的花園門口，萬幸的是，剛好躲過了今年初降的一場鵝毛大雪，心中竊喜。

在這荒涼的小山包上，四周光禿禿的，唯有泥土因結著黑霜而變得生硬，而此時寒氣也侵入

1. 不同地區和階級用正餐的時間不同，倫敦人普遍比鄉下人晚，而此處的管家卻按照當地習慣開飯。

骨髓。面對這樣的天氣，我費了好大力氣實在弄不開門鏈，所以就無所畏懼地跳了進去，然後就順著兩邊蔓延的醋栗樹叢的石路跑。終於到了門口，我白白地敲了半天門，沒人回應，一直敲到我的手指骨都痛了，不僅沒有人來開門，連狗也狂吠了起來，我感到無比的失望。

「倒楣的人家，真是不通人情世故啊！」我心裡直叫，「像你們這種人天生刻薄待人，活該與人老死不相往來，這是必然的結果。遇到這樣的情況，我至少不會在大白天把門閂住，這是做人基本的標準。我才不管呢，總之我要進去！」

如此決定了之後，我就付出了行動。我不管三七二十一就抓住門閂，用上畢生的力氣使勁搖它，卻只是見它微微的晃動。而此時，愁眉苦臉的約瑟夫從穀倉的一個圓窗裡偷偷探出頭來。

「先生，你幹什麼？」他大聲地叫著。「主人不在家，他在牛欄裡幹活呢，你要是想找他說話，別在這敲了，直接從這條路口繞過去就行了。」

「這是什麼情況啊，屋裡沒人嗎？」我也大聲地叫起來。

「除了太太，裡邊一般都沒人，不管你待到什麼時候，就由著你罵到夜晚，她也不會開！」

「為什麼？難道你就不能告訴她我是誰嗎？呃，約瑟夫？」我一臉不解地問。

「千萬別找我，這種事我可管不著。」大概被我的話給嚇到了，這個腦袋嘀咕著，轉眼又不見了，真是神龍見首不見尾啊。

隨著時間的逝去，雪開始越下越大了，漸漸地覆蓋了地面。我沒有放棄，最後我握住門柄又試一回，然而還是無濟於事。失望之餘，這時突然看到一個沒穿外衣的年輕人，只見他扛著一根草耙，踽踽地在後面院子裡出現了。

我們對視了一眼，他招呼我跟著他走，我像個孩子似的跟在他的身後，我們一起穿過了一個洗衣房和一片鋪平的地，彼此都沒有說話，僅僅看到那裡有煤棚、抽水機和鴿籠，這還真是應有盡有。最後我們一起進入昨天接待我的那間又寬大、又暖和、又舒適的堂屋，此時我才感覺到這才是人應該享受的待遇。

只見煤、炭和木材混合在一起共同燃起了熊熊爐火，從而使這個舒適的屋子放出了光彩。正在他們準備擺上豐盛晚餐的桌旁，我無意間看到了那位所謂的「太太」，以前我從沒想過，甚至不敢去想，他家裡還有這麼個人存在，真是不可思議。我向她深深地鞠了一躬，站在那兒，以為她會叫我坐下，然而她望了望我，好像無視我的存在，然後繼續往椅背上一靠，一動不動，也不出聲，真是個怪人。

「這裡的天氣真壞！」我說：「希斯克利夫太太，您應該沒有意識到，恐怕大門因為您僕人偷懶而大吃苦頭，您應該難以想像我費了多大勁才使他們聽見我敲門！要不然，現在我可能還在那裡站著呢！」

不管我說什麼，她就是不開口。我瞪眼——她也瞪眼，真是讓人摸不著頭腦。她眼睛一眨不眨地看著我，好像我是個怪物一樣，讓我覺得很彆扭，又有點生氣。

「別站在那裡了，過來坐下吧，」那年輕人粗聲粗氣地對我說，「他就要來了，而且後面還會跟著他的狗。」

對他的建議，我無條件地服從了，出於本能地輕輕咳了一下，稱呼那惡狗為「朱諾」（羅馬神話中，主神朱庇特的妻子，此處主人公稱房東家的狗為朱諾是友好的表示）。我想那條狗應該會有所收斂，畢竟是第二次會面，不出所料，牠總算賞了臉，對我搖起尾巴叫，這不是向我示威，而是表示我們是熟人了。

「哇，好漂亮的狗！」我又情不自禁地開始向那位夫人說話。「牠們看起來是多麼可愛啊，您是不是不打算要這些小的呢，夫人？」

「那些和我沒關係，因為牠們不是我的。」這可愛可親的女主人說，她的語氣竟然比希斯克利夫本人的腔調還要更冷淡些，真讓人無法理解。

「啊，真是看不出，原來你寵愛的東西在那！」我把身子轉向遠處一個不大起眼的坐墊，在它上面好像是毛之類的東西，接著說下去。

「真是荒唐，對於我這樣的身分，寵愛那些東西才怪呢！」她輕蔑地說。

怎麼這麼倒楣，仔細瞅了一眼，原來是堆死兔子。為了緩和一下氣氛，我又輕咳一聲，隨後緩緩地向火爐湊近些，僅僅為了感受一點暖氣，接著又把今晚天氣不好的話大概地重複了一通。

「像這種情況，你本來就不該出來的。」她說，然後站起來，伸手去拿壁爐臺上高高放著的兩個彩色茶葉罐。

她原先坐的地方是背光的，我只能看到她模糊的背影。但當她站起來拿茶葉罐的時候，我清清楚楚地看出了她整個的形體容貌：她很苗條，像根垂柳似的，顯然還沒有過青春期，是一個含苞待放的花朵。她體態優美，還有一張我生平從未見過的絕妙的小臉蛋，讓人不由自主地產生愛慕之情。

她五官纖麗，非常漂亮，人見人愛。配有天然的淡黃色的鬈髮，倒不如說是金黃，射出耀眼的閃光鬆鬆地垂在她那細嫩的頸上，好像一不小心就能把那細嫩的頸壓斷了似的。至於眼睛，像一串熟透的葡萄似的，晶瑩剔透，要是眼神能顯得更和悅些，那就更使人無法抗拒了。何況對我這麼容易動情的人，這也算是不足為奇的常事，仔細看她那雙炯炯有神的秀目流露出來的情感，只是介於蔑視一切和有點無可奈何的神色，面對這種表情，讓人看了不會產生其他什麼感受，只會覺得彆扭。

那些茶葉罐對她來說很棘手，因為她搆不著。所以我動一動，暗示我可以幫她一下。但出乎意料的是，她猛地扭身轉向我，特別警惕地看著我，像守財奴看見別人正打算偷偷拿走他的金子一樣。

「你站著別動，我不要你幫忙，」她脫口而出，「我自己拿得到。」她用排斥的眼光看著我。

「對不起，我對我的衝動感到抱歉。」我連忙回答，生怕她會做出什麼事。

「是他們請你來喝茶的嗎？」她問，隨後把一條圍裙繫在她那乾淨的黑衣服上，顯得如此淡定，然後站起來，熟練地盛一匙子茶葉正要往茶壺裡倒。

「我是真的很想喝杯茶。」我回答。

「是他們請你來的嗎？直接回答我就好了。」她不耐煩地問。

「沒有，我自己來的。」我說，勉強笑一笑，好讓她心情放鬆一點。

「那您正好請我喝茶。」她不耐煩地對我說。

說著她就把茶壺甩了過來，連匙子帶茶葉一起收起來，滿臉不高興地又坐在椅子上，我真的搞不清楚這是什麼狀況。只見她眉頭緊皺，孩子似的撇著嘴唇，就要哭出來。

我不知所措，就跟我欺負了她似的。同時，我看到剛剛那年輕人已經穿上了一件相當破舊的上衣，雖然很破，但也比光著膀子好多了，他惡狠狠地瞅著我，簡直要把我吃了似的，讓我滿頭霧水。

我漸漸感到疑惑，懷疑他究竟是不是僕人，因為他的衣著和言語都顯得那麼沒有教養，簡直就是一個目中無人的傢伙，完全沒有那種在希斯克利夫先生和他太太身上所能看到的優越感，真不知道他們是怎麼相處在一起的。他那厚厚的棕色鬈髮亂七八糟，像團草似的，他的鬍子像頭熊似的布滿面頰，讓人看了覺得發毛，由於長期的勞作，他的雙手呈棕黑色。可是，讓我感到奇怪的是，他的姿態很隨便，甚至有點傲慢，完全沒有一點伺候女主人的、謹慎殷勤的家僕的樣子，好像根本不是僕人。

不過，反正我也搞不清他的身分，也沒興趣瞭解他的背景，也就不再去注意他那古怪的舉止，以免再生事端。對於這種事，我已經有點害怕了，所以儘量讓自己的好奇心少一點。

五分鐘以後，我解脫了，因為希斯克利夫進來了，他的到來多少算是把我從那不舒服的境況中解救出來了。

「您瞧，先生，我沒食言吧，我說好要來就來了吧！」還沒等他緩過神來，我裝著高興的樣子叫道：「本來我還擔心要被這惡劣的天氣困住半個鐘頭呢，沒想到您來了，您能不能讓我在這避一下，等天氣好轉一點我就會離開。」

「什麼，半個鐘頭？」他驚訝地說，順便抖落了他衣服上的雪片，「我感到非常奇怪，你竟會在暴風雪這麼猛烈時溜達到這兒來，真不知道你哪來的這麼高的興致，你難道不知道有陷進沼澤地的危險嗎？就連特別熟悉這些荒野的人也不敢獨自而行，有時往往還會在這樣的晚上迷路的。至於你，到底有多大膽？而且我明白地告訴你，對於這樣的地方，現在的天氣是不會轉好的，除非太陽從西邊出來了。」

「先生，您先別著急，或許我可以在您的僕人中間找一位帶路人吧，讓他帶我回到我的住處，應該不會有問題的，另外，他可以在我田莊那邊過夜，您能給我一位嗎？真是給您添麻煩了。」

「想都別想，我不答應。」他語氣堅定地說。

「啊呀，這就沒辦法了！真的，走出這裡我就得憑我自己的本事了，願上帝保佑我吧！」

「哼！」他依然無動於衷。

「別傻站在那裡了，你是不是該準備茶啦？」穿著破衣服的人問，隨後他那凶狠凝視的目光從我身上轉向那邊面無表情的太太。

「請他喝嗎？」她轉身問希斯克利夫。

「別這麼多話，行嗎？」他的回答這麼粗暴，在我心情還未平靜時又把我嚇了一跳，真是一波未平一波又起啊。也許這句話的腔調才露出他真正的壞性子，我徹底看清了。我再也不想稱希斯克利夫為一個絕妙的人了，因為他的這一舉動，讓我有點小失望。茶準備好了之後，他就打算這樣請我……

「好了，先生，過來坐下吧！把你的椅子往前挪挪。」

於是我們全體，包括那粗野的年輕人在內，都拉過椅子圍桌而坐。滿滿的一桌人，滿滿的一桌菜，大家津津有味地吃了起來，頓時整個屋子只有嚼食物的聲音。這是多麼怪異的一家人啊！

我想，如果是我引起了這朵烏雲的出現，那我就該負責驅散它，這是我的本分。不管怎麼說，他們不能每天都這麼陰沉緘默地坐著吧！無論他們有多壞的脾氣，甚至多麼怪異的行為，他們平常也不至於總是這樣愁眉苦臉的吧！我突然想做點什麼。

「真是讓人想不明白，奇怪的是……」在我喝完一杯茶，接過第二杯的時候開始說：「奇怪的是，習慣這東西到底是如何形成我們的趣味和思想的呢？很多人就不能想像，比如像您，希斯克利夫先生，說句不好聽的，您這樣過著完全遁世隱居的生活，不與外界聯繫，究竟還有什麼幸福可言？大多數人這樣認為。可是我敢說，有您一家人圍著您，是一件幸福的事，還有您可愛的夫人作為您的家庭成員與您的心靈上的主宰……」

「哼，我可愛的夫人。」我還沒說完他就插嘴，臉上露出一副凶神惡煞的冷笑。「她在哪兒——我可愛的夫人？」他帶著悲傷的語氣說。

「您沒聽明白，我的意思是說希斯克利夫夫人，您的太太。」我補充道。

「哦，是啊！你指的是，儘管她的肉體已消逝，但她沒有離開我們，她的靈魂還站在家族保護神的崗位上，不僅守護著我們，而且守護著咆哮山莊的產業，是不是這樣？」他回答著。

這時我察覺到我剛才的言論是錯誤的了，想趕快改正它。我是怎麼回事？我本該看出他們雙方的年齡相差太大，根本不像是夫妻，更何況一個大概四十，正在精力健壯時期的男人，怎麼會正好有位大姑娘愛上他而結為夫婦呢？這話聽起來多荒唐啊！老年時想著解悶還差不多，根本不現實。而另一個人呢，看上去還不到十七歲，甚至還未到鮮花怒放的時刻。這根本是不可能的事，我在想什麼呢？說著敲了一下腦袋，希望希斯克利夫不要誤會我的想法。

這時我腦子裡閃過一個可怕的念頭——「坐在我胳臂肘旁邊的、那個舉止異常的傻瓜：他用茶缸喝茶，用沒洗過的手拿麵包吃，看著這樣一個讓人不舒服的傢伙，也許就是她的丈夫：希斯克利夫少爺，當然是囉。只因為她全然不知道天下還有比她丈夫更好的人，結果就是將自己活活埋葬，永無出頭之日。真是憾事，我必須當心，不能做出什麼不該做的事，我可不能引起她悔恨她之前所做的選擇。」

最後的念頭彷彿有點自負，但也不足為奇，其實倒也不是。我注視到旁邊的這個人在我看來簡直可以說令人生厭，在他身上，我找不到任何亮點。根據經驗，不謙虛地說我知道我多少還是有點吸引力，不是自誇，而是實事求是。

「你說的什麼話？希斯克利夫太太是我的兒媳婦。」希斯克利夫說，證實了我的猜測。突然我對自己的無知而感到羞愧。

他說著，然後掉過頭用一種特別的眼光向她望著，一種憎恨的眼光，好像眼光中又帶了刺，這種表情除非是他臉上的肌肉天生生得極反常，要不然不會像別人一樣地表現出他心靈的語言。

「啊，當然，我現在看出來啦！你真是豔福不淺，能夠擁有這位仁愛為懷的仙女，你可真是幸運啊！」我轉過頭來，對我旁邊那個讓我極其討厭的人說。

出乎意料的是，這下可比剛才更糟，只見這年輕人的臉上通紅，像火辣辣的太陽，握緊拳頭，簡直想要擺出動武的架勢，我不知道又說錯了什麼話，他的這一舉動嚇了我一跳。可是他好像馬上又鎮定了，不知什麼原因，這通本來要向我撒的怒火只化為一句衝我而來的狠話，壓下了這場風波。對我來說無所謂這句話，我假裝沒注意，不過還算萬幸，沒發生什麼事。

「真是不幸，你猜得不對，先生。」我的房東說：「我們兩個人誰都沒有這份殊榮擁有你說的這位吉祥仙子，她非常地不幸，她的男人死啦。你還記得吧，我說過她是我的兒媳婦，因此，她當然是嫁給我的兒子了。」

「這位年輕人是？」我不解地問。

「你看錯了，他當然不是我的兒子！」

希斯克利夫又笑了，一臉不屑的表情，好像把那個粗人算作他的兒子，是他人生的一大敗筆，簡直是把玩笑開得太莽撞了。

「你仔細聽著，我的姓名是哈里頓・恩肖。」另一個人朝我吼著：「小子，你最好放聰明點，而且我勸你尊敬他。」

「您誤會了，夥計，我沒有表示不尊敬呀。」這是我的回答。雖然這樣回答，但在心裡卻暗笑他報出自己的姓名時的莊嚴神氣，感覺像個小丑，讓人發笑。

然而這時他的眼睛死死盯著我，好像稍一放鬆，我就會對他們構成威脅似的。

我也回瞪了他一眼，表示回應他。漸漸地，我開始感到自己的存在好像給他們造成了極大的困擾，是個礙事的局外人，以至於那種精神上的陰鬱氣氛不能抵消，而且還壓倒了我四周明亮的物質上的舒適[2]。這是對我暗示，我決心要小心謹慎，以免再次造成我的失誤，我不要在這個屋頂下面第三次冒失了，我之前已經夠丟人了。

待吃喝完畢舔了舔嘴唇，大家各奔東西，各忙各的，誰也沒說句應酬話，我意識到我該離

2. 指爐火和茶點。

開了，所以我走到窗前查看天氣。令我有點失望的是，我見到一片悲慘的景象，不要說天氣好轉了，轉眼間黑夜提前降臨，天空和群山混雜在一團寒冽的旋風和使人窒息的大雪中，四周黑漆漆的，伸手不見五指，給人一種陰森森的感覺。

「天哪！現在這種情況如果沒有帶路人，我恐怕不可能回家了，這可如何是好啊！」我不禁叫起來，好讓他們對我引起注意。

「天這麼黑，道路都看不見了，就是還能看見道路，我也看不清往哪兒邁步啦！更別說去幹什麼事了，一切都只是空談。」其中一個人抱怨著。

「哈里頓，你去跑一趟，把那十幾隻羊趕到穀倉的走廊上去，這麼冷的天，要是整夜都留在羊圈就得給牠們蓋點東西，前面也要擋塊木板，牠們也有感受的啊，別讓牠們凍著了。」希斯克利夫說。

「夥計們，我該怎麼辦呢？誰來幫我一下啊！」我又說，帶著更焦急的表情。

依舊沒有人搭理我，留我一個人孤零零地在那站著。我回頭望望，他們都在忙碌著，只見約瑟夫給狗送進一桶粥，那狗向他搖著尾巴。希斯克利夫太太俯身向著火，由於閒得無聊，於是就燒著火柴玩，那是她剛才把茶葉罐放回原處的時候從壁爐架上碰下來的，雖然那幾支火柴個頭不大，但是似乎她不處理掉它們就不安心似的。

約瑟夫放下了他的粥桶之後，也沒閒著，找碴似的把這屋子流覽一通，結果並沒讓他感到滿意，然後扯著沙啞的喉嚨喊起來：「我真是奇怪了，別人都在各忙各的，你怎麼就能閒站著發呆呢？如此可見，你是沒出息的，不說了，說也沒用，白白浪費我的口舌，像你這種人一輩子也改不了，天生的懶人，就等死後見魔鬼吧，真是上梁不正下梁歪，跟你媽一樣，簡直不可理喻！」

我一時還以為這一番滔滔不絕的話是對我而發的。這種情況下，任何一個人都會這樣想的。憤怒的我決定採取行動，就向這老流氓走去，準備把他踢出門外，一解我心頭之恨。但是，結果出人意料，希斯克利夫夫人的回答使我停下腳步。我還真是個愛衝動的人。

「真不害臊，你這老不要臉的偽君子。」她破口大罵道：「你提到魔鬼的名字時，心裡竟會如此平靜嗎？像你這種壞蛋，你就不怕被活捉嗎？我事先警告你不要惹我，不是和你開玩笑，不然我就要特別請它把你勾去，讓你受盡折磨。你不相信？站住！你瞧瞧這兒，約瑟夫，」她接著說，那天真的臉上透著一股陰森森的感覺，並從那高出她的書架上費力地拿出一本大黑書，指向約瑟夫，「你來這裡，我要給你看看我學魔術已經進步了多少，千萬不要感到驚訝，不久我就可以完全精通，到時候就可以呼風喚雨了。還有，你還記得那頭紅牛嗎？牠不是偶然死掉的，其中自有內幕，而你的風濕病也不能不算是天賜的懲罰，這是你自作自受，怨不得別人。」

「啊，歹毒，歹毒，真是最毒婦人心啊！」老頭驚恐地喘息著，「求主拯救我們脫離邪惡吧！我用最真誠的心禱告。」

「不，混蛋！你沒有資格這樣說，你這個沒人要的偽君子——滾開，不要在這虛情假意，不然我要狠狠地揍你啦！我會說到做到的，我要把你們全用蠟和泥捏成模型[3]，要是誰先越過我定的界限，可就倒大楣了，我會——我現在不說，這個不能提前透露——可是，別高興太早，瞧著

3. 指巫術，即用蠟和泥捏出某人的形象，然後在上面使用針刺、刀砍、火燒等，並念巫詞加以詛咒。

吧！去，別做壞事了，我可在瞅著你呢。」

這個小女巫那雙美麗的眼睛故意裝出一副惡毒的樣子，還真是很逼真！她的樣子竟然把約瑟夫嚇得直抖，慌裡慌張地趕緊跑出去，一邊跑一邊禱告，生怕希斯克利夫太太的話應驗似的，嘴裡還嚷著：「惡毒！」看到這一幕，我覺得真是滑稽，我想她的行為一定是出於無聊鬧著玩的，可是卻把約瑟夫嚇得四處逃竄。現在只有我們倆了，我漸漸向她走近，因為我想對她訴訴苦，告訴她一些我的心裡話。

「希斯克利夫太太，您好！」我懇切地說：「真是不好意思這麼冒昧地打擾您，但您一定得原諒我麻煩您。請您聽我說，我敢於這樣冒昧，是因為您既然有這麼一張臉，讓人感覺很親切，我敢說您一定心也好，這是必然的，不是嗎？真是感到太抱歉了，我迷路了，請您指出幾個路標，然後我參照著也好知道回家的路。對於這裡，我一點也不知道該怎麼走，生怕走錯了，就跟您不知道怎麼去倫敦一樣，希望您能幫助我擺脫困境。」

「那還不簡單，順著你來的路走回去好啦。」她用甜甜的聲音回答，沒有動彈，仍然安坐在椅子上，面前一支蠟燭，微弱地散發著光芒，旁邊還有那本攤開的大書。「很簡單的辦法，不要想得太複雜，也是我所提到的挺穩當的辦法，相信我沒錯的。」她重複說。

「您真的這麼想？您要是聽人說我因為聽取了您的建議而死在大雪覆蓋的沼澤或是坑窪裡，難道您的良心就不會譴責您嗎？到時您後悔都來不及了。」我有點不耐煩地說道。

「怎麼會呢？您既然來了，就還可以回去，再說，我又不能送你走，他們都不許我走到花園牆那頭的，我不知道牆那頭是怎樣的景色。有時候，還真想出去看看。」

「您送我！說的這是什麼話，在這樣一個晚上，為了我的個人方便就請您邁出這個門檻，我真算是個罪人了，再說我也於心不忍啊！」我叫道：「您誤會了，我只是要您告訴我怎麼走，給我說一下路線，而不是領我走，看來這樣是不行了。要不然就勸勸希斯克利夫先生給我派一位帶路人吧，您開口他應該不會拒絕的。」

「說的也是，但是該派誰去呢？這裡的人屈指可數，只有他自己、恩肖、澤拉、約瑟夫和我。隨你選，你想要哪一個呢？」

「你們幾個嗎？莊上沒有其他小夥計嗎？」我急忙問。

「是的，沒有了，僅僅就這些人。」她面無表情地說。

「那就沒辦法了，這樣說來，我只好留下了，這應該是上帝的意思吧！」

「那你可以跟你的房東商量，這是你的自由，我不管。」她滿不在乎地說。

「經過這次經歷，我希望這是對你的一個教訓，長個心眼，以後別獨自一人再在這山間瞎逛蕩，這次你運氣還算好的。」這時從廚房門口傳來希斯克利夫的嚴厲的喊聲，「以前從沒遇過這種情況，至於住在這裡，也不是說不可以，但是強調一點，我可沒有招待客人的東西。你要真心住的話，也別嫌棄，就跟哈里頓或者約瑟夫睡一張床吧！」

「不需要這麼麻煩的，我完全可以睡在這間屋子裡的一把椅子上，那對我來說已經夠感激了。」我急忙回答。

「不行，不行！他只是一個外來人，不管怎樣畢竟是陌生人，他跟我沒有半毛錢關係。不論他是窮是富，我不允許任何人進入我防範不到的地方！這是我的底線。」這沒有禮貌的壞蛋說。

平白無故受了這種侮辱，衝破了我的底線，我的忍耐到頭了。我要爆發了，我十分憤怒地罵了一聲，向他表示我的不滿。然後飛快地從他的身邊擦過，像射出弓的箭一樣衝到院子裡，匆忙中正撞著迎面走來的恩肖。那時那種天氣是這麼漆黑，我這麼一個外來人員找不到出口，這也不足為奇。當時我正在亂轉，偶爾又聽見他們之間有教養的舉止的另一例證，是不是太過分了，起初那年輕人好像對我挺友好，不能這樣子對人家。

「其實我也沒什麼事，我可以陪他走到林苑的盡頭，然後他就能自己回去了。」他說。

「你這麼無私，乾脆你陪他下地獄好了！送佛送到西嘛！」他的主人或是他的什麼親屬叫道：「真那麼做的話，誰來看馬呢，嗯？你腦袋裡都在想啥呢？」

「再怎麼說，一條人命總比一夜沒有照看馬更強吧！總得有個人去的，讓他留在這裡也不是長久之計啊。」希斯克利夫夫人輕輕地說，沒有先前的那種嚴肅，比我所想的和善多了。

「你算什麼，不要你命令我！」哈里頓反攻了。「真是看不出來，你還有副好心腸呢！你要是重視他，我勸你最好別吭聲。」

「那是我的自由，你管不著。既然這樣，那麼我希望他的鬼魂永久的纏住你，讓你不得安寧。我也希望希斯克利夫先生從此再也找不到一個房客，沒有人會願意來這裡，直等田莊全毀掉！」她尖刻地回答。

「聽吧，聽吧，大家仔細聽吧！她又在咒我們啦！」約瑟夫嘀咕著，好像事情鬧得多大似的，我正向他走去。

他坐在還能聽得見說話的那個地方，看著我們的一舉一動，借著一盞提燈的擠奶工，真是個不一般的人。

我毫無禮貌地把提燈搶過來，因為他沒有防備，所以沒費什麼力氣。我一邊大喊著「我明天就把它送回來」，一邊奔向最近的一個邊門，打算離開。

「主人，主人，您快看啊，他把提燈偷跑啦！」這老頭一面大喊，一面追我，真是個難纏的人。「喂，咬人的！喂，狗！喂，狼！逮住他，逮住他！他是個小偷，快來幫我抓住他。」

只見他一開小門，閃電的功夫，兩個一身毛的妖怪便撲到我的喉頭上，壓得我喘不過氣來，不僅把我弄倒了，而且把燈也弄滅了。真是倒楣！

同時站在旁邊的希斯克利夫與哈里頓一起對我放聲大笑，使我的屈辱簡直到了極點。不過心裡暗自慶幸道：「幸虧這兩個畜生沒把我當成獵物，只是想張牙舞爪，搖尾示威一番，好讓我有所畏懼，並不是真想把我生吞活剝。」但即便如此，牠們仍虎視眈眈地看著我，也不容我再起來，根本不用嘗試著做什麼，那也是自增徒勞。於是我就不得不安靜地躺著等牠們的惡毒的主人什麼時候良心發現，感覺高興了來解救我逃離苦海。而這時的我真是一片狼藉，我帽子也丟了，頭髮亂糟糟的，氣得直抖，感覺聲音都是顫的。

我心急如焚，命令這些像土匪一樣的人把放我出去，真的不知道自己會做出什麼事，甚至再多留我一分鐘，事情就會昇華，就要讓他們遭殃，讓他們後悔。我不知怎麼了，說了好多不連貫的、恐嚇的、要報復的話，感覺像失去了理智，措詞之惡毒，頗有李爾王之風[4]，事後我都感覺有

4. 莎士比亞悲劇《李爾王》中的男主角，因其兩個不孝女忤逆犯上，導致李爾王淪落流浪，他在暴風雨之夜詛咒其兩女，發誓報仇。

點聞風喪膽。

我在怒火中的爆發，結果使我流了大量的鼻血，雖已到了這種情況，可是希斯克利夫還在笑，而我也還在罵，這種局面不知道持續了多久，要不是恰在此時突然來了一個比我清醒理智，也比我的房東仁厚善良的人輕鬆地化解了這種局面，我真不知道怎麼下臺。

這人名叫澤拉，一個健壯的管家婆。經過激烈的內心交戰，她終於挺身而出，探問這場戰鬥的真相。她不同於他們，她是一個善良的人，看著我狼狽不堪，她以為他們當中必是有人對我下了毒手，並對我投以同情的目光。她畢竟是個僕人，不敢直面攻擊她的主人，於是就向那年輕的惡棍開火了。

「好啊，恩肖先生，不知你長了什麼膽子，」她叫道：「你真是讓人捉摸不透啊！我不知道你下次還會幹出什麼好事！多積點德吧！你是要在我們家門口謀害人嗎？你就不怕報應嗎？難道你死後想要去地獄嗎？我看，這房子裡我是再也待不下去了，我不願和你同流合污去幹那些違背良心的事，你睜開眼，瞧瞧這可憐的小子吧，他有什麼錯，看他現在馬上都要背過氣去啦！你竟無動於衷。」

「喂，喂！」她轉向我，「我可不能讓你這樣走，身上還受了這麼重的傷，進來，快進來，我給你治治。好啦，別動，馬上就好。」

她一邊這樣說，轉移他們的視線，一邊把一桶冷水嘩啦一下澆在我身上，弄得我不知所措。然後又把我拉進廚房裡，以便把我安置下來。希斯克利夫先生顯然很不放心，就跟在後面，看到我如此狼狽，他剛剛的歡樂很快消散，認為我不再是威脅了，就又恢復他平日裡的陰鬱樣子。

這一連串的經歷，真的無法形容我內心的感受，我難過極了，而且頭昏腦脹，感覺想要暈過去的樣子，因此不得不在他的家裡借宿一宿。他叫澤拉給我一杯白蘭地，好讓我壓壓驚，隨後就進屋去了，只剩下我和那位善良的管家婆。而她呢，發自內心地對我不幸的遭遇安慰一番，希望我能看開一點。而且遵主人之命，給了我一杯白蘭地，我慢慢地喝了下去，看見我略略恢復了一些，她放心了些，便引我去睡了。

chapter 3 凱薩琳

她拖著重重的身子，一邊領我上樓，一邊叮囑我儘量把燭光擋嚴實，最好不要讓人知道我來過這裡。因為她的主人對她領我去住的那間臥房，有一種古怪的看法，而且從來也不樂意讓任何人在那兒睡，今天卻是個例外。我強烈的好奇心又萌然而生，我問是什麼原因，他總會有怪異的行為。她回答說不知道，她在這裡才住了一兩年，況且他們又有那麼多古怪事，漸漸地她已經根本不以為怪了。

我自己昏頭昏腦的，體力不支，也問不了許多，於是我就插上了門，打算休息。回過頭來向四周望了望，想找張床來歇息。但是，全部傢俱只有一把椅子，一個衣櫥，還有一個大橡木箱。

這時我注意到靠近頂上挖了幾個方洞，像是馬車的窗子。我走近它透過方洞朝裡面一瞧，由於腦袋不好使，我遲疑了片刻才明白這是個舊式木床之類的東西，我想一般人家應該見不到這樣的東西吧！它設計得非常方便，足可以省去家裡每個人占一間屋的必要。

事實上，它很獨特地形成了一個小小的套間。它裡面的一個窗臺剛好當張桌子用，這是多麼巧妙啊！我讚嘆著。然後小心地推開鑲板滑門，拿著蠟燭進去，又把鑲板滑門合上，覺得安安穩穩，躲開了希斯克利夫以及其他人的戒備，心中不禁暗暗自喜。

我放蠟燭的窗臺架上有幾本發了黴的書，有一股刺鼻的味道，堆在一個犄角，真不容易被人發現呢！窗臺上的油漆面也被字跡畫得亂七八糟，給人一種剪不斷理還亂的感覺。但令人奇怪的是，那些字跡只是用各種字體寫的一個名字，有大有小——凱薩琳．恩肖，有的地方又改成凱薩琳．希斯克利夫，跟著又變成了凱薩琳．林頓，整個油漆面布滿了這些人的名字，沒有一點空白的地方。

我無精打采地把頭靠在窗子上，心情漸漸地平靜下來，連續地拼著凱薩琳．恩肖——希斯克利夫——林頓，這三個人的名字，不知道讓我拼了多少下，一直到我的眼睛合上為止。但是還不到五分鐘，我就醒來了，從黑暗中忽然閃現出一片亮閃閃的白字，異常刺眼，彷彿妖魔鬼怪現身，空中充滿了許多「凱薩琳」這三個字。

我跳起來，像發瘋似的揮動著雙臂，想驅散這突然冒出的讓我討厭的名字。不管了，隨它怎樣，這時才發現我的燭芯靠在一本古老的書上，由於書的古老，發出一股烤牛皮的臭味。我剪掉燭芯，滅了它。在寒冷與持續的噁心交攻之下，我體力不支，感到很不舒服，像被病魔附了身似的，便坐起來，拿起剛剛被烤到的書，打開平放在膝上。

那是一本《聖經》，裡邊印的是細長字體，字跡還算清楚，但有很濃的黴味，不知這是什麼年代的書了。書前面的白紙有幾個大大的字——寫著「凱薩琳．恩肖藏書」，底下還注了一個日期，那是二十來年以前的日期了，都可以算是古董了。我合上它，隨後拿起另一本，合上又拿起了一本，如此反反覆覆，直到我把它們都檢查過一遍。

看完之後，我發現凱薩琳的藏書是經過選擇的，不是隨便就收藏的。而且，不難看出，從書本磨損的情況看，這些書當年曾經被人一再地讀過，我是這樣認為的。雖然讀得不完全得當，因為幾乎沒有一章躲過鋼筆寫的評注——至少，像是評注——凡是印刷者留下的每一塊空白全塗滿了，也不知道為什麼有那麼多東西要寫。有的是不連貫的句子，讀起來都不通順，另外一些用了正規日記的形式，想法還算多樣，但出於小孩子那種字形未定的手筆，簡直寫得亂七八糟，搞得我一頭霧水。

在其中一張空白的書頁上面，我看見了我的朋友約瑟夫的一幅絕妙的漫畫像，為此我大為高興，雖然畫得粗糙，但是勾畫得有力，也算是栩栩如生了。看了這麼多關於凱薩琳的一切，我對這位素昧平生的凱薩琳頓時發生興趣，我的好奇心越來越強了，我開始辨認她那已褪色的難認的怪字了，真是鬼迷了心竅了。

「今天真是一個倒楣的禮拜天！」底下一段這樣開頭：「我真是個苦命的人，我父親要是能再活過來該多好，他是多麼一個善良的人啊！這一切都怪欣德利，他是個可惡的代理人，他對希斯克利夫的態度太凶了，像是上輩子欠他多少錢似的，真沒見過他這樣的人。希（指希斯克利夫，後皆同此處）和我要反抗了，這樣的日子馬上要結束了，黎明的日子即將到來，今天晚上我們要進行第一步計畫，這是多麼令人激動的時刻。」

「整天都下著瓢潑大雨，沒有一刻的消停，我們去不了教堂，因此約瑟夫非要在閣樓裡聚會不可，他可是個牛脾氣。於是正當欣德利和他的妻子在樓下舒舒服服地烤火，過著神仙般的生活，同時又在忙著什麼，但我敢說他們絕不會讀《聖經》，像他們那些人，是根本駕馭不了《聖經》這樣的書的。而希斯克利夫、我和那不幸的鄉巴佬卻要聽命拿著祈禱書上樓，這是我們該做的事。我們幾個人整齊地排成一排，坐在一口袋糧食上，把它壓得實實的，嘴裡也沒有閒著，連哼哼帶哆嗦的，不知道在說些什麼。希望約瑟夫也哆嗦，這樣的話，我們就能消停會了，就算他為了他自己，也會給我們少講點道理了，他是個愛嘮叨的人。妄想！簡直是白日做夢。做禮拜整整用了三個鐘頭，讓人無法忍耐，可是我的哥哥看到我們下樓的時候，居然還有臉喊叫。

「『什麼，不會這樣吧！已經完啦？這可不行！』

「『怎麼不行？禮拜天晚上，本來就是讓人休息的，一般是讓我們玩的，前提是只要我們不太吵，自己想幹什麼都可以，但是現在我們只要偷偷一笑，我們就犯了錯誤，就得罰站牆角啦！這是哪門子的邏輯啊！』

「『你們忘了，心裡在想什麼呢？這兒還有個少爺。』這暴君說：『不管是誰，誰先惹我發脾氣，我就把他毀掉！讓他追悔莫及。我堅決要求完全的肅靜，如果誰做不到這一點，你就後果自負吧。啊，孩子！是你麼？弗朗西絲，親愛的，你聽到了嗎？你走過來時揪揪他的頭髮，看他應該醒著的吧！我聽見他捏手指頭響呢，多麼搗蛋的傢伙。』隨後弗朗西絲痛快地揪揪他的頭髮，又沒什麼反應，然後走過來坐在她丈夫的膝上，一點也不知道害臊。在那一個鐘頭裡又是親嘴，又是瞎扯，那種愚蠢的甜言蜜語連我們都感到羞恥，真是讓人無語啊。

「我們在櫃子的圓拱裡面靜靜地待著，儘量把自己弄得挺舒服，因為那是我們的天下。我剛把我們的餐巾結在一起，打算把它掛起來當作幕布時，約瑟夫忽然進了馬房，怒氣衝衝地把我的手工活猛地扯下來，還毫不客氣地打了我一耳光，他聲音沙啞地叫著：『老爺剛剛下葬，安息日還沒有過完，福音的聲音還在你們耳朵裡響，他在天堂還沒找到落腳的地方，你們長了幾個膽子居然敢玩！不想要老爺瞑目嗎？你們好不害臊！難道就是這樣回報老爺的嗎？』過了一會，他又轉變了語氣：『過來，坐下來，壞孩子！只要你們肯看，沒什麼難的，我這裡有的是好書。坐下來，看看這些書，好好想想你們的靈魂吧！』

「他一邊說這些話，讓我們心裡有所愧疚，一邊硬要我們端端正正坐好，以便表示對死去老爺的哀悼之情。我們能從遠處的爐火那邊得來一線暗光，雖然很微弱，但好在它能讓我們看到他塞給我們的那沒用的經文，看到那密密麻麻的文字，真是讓人無聊。

「我可不想受他們的指使，過著奴隸般的生活，這樣會使我崩潰的。於是我抓住這本破爛書，什麼都沒想，使勁地把它扔到狗窩裡去，賭咒說我恨善書。希斯克利夫把他那本也扔到同一個地方，真是一個不好的預兆，跟著是一場大鬧，讓人措手不及。

「『欣德利少爺！』我們的牧師大叫：『少爺，不好了，您快來呀！凱茜小姐把《救世之盔》的書皮子撕下來啦，這怎麼得了！希斯克利夫正在使勁踩《毀滅之坦途》[5]的第一部分！真是慘不忍睹，我看不下去了，你讓他們就這樣下去可不得了，你必須採取點措施了。唉！這是天意啊！要是老爺在的話，他可不會坐視不管，肯定會狠狠揍他們一頓，讓他們付出代價，可他不在啦！這真是天意啊！』

「聽到叫聲，欣德利馬上從他的爐邊趕了來，他是如此地健壯，狠狠抓住我們倆，他一隻手

5.《救世之盔》和《毀滅之坦途》這兩本書都是當時傳道的書籍。

抓領子，勒得我們喘不過氣來，另一隻手抓胳臂，輕而易舉地就把我們都丟到後廚房去了。約瑟夫斷言魔鬼一定會把我們活捉的，我們不如好好祈禱死得痛快些吧。受到如此待遇之後，沒人再說一句話，便各自找個角落靜靜等它降臨。

「後廚房很安靜，還擺放著一個書架，上邊還有一本書，我有一種蠢蠢欲動的感覺。謝天謝地，我搆著了這本書，它是如此的破舊，還從書架上拿下一瓶墨水，上邊還有一層灰，我吹了吹，又把屋子的門虛掩著，漏進點亮光，打算寫點字來消磨時間，於是乎我就寫字消遣了二十分鐘。可是我的同伴不耐煩了，他出了個主意說，待在這裡真是太悶了，我們去把擠牛奶女工的罩衣偷來，穿著它到曠野上跑一跑吧。還真別說，這個主意很妙。

「『那麼，還等什麼，我們馬上行動吧！要是那個壞脾氣的老頭進來，發現我們不在這裡，他也會相信他的預言實現啦，我們就是在雨裡，任憑雨水的澆灌，也不會比待在這裡更濕更冷，這簡直就不是人待的地方。』」

我猜想凱薩琳終於按自己的計畫行事了，她是一個心思如此嚴謹的人，因為下面她開始說其他的事了，令人難過的是她傷心起來了，應該想起了什麼事。

「我做夢也想不到欣德利會讓我這麼哭！」她寫著，「我頭痛，痛得不能睡在枕頭上。可是我還是忍不住哭。可憐的希斯克利夫！欣德利罵他是流氓，再也不許他和我們坐在一起，一起吃飯。而且不許他和我一起玩，否則就把他攆出去。他還怪我的父親待希太寬厚了，發誓說要把他降到應有的地位去。」

我讀著這張字跡模糊的書頁，越來越沒精神，昏昏沉沉打起了瞌睡，差點摔到地下。眼睛從手稿轉到印的字上，突然眼前一亮，我看見一個紅顏色的花字標題——「七十乘七，與第七十一的第一條。傑伯・布蘭德罕牧師在吉默頓・索禮教堂的布道文。」在我迷迷糊糊地絞盡腦汁猜想傑伯・布蘭德罕牧師將如何發揮他這個題目的時候，我竟不知不覺倒在床上睡著了。

唉，這一切都怪這粗劣的茶點和壞脾氣，我簡直像著了魔似的！除此之外，我真的不知道，還能有什麼事情足以使我度過如此可怕的一夜呢？說實話，自從我學會吃苦以來，我實在想不起來有哪一夜可以和今夜相提並論，這真是度日如年啊。

我開始做夢，在我還有點意識，幾乎在我還沒忘記自己身處何處的時候就開始做夢了，我覺得是到早晨了，空氣是如此的清新，小鳥喳喳地叫，鮮花的香味沁人心脾，我往回家的路上走，悠悠哉哉的還有約瑟夫帶路，真是人生一大樂事。

一路上，雪有好幾碼深，埋了我們的腳。我們跟蹌地向前走，我那位同伴一直嘮叨不停，搞得我心裡更加地煩躁。他埋怨我不帶一根朝聖進香的拐杖，並且告訴我不帶拐杖就永遠也進不了家，還得意地舞動著一根大頭棍棒，我明白這就是所謂的拐杖了，還真是形象啊。

當時我認為需要這麼一個武器才能進自己的家，多麼荒謬啊。跟著一個新的念頭一閃：我並不是去那兒，那裡不是我的目標，我們是在趕路去聽傑伯・布蘭德罕講「七十乘七」的經文，這對於我們來說才是大事。而不論是約瑟夫，或是牧師，或是我，任何一個人犯了這「第七十一的第一條」的大罪，都是不可饒恕的，就要被人當眾揭發，而且還會被教會除名，這也算是一件嚴重的事。

我們來到了教堂跟前，我平日散步時真的去過那兒兩三回，高大的建築，讓我對它記憶猶新。它夾在兩山之間的一個山谷裡，一個高出地面的險惡山谷靠近一片遼闊的沼澤，看起來有種陰森森的感覺，據說那兒泥炭的濕氣對存放在那兒的幾具死屍足以產生防腐作用，真是有點嚇人呢！房頂至今尚完好，沒有什麼斑痕，這完全取決於教士的辛勞吧！

不過教士的薪俸每年只有二十鎊，甚至溫飽都成問題，並且那一共兩間的房子很快就有變成一間的危險[6]，在這裡有著生命的危險。所以沒有一個教士願意擔當牧羊人的責任，每個人都不敢拿自己的生命開玩笑。特別是傳說中的那夥教徒，做事是那麼絕情，他們寧可餓死他，也不願意從自己的腰包裡多掏出一個便士來增加教士的俸祿，即使一個便士對他們來說沒多大意義。但是，在我的夢裡，又是另外一個場景，傑伯卻是滿堂會眾，大受人們的信奉。

他講道——老天爺呀！太讓人吃驚了，什麼樣的一篇講道呀，共分四百九十節——每一節完全等於一篇普通的講道——每一節討論一種罪過！真是少見多怪，我不知道他從哪兒搜索出來這麼些罪過。他口若懸河，滔滔不絕，而他對於講解詞有獨到的方法，彷彿教友時時刻刻都會犯不同的種種罪過。說也奇怪，這些罪孽都具有千奇百怪的性質，——是我以前從沒想像過的一些古怪離奇的罪過，還真是讓我大開了眼界。

啊，這是一件多麼煎熬的事啊，我多麼疲倦啊！我不停地翻騰，打哈欠，打盹，又清醒過來！我用力掐自己，又扎自己，揉揉迷糊的眼睛，站起來，又坐下去，用胳膊肘碰一下約瑟夫，要他告訴我有沒有講完，好讓我早點解脫這種痛苦。我活該倒楣，怨不得別人，注定要把這場講

---

6. 指房子很破舊，其中一間有坍塌的危險。

道全都聽完，這是我自作自受。

最後，正當他講到「第七十一的第一條」時，我不由自主地站起來，嘴裡嘟囔著，痛責傑伯．布蘭德罕是一個犯了那種沒有任何一個基督教徒能夠饒恕他的罪過的罪人，起碼我是這樣認為的。

「先生，」我大聲叫道：「看這邊，我坐在這兒，你把我們圈在這四面牆之內，侵犯了我們的自由，並且我告訴你，我已經一連氣兒忍受而且原諒了你這篇說教的四百九十個題目，你不要變本加厲了，有七十七次我拿起我的帽子，打算離去，最後還是忍住了，可是還有七十七次你硬逼著我又坐下，這是誰給你的權利？四百九十一未免太過分了吧！你還是人嗎？起來啊！信教的難友們，起來反抗，揍他呀！最好把他拉下來，按到地上把他搗爛，永遠不會見到他，讓這個知道他的地方從此再也見不到他吧！」我呼籲教徒。

「我知道了，你就是罪人！」一陣嚴肅的靜默之後，四周靜悄悄的，傑伯從他的坐墊上欠身大叫，「我不會忘記你的，曾經七十七次你張大嘴做怪相，有七十七次我勸說著我的良心，希望你可以改過自新，那樣我就不會追究你了。但是，你辜負了我的希望。看啊，事實擺在眼前，這就是人類的弱點，我們要正視它，這個也是可以被赦免的！第七十一的第一條來啦！教友們，摸摸你們明鏡的心，把寫定的裁判在他身上執行吧！讓他早些醒悟，祂[7]所有的聖徒都有這種光榮！」

話音剛落，還沒等我緩過神來，全體會眾舉起朝聖拐杖，個個凶神惡煞，一齊衝過來將我團

7. 指「神」而言。對上帝（神）表示尊敬，故將第一個字母大寫。在中國，教徒言及上帝往往寫「祂」。

團團住，像是清除叛徒似的。我沒有武器用來自衛，便把希望寄託在了約瑟夫身上，開始扭住約瑟夫，希望他能夠保護我。

正在這時，離我最近的一個凶猛的行凶者，沒費吹灰之力，一把搶過了他的手杖。我們手無寸鐵，在人潮彙集之中，好多根棍子交叉起來，情況極度混亂，有些本來向我頭上掄過來的棍棒卻落到了別人的腦殼上，真是感謝那些白白挨棍子的人。整座教堂乒乒乓乓響成一片，每個人都對他鄰近的人動起手來。而布蘭德罕也不甘心閒著，將滿腔熱情化作急雨叩擊講壇的木板，那聲音最後竟驚醒了我，我鎮靜下來，使我說不出來的輕鬆。

話說究竟是什麼引起了這場驚天動地的騷亂？我不得而知，在這場吵鬧中是誰扮演傑伯的角色呢？我不想再思考，這一切只不過是在狂風悲吼而過時，一下子恢復了平靜，只見一棵松樹的枝子觸到了我的窗格，不耐寂寞地搖晃著，它的乾果在玻璃窗面上碰得嘎嘎作響而已！我滿懷疑慮地傾聽了一會兒，明白打擾我安寧的就是它，便沒有了興致，翻身又睡了，而且又做夢了，可能的話，我感覺這夢比先前的那個更不愉快，真像著了魔似的。

這一回，我清楚地記得我是躺在那個橡木的套間裡。我清清楚楚地聽見狂風怒吼，風雪交加，又是一個惡劣的天氣，我也聽到了樅樹枝子重複著那戲弄人的聲音，而且也知道這是什麼原因。可它讓我心煩意亂。因此我下決定如果可能的話，一定讓它不再作聲。

我在迷迷糊糊中覺得自己起了床，拖著沉重的身子四處走著，並且試圖去打開那窗子，感受一下新鮮空氣。窗鉤是焊在鉤環裡的——這情況是我在醒的時候就看見過的，可是，不知怎麼又忘了。

「不管怎麼樣，我一定得讓它不再發出響聲！」我嘀咕著，用拳頭打穿了玻璃，然後劈裡啪啦地從框架上脫離了，我伸出一隻胳臂去抓那攪人的樅樹，好讓它們安分點。不料，我的手沒有抓住那根討厭的樹枝，卻意外地碰著了一隻冰涼小手的手指頭！

夢魘的恐怖壓倒了我，我嚇得魂飛魄散，極力想把胳臂縮回來，可任憑我如何掙扎，那隻手卻將我緊緊抓住，動彈不得，一個極憂鬱的聲音抽泣著：「讓我進去，讓我進去！求求你行行好，幫幫我吧！」

「你是誰？怎麼會在這兒？」我驚訝地問，同時拼命想把手掙脫。

「我叫凱薩琳‧林頓，我們見過面的，」那聲音顫抖著回答（我為什麼想到林頓？真是奇怪，我剛才有二十遍將「林頓」都念成「恩肖」了，唉！真是不明白）。「我回家來啦，你一定很奇怪吧，因為我在曠野上走迷路啦！好不容易才找到這兒的。你就讓我進去吧！」

她說話時，我仔細觀察了一下，模模糊糊地辨認出一張小孩的臉向窗裡望，那眼神充滿了渴望！

我很想幫她，但是恐怖使我狠了心，甚至我自己都不認識我自己了。後來我發現想甩掉那個人是沒有用的，就把她的手腕拉到那個破了的玻璃面上，來回地擦著，她依舊沒有撒手，直到鮮血滴下來，紅通通地沾濕了床單，到處充滿了血腥味。儘管如此，可她還是哀哭著，「讓我進去！求求你了！」而且一直死死抓住不放，好像要同歸於盡似的，我驚呆了，幾乎要把我嚇瘋了。

「你也不想想，我怎麼能夠讓你進來呢？」我終於說：「退一步講，如果你想要我讓你進來，那你也得先放開我啊！」

真沒想到，手指鬆開了。我急忙把自己的手從窗洞外抽回，生怕她再改變了主意，然後趕忙把一堆書搬到那裡擋住窗子，捂住耳朵不聽那可憐的乞求，真讓人受不了啊。大概捂了一刻鐘，時間真是難熬啊，可等到我再聽，那悲慘的呼聲還在繼續哀叫！

「走開！你別再求我了，」我大聲喊著：「就是你求我二十年，我仍不會改變主意，也絕不讓你進來，你好自為之吧！」

「已經二十年啦，我日日夜夜地算著這日子。」這聲音哀哀戚戚地說：「二十年啦！我沒騙你，我已經做了二十年的流浪人啦！歲月真是把無情的刀。」

接著，外面傳來輕輕阻撓的聲音，那聲音時大時小，而且那堆書也挪動了，彷彿有人要把它推開似的。

我無可奈何，嚇得一下子跳起來，可是四肢動彈不得，好像被人捆住了雙腿和雙腳，於是在驚駭中大聲喊叫，希望有人能夠來幫我。

就在我驚慌失措的時候，我發覺這聲呼喊並非虛幻，同時，一陣匆忙的腳步聲走近我的臥房門口，沒有敲門，而是使勁把門推開，只見一道光從床頂的方洞外微微照進來，將房間照得無比清晰。

我坐在那兒不住地哆嗦，嘴裡也不知在嘟噥著什麼，還揩著我額上不住地流下的汗。再說剛剛闖進來的那個人好像遲疑不前，自己嘀咕著，不知在擔心什麼。最後他輕輕地說：

「有人嗎？有人在這兒嗎？」聽他語氣，顯然並不期望有人答話。我想最好還是承認我在這兒吧，否則，我能想到事情的嚴重後果。因為我聽出希斯克利夫的口音，我對他還是有點瞭解的。如果我不聲不響，事情不會就此結束，他還要進一步搜索的，他就是這樣一個人。這樣想著，我就翻身推開門板，表示對他的回應。很長一段時間，我這個舉動所產生的影響使我久久不能忘記。

希斯克利夫像個門神似的站在門口，穿著襯衣襯褲，手裡還拿著一支蠟燭，燭油直滴到他的手指上，他竟沒什麼感覺，臉色蒼白得像他身後的牆一樣。那橡木門第一聲咯吱一響嚇得他像觸電一樣，手裡的蠟燭從他的手裡一下子跳出來幾尺遠，他竟然如此激動，至於他連拾也拾不起來。

「不過是你的客人在這兒，先生，別緊張。」我叫出聲來，生怕他再做出什麼出格的事，也省得他暴露出膽怯的樣子而丟面子，這可不是我想看到的。「真是不好意思，剛剛我做了一個可怕的噩夢，簡直要嚇死我了，不幸在睡著時叫起來了，我不是故意的。很抱歉我打攪了你，希望你別為此生氣。」

「啊，抱歉也沒用，讓上帝懲罰你，得到你應得的教訓，洛克伍德先生！但願你在——[8]」我的房東開始說，他是如此不近人情，任憑我怎麼說都不能改變這樣的結果。他把蠟燭放在一張椅子上，目的是讓它牢牢地站在那兒，因為他發覺無法將它拿穩，為了避免意外發生，他不得不那樣做。

「老實說，誰把你帶到這間屋子裡來的？」他接著用斥責的語氣說，並做著令人不解的事——把指甲用力掐進他的手心，磨著牙齒，咯哧咯哧地響，為的是制止頜骨的顫動。不過這代價

8. 即「在地獄」，因當時不得在書上出現淫穢下流或瀆神不敬的詞語，所以「地獄」二字被隱去。

也太大了吧！真是無法理解！

「再問你一遍，到底是誰帶你來的？我真想把他們立刻攆出門去！竟敢不經過我的同意自作主張。」

「他不是別人，先生，正是你的傭人，澤拉，」我回答，跳到地板上，急急忙忙穿好衣服，這樣心裡才有點底。「你攆不攆我，都無所謂，我也不管，希斯克利夫先生。這一切都是她活該，我猜，她不是好心收留我，她這是要拿我來當免費試驗品，好再一次證明這裡鬧鬼，難道我就是生來給人做實驗的嗎？咳，不錯，是鬧鬼——滿屋都是妖魔鬼怪！我對你說，它這麼過分，你是完全有理由把它關起來的。而且，你放心好了，凡是在這麼一個洞裡睡過覺的人是不會感謝你的！」

「等一下，你這話是什麼意思？」希斯克利夫問道：「你究竟在幹些什麼？你別兜圈子好不好，既然你已經在這兒了，那就在這安心地躺下，什麼也別想，最起碼睡完這一夜！可是，希望你行行好，看在老天的份上！別再發出那種可怕的叫聲啦，儘量控制一下吧！那叫聲簡直沒法叫人原諒，撕心裂肺的，除非你的喉嚨正在給人切斷！要不然就不會發出那種叫聲，你好自為之吧！」

「這也是沒辦法的啊！要是那個小魔鬼從窗子鑽進來，我也不作聲，任她我行我素嗎？她大概會把我掐死！這不是危言聳聽。」我回嘴說：「你聽好，我不預備再受你的那些好客的祖先們的迫害了，真的無法忍受他們。傑伯．布蘭德罕牧師是不是你母親的親戚？他看起來是如此的放肆，還有那個瘋丫頭凱薩琳．林頓，不，或是恩肖，這都不重要，不管她姓什麼吧！她一定是個十分容易變心的惡毒的小壞蛋！因為她曾經告訴我，她在這裡生活了二十年，這二十年來她一直在塵世流浪，無家可歸，我不得不懷疑，所有的這一切，她正是罪有應得啊！怨不得別人。」

這些話還沒落音，我立刻想起那本書上希斯克利夫與凱薩琳兩個名字是連在一起的，搞不清楚什麼狀況，剛才我把他們忘得一乾二淨，就好像從沒出現過我的記憶裡，現在才猛然想起來，我還真是健忘啊！我為我的粗心漲紅了臉，感到很不好意思。可是，在希斯克利夫面前，我為了表示我並沒有覺察到我的冒失，我趕緊轉移了話題，馬上加上一句，「事實是，先生，你聽我說，前半夜我在——」

說到這兒，我意識到了我犯了一個錯誤，於是又頓時停住了，我差點說出「閱讀那些舊書」這樣的話。那就表明我不但知道書中印刷的內容，也知道那些用筆寫出的內容了。這將會是一個彌天大錯。因此，我改變了說話的角度，糾正自己，開始這樣往下說：

「拼讀窗臺上的名字，真的很無聊。一種很單調的工作，本來打算使我能夠睡著，進入夢鄉。就像數數目似的，馬上進入狀態。或是——」

「你用這種方式對我說話，你目的何在？究竟是什麼意思？」希斯克利夫大吼一聲，像隻哀叫的獅子蠻性發作，令人膽戰心驚。

「怎麼，這到底是什麼情況？你怎麼敢在我的家裡？我有允許過你嗎？天呀！真是翻天了，他這樣說話必是發瘋啦！」他憤怒地敲著他的額頭，希望頭腦更清醒一點。

這種情況，我不知道是跟他抬槓好，還是繼續解釋好。或許任何一種方法都可行，可是出乎意料的是他彷彿大受震動，失去了理智，連我都可憐他了。於是繼續說我的夢，為了他不再受到刺激，我斷言以前絕沒有聽過「凱薩琳・林頓」這名字。至於為什麼會有這個概念，只不過念得過多才產生了一個印象，這不能說明什麼。當我不能再約束我的想像時，我失控了，這印象就化為真人了。

希斯克利夫在聽我說話的時候，他挪動了腳步，慢慢地往床後靠，到了床邊，最後坐下來，一聲也不吭，差不多是在後面隱藏起來了，大概是不想讓人知道他的情感吧。但是，朦朦朧朧中我聽得出來他的呼吸很反常，急促而時斷時續，真是容易讓人亂想啊！我猜想他是在拼命克制自己過分強烈的情感。我不願意讓他知道我聽出了他處於矛盾中，以免他尷尬，因為他確實是一個超常敏感的人。於是我繼續梳洗，並且發出很大的聲響，讓他轉移視線。隨後又看了看我手上的表，自言自語地抱怨夜長。

「還沒到三點鐘哪！時間停止了嗎？我本來想發誓說已經到六點了，時間在這兒停滯不動啦！看這種情況，我們一定是八點鐘就睡了！」

「一般情況下，在冬天總是九點睡，四點起床。」我的房東說，努力克制自己，壓住一聲呻吟。在人面前表現出堅強的樣子，看他胳臂揮動的影子，不難看出，我猜想他剛從眼裡抹去一滴眼淚，因為看到他眼球在亂動。

「洛克伍德先生，」他又說，「如果你沒事，你可以到我屋裡去，一個人待在這屋裡確實是無聊，並且你這麼早下樓也妨礙別人，說不定又會有什麼亂子，你這孩子氣的大叫，已經把我的睡意都打發到魔鬼那去了，千萬不要讓其他人也像我一樣，那該是多麼冷酷啊。」

「我也一樣，我本來就沒打算那樣做。」我回答。「現在，我打算在院子裡走走，等到天亮我就走，絕不會再賴在這裡了。而且，你放心，不用害怕我會再次打擾你，因為我會試著改變我那種不管在鄉下還是在城裡都喜歡交友的毛病。對於一個頭腦清醒的人應該能夠發現跟自己作伴就夠了，不需要其他人的介入了。」

「愉快的作伴！希望你玩得開心。」希斯克利夫嘀咕著：「拿著蠟燭，一定會有用的，你愛去哪兒就去吧！我也不再約束你了。過一會兒，我就來找你。不過，千萬要記住，別到院子裡去，因為那些狗都沒拴住，牠們是極其暴躁的。對了，大廳裡，朱諾在那兒站崗，你千萬別去那裡，還有——不，你只能在樓梯和過道那兒溜達，別跑那麼遠。萬一讓人撞見，可是，唉！不管了，你去吧！我過兩分鐘就來，應該不會有什麼問題。」

聽他這麼說，我遵命走了，不過只走出了這間臥房，因為我真的不知道該去哪裡。當時我不知道那狹窄的小屋通到哪兒，怕萬一再走丟了，只好站在那兒發愣，不料卻無意看見我的房東做出一種迷信的動作。他竟會做出這種舉動，這很奇怪，看來他不過是表面上有頭腦，徒有其表罷了。

他上了床，伸手扭開窗子，一邊開窗，好讓空氣流通，一邊湧出壓抑不住的熱淚。

「進來吧！求求你進來吧。」他抽泣著：「凱茜，來吧！我在等你啊，來呀！再來一次！啊！你聽到我說話嗎？我的心肝寶貝！這回你就聽我的話吧，凱茜，最後一次，不會再有下一次！」

但鬼魂終究是鬼魂，反覆無常，當你讓它來時，它偏偏就不來了！四周只有風雪猛烈地急速吹過，狼煙四起，甚至吹到我站的地方，我差點站不住腳，而且吹滅了蠟燭，屋子裡又是一片漆黑。

至於希斯克利夫，他那一發不可收拾的悲傷令他痛不欲生，受盡煎熬。再加上瘋瘋癲癲的話語以至我對他產生憐憫之情，使我忽視了他舉止的愚蠢。我避開了，害怕控制不住，一面由於自己聽到了他這番話而暗自生氣，一面又因自己訴說了我那荒唐的噩夢而煩躁不安，對於這我極其懊惱，因為正是它才引起那場發作，說起來我算是罪魁禍首了。至於究竟為什麼會這樣，我沒敢再刺激他，所以我就不懂了。

我生怕打擾他，小心地下了樓，來到了後廚房，只見那裡還閃著火苗的微光，我高興得跳起來，終於可以讓我重新點燃蠟燭，恢復先前的平靜。可是廚房裡沒有一點動靜，冷清得讓人有點抵觸，只有一隻斑紋灰貓從灰燼裡費力的爬出來，抖了抖身上的灰，怨聲怨氣地咪嗚一聲向我致敬，一臉不情願的表情。

兩條長凳連在一起，擺成半圓形，幾乎把爐火圍起來了。我悠閒地躺在其中一條凳子上，享受那夜的寧靜。老母貓跳上了另一條，牠也無精打采的。我們兩個都在打盹，偶爾還聽到了不知是誰的呼呼聲。

不料，這時有人來搗亂，吵醒了我們的愜意，那就是約瑟夫，只見他從天花板的一個活動擋板裡順手取下一把藏在裡面的木梯，我想這就是上他那個閣樓的通道，還真是神秘呢！

他面目猙獰，向著我撥弄起來的火苗狠狠地望了一眼，好像警告我什麼，隨後把貓從牠的高座下攆下來，轟了出去，自己安坐在空出的位子上，開始把煙葉填進三寸長的煙斗裡，對我的存在完全不屑一顧。我待在他的聖地，顯然被他認為是羞於提及的莽撞事情，不知道什麼原因，竟讓他如此討厭我。他默默地把煙管遞到嘴裡，胳臂交叉著，噴雲吐霧，完全把我當成了空氣。我什麼也沒說，讓他盡情享受安逸，不打攪他。

這種狀態沒有持續多久，只見他吸完最後一口，深深地吁出一口氣，站起來，大概是感覺待在這裡很無聊，也沒有說什麼，像走進來時那樣莊嚴地又走出去了。

跟著有人踏著輕快的腳步進來了，為了表示禮貌，我正準備張開口說早安，可又閉上了嘴巴，因為哈里頓・恩肖正在做他的早禱，我不願打攪他。為了消除積雪，他正費力地從一個犄角裡尋摸出一把鐵鍬或是鏟子時，嘴裡還不閒著，他碰到每樣東西，他都要對它發出一串的咒罵，好像這個世界上的任何一件東西都不應該出現在他眼前似的。

這時，他發現了我，無意識地向凳子後面溜了一眼，張大鼻孔，認為對我用不著客氣，我也早就習慣了他這種性格，就像對我那貓伴一樣，不會生出一點憐憫之心。從他做的種種準備，我猜他准許我到戶外去了，待在這裡那麼久，我感覺都要發黴了。我離開那硬邦邦的臥榻，還沒等他說話就打算跟著他走。他注意到我的這一小小的舉動，就用他的鏟子頭使勁地戳一扇黑門，不出聲地表示如果我想換個位置，就非走這兒不可。一想到要離開這裡，我心情異常的舒暢，走什麼樣的途徑已經無所謂了。

那扇門通到大廳，那裡還挺熱鬧呢！女人們已經在那兒走動了，澤拉用一個巨大的風箱把火苗吹上煙囪，好讓屋裡的空氣更加清新。希斯克利夫夫人跪在爐邊，借著火光讀著一本書。她用手遮擋著火爐的熱氣，只露出一點點的光，使它不傷到她的眼睛，彷彿很專心地讀著。偶爾在斥責傭人不該把火星弄到她身上來，勸他們小心一點，或者不時推開一隻總是用鼻子向她臉上湊近的狗時，才極不情願地打斷一會兒。

令我感到很驚奇的是，希斯克利夫竟然也在那兒，他沒有看到我。他站在火邊，背朝著我。由於他剛剛對可憐的澤拉發過一場脾氣，氣氛還沒得到緩和，只見那可憐的澤拉時不時地放下工作，拉起圍裙角，發出氣憤的哼哼聲。

「還有你，你整天都在幹些什麼，你這沒出息的——」我進去時，他正轉過來對他的兒媳婦發作，並且在形容詞後面加個自我感覺無傷大雅的詞兒，如鴨呀，羊呀，畜生之類的東西，不過說出來的時候往往什麼也不加，只用一個「——」來代表。

「養著你就是白養，你又在那兒搞你那套偷奸耍滑的把戲！你就不會幹點別的嗎？人家都能掙飯吃，為什麼你就不能？你就只會靠我！再對你說一遍，馬上把你那廢物丟開，不要在那閒著了，找點事做！我不會白白養活你的，你要是老在我眼前轉悠讓我心煩，我就會詛咒你得報應，你聽見沒有，沒和你開玩笑，該死的賤人！不要在這礙眼了！」

「你把心放肚子裡吧！我會把我的廢物丟開，不用你操心了，因為我知道如果我拒絕，你是不會善罷甘休的，你還是可以強迫我丟的。」那少婦不屑地回答，然後合上她的書，丟在一張椅子上，準備去做點什麼。「不過，你別高興得太早，哪怕你罵爛了舌頭根子，想改變我的主意，我也是除了我願意做的事以外，別的什麼我都不幹！你不要想著來折磨我！」

聽到那些話，希斯克利夫憤怒地舉起他的手，說話的人顯然熟悉那隻手的分量，不由分說，馬上跳到了一個較安全的遠點的地方。我想這應該是經常發生的事。我並沒有什麼心情欣賞這種貓狗鬥的欲望，那簡直無聊透頂，便輕快地走向前，走到了爐火邊上，好像很想在爐邊取暖，完全沒理會這場中斷了的爭吵似的。看到我的出現，雙方都還有足夠的禮貌，各自退了一步，總算暫時停止了進一步的敵對行為，雖然沒化解，但也不至於昇華。

希斯克利夫不知不覺地把拳頭放在他的口袋裡，裝出若無其事的樣子。而希斯克利夫夫人撅著嘴，一臉的委屈，坐到遠遠的一張椅子那兒，傻傻地發愣。起碼在我待在那兒的一段時間裡，她果然依照她的話，扮演一座石像，靜靜地待在那裡，什麼事也沒做。幸虧這段時間不長，我沒有感覺太尷尬。

我謝絕了與他們共進早餐，感到很快樂。等到曙光初放，我就迫不及待地抓緊機會，馬上逃到外面的自由的空氣裡，而此刻那裡已是清爽、寧靜而又寒冷得像塊無形的冰一樣了，我慶幸我的明智，至少我從那地獄般的情況下逃脫了。

我還沒有走到花園的盡頭，後邊就傳來了一連串的喊叫，我的房東就喊住了我，我停了下來，他說他要陪我走過曠野，以免我再迷了方向。幸虧他陪我，因為整個山坡都成了波浪起伏的白色海洋，讓人分不清方向。它的起伏並不和地面的凸凹不平相應，至少，許多坑是被填平了，已看不到先前的那種狀態了，而且整個蜿蜒的丘陵、石礦的殘跡都從我昨天走過的時候，在我心上所留下的地圖中抹掉了，不敢相信那是同一個地方。

我曾注意到在路的一邊，每隔六七碼就有一排直立著的石碑，一直延續到荒原的盡頭，它們一排排地豎立著，為了看得更清晰，還塗上了石灰，為了在黑暗中向那些迷路的人標示方向，也是為了碰上像現在這樣的一場大雪把兩邊的沼澤和較堅實的小路弄得混淆不清時而設的。但是現在，除了零零落落看得見這兒那兒有個泥點以外，其他什麼也不能看到了，這些石碑的痕跡消失得無影無蹤，好像人間蒸發了一樣。當我在這條路上走著時，以為我是正確地沿著蜿蜒的道路向前走時，可是我錯了，我的同伴卻時不時地警告我向左或向右轉，我真是無語了，慶幸還有人跟我一起走。

即使這樣，一路上我們也很少交談，突然他在畫眉園林門口站住了，轉過頭來對我說，到這兒就不會走錯了，他不再往前走了。我們的告別真算是歷史上最迅速的了，僅限於匆忙的一鞠躬，然後我們就各奔東西，他折了回去，我就繼續徑直向前。沒有他的指引，我憑著自己的本事徑直向前，不敢怠慢，因為守門人的住處還沒走出去，我意識到前邊還會有更大的挑戰。

雖然從林苑的大門到田莊的距離不過是兩英里，但我覺得我把它走成了四英里。由於在樹林裡迷了路，一時間找不到前進的方向，一會兒又陷在雪坑裡被雪埋到脖子了，沒有人知道我現在的心情，那種困難景況只有經歷過的人才能領會。總之，一句話，不論我怎麼樣的亂轉，在路上白白浪費了多少時間，但在我進家時，時間趕得剛剛好，鐘正敲十二下。按照從咆哮山莊循著通常的道路回來的正常路程來說，不多不少，每一英里都花了整整一個鐘頭。

這時，只見那邊我附帶租下的管家和她的隨從蜂擁出來歡迎我，對我的出現，他們感到很意外，七嘴八舌地嚷著說她們都以為我是沒指望的了，正打算怎麼去尋找我的屍體。人人都猜想我昨晚已死掉了，那種惡劣的天氣，根本不會有人會活下來。她們不知道該怎麼出去找我的屍體，正在這裡計畫著什麼。

現在她們竟然看見我回來了，都不敢相信自己的眼睛，我就叫她們安靜些，因為我實在沒有什麼體力了，而且我也快要凍僵了，便蹣跚地爬上樓去，換了一身乾爽的衣服，這才感覺有點溫度，我在樓上踱來踱去走了三四十分鐘，希望好好恢復元氣。過了一會，我又拖著疲憊的身子，回到我的書房裡，軟弱得像一隻小貓，站都站不穩，幾乎沒法享受僕人為恢復我的精神而精心準備下的一爐旺火和熱氣騰騰的咖啡了，我有一種馬上就要斷氣的感覺。

chapter 4

鄰居的事

我們這些人是那麼虛驕無聊的風向標，風向哪裡吹就往哪裡倒！我本來下決心摒棄所有世俗的來往，過著無人打擾的生活，享受著這天堂般的生活。感謝我的福星高照，上帝的垂憐，終於來到了一個簡直都無法通行的地方，我，軟弱的可憐蟲，不顧世俗的眼光，與消沉和孤獨苦鬥直到黃昏，儘管我奮力堅持，最後還是不得不扯起降旗，宣告妥協。

等到迪恩太太送晚飯來時，我叫住了她，裝著打聽關於我的住所各種情況，希望能把她留下來，請她坐下來守著我吃，不然我真的吃不下去，真誠地希望她是一個愛絮叨的人，我相當地希望有人能夠給我說說話，打破這死寂般的寂靜，希望她的話給我提神，或是催我入眠，只要不要讓我靜靜地待在那裡，怎麼樣都好。

「你在這兒住了相當長時間，對吧？」我開始說：「你不是說過有十六年了嗎？」

「已經十八年啦，先生，在小姐出嫁的時候，我就跟過來伺候她的。不幸的是，她年紀輕輕就死了，她死後，主人收留了我，就把我留下來當他的管家了，一直到現在。」

「哦，原來是這樣啊！」我恍然大悟。跟著一陣靜默，我們彼此都沒說話。我有點懷疑了，恐怕她並不是一個饒舌婦，來說一些讓我聽的事情。除非是關於她自己的事，那些她願意和別人分享的事，而那些事又不能使我發生興趣，我頓時有點失望了。

但是，出乎意料的是，她沉思了一會，把拳頭放在膝上，好像在思索著什麼，紅潤的臉上籠罩了一層浮想聯翩的雲翳，突然失聲嘆道：

「啊，對啊！從那時起，就不像以前了，世道可變得很厲害呀。」

「是的，的確是這樣，」我說：「我猜想你住在這裡這麼長時間，應該也看到過不少變化了吧！」

「是的，全都讓我趕上了，而且還有些麻煩和亂子呢！」她意猶未盡地說。

「啊，我想著把話題轉到我房東一家人身上去了！我還真的想對他們瞭解得多一點。」我思忖著，「談這話題倒不錯！有讓人聽下去的意願，並且還有那個漂亮的小寡婦，我對她可是充滿了好奇呢！我很想知道她的歷史，她是本地人呢，感覺不太像。還是，更可能的是一個外鄉人，也很有可能，因此這乖戾的本地居民就跟她合不來，處處刁難她。」

這樣想著，我的好奇心更加強烈了，我就問迪恩太太，可不可以告訴我為什麼希斯克利夫把畫眉山莊出租，不僅如此，而更喜歡住在地點和宅院都差不多的地方，這有什麼原因嗎？

「他這樣的身分，難道還不夠富裕得把產業好好整頓一下嗎？」我不解地問。

「當然富裕啊，這是不容置疑的，先生！」她回答。「他究竟有多少錢，他如果不說誰也不知道，也沒人敢問他，而且每年都是大量的增加。是啊，說實話，他富有得足夠讓他住一所比這還要更好的房子，去享受他的晚年。可是事與願違，他有點手緊，而且，一聽說有個好房客，他就不會錯過，就忍不住要抓住這個機會，好好再撈一把，他就是這種人，絕不會放棄這個多拿幾百鎊的機會的人。可憐啊！有的人孤孤單單地活在世上，沒有親近的人，可還要這麼貪財，這真奇怪！像這種人，應該一輩子只會和錢打交道吧！」

「他曾經好像有過一個兒子吧！」我迫切地問道。

「是的，之前有過一個，不幸的是早早就死啦。」她遺憾地回答。

「還有，那位年輕的太太，叫做希斯克利夫夫人的那位，應該是他的遺孀吧？」

「是的，您說得對，她也是個苦命的人。」她回答道。

「那她從哪兒來的？應該不是本地人吧！」我問。

「先生，她不是外人，她是我已故的主人的女兒，凱薩琳・林頓是她的閨名。她兒時和我一起生活，是我把她帶大的，也不知她現在怎麼樣啦，可憐的孩子！原來我們相依為命地生活著，可現在，見她一面都是困難的。我真情願希斯克利夫先生搬到這兒來，哪怕一天的時間也好啊！那我們又可以在一起了，還真的挺想念她的。」

「什麼？凱薩琳・林頓！竟然是她！」我大為吃驚地叫道，可是只經過一分鐘的回想，我就冷靜了下來，相信那不是我那鬼魂的凱薩琳了，她是一個實實在在的人物啊。「那麼，這樣的話，」我接著說：「那我以前的房主人姓林頓啦？」

「是的，這是不變的事實。」

「那麼我還不明白，跟希斯克利夫先生同住的那個恩肖，哈里頓・恩肖又是誰呢？看他那麼囂張，他們是親戚嗎？有沒有血緣關係？」我都迫不及待了。

「不，他們沒有關係，他是過世的林頓夫人的侄子。」

「那麼，這麼說來，他是那年輕太太的表哥啦？」

「是的，就連他死去的丈夫也是她的表兄弟：一個是母親的內侄，一個是父親的外甥。希斯克利夫娶了林頓的妹妹，他們一家子都有著直接或間接的關係。」

「我曾經看見咆哮山莊的前門上刻著『恩肖』這個詞語，他們祖先應該是個古老的世家吧！」

「嗯，確實是很古老的，先生，哈里頓竟是他們最後一個名字了了，就像我們的凱茜小姐一樣，也是我們最後一個，我意思是說林頓家的最後一個孤苦伶仃的人。不好意思，先生，你去過咆哮山莊嗎？我冒昧地問一聲，你見過她沒？我很想打聽她怎麼樣了！現在過得好不好？能不能告訴我？」

「你說的是希斯克利夫夫人嗎？別擔心，她看上去很好，沒受什麼苦，而且也很漂亮。可是，我想，她應該不太快樂，至少我認為是這樣。」

「哎呀，雖然有點遺憾，但是對於那我倒不奇怪！我瞭解希斯克利夫是個什麼樣的人，依你看，那位主人怎麼樣？」她反問我。

「簡直是一個粗暴的人，我有生以來還沒遇到過他這樣的人。迪恩太太，他的性格天生就是那樣，讓人無法忍受嗎？」

「是的，像鋸齒一樣地粗，像岩石一樣地硬！是個極其的怪人，我勸你跟他越少來往越好，他是個捉摸不透的人。」

「我猜想他必定是一生沉浮，才造就了他的性格，經過了幾番折騰，所以才成了這麼殘暴的人。你瞭解他嗎？你知道一點他的經歷嗎？」

「簡直就像一隻布穀鳥[9]的一生似的，先生。我知道他很多事，除了他生在哪兒，他的父母是誰，還有他當初怎麼發財的以外，除了這些我不很知道，別的我全知道。可憐的哈里頓就像個羽毛還沒長好的籬雀似的，不顧念養育之恩給扔出去了！在全教區裡，只有這不幸的孩子，家裡遭遇了那麼大的變故，現在還不知道自己都是怎麼上當受騙的，真是個苦命的人啊。」

「啊，迪恩太太，求求你做做好事，告訴我一點有關我鄰居的事吧！也不枉我到此一遊，如果你不告訴我，我覺得要是我上床睡去，不管如何安慰自己，我也不會安心的，所以行行好坐下，讓我們聊一個鐘頭吧！」

「啊，就這點事情啊！當然可以，我會滿足你的，先生！我現在就去拿點針線來，我做著活，然後你要我坐多久都可以，想聽什麼我都會告訴你的。可是，先生，我看你好像著涼啦。我看見你直哆嗦，不要緊吧！你不能拖著，你得喝點粥去去寒氣，要不然就會更加厲害的。」

這位值得尊敬的太太急忙跑開了，我以為她拋棄了我，然後我朝爐火邊更挨近些，希望能取得一些暖氣。這時，不知怎麼的，我覺得頭發熱，但身上卻發冷，感覺已經瀕臨死的邊緣了。而且，我不能控制了，我的神經和大腦受刺激到了發昏的地步，不知道接下來還會有什麼後果。但這時使我感到的倒不是難受，而是我害怕（現在還害怕），害怕今天和昨天的事會有嚴重的後果，這是誰也不能夠左右的。

9. 即杜鵑，其習性為將卵產在其他鳥的窩裡，讓其他鳥代為孵化撫養，而其幼鳥在出生後還會將鳥窩中的其他蛋推出巢外摔碎，以獨佔養母的餵食。暗指希斯克利夫為棄兒，由恩肖家撫養長大，並奪取了恩肖家的財產。

正當我近乎絕望時，她馬上就回來了，而且還帶來一盆熱氣騰騰的稀粥和一個針線簍。我看到她來，心中又充滿了希望，只見她把盆子放在爐臺上後，好讓那盆稀飯散散熱，然後又把椅子拉過來，坐到我旁邊，顯然發現有我作伴而高興呢，而我也是如此。

「在二十年前，也就是我來這兒住之前。」她開始滔滔不絕地說，不再等我邀請就講開了——

這二十年來，我差不多一直待在咆哮山莊的。我和這裡早就結下了淵源，因為我母親是帶欣德利・恩肖先生長大的的，他就是哈里頓的父親，我從生下來就待在這裡了，和孩子們也在一起玩慣了，我們生活得是如此的幸福。有時我也給他們幹雜活，幫忙割草，在莊園裡走來走去，十分的愜意，不管誰叫我做點什麼我都會做，而且我從來都很樂意。

一個晴朗的夏日清晨，空氣是如此的清新，我記得那是開始收穫的時候，人們各自都在忙著什麼，老主人恩肖先生下樓來，拿著他隨身攜帶的拐杖，穿著要出遠門的衣服。首先他先吩咐約瑟夫一些事，在他告訴了約瑟夫這一天要做些什麼之後，他又轉過身來對著欣德利、凱茜和我，因為我正在跟他們一塊兒吃粥，我們就像是一家人。他對他的唯一的兒子說：

「喂，我的好漢，你有沒有需要的東西，我今天要去利物浦，那可是一個物產豐富的地方，要給你帶點什麼東西回來，你儘管說，你喜歡什麼就挑什麼吧，只要可以的話我就會給你帶回來，只是要挑個小東西，不然會很麻煩的，因為我要走去走回，一趟六十英里，挺長一趟路哩！」

欣德利聽後非常高興，他說要一把小提琴就好了，因為我喜歡音樂，然後他就問凱茜小姐。只是她還不到六歲，雖然人小，但是她已經能騎上馬廄裡的任何一匹馬了，她可以說是一個名副其實的女漢子，因而選擇了一根馬鞭。當然他也沒有忘掉我，因為他有一顆仁慈的心，這時大家公認的，雖然有時候他有點嚴厲，但是他心腸是非常好的。他答應給我帶回來一口袋蘋果和梨，希望我會喜歡，然後他向我們告別，親了親孩子們，我看得出來他非常的不捨，但還是說了聲再會，就動身走了。

他一直走了三天，雖然是三天，但是我們覺得時間過得十分的漫長，我們都開始想念他了，小凱茜總是問起他什麼時候回家來，她也想念她的父親了。

第三天晚上，恩肖夫人估計他在晚飯的時候回來，於是都沒提前吃飯，她就把晚飯一點鐘一點鐘的往後推遲，而且誰也沒有抱怨。可是，讓人失望的是，始終沒有他回來的跡象。反反覆覆，時間長了，最後，孩子們連跑到大門口張望也膩了，都無精打采地待在那裡，希望奇蹟會出現。

漸漸地夜幕降臨了，晚上的時候，孩子們都筋疲力盡了，夫人看在眼裡疼在心裡，要孩子們去睡覺，父親回來的話會告訴他們的，可是經不住他們的苦苦哀求，夫人就同意他們多待了一會兒。時間在一分每一秒的過去，在差不多十一點鐘時，門外有了動靜，這時門閂輕輕地抬起來了，主人走進來。

他累得筋疲力盡了，他倒在一把椅子上，語無倫次，又是笑又是哼，還不停地叫他們都走開，因為他都快累壞了，就是現在給他英倫三島，他也不肯再走一趟了，他簡直就站不起來了，更不要說走路了。

「我終於回到家了，謝天謝地，我真的不知道自己是怎麼走回來的，後來走的時候就像是奔命一樣！」他一邊說，一邊打開了他的大衣，好像有點奇怪，這件大衣不是穿在身上的，而是被他裹成一團抱在懷裡的，裡邊好像有什麼東西。

「瞧這兒，太太！這是我有生以來最不堪的一次經歷，你知道的，我一輩子沒有被任何東西搞得這麼狼狽過，可是這次不一樣，你一定得把這當作是上帝賜的禮物來接受，雖然他黑得簡直像從魔鬼那兒來的，不過他卻是一個可憐的孩子。」

我們聞聲漸漸圍攏過來，個個都充滿好奇的眼光，我從凱茜小姐的頭上望過去，看得極其地清楚，窺見一個骯髒的、穿得破破爛爛的黑頭髮的孩子，長得簡直和木炭沒什麼區別。不過挺大了，已經到了該能走能說的時候了，但他好像沒什麼話要講。

其實，仔細看他的臉，望上去真的比凱薩琳還顯得大些，也許是歷經滄桑的緣故吧！可是，當他站在地上的時候，他只會四處呆望，嘴裡嘟囔著，說一些誰都聽不懂的話。我很害怕，感覺他像個怪物，恩肖夫人打算把他丟出門外，以免會發生什麼事，這也是情有可原的。

她真的勃然大怒了，我從來沒見她發過這麼大的脾氣，質問他怎麼想得出把那個野孩子帶到家裡來，現在的情況，他們連自己的孩子都不能好好撫養了。他到底怎麼想的，出去一趟，腦子竟然不好使了，是不是精神不正常了？要求他馬上去看醫生，主人想把事情解釋一下，好讓我們解除誤會，可是他真的累得半死，根本沒有多餘的力氣來說話了。

我在她的責罵聲中，勉強只能聽出來是這麼回事：他在路過利物浦的大街時，看見了這快要餓死的可憐的孩子，由於沒有地方可以去，好像又不會說話。主人看他可憐，他就把他撿起來，四處打聽是誰的孩子。他說，在那裡，竟然沒有一個人知道他是誰家的孩子，我幾乎問了那街上所有的人。而他的錢和時間又都有限，所以他不想把這時間浪費在找人上，想來想去還不如馬上把他帶回家，再商量對策，總比在那兒白白浪費時間好些，他也不忍心把他扔在那裡不管。

因為他已經決定，既然發現了他，說明他們還是有緣分的，就不能扔下他孤零零的一個人不管。那麼，最後的結局是我的那位太太抱怨夠了，也累了就安靜了下來，無可奈何地看著主人。恩肖先生吩咐我給他洗澡，去去身上的污垢，然後給他換上乾淨的衣物，把她領到孩子們那裡，讓他和孩子們一起睡，好好讓他休息一下，主人真是個好心腸。

在吵鬧時，站在那裡的欣德利和凱茜先是心甘情願地又看又聽，一言不發，直到秩序恢復，兩個人才緩過神來，就開始搜他們父親的口袋，因為這是他之前答應過的他們的禮物，他們沒有忘記呢？

欣德利是一個十四歲的男孩，這時的他正是調皮搗蛋的，愛玩的，可是當他從大衣裡拉出那只本來是一個很好的小提琴時，他徹底失望了，因為眼前的小提琴已經變成了一堆碎片，他感覺委屈極了，他就放聲大哭來發洩自己的情緒。

至於凱茜，她比她哥哥的情緒更糟糕，當她聽說主人為了照顧這個陌生的小孩而忘記了本來說好要給她帶的鞭子，她心情異常的憤怒，就向那小笨東西齜牙咧嘴狠狠地啐了一口，以發洩她的脾氣，然而，這一切都只是她白費力氣，最後挨了她父親一記很響亮的耳光，她要為她做的事情付出代價，這是教訓她以後要規矩些，不要隨心所欲。孩子們就是不願意通情事理，他們完全拒絕和他同床，他對他們來說是個威脅，甚至在他們屋裡睡也不行，孩子畢竟是孩子，他們還不知道怎樣為人處世。

但話說回來，我也不比他們清醒，畢竟他是個來歷不明的孩子，我們都不瞭解他。因此我就把他放在樓梯口上，這樣對大家都好，希望他明天會走掉，好平復我們的心情。不知為什麼，那個孩子心神不寧，他好像聽到了恩肖先生的聲音，他沿路爬到恩肖先生的門前，待在那裡一動不動，而他一出房門就發現了他，又對他問寒問暖。當然他還追問他怎麼到那兒去的，事情敗露我不得不承認，我要為我所做的事情付出代價。因為我的卑怯和狠心，上帝懲罰了我，我得了報應，被主人攆出家門。從此這個家族再也不那麼平靜了。

這就是希斯克利夫到這家來開頭的情形，他的到來還真是不平凡啊！剛來這一天都搞得我們雞犬不寧，不過沒過幾天我就回來了（因為我並不認為我的被攆是永遠的），回來之後才發現那個外來的孩子不但沒離開，而且他們已經給他取了名，叫「希斯克利夫」。那個名字算是主人一家人的寄託吧！因為那原是他們一個夭折了的兒子的名字，是一個苦命的人，從此，他就算是這個家庭中的一分子了，這就算他的名，也算他的姓。

出乎意料的是，凱茜小姐跟他的關係十分的好，好得兩個人簡直無法分開，可是欣德利恨他，不知是出自什麼原因。說實話，我也像欣德利一樣恨他，於是我們就合夥折磨他，可恥地欺負他，讓他以為我們不是那麼好惹的，因為我還不能意識到我的不厚道，感覺他生下就是白白讓人給虐待的，儘管是這樣，而女主人看見他受委屈時，也會裝作沒看到，從來沒有替他說過一句話。

經過了這麼多的事情，我發現他看起來是一個忍辱負重的孩子，要不然也不會待在這裡那麼久，也許是由於受盡虐待而變得頑強了，他與常人有很大的不同。他能忍受欣德利無緣無故向他揮來的拳頭，眼都不眨一下，也不掉一滴眼淚，大概他也沒什麼眼淚可掉了。我掐他，他也只是深深地吸了一口氣，張大了雙眼，沒有一點要掙扎的意願，好像是他偶然傷害了自己，獨自忍受著，誰也不能怪似的。

時間一天天地過去，當老恩肖發現他的兒子這樣虐待他所謂的可憐的孤兒時，他終於忍不住發火了，他這種逆來順受使老恩肖冒火了。奇怪的是，即便如此，他也沒對希斯克利夫發火，因為他特別喜歡希斯克利夫，甚至喜歡到了極點，簡直相信他所說的一切（關於說話，他說的也不多，他其實難得開口，即使開口說話，要說就總說實話），不知道他有什麼妖術，而讓主人愛他遠勝過愛凱茜，自己的親生孩子，大概因為凱茜長期處在優越的環境，太調皮、太不規矩，不能夠惹人喜愛，還夠不上充當寵兒。

所以這就是從一開始他在這個家裡引來了眾人敵意的原因。以後不到兩年，善良的恩肖夫人就死去了，而這時孤單的小主人已經學會孤立他的父親，把他父親當作一個壓迫者而不是當作朋友，把希斯克利夫當作一個篡奪他父親的情感和他的特權的人，他心中充滿了怨恨。他盤算著這些侮辱，強忍著，但是心裡越發氣不過。

曾經有一陣我還同情他，他是個可憐的孩子，小小年紀就失去了母親。但當孩子們都出麻疹時，我日日夜夜看護他們，擔負起一個女人應該負有的責任，那時的我就改變想法了。當時希斯克利夫病得很危險，生命受到了威脅。當他病得最厲害時，我沒有離開他，他總是要我常在他枕旁，好像這樣他的生命就有了保障。

我料想他是覺得我跑前跑後幫他不少忙，對我充滿了感激，可是他哪有精氣神兒想到我是不得已的，我對他也是奉命行事罷了。無論如何，我也不能跟他說實話，我得說，他是做保姆的所從未看護過的最安靜的孩子，不由自主都會讓人生出一種憐憫之情。由於長期的相處，我發現他與別的孩子不同，迫使我不得不少偏一點心。

「凱茜和她哥哥把我折磨得要命，我都不知道怎麼惹到他們的。」大概他對我沒有了戒心，他不停地向我抱怨著，雖然他不大麻煩人，但還是向我訴說著。應該是出於頑強，而不是出於寬厚。

從這次事件中，他死裡逃生，恢復了健康，醫生說這是我的功勞，不然，事情可能會更嚴重，並且誇獎了我的耐心護理，我倍感榮幸。我因為他的讚賞而得意，有一種心花怒放的衝動。對於這個因他的緣故而使我受了稱讚的孩子，我漸漸地消散了我對他的敵意，故也就軟化了。

不幸的是，就這樣，欣德利失去了他最後一個同盟者，我脫離了他。不過即使是這樣，我還是不能足夠的疼愛希斯克利夫，總感覺我們之間有一層什麼東西在阻礙著我們。有時我常常奇怪，我的主人在這愁眉不展的孩子身上到底看出了什麼？會讓他這麼喜歡他，而超過了自己的孩子。

不過根據我的回憶，我清楚地記得，對於我對他的寵愛，他無條件的接受著，他可從來沒想過報答我，這大概就是他的本來面目吧！他對他的恩人也並非無禮，他只是漫不經心罷了，他給人的印象一直如此。雖然他完全知道他已經抓住了他的心，一切都在他掌握之中，而且很明白只要他一開口，所有的事情都不是問題，全家就不得不服從他的願望。

那就舉一個例子，我記得曾經有一次，恩肖先生在教區的市集上給他的兩個孩子買來一對小馬，給他們一人一匹。希斯克利夫毫不客氣地挑了最漂亮的那一匹，可是不幸的是不久牠跛了，當他一發現，他就威脅欣德利說：

「欣德利，你必須和我換一下馬，現在我不喜歡我的這個了。你沒有選擇，只有遵從，你要是不肯，就不要後悔，我就實話告訴你父親，你這星期抽過我三次，讓他知道你是一個多麼壞的孩子，還要把我的胳臂給他看，一直青到肩膀上呢，看他會如何懲罰你。」

欣德利伸出舌頭，滿臉的質疑，隨後又打他一耳光，他可不會受他的威脅。

沒想到他還真是頑固，「你最好馬上換，我不是在和你開玩笑，」他堅持著，逃到門廊上（他們是在馬廄裡）又堅持說：「你非換不可，不要再倔強了，要是我說出來你打我，你可要狠狠挨上一頓鞭子，你最好能夠識點實務，以免受皮肉之苦。」

「滾開，你這狗仗人勢的畜生！」欣德利大叫，用一個叫做土豆和稻草的秤砣嚇唬他。

哪知他並沒感到害怕，「扔吧，」他面不改色地回答，站著一動也不動，「我還要告訴他你是如何吹牛說，等他一死你就要把我趕出門外，讓我自生自滅，看他會不會馬上把你趕出去。」

欣德利被他的話激怒了，他把那東西真向他扔過去了，正好打在他的胸上，他馬上倒下去，我以為他真的被砸到心臟了，可又馬上踉蹌地站起來，搖搖晃晃的，氣也喘不過來，臉也白了。當時要不是我去阻止，事情真的會一發不可收拾呢！他真的會到主人面前告上一狀，說出是誰幹的，那就會完全報了這個仇，而且主人完全會相信他說的話。

「你這個沒人要的小野種，不和你一般見識了，那就把我的馬拿去吧，」小恩肖不情願的說：「但願這匹馬會把你的脖子跌斷，為牠的主人出氣。把牠拿去，你盡情地折騰去吧！該死的，你這忘恩負義的，你這討飯的，還真不知道感恩呢！真是令人厭煩，吃裡扒外的東西，把我父親所有的東西都騙去吧。祈禱你好好偽裝自己，以後可別叫他看出你是什麼東西，小魔鬼。記住：我希望它踢出你的腦漿！讓你生不如死。」

還沒等他說完，希斯克利夫就馬上去解馬韁，引到自己的馬廄裡。當他正走過馬的身後時，欣德利才結束他的咒罵，毫不留情地把他打倒在馬蹄下，他至少出氣了，然後嚇得也沒有停下來查看一下他是否如願了，希望這件事情不會有人知道，就儘快地跑掉了。再看這個孩子冷靜地掙扎著起來了，他並不像其他孩子哭泣，真是令人驚訝，這一插曲並沒有阻止他的行動，他繼續做他要做的事：換馬鞍子等等，然後他很有見地的進屋以前，坐在一堆稻草上，來壓制住那打在他身上重重的一拳，它使他感覺到非常的噁心。

我怕惹出什麼事端，在一邊勸他把罪加在那匹馬身上，沒想到這是很容易的：他既然已經得到他所要的，而且沒什麼損失，扯點瞎話他也不在乎，他就是這樣的一個人。說真的，他很少拿這類風波去告狀，即使他因此而受了傷，我真的以為他是個不記仇的人。但是，我錯了，我完全受騙了，我僅僅看到的是表面罷了，以後你就會知道的。

chapter 5 讓人拿她沒辦法的姑娘

隨著日朝夕落，日子一天天流逝，像流水似的，恩肖先生開始垮下來了，他精力也不再像以前那樣充沛了。他本來是活躍健康，生機勃勃的，但是他的精力突然從他身上消失了，好像一個人沒有了魂魄。當他老的只能待在壁爐的角落裡時，長時間與人的隔絕，他就變得暴躁得令人難過，沒有一點年輕時的影子。有時一點點小事也會使他心煩，並且時時刻刻都在懷疑大家的舉動損害了他的權威，老了就變得更加古怪了，簡直氣得人發瘋。

但是，他對他引以為豪的棄兒還是那麼的偏愛。如果有人企圖為難或欺壓他的寵兒，當事人還沒發言，恩肖就特別生氣，他把他看的比自己還重要。有時他也很痛苦地猜忌著，人們對他說的話到底可不可信，唯恐有人對他說錯一句話，他變得是如此的敏感。他腦子裡好像有著這樣的一種奇怪的想法：即因為只有自己喜歡希斯克利夫，他受到所有人的恨，並且想暗算他，除之而後快的想法。

這情況對那孩子可不利，因為我們中間比較心慈的人並不願惹主人生氣，他所擔心的事，我們儘量的不會讓它發生，所以我們就迎合他的偏愛，對那孩子忍了又忍。那孩子的驕傲和怪癖就是在這樣的環境中慢慢滋長起來的。可因為老主人的偏愛，也非這樣不可。我記得有兩三回，性格直爽的欣德利當著他父親的面，毫不收斂的表現出瞧不起那孩子的神情，這怎麼得了，他的舉動使老人家大為惱火，只見他抓住手杖要打欣德利，眼看事情就要發展到高潮，卻由於打不動，拄著他那根拐杖，只能氣得直抖。

最後，我們的副牧師（那時候我們有兩個副牧師，靠教林頓和恩肖兩家的小孩子讀書來謀生，以及自己種一塊地為生）出主意說，他待在這裡不是個好辦法，應該把這個年輕人送到大學裡去，讓他們分開，事情才不會那麼糟糕。恩肖先生同意了，他認為這是個好主意，雖然當時心情很不暢快，因為他說「欣德利沒出息，他不是我的驕傲，不管他走到哪兒也永遠不會發跡的，他就是那麼的不開竅」。

我真的希望我們現在可以平安無事了，一切都恢復往常的平靜吧。但一想到主人自己做下的善事，至少他以為是這樣，反而搞得不痛快，我就開始傷心。我猜想他晚年的不痛快還有多病，這一切後果都是由於家庭不和而來，他能夠明白。

事實上他自己也這樣認為，真的，不管你信不信，先生，我們家老爺心中就藏著這樣的心病，自從在外邊領來了那個孩子，他就特別怪怪的。

其實，說實話，要不是為了那兩個人——凱茜小姐和那傭人約瑟夫，我們還可以勉強的湊合下去，一家人還生活在一起。我敢說，即使你不知道他，你之前在那邊肯定看見過他的。他過去是這樣，現在八成還是這樣，一個少見的人，翻遍《聖經》都難找出來的，是一個把恩賜都歸於自己享受所有的好處、把詛咒都丟給別人的最討厭的、最自以為是的法利賽人[10]，他不是一個善良的人。

約瑟夫憑著花言巧語和虔誠的說教，迷惑了恩肖，給恩肖先生留下了極好的印象，甚至視他為己出。隨著主人越衰弱，他的勢力就越來越大。他簡直是個沒有心腸的惡魔，毫無憐憫地折磨主人，他忘了主人對他的仁慈，開始對主人大談他的靈魂和如何對他的孩子嚴加管教。面對主人的包容，他越來越得寸進尺，他甚至鼓勵主人把欣德利當作墮落的人，這樣的人就要早些放手才是最明智的選擇。而且，他還經常每天晚上無緣無故的編造事端，跑去抱怨希斯克利夫和凱薩琳一番，讓他們摸不著頭腦。他總是忘不了把最重的過錯放在後者身上，以迎合恩肖的弱點，以便得到他的同情。

當然，凱薩琳有些獨特的怪脾氣，她的這種脾氣在別人身上是看不見的，她是個不一般的孩子。因為她總能在一天之內讓我們所有的人失去耐心五十多次，而且還能依舊讓人們保持對她的喜愛。從她早上一下樓起直到晚上上床睡覺為止，整整一天的時間，她總是在淘氣，還不感到累，攪得我們沒有一分鐘的安寧，好像整個世界都亂糟糟的。而她總是高高興興，心花怒放地說個不停，唱呀、笑呀，如果誰不附和她，那你就要倒楣了，她就糾纏不休，讓你不得不為之前的行為而感到後悔，真是個又野又壞的小姑娘。

她雖然調皮，可是在教區內就數她有雙最漂亮的眼睛，最甜蜜的微笑，最輕巧的步子，沒有

10. 古代猶太教的一個派別成員，在《聖經》中多記載其對教義陽奉陰違的偽善行為。

人能趕得上她的。不過，話說回來，我相信她並不是一個壞孩子，她只是比較淘氣罷了，因為她一旦真把你惹哭了，她甚至會比你還傷心，就很少有不陪著你哭的，而且使你不得不止住哭再去安慰她，真是一個讓人拿她沒辦法的姑娘。

她非常喜歡希斯克利夫，兩人簡直形影不離。這是她的弱點，如果我們真要懲罰他們，不用絞盡腦汁想其他辦法，最厲害的一招就是把他倆分開，就是對他們最大的懲罰。可是為了他，她願意做一切事，所以她比我們更多挨罵，更多的受委屈。在他們玩的時候，她很開心，她還特別喜歡當小主婦，想起什麼就做什麼，而且對同伴們發號施令，有模有樣的。她對我也這樣，這讓我非常生氣，我可受不了充當雜差和聽任使喚，況且她還是個乳臭未乾的孩子，所以我就警告她，叫她放明白點。

不過，對於恩肖先生來說，他不喜歡孩子們的喧鬧，應該說他不喜歡喧鬧的環境。當他們在一起被主人看到時，他總是嚴峻的。在凱薩琳這方面，大概是因為年紀的緣故，她不明白父親為什麼在衰弱時，脾氣比以前還暴躁，耐性少了些。但這並沒有讓凱薩琳的心情變壞，他那暴躁的責備反而喚起她想逗樂的情趣，她真是個怪孩子，在這種情況下還故意地去激怒她的父親，好像在她心裡沒有什麼煩惱事。

她最高興的是我們一塊罵她，當她受到攻擊時，臨危不懼，她就露出大膽、無禮的神氣，裝作無所謂的表情，用機靈與我們對抗。她確實是個聰明的人，因為她能把約瑟夫的宗教上的詛咒編成笑料，來捉弄我，讓我防不勝防。還幹她父親最恨的事——炫耀她那假裝出來的（而他卻信以為真的）傲慢如何比他的慈愛對希斯克利夫更有力量，對於這一點，她遠遠地勝過她的父親。

炫耀她能使這個男孩在沒有任何條件的情況下，如何對自己唯命是從，從沒有怨言。而對他的命令，卻不是這樣，只有合他心意時才肯去幹，他從不會違反自己的心意。

在幹了一整天壞事後，她總會意識到她的錯誤，有時到晚上她又來撒嬌想和解，真是讓人抓狂的一個人。

「不，凱茜，你別這樣，」老人家說：「你做的這些事，使我不能愛你。你哥哥雖然不好，但你比你哥哥還壞。去吧，不要在這裡磨時間了，禱告去吧，孩子，求上帝饒恕你的罪過。沒想到你現在是如此的叛逆，我想你母親如果在世的話，她一定和我一樣會後悔生養了你哩！」

她開始聽到這話還難過得哭了，大概也有什麼東西觸動了她的心靈。後來，每天都會發生這樣的事，由於不斷地碰釘子，長期下去，她的心腸也就變硬了。

不過話說回來，要是我向她認錯道歉，請求寬恕，這倒是和她心意，她倒反而會大笑起來。但是，事情不妙的是，伴隨著靜靜的夜，恩肖先生的大限之期到了。

一個令人悲痛的日子，在十月的一個晚上，什麼都和往常一樣，而他卻坐在爐邊椅上安靜地死去了，沒有一點死亡的徵兆。那時的天氣：大風繞屋咆哮，並在煙囪裡怒吼，聽起來狂暴猛烈，膽戰心驚，但是奇怪的是天卻不冷。我們都圍在一起，我離火爐稍遠，幾乎感覺不到火爐的熱氣，忙著織毛衣，而約瑟夫湊在桌子旁邊在聚精會神地讀他的《聖經》（因為那時候傭人們做完了事之後，經常坐在屋裡的）。

不幸的是，凱茜小姐病了，她不像以前那麼有活力了，反倒安靜了下來。她安靜地靠在父親的膝前，好像一隻受傷的小兔子依偎在家人身上，希斯克利夫也躺在地板上，自由自在的頭枕著她的腿，極其的享受。

在我模糊印象中，我記得主人在打盹之前，他還不捨地摸著她那一頭柔軟的頭髮，看她這麼溫順，這麼討人喜歡，他臉上露出了欣慰的表情，他難得高興，而且說著：「你為什麼不能總這麼好呢，該拿你怎麼辦呢，凱茜？」

她揚起臉來又調皮的向他大笑著回答：「那你能夠回答我，你為什麼不能永遠做一個好男人呢，父親？」

這下又惹惱了她父親，但是一看見他又惱了，她馬上付出了行動，凱茜就去親他的手，以打消他的憤怒，還說要唱支歌使他入睡。說著，她就開始低聲唱著，聲音是那麼的柔和。但是這時父親的手指在她的手中慢慢滑了下來，頭垂在胸前。我一直以為他由於太累而睡著了，這時我告訴她不要出聲，儘量也別動彈，我擔心她的好動，怕她吵醒了他。因為主人的熟睡，我們整整有半個鐘頭都像耗子似的不聲不響，生怕一點聲響都會吵醒他似的。

其實我們還可以待得更久一些，只見約瑟夫讀完了那一章，看到主人的熟睡，他突然站了起來非要把他叫醒，因為他還沒有向上帝禱告，他讓他做了禱告再去上床睡。只見他快步走上前去，大聲喊叫主人，還不時的碰碰他的肩膀，即便是這樣，可他還是沒有動。於是，約瑟夫不耐煩了，他就拿支蠟燭看他。

可就在他放下蠟燭的時候，蠟燭的光照到主人的臉上，我發現有些事情不對頭。他一手抓著一個孩子的胳膊，把他們支走，悄聲叫他們上樓，還對他們說別出聲，這一晚他們可以自己自由禱告，他還有事，不能陪他們一起了。

「不要拉我，我要跟父親道晚安。」凱薩琳倔強地說。

她的快速使我們沒來得及攔住她，只見她伸出她那小小的胳臂，一下子摟住了他的脖子。最後，這可憐的小東西馬上發現了她失去了親人，她悲痛欲絕，就尖聲大叫：「啊，天啊！他死啦，希斯克利夫！我不敢相信，他竟然拋下我們，死啦！」於是他們兩人就放聲大哭，哭得令人心碎，在這個世界上，他們沒有親人了，他們該怎麼活下去啊。

我也和他們一起痛哭起來，來發洩心中的痛苦，哭聲又高又慘，像鬼哭狼嚎似的。可是，站在一旁的約瑟夫對我們說，對一位已經升天的聖人，這樣吼叫有什麼意義。說著他叫我穿上外衣，用最快的速度，趕緊跑到吉默頓去請醫生和牧師，說不定事情還可能會有轉機。

當時我不明白為什麼叫這兩個人來，他們會改變是奇怪的發展趨勢嗎？可是我還是冒著風雨去了，不過結果我只帶回來一個醫生，另一個說他有事，明天早上會來的。之後約瑟夫留在那裡向醫生詳細的解說一切，而我跑到孩子們的房間裡，看看孩子們的情況。只見門半開著，裡邊的燈也亮著，雖然已經過半夜了，但是他們根本就沒躺下來，一個個的都在那裡發呆。只是已安靜些了，起碼不需要我來安慰他們那受傷的心靈了。

只見這兩個小傢伙正在互相安慰，說著一些讓人意外的話，他們安慰的話就連我都沒想到：世上沒有一個牧師，即使他是牧師界的權威，他也不能把天堂描畫得像他們在自己天真的話語中所描畫的那樣美麗，這是人人都知道的。當我聽著他們的談話，一邊抽泣，一邊聽著的時候，我真心地希望大家將來都能到達天堂，好脫離這塵世的痛苦。

chapter 6 陳年舊恨

聽到這個消息，欣德利先生回家奔喪來了，他還沒有忘記他的父親，而且有一件事使我們大為驚訝，鄰居們也議論紛紛，他帶來了一個妻子。

真是想不到，他才離開多長時間就突然娶了妻子，並且她是什麼人，出生在哪兒，對於她的一切，我們都一無所知。他從來沒告訴過我們，應該說他本來就沒打算告訴我們。我猜想大概她既沒有錢，也沒有門第可誇，不然他也不至於把這個婚姻瞞著他死去的父親的，讓我們都措手不及的。

以我對她的觀察，她並不像是一個喜歡麻煩別人的人。因為從她一跨進門檻，我就感覺到了，她所見到的每樣東西以及她周圍發生的每件事情：除了埋葬的準備和弔唁者臨門外，讓她有點難過和遺憾，其他事情看來都使她愉快。這時，我漸漸地發現，我從她的舉止看出來了，她表現得是如此的異常，她有點瘋瘋癲癲的，她自己跑進臥室，還把我也給叫了進去，那時，我正在給孩子們穿孝服，讓他們下樓去祭奠他們的父親。可她卻坐在那兒發抖，不知是什麼原因，緊緊地握著拳頭，反覆地問：「他們走了沒有？」

然後，她神經質的說自己有潔癖，碰見黑色對她會有什麼影響，她吃驚，哆嗦，最後又傷心地哭起來，當我看到這情景，就問她怎麼回事時，她的回答又讓我吃驚，她竟然回答說不知道，只是覺得非常怕死，心裡有什麼東西在作怪！我想她這是杞人憂天啊，她和我一樣不至於要死的。

她雖然相當地瘦，可是年輕，有活力，氣色又好，還有一雙眼睛像寶石似的發亮，給人一種生機勃勃的感覺。不過，說實話，有時我倒也確實注意到她上樓時呼吸急促，那也沒什麼辦法，只要聽見一點最輕微的聲響，不管是什麼，就渾身發抖，站立不穩，而且有時候咳嗽個不停，很讓人煩躁。

可是我一點也不知道這些病預示著什麼，關於她的一切，我也沒什麼興趣去瞭解，也沒有心血來潮對她表示同情。除非她主動給人講她的身世，因為在這裡，我們跟外地人一般是不大親近的，洛克伍德先生，除非他們先跟我們親近，一直都是這樣，從來沒有因為什麼而改變。

本來年輕的恩肖，轉眼間一別三年，他不像以前了，而是大大地變了。從面部表情上看，他瘦了些，幾乎臉上失去了血色。從行為上說，他的談吐衣著都跟從前不同了，現在的他已經沒有一點年少時的影子了。他回來那天，毫不客氣地就吩咐約瑟夫和我從此要在後廚房安身，不要沒事都在大廳跑來跑去，大廳是他的，他要收回去。

的確，因為他本來還想收拾出一間小屋，把它鋪上地毯，認真地糊糊牆壁，要把它當作客廳呢。可是當他發現，他的妻子對那白木地板，和那火光熊熊的大壁爐以及那些錫盤子和嵌瓷的櫥子，還有狗窩，以及他們平常起坐時可以活動的廣闊的空間都表現出那樣的喜愛，簡直愛不釋手，因此，他便打消了那個念頭，他想為了妻子的舒適而收拾客廳是多此一舉，便放棄了。

她看到凱薩琳也相當的激動，她為自己能在新相識者中找到一個這麼可愛的妹妹而表示高興。剛開始時，她什麼話都講，簡直跟凱薩琳說個沒完，還不時的親她，走哪都帶著她，跟她跑來跑去，還送給她許多禮物，這樣的日子讓凱薩琳非常高興，誰會不喜歡呢？但是不多久，她變了，大概因為她的這種喜愛勁頭退了。

當她變得乖戾的時候，欣德利也發生了變化，他變得暴虐了。不過更讓人害怕的是，她只要吐出幾個字，暗示不喜歡希斯克利夫，這就足以讓少爺對這孩子的陳年舊恨全都勾起來，那是他揮之不去的陰影。他下令不許他跟大夥在一起，也不許別人和他一起玩，而是把他趕到傭人中間去，況且他本來就不是主人，要不是父親收留他，還不知道他現在能不能活下去呢？剝奪他從副牧師那兒受教導的機會是天經地義的，而且還堅持說他該在外面幹活，這裡沒有一個什麼理由來讓他養活一個閒人，並強迫他跟莊園裡其他的小夥子們一樣辛苦地幹活，如果主人還活著的話，他是不會允許這樣的事發生的。

起初也還好，這孩子還很能忍受他的降級，不管怎麼說，他還有凱茜，因為凱茜把她所學的都會毫不吝嗇的教給他，有時還陪他在地裡幹活或玩耍，這也會讓他們很開心。他們都有一種希望，就是希望自己會像粗野的野人一樣成長，那樣就會變得很強大，不會再擔心壞人的欺負。

少爺完全不過問他們的舉止和行動，並且也懶得管，所以他們也樂得躲開他，享受著那無人約束的二人世界。他甚至也沒留意他們星期日是否去禮拜，關於他們做的事情，他也沒什麼心情去知道。只有約瑟夫和副牧師看見他們不在的時候，才會來責備他的疏忽。對於他們的責備，這才提醒了他下令給希斯克利夫一頓鞭子，罰凱薩琳餓一頓午飯或晚飯，讓他們意識到不服從命令的代價。

但是清早跑到曠野，讓他們的心情舒暢，在那兒待一整天，可以忘掉不開心的事，這已成為他們主要娛樂之一，沒有什麼理由可以阻止他們的快樂，隨後的懲罰反而成了可笑的小事一樁罷了，他們無所畏懼。儘管副牧師隨心所欲地留下多少無聊的章節叫凱薩琳背誦，儘管約瑟夫把希斯克利夫抽得胳臂痛，胳臂上青一塊紫一塊的，可是這些並沒有成為他們之間的障礙，只要他們又聚在一起，或在他們籌畫出報復的頑皮計畫的那一分鐘，過去發生的一切都是過往雲煙，他們就把什麼都忘了，什麼對於他們來說都不重要。

曾經有多少次我眼看著他們一天比一天胡來，我不能改變那種局面，只好獨自痛哭，打掉了牙往肚子裡咽，我又不敢說一個字，因為我害怕，害怕失掉我對於這兩個舉目無親的小傢伙還能僅僅保留的一點點權力，我不願意事情變成那個樣子。

記得那是一個星期日晚上，像平常一樣，他們碰巧又因為太吵或是這類的一個小過失，而被他們那些人攆出了起居間，這是很平常的事。但當我去叫他們吃晚飯時，事情不妙了，到哪兒也找不到他們的人影，我們搜遍了這所房子的每一個角落，樓上樓下，以及院子和馬廄，真的連個影兒也沒有。最後，事情不但沒轉機，而且更加嚴重了。欣德利發著他那少爺脾氣，叫我們門上各屋的門，每一個都不能漏掉，並且發誓說這天夜裡誰也不許放他們進來，不然的話，讓他發現就吃不了兜著走。

這時全家都去睡了，我心情不能夠平復，我急得躺不住，便把我的窗子打開，伸出頭去傾聽著，希望能夠讓我聽到些風吹草動。雖然天在下雨，但我決定只要肯他們回來，我就不顧禁令，給他們去開門，讓他們進來。

過了一會，夜更加安靜了，我突然聽見路上有腳步聲，而且越來越清晰。只見一盞提燈的光一閃一閃地進了大門，我無比的激動。隨後我把圍巾披在頭上用來擋雨，跑去給他們開門，以防他們敲門把恩肖吵醒，那就大事不妙了。等開門一看，原來是希斯克利夫，而且只有他一個人，當我看他只有一個人回來時，可把我嚇了一大跳，我擔心凱薩琳出了什麼事。

「凱薩琳小姐在哪兒？你怎麼自己回來了？」我急忙叫道：「我希望沒出事吧，你們到哪去了？」

「別那麼擔心，她在畫眉山莊，」他平靜地回答：「其實本來我也和她一起可以待在那兒，可是他們毫無禮貌，竟然不留我。」

「好呀，原來是這樣啊！你要倒楣啦！」我說：「難道一定要到人家叫你滾蛋的地步，你才會死了心嗎？怎麼這麼沒有自知之明，對了，你們怎麼會想起來轉悠到畫眉山莊去了？」

「你別那麼著急，讓我先脫掉濕衣服，這麼披著它簡直太難受了，然後再告訴你怎麼回事，奈麗。」他回答。

因為那時正是月黑風高，四周一片寂靜，所有的人都進入了夢鄉，除了我，所以我叫他小心別吵醒了主人，不然還不知道會發生什麼事。

他正脫著他的濕衣服，而我在等著熄燈時，他接著說：「本來凱茜和我從洗衣房溜出來，是想自由地到處逛逛，並沒有想過要去畫眉山莊。後來無意中瞥見了田莊閃閃爍爍的燈光，那引起了我們的興趣，我們想去看看林頓他們在過星期日晚上的時候，是不是站在牆角打哆嗦，而相反的，他們的爹媽卻坐在壁爐前又吃又喝，又唱又笑，把眼睛都要烤壞了，享受著那讓人無話可說的安逸。你想他們是這樣的嗎？或者在讀那一長串的布道詞，或是給他們的男僕人嚴格地拷問教義，如果他們回答不對，就得重頭念《聖經》上的一長串名字？那該是多麼的無聊啊！」

「我想八成不會這樣的，」我回答，「他們當然是好孩子，他們不會因為犯錯而受到懲罰，就像你們這樣因為做了壞事而受到懲罰，那是不可能的事。」

「你騙人，別拿那假話來教訓人了，奈麗。」他說：「我不相信你，簡直是胡說八道！我們一直從山莊頂上跑到莊園裡，中間也沒閒著，一步沒停地來到林苑，凱薩琳完全被我落在後面了，因為她是光著腳的。說到這，提醒你明天必須得到泥沼地裡去找她的鞋哩，不然她就得光著腳丫走路了。

「當我們到達那裡時，我們沿著籬笆上的一個缺口爬了過去，隨後沿著那條小路摸索著前進，小心的爬到客廳窗子下面的一個大大的花壇上，然後我們兩個人站在臺子上，互相依靠著。燈光如此的明亮，透過窗戶照到了外面，不知道為什麼，他們沒有關上百葉窗，窗戶半遮半掩，能被清楚地看到裡邊的一舉一動。我們倆靜靜地站在那，兩隻手緊緊地扒著窗臺邊，裡面的景象呈現在我們的面前，清晰得好像我們就身臨其中。

「我們看到，啊！這建築真是美呀，簡直是人間仙境啊！一個漂亮輝煌的地方，四周都在閃閃發光，地上鋪著猩紅色的地毯，桌椅也都有猩紅色的套子，顯得是如此的協調。還有那潔白的天花板周圍鑲著金邊，一根銀鏈子從天花板中心耷拉下來，好像要掉下來的感覺，上面還掛著一串串的玻璃珠子，一支支細小的蠟燭閃閃發光，那情景簡直是太漂亮了。

「老林頓先生和太太都不在那兒，因為我們從頭到尾都沒看到他們。那偌大的屋子只有埃德加和他妹妹霸佔了這屋子，這樣的待遇，他們還不該快樂嗎？我們要是那樣的話，都會以為自己到了天堂啦！不過那是不會發生的事。可是哪，都不敢相信，你猜猜你所說的那些好孩子在幹什麼？伊莎貝拉，我相信她只有十一歲，比凱茜小了一歲，她正躺在客廳裡頭扯著嗓子大聲尖叫著，叫得撕心裂肺，好像是巫婆用燒得通紅的針往她的身體裡扎似的，那種鑽心的痛。而這時的埃德加站在火爐邊，他也滿臉的委屈，但是在不出聲地哭，還有一隻小狗坐在屋子的中央，大概是受到主人的影響，抖著一隻爪子汪汪的叫，整個屋子都籠罩在一片嘈雜的鬧聲中。

「看了一會，從他們雙方的控訴聽來，我明白了那是什麼情況，他們差一點就把那條可憐的小狗撕成兩半，這兩個傻子！這就是他們所謂的樂趣！互相爭執著該誰抱那堆暖和的軟毛，最終還是沒有結果，吵到最後，兩個人都哭了，好像受到了什麼委屈似的，因為兩個人爭搶了一番後，沒有勝出者，誰也不肯要牠了。我們目睹了事情的發展，對這兩個活寶哈哈大笑起來，他們還真是奇葩呢！但是我們還真是看不上他們！

「捫心自問，你幾時瞅見我想要凱薩琳要的東西來著，我們是如此的友好，或是發現我們又哭又叫，蠻不講理的在地上打滾，一間屋子一邊一個，這樣子的玩法？我敢說，就是再讓我活一千次，我也不會這樣，我也不要拿我在這兒的地位和埃德加在畫眉山莊的地位交換，儘管他生活的環境像天堂——就是讓我有特權把那討人厭的約瑟夫從最高的屋尖上扔下來，而且還要在房子前面塗上欣德利的血，我也不會幹這樣的事！」

「噓！噓！小聲點，」我打斷他，「希斯克利夫，別岔開話題了，你還沒告訴我，你是怎麼把凱薩琳撂下，而獨自回來啦？」

「我剛才已經告訴你了，當我們哈哈大笑時，」他回答，「林頓他們聽見我們的聲音了，馬上就如同弦上的箭一般下意識的衝出了門口，但並未有因此而採取行動，一開始他們愣在那裡一聲不吭，大概是被我們嚇到了，然後緩過神來跟著大嚷起來，『啊，媽媽，媽媽！啊，爸爸！啊，媽媽！來呀！啊，爸爸，啊！快來啊！』他們真的就這麼喊了出來。而這時我們做出更加嚇人的聲音，使他們倆的聲音叫得更大了，唯恐他們在外邊的爸爸媽媽不能聽到他們的叫聲。然後我們就從窗臺邊上下來，因為那是我們聽到有人在拉開門閂，這不是一件好事情，我們一致覺得還是趕快溜掉好些，不然被抓到就完了。

「我緊緊抓住凱茜的手，拉著她拼命地往外跑。正在這時，她突然跌倒了，她不能站起來了。『跑吧，別管我，希斯克利夫，你快跑吧，』她小聲說：『他們竟然放開了牛頭犬，可恨的是牠咬住我啦！我動彈不了了。』這個可怕的魔鬼狠狠地咬住了她的腳踝了，我真的不知道我能做什麼，奈麗，我聽見牠那討厭的鼻音，讓人畏懼。但堅強的凱茜，她並沒有叫出聲來。不！她就是戳在瘋牛的角上，也不會叫的，她是一個讓人佩服的女子。

「看到這不堪的一幕，但是我真的忍不住了，發出一陣足以咒死基督王國裡任何惡魔的咒罵，我無所畏懼，然後我從地上撿起一塊大點的石頭扔到牠身上，而且盡我所想把這石頭儘量塞進牠的喉嚨裡。事情發展到高潮，只見一個野蠻的傭人提個提燈來了，大聲地叫著：『咬緊，狐兒咬緊啦！別放跑了那可惡的傢伙。』可是，當他看見狐兒咬著的獵物時，他嚇得愣在那兒，聲調也變了。狗被掐住了，看牠那紫色的大舌頭從嘴邊掛出來足足有半尺長，耷拉的嘴巴流著帶血的口水。

「這一幕讓那個人嚇壞了，隨後那個人把凱茜抱起來，希望她會沒事。她昏倒了，因為他沒被叫醒，但是我敢說不是因為害怕，她是那麼的堅強，而是因為痛的，那種不能讓人忍受的痛。他把她抱進去，我怕她有危險，我就在後邊緊跟著，嘴裡還不時的嘟囔著咒罵和要報仇的話。

「『你抓到什麼啦，洛賓特？快讓我看看。』林頓從大門口那兒朝我們喊著。『先生，狐兒逮到一個可憐的小姑娘，她已經被牠咬傷了。』他回答：『另外，這兒還有個小子，』他又說，並順手抓住了我，『仔細觀察，他倒是像一個內行！很像是強盜把他們送進窗戶，監視我們的一舉一動，好等大家都睡了，他就圓滿完成任務了，然後打開門把他的同伴引進來，最後把我們全都幹掉。之後他又對著我喊：閉嘴，你這滿口下流的小偷，你沒有資格說話，你！你要付出代價，你要為這事上絞刑架的[11]。林頓先生，等一下，你先別把槍收起來。』

「『不，不可以那樣做，洛賓特，』那個老混蛋說：『這些壞蛋知道昨天是我收租的日子，他們來報復我了，想巧妙地算計我。讓他們進來吧，我不怕他們，我要好好款待他們一番。約翰，你快點把鏈子鎖緊，再給狐兒點水喝，詹妮。』他命令道，然後說竟敢冒犯一位長官，不但是在他的家裡，而且還是在安息日！這種荒唐的事情還有盡頭嗎？他是不能被原諒的，『啊，我親愛的瑪麗，瞧這兒！別害怕，他只是一個男孩子，可是他卻帶著一臉的流氓相，腦袋裡裝著一些奇怪的想法，他們露出狐狸尾巴了，他們的賊性已經露出來了，我們要先下手為強，趁著他還沒有

---

11. 當時英國法律極為嚴苛，即便只偷盜少量財物也可能被判死刑。

做出下一步對我們有威脅的舉動，我們立刻把他絞死，這不是給大家做了一件好事嗎？』

「他把我狠狠地拉到吊燈底下，為了更清楚地看到我，林頓太太把眼鏡戴在鼻梁上，兩隻手舉得高高的。那兩個膽小的孩子們也湊近一些，沒有了剛才的畏懼。伊莎貝拉口齒不清地說著：『可怕的東西！不要不忍心，把他放到那冰冷的地窖裡去吧，爸爸。他正像偷我那隻馴雉的那個算命的兒子[12]呀，他的父親是多麼的討厭啊。不就是他嗎，你還記得嗎？埃德加？』

「他們正在殘酷審訊我時，凱薩琳不知從哪裡過來了。她聽見最後這句話，竟然大笑起來。埃德加・林頓好奇地直瞪她，不明白他說的是什麼意思，他總算還不是太傻，還能把凱茜認出來。你知道的，我們曾經就見過的，因為我們以前和他們在教堂見過，我們也能夠認得他們，雖然我們很少在別的地方碰見他們，他們應該是不常出去的。

「『媽媽，我認得她，那是恩肖小姐！』他低聲對他母親說：『瞧瞧那可惡的狐兒把她咬成了什麼樣，而且她的腳流了很多的鮮血，看樣子傷得不輕！這該如何是好啊。』

「『你說她是恩肖小姐？別瞎說！孩子！』那位太太大聲嚷著：『恩肖小姐怎麼可能跟個吉卜賽人似的到處亂晃呢！這個時間她應該待在家裡享受著大小姐的待遇呢！可是，我親愛的，真不敢相信，這孩子在戴孝，當然是啦——她也許一輩子都殘廢啦！永遠不會有那常人的待遇了。』

「『她哥哥這可真是造孽呀！連自己的親生妹妹都不在乎，他是個多麼冷酷的人啊。』林頓先生嘆息著，這時他的目光從我的身上轉向了凱薩琳，對她充滿了同情。『我從席德茲那兒聽說

12. 指吉卜賽人，他們四處流浪，靠算命和表演等為生。

（先生，那就是副牧師），有關於她的一些事：她是在一個異教的環境中長大的，可站在這裡的男孩是誰呢？她這個同夥從哪來的？哦！我斷定他一定是我那已故的鄰人去利物浦旅行時，無意中從路上撿來的一個怪異的收穫，他一個東印度小水手，或是一個美洲人或西班牙人的棄兒，誰知道呢？』

「『不管他是什麼，反正是個壞孩子，不能這樣放過他，』那個老太太狠狠地說：『而且對於一個體面人家十分不合適！我們不能留他在這，你注意到他的話沒有，林頓！一想到我的孩子們會受到他們的影響，我真害怕，怕我們的孩子也會向他們這樣。』

「面對此情此景，我不得不開始咒罵了，別生氣，奈麗，洛賓特奉命把我帶走。不過，我不會拋下凱茜獨自離開的，沒有凱茜我就是不肯走。結果他把我硬拖到花園裡，就這點好處，他的力氣比我大了好多。然後把提燈塞到我手裡，他威脅我說，一定會把我做的好事告訴恩肖先生，那時我就不會這麼猖狂了，並且要我馬上離開莊園，不然就要給我好看，然後把門關緊了，我無可奈何，對自己的無能又氣又恨。

「這時，我發現窗簾還是半拉著，我就往裡瞥了一眼，因為要是凱薩琳願意回來的話，我是說除非他們讓她出來。我非要把他們用玻璃扎得粉碎不可，讓他們為此而付出代價。但是我看到她安靜地坐在沙發上，林頓太太把她的那不合身的外套脫了下來，這是我們為了出來，而偷偷拿的擠奶女人的外套，只看到林頓太太搖著頭，我想她正在對凱薩琳進行說教。她應該不會對她太無理，她怎麼說都還算是一個小姐，因為他們對待她和對待我有著很大的差別，僅僅就是因為我是一個僕人。

「這時女僕端來一盆溫水，給她洗腳，林頓先生為她調了一大杯混合糖酒[13]，伊莎貝拉還把滿滿一盤餅乾倒在她的懷裡，表示對她的認可吧！而埃德加站得遠遠的，不知道在擔心什麼，目瞪口呆地傻看著。這也不足為奇，再說他本來就是這樣。後來他們把她美麗的頭髮擦乾淨梳理好了，給她拿了一雙大拖鞋並用車把她挪到火爐旁，讓她去去寒氣。

「看著她正在享受著大小姐般的待遇，我就放心的丟下了她，因為她正高高興興地在把她的食物分給小狗和狐兒吃，完全忘記了自己的疼痛。最逗人的事，在小狗吃的時候，她還淘氣的捏牠的鼻子，這使林頓一家人那些呆呆的藍眼睛裡燃起了一點生氣勃勃的火花，這全是因為她迷人的微笑，她天生就具有的氣質。他們的臉上露出呆呆的欣賞的表情，顯得異常的滑稽，她比他們可是聰明多了，他們就不是一個層次的人，她超過世上每一個人，不是嗎，奈麗？」

「你做好心理準備吧！這件事將比你所料想的嚴重得多呢。」我回答，給他蓋好被子，然後熄了燈。「你是沒救啦，希斯克利夫，不知道欣德利先生會做出什麼事呢？但他一定要會採取極端嚴厲的手段來對付你，你想想吧，瞧他會不會吧。」

我可以說我是一個預言家了，我的話得到了應驗，這不幸的歷險使恩肖大為發火，也難怪他會生氣。隨後林頓先生為了將事情彌補一下，畢竟事情發生在他們家。第二天他就親自登門拜訪，好減少自己的罪過，而且還給小主人免費做了一大頓的說教，關於他是如何管理他的家的，以及怎樣管好自己的家，說得他真的動了心。

13. 一種用熱水、檸檬、糖、酒等材料調製的飲料。

最後令希斯克利夫奇怪的是，他沒有挨鞭子抽，可是得到警告：從今以後，只要他敢跟凱薩琳小姐說一句話，包括任何的內容，他就得被毫不留情地給攆出去。而恩肖夫人答應在她的小姑回來後，她一定改變她之前對她的態度，好好的約束和管教她，耍手段，讓她對她妥協，而不是用武力，因為她明白用武力，凱薩琳會適得其反的，這對她是行不通的。

chapter 7 畫眉山莊

從那以後，凱茜在畫眉山莊大概住了五個星期，中間從沒回來過，一直住到耶誕節。那時，她原來那受傷的腳踝已徹底痊癒，她發生了很大的改變，舉止也變好了許多。

在這期間，由於女主人常常去看她，讓她漸漸地對她產生了依賴，並且開始試圖改變她。首先，她先試試用漂亮衣服和奉承話來提高她的自尊心，因為她想這是每個女孩都會愛不釋手的東西。結果不出乎意料，她無條件地全都接受了。因此，她不再是那個不戴帽子就在客廳亂碰亂跳的淘氣的小野人，或是一下子衝過來把我們摟得喘不過氣的冒失鬼，她不再讓人鬧心。

她變了，她變成了從一匹漂亮的小黑馬身上下來的一個端莊大方的小姐，這才是一個合格的小姐，棕色的捲髮從一支插著羽毛的海狸皮帽子裡垂下來，顯得她是那麼的漂亮，雖然她本來就美，但那時的她比原來更美，還穿一件長長的布質的騎馬服，那裝扮簡直帥呆了。

只見這時她用雙手優雅的提著她的裙子，雍容華貴地走進。欣德利馬上把她扶下馬來，不敢相信但又十分驚喜：「怎麼，凱茜，一段時間不見，你變得這麼漂亮了，你完全變成了一個美人了！我都要認不出你了，你是哥哥的妹妹嗎？你現在像個貴婦人啦，這才像恩肖家族的後裔，伊莎貝拉・林頓可比不上她，她比她差遠了，是吧，弗朗西絲？」

「伊莎貝拉也沒有她天生麗質，她生下來就是美人坯子。」他的妻子附和著回答，「可是千萬要記住，既然回來了，在這兒可不要再像以前那樣變野了。艾倫，過來幫凱薩琳小姐脫掉外衣，讓她好好休息一下，別動，親愛的，你可不敢亂動，眼看你就要把你的頭髮搞亂了。來，我來幫你，讓我把你的帽子解開吧。」

接下來，我就幫她脫下外衣，才發現裡面露出了一件大方格子的絲長袍，乾淨的白褲，還有閃著光的皮鞋，這些服飾配在她身上簡直不可言喻的漂亮。那些狗上來歡迎她的時候，她也充滿了友好的態度，她的眼中透出喜悅的光芒，好像能夠淨化人的心靈，但是她可不敢靠近牠們，畢竟牠們沒有人的自控能力，生怕狗會撲到她漂亮的衣服上，把她的衣服弄髒，她不喜歡這樣的事情發生。

看到我之後，她輕輕地親了我，可見她還沒忘了我。當時我正在做耶誕節蛋糕，弄得身上淨是麵粉，她想擁抱我可不行，這會把她的漂亮的衣服弄髒的。然後她想起了希斯克利夫，就四下裡張望著想找希斯克利夫，他們已經一個多月沒見過面了。恩肖先生和夫人很急切地看著他們兩個人的會面，他們認真的觀察著這一切，這可以使他們判斷出來，他們有沒有可能把這兩人分開，這是難得的機會。

一開始她找不到希斯克利夫，這讓她非常著急，她不知道該去哪裡去找他。如果他在凱薩琳不在家之前就是邋裡邋遢，到現在也一個多月了，並且沒人加以管教，任他自生自滅。那麼，不可否認，現在他是更加糟糕了，起碼比之前要糟糕。這裡除了我以外，他在別人面前形同虛設，別人甚至連一聲髒孩子都懶得叫他，更沒有人叫他一星期去洗一次澡。

像他這樣大的孩子很少天生就不喜歡肥皂和水，但是他卻不能那樣做。而且，更不用提他身上穿著的那件衣服，那滿是泥巴和灰土已穿了三個月的衣服，如果去稱的話，肯定比原來重一倍，還有他那厚厚的從不梳理的頭髮，已經遮住了他的臉，就連他的手和臉也都是一層黑油，整個人看上去簡直像是一個風吹日曬的雕塑。當他看到走進屋來的是這麼一個漂亮而文雅的小姐，她是如此的高貴，而不和他期望的一樣：是一個披頭散髮，像以前一樣和他相配的人，他只好藏在高背椅子後面了，他感覺現在的他是卑微的，他不敢面對她。

「希斯克利夫不在這兒嗎？他離開了嗎？」她焦急地問，順便脫下她的手套，露出了那嫩白的手指頭，看上去非常的細膩又乾淨，因為什麼都不做，手指十分乾淨。

「希斯克利夫，你怎麼不動彈，你可以走過來，」欣德利先生喊著，美滋滋地看著他的狼狽相，心理得到了滿足，望著他馬上將不得不以一個可憎厭的小流氓的模樣出場而心滿意足，他感到很高興。「你過來呀，像那些傭人一樣來歡迎歡迎凱薩琳小姐，你看她現在變得多漂亮了，她也不會像以前那樣不懂事了，我的好妹妹終於回來了。」

凱茜一瞅見她的朋友藏在那兒，沒管自己的身分便飛奔過去想擁抱他。她在一秒鐘內在他臉上親了七八下，簡直打破了世界紀錄，然後忽然停了下來，馬上往後退了一步，放聲大笑的嚷道：「怎麼啦，希斯克利夫，你看起來不太高興呀！發生了什麼事？而且看看你自己現在是多麼可笑又可怕呀！難道那是因為我看慣了埃德加和伊莎貝拉・林頓，你才變成這樣的嗎？好呀，希斯克利夫，才這麼短暫的分離，你把我忘了嗎？」

她不是平白無故地提出這樣的問題的，而是有根據地提出這樣的問題，因為羞恥和自尊心在希斯克利夫臉上投下了雙重的陰影，他無法自拔，使他待在那裡發著愣。

「握下手吧，希斯克利夫，沒事的。」恩肖先生裝出大模大樣地說：「偶爾一次，還是允許的。」

「我不，我不會的。」這男孩終於開口了，「我可不想被別人笑話，當別人拿來恥笑的把柄。我受不了。」他打算從人群裡走開，逃離這樣的場景，但是凱茜小姐又把他拉住了，她不願意讓他這樣誤會。

「你想哪去了，希斯克利夫，我並沒有笑話你的意思，」她說：「你誤會了，剛才我是忍不住笑出來的。希斯克利夫，就算是這樣，至少也要握握手吧！你為什麼不高興呢？你是這麼反常，我只不過看你有點古怪罷了。你怎麼就不改變呢？要是你洗洗臉，刷刷頭髮，僅僅就是這麼簡單，就會好的，這對常人來說是多麼平常的事啊！可是你這麼髒！你以前可不是這樣的啊！」

她十分在意地盯著握在自己手裡的黑手指頭，環視了手面的四周，又看了看自己的那白得不能再白的衣服，她怕自己那乾淨的衣服和他那破舊的衣服一碰上會兒得不到好處。

「你不用碰我！這一切都是我自己的事。」他回答，看到她的眼色，他馬上意識到事情的改變，就馬上把手抽回來了。「我高興怎麼髒就怎麼髒。我喜歡髒，我就是要髒，這是我的自由，你這個大小姐管不著。」

他說完，就一頭衝出屋外，像射出弓的箭那樣快，這一畫面使主人和女主人很開心，他們的目的達到了，而凱薩琳則十分不安，她一頭霧水，她不明白她說的話怎麼會惹得他發這麼大的脾氣，並且她從來沒見過他發過這麼大的脾氣。

我作為女僕伺候了這位新來的人之後，就算是以前的那個凱薩琳消失了吧，一個新的凱茜形象樹立在了人們面前。然後就把蛋糕放在烘爐裡，那是我們所有人的食物。最後在大廳與廚房裡都升起旺火，這熱鬧的氣氛，搞得很像過耶誕節的樣子。在做完這些後，我準備休息一下，因為我實在太累了，就唱幾支聖誕歌來使自己開開心，不管著不著調，也不管約瑟夫硬說什麼我所選的歡樂的調子根本夠不上是歌，我依舊在唱著。她看我沒有反應，就意識到自己的話對我不起作用了，她就回到自己的臥室裡，去做她的禱告了。

這時，恩肖夫婦忙著讓小姐注意觀看各式各樣花裡胡哨的小玩意兒，個個都還是那麼新，都是她之前喜歡的玩具，那是他們替她買給林頓兄妹的禮物，這是應該送的東西，為的是對他們的好意表示感謝，辛苦照顧凱茜那麼久。在這之前，凱茜完全不知道的是他們已經邀請小林頓兄妹第二天來咆哮山莊，準備好好招待他們，並且這邀請已被接受了，不過有個條件：林頓夫人千叮嚀萬囑咐，別讓她的兩個可愛的寶貝兒子們和那個「頑皮、好咒罵人的男孩」接觸。很明顯，她對希斯克利夫充滿了敵意。

如果是這樣，那就剩我一個人待著了。在無聊的環境中，我突然聞到爛熟了的香料的濃郁香味，嗅著這味道，欣賞著那些閃亮的廚房用具，還有那裝飾著冬青葉、擦得發亮的鐘，整齊地排列在盤裡的銀盆，它們是準備用來在晚餐時倒加料麥酒的，一切都是那麼的美好。我尤其欣賞我費心費力擦洗的那一塵不染的，光彩奪目的廳堂，就是那洗過掃過的地板，他們看起來有種讓然人不敢侵犯的感覺。

我暗自對每樣東西都叫好，看著這被收拾好的一切，於是我就記起了老恩肖，從前在一切收拾停當時，他會第一個來觀看，總是走進來，對我的表現讚不絕口，說我是能幹的姑娘，以後誰娶了我就幸運了，而且還把一個先令塞到我手裡作為耶誕節的禮物，他對下人是如此的照顧，這一切都是有目共睹的。從這，我又想到他生前對希斯克利夫是如此的喜愛，他生怕死後希斯克利夫會沒人照管，再次流離失所，並為此所感到的恐懼，事實證明，他的恐懼得到了應驗，於是我很自然地想到這可憐的孩子現在的地位，他沒有了老恩肖的看護，就像是雄鷹沒有了翅膀。

我唱著唱著，沒有抑制住自己的感情，便哭起來了。但是一會兒我就猛然想到，我不能這樣下去，我應該做些什麼來彌補一下這些損失，起碼總比為這些事掉眼淚更要有意義，我不能這麼頹廢。我站起身來，跑到院子裡去找他。這時，我發現他就在不遠的地方。走近他，我發現他在馬廄裡給新買的小馬梳牠那有光澤的毛皮，那小馬也相當地配合他的工作，並且和往常一樣在餵別的牲口，一刻也不肯閒著。

「快，快過來，希斯克利夫！」我朝向他說：「別待在那兒了，廚房裡挺舒服。別擔心，約瑟夫在樓上哩，他一時半會兒不會下來。快，我們動作要快點，讓我在凱茜小姐出來之前，把你打扮得漂漂亮亮的，那麼你們就可以坐在一起，像往常一樣，整個爐火都由你們倆享受，一直談到上床睡覺的時候，那該是多麼的幸福啊。」

聽到我講話，他毫不在意，依然逕自幹他的活，連頭也不朝我轉一下，好像沒看到我。

「來呀，你到底來不來呀！」我接著說：「我還給你們每個人留了一塊蛋糕，它還不算小呢，差不多足夠你們吃了，但是你打扮一下總得花費半個鐘頭，我們要快些行動。」

我在那裡等了足足有五分鐘，可是他並沒有回答我，我一臉的無奈，於是我就無趣地走開了。

這時，凱薩琳正和她的哥哥嫂嫂一塊吃晚飯，多溫馨的一家人啊！而約瑟夫和我合吃了一頓不和氣的飯，我們並沒有共同的語言，一方在不斷地責罵，但不知道在罵什麼，另一方是不斷地說粗話，但也不知道在說些什麼，時間就這樣一分一秒的過去了。

而這時，瞧那邊的希斯克利夫，他的蛋糕和乾酪一整夜都留在桌子上沒動，就等著仙子來享受，也不知道他哪來的那麼多的力氣。他幹活一直幹到九點鐘，沒有一個人和他作伴，然後不聲不響，陰沉著臉走進自己的臥室，好像誰欠他錢了似的。

來說說凱茜吧！已經很晚了，她還沒有睡，這一天也夠她受得了，為了準備接待她的新朋友們，她吩咐了一大堆事情，搞到現在還沒休息。這期間，她到廚房來過一次，因為她又想起了她的老朋友，她想跟她的老朋友說話，她不明白他為什麼脾氣變得這麼怪。可是他不在，她的希望落了一場空，於是她只是拿腔作調地問了別人他是怎麼回事，就失望的回去了。

第二天早晨他起得很早，正趕上那天是假日，他一點也不喜歡看到那一家人，於是他早早地帶著一肚子的不高興來到曠野上，擺脫他們，他願意做任何事，直到全家都出發到教堂去了，他才回來。

由於早上沒吃飯，他餓了一頓，沒有什麼體力，又前前後後想了一遍，他感覺他精神好點了。他在我身旁轉了一陣，很明顯他在做一件具有決定性的事情，然後他終於鼓起了勇氣，突然高聲說：「奈麗，我需要你的幫助，幫我打扮得體面些，我要改變，我要學好啦！」

「正是那個時候，你已犯下了一個錯誤，希斯克利夫，」我說：「你的所作所為，已經把凱薩琳搞傷心啦，她真是太可憐了，她挺後悔回家來，看到你這麼對她，我敢這麼說！看起來你在妒忌她，你是多麼小心眼的人啊！只因為她比你多被人關心些，你難道都不能替她想想嗎？」

對於嫉妒凱薩琳的念頭，很明顯這個說法他根本無法理解，可是使她傷心這個念頭，他懂，而且他可是十分明白的。

「她說她傷心啦？她還說了什麼？」他追問，很嚴肅的樣子。

「今天早上，當我找不到你時，我就告訴她你又走掉了，於是那時候她哭啦，我意識到我不該對她說那些話，讓她傷心。」

「可是我昨天看到她就哭了，我也傷心呢！」他回答說：「我比她更有理由哭哩，我是那樣一個不受人歡迎的人。」

「是啊，即使這樣，你依然有理由滿心傲氣、肚子空空地上床睡覺，不想其他人的感受。」我說：「驕傲的人總是給自己平白無故地增添煩惱，他們就是愛這樣糟蹋自己。可是，如果你能為你昨天那種暴脾氣慚愧的話，你就還有救。記住，只要等她進來的時候，你一定要先主動，你首先一定得向她道歉。你一定也得走過去親親她，以撫慰她那顆被你傷到的心。而且還要說，你最知道該說什麼，自己好好想想吧！只是要誠心誠意地去做，不要過分，不要弄得好像是她穿得講究，你穿得寒酸，你就沒有了勇氣站到她面前了，你就覺得她變成了陌生人了，千萬不要這樣，這是再壞不過的結局了。」

「現在，儘管我還要把那一大家子的午飯準備好，但是沒關係的，我還是可以抽出空來把你打扮好，這只是需要我好好安排一下我的工作罷了，也好讓埃德加·林頓在你旁邊一比就像是一個玩具娃娃，最好一下子就打敗他。而且他真是像洋娃娃，你雖比他小，但是有著青春的活力，可是，別為了這小小的藉口而灰心，我可以斷定，如果你高些，肩膀也比他寬一倍，那麼你就完全可以在一眨眼工夫就把他打倒，這是很容易的，況且你本來就有這個本錢，難道你不覺得你能夠嗎？」

聽到我說的話，希斯克利夫的臉色突然開朗了一下，但是隨後又陰沉下來，他竟然在嘆氣。

「可是，現實點吧！奈麗，就算我把他打倒二十回，即使讓他站不起來，也不會使他變得醜一點，皮膚黑一點，或者是讓我更漂亮一些，這是改變不了的事實。說實話，對於我來說，我巴不得我有一頭淺色的金髮，白白的皮膚沒有一點疤痕，穿得好，吃得好，守規矩，而且將來會像他那樣有錢，這是我做夢都想變成的事實，但那畢竟是天方夜譚。」

「還動不動就喊媽媽，真是幼稚之極，」我添上一句，「而且要是一個鄉下的大孩子向你舉起拳頭的時候，你什麼都不用做就僅僅發抖就好，如果天上下了一陣雨，就整天坐在家裡不出去，那是什麼樣的一幅畫面啊。啊，希斯克利夫，你在想些什麼呢？你這是沒出息的表現！快過來照照鏡子吧，我要讓你好好看看你該巴望什麼吧。你看看，你注意到沒有？在你眼睛中間那兩條深深的皺紋，還有那濃濃的眉毛，它們不在中間弓起來，卻意外地在中間低垂著，這多麼讓人感到奇怪啊！

「還有你眼睛裡的那對黑魔鬼，看它們整天都埋得這麼深，從來不大大方方地打開窗戶去感受外邊的新鮮世界，卻在底下賊溜溜地轉來轉去，這就像你一樣，像是魔鬼的奸細似的，好像光明的日子就不是屬於你的。你千萬不能這樣想，你應該盼著，還要學著，抹平那些莫名其妙的皺紋，趕走它們，坦率地抬起你的眼皮來，不要畏懼，把惡魔變成可以信賴的、天真的天使，什麼也不要猜疑，你可以的。只要認準了不是你的敵人，你就要把他們當朋友來看待，這樣你才會擁有更多的朋友。不要表現出惡狗的樣子，那會使你的自身素質大打折扣的，不要灰心，也不要有怨氣，事情的發展就看你怎麼想了。」

「換句話說，我必須要這樣說，我一定要希望自己有埃德加・林頓的大藍眼睛和平坦的額頭才行，可那畢竟不是我的，」他回答，「我可憐地巴望著，可是那又有什麼用嗎？」

「你怎麼能這麼說呢？只要你心地善良，上帝就會幫著你的長相變得好看一些，他對每個人都是公平的，我的孩子，」我接著說：「它沒有種族歧視，哪怕你是一個真正的黑人，那也沒有關係，但對於那些壞心眼的人，哪怕長了最漂亮的臉蛋，他也會變得連一個醜八怪也不如。現在我們也洗好了，也梳好了，鬧彆扭也鬧過了，一切都搞完啦，快點告訴我，你難道不覺得自己挺英俊的嗎？不管你怎麼想，但我要告訴你，我可覺得你是一位微服出巡的王子，這是我的肺腑之言。誰知道呢？也許你父親是中國有威嚴的皇帝，你母親是個美麗的印度皇后，他們倆中間任何一個人只要用一個星期的收入，就能輕而易舉地把整個咆哮山莊和畫眉山莊一塊買過來？你說是不是呢？說不定你是因為貪玩，不小心被沒心肝的水手綁了架，他才不知道你的身分，才把你帶到英國來的。如果換做是我，我就不會像你那樣自卑的，我就會把身價抬得高高的想，那是我的自由，不是嗎？而且一想到我曾經是什麼人，那麼的威風，那麼的有地位，就能讓我雄赳赳氣昂昂地把那個渺小的小莊園主比下去！」

我就用這樣的話語說來說去，沒想到還真起了作用，希斯克利夫漸漸地消除了他之前的不快，開始臉露笑容了，沒想到他笑起來竟是那樣的好看。

這時我們的談話一下子被一陣轔轔的車聲打斷了，那是從大路上傳進院子裡來的。他連忙跑到窗口，而我跑到了院子裡，眼前的一幕讓我們都感到很意外，剛好看見林頓兄妹倆從家用馬車中走下來，顯得如此的從容，裹著大氅皮裘，真是名副其實啊！

只見恩肖一家也從他們的馬車上下來，以前他們在冬天常常騎馬去教堂的。不過，現在有這個條件，何樂而不為呢？凱薩琳忙得一手牽著一個孩子，把他們帶到大廳裡，因為那些孩子的臉已經被冬日的寒冷給凍了，所以就讓他們坐在火爐前，不一會兒，他們的白臉就有了血色。

我馬上催我的同伴現在趕快出去，去迎接他們，並且還要顯得和和氣氣，勸他一定要乖乖地照我說的去辦，只有這樣，事情才會有轉機。

可是倒楣的是，他一打開從廚房通過來的門，而這時，欣德利從另一邊把門打開了，或許這並不是碰巧。但他們的確碰上了，這可不是好事情，主人一看見他又乾淨又愉快的樣子就無緣無故的冒火了，也許想按著答應林頓太太的話去做吧！猛然一下用力地把他推回去，好像只要有他在的地方，希斯克利夫就不能在那。而且生氣地叫約瑟夫：

「警告你，以後不許這傢伙進這間屋子，把他送到閣樓裡關起來，宴會不散就別下來。不然的話，不知道會出什麼亂子呢！要是讓他跟他們在一起待上一分鐘，他就會得意忘形，甚至他就要用手伸到那些甜餡餅當中去，而且還會偷水果哩！」

「不會的，你多想了，先生，」我忍不住搭腔了，「他有這個自知之明，他什麼也不會碰的，不關於他的，他不會的。而且我想，他也是個有血有肉的人，他也應該和我們一樣，有他那份好吃的。」

「順便你們怎樣，要是在天黑以前我在樓下捉到他，我就不管了，就叫他嘗嘗我的巴掌的厲害，」欣德利吼著：「滾，趕緊滾得遠遠的，你這討人厭的流氓！什麼？你還想癡心妄想的打扮成公子哥的模樣，是不是？別白日做夢了，等我揪住那些漂亮的鬈髮，看我會不會把它們拉長！」

「它們已經夠長的啦，看啊，」林頓少爺說，從門口偷瞧，「這麼長的頭髮，我奇怪這些頭髮竟沒讓他頭疼，耷拉到他的眼睛上面像馬鬃似的！難道這樣還不夠長嗎？」

他無心地說出這樣的話，本來是不帶有任何侮辱的意思，可是竟讓希斯克利夫聽到了，他那野獸般的爆性子，哪能容得下一個讓他痛恨的人說這樣不得體的話呢，況且他的自尊心是如此的強，於是他順手抓起一盆熱蘋果醬，這是他順手抓到的頭一件東西，沒想到就派上了用場，只見他把它整個向說話人的臉上和脖子上潑去。

那一時刻簡直讓人無法目睹，結果可想而知，那個人立刻哭喊起來，再也停不下來了，伊莎貝拉和凱薩琳聽到聲音，都連忙跑到這邊兒來看看發生什麼事。恩肖先生立刻捉住這個元凶，這一切正是他所希望的，隨後把他送到他臥房裡去，關上了門。毫無疑問，他在那兒採用了一種極端粗暴的治療法來壓下那一陣憤怒，等他回來時滿臉通紅，氣喘吁吁。可見他的怒氣並沒有完全消散，這時我拿起擦碗布，因為當時的緊急情況實在找不到什麼東西來幫他了，就惡狠狠地揩著埃德加的鼻子和嘴，還說因為他多管閒事，怨不得別人，他活該倒楣。看到這種情況，他的妹妹害怕地開始哭著要回家，她意識到她不能在這裡待下去了，凱茜站在旁邊臉漲得通紅，她為這一切羞得臉紅。

「看到他那樣的態度，那你根本不應該和他說話！」她教訓著林頓少爺，「你知道的，他心情不好，而現在你把這一趟拜訪搞糟糕啦！你說我該拿你怎麼辦呢？而且他還要為此挨鞭子，你知道那是什麼後果嗎？實話告訴你，我可不願意他挨鞭子！我吃不下飯啦，你怎麼這麼不聽話呢，你幹嘛跟他說話呢，你知道他是個怪脾氣的，埃德加？」

「我沒有，我真的什麼都沒有說，」這個少年抽泣著，從我手裡掙脫出來，以表示他的無辜，然後用自己的麻紗手絹把剩下的地方擦乾淨了。「我曾經答應過媽媽，我一句話也不跟他說，而且我也沒有說什麼，難道這還不夠嗎？」

「好啦，別哭啦，眼淚就不值錢嗎？」凱薩琳輕蔑地回答，「別說了，你又沒把人給殺了。快別再淘氣了，就讓事情這麼過去吧。我哥哥來啦，安靜些！噓，伊莎貝拉！小聲點，你怎麼了，有誰傷了你嗎？」

「喏，喏，都沒事吧！孩子們，大家入席吧！」欣德利匆匆忙忙進來喊著：「教訓了那個小混蛋剛好讓我全身暖和了，而且身上還出汗了呢！如果還有下一回，埃德加少爺，不要怕，就用你自己的拳頭打吧，那會讓你胃口大開的！不用顧慮什麼，隨心去做就好了。」

一瞅見這香味四溢的筵席，整個屋子裡都充滿了飯菜的香味，參加宴會的幾個人很快就恢復了往日的平和，看著桌上的飯菜垂涎三尺。他們在騎馬坐車跑過一段路之後顯然已經餓了，對付這樣的他們，我是很拿手的，所以很容易就給安撫得妥妥帖帖，他們沒有什麼可抱怨的，因為他們並沒有受到什麼真正的傷害，但對於希斯克利夫，他就不同了。恩肖先生忙著切那大盤的肉，恩肖太太也在談笑風生，幾乎每個人都高興起來，把剛剛那不愉快的事都拋到了腦後。

我站在她椅子背後隨時伺候著，不敢有一點的怠慢，而且很難過地看著凱薩琳，真是沒想到，經歷這樣的事情，她的眼睛一點都不濕潤，顯得沒事一樣，開始切她面前的鵝翅膀，她還很自在呢。

「好一個無情無義的孩子，你怎麼就沒點良心呢，」我心想，「那是她多年在一起玩的夥伴啊，他如今是那麼倒楣，他們這麼多年的感情，她竟這樣不管不顧。真是不可思議，我真沒想到她竟是這麼自私，我一點也不像以前那樣喜歡她了。」

不過我好像對她產生了誤會，只見她拿起一口吃的送到嘴邊，還沒碰到嘴唇，隨後又把它放下了，那動作是多麼的無奈。可是她的臉緋紅，像流出的鮮血一般，淚珠流到了她的臉上，她在默默傷心呢。

她強忍著把叉子滑落到地板上，然後用力的扎到桌布下面，來掩蓋自己的感情，她不敢讓別人看到。其實我覺得她無情無義，也沒有多長的時間，因為我很早就看出，她其實並不開心，而是一整天都在受罪，她煎熬著苦苦想著找個機會自己待著，因為她不相信任何人，或是想去看看希斯克利夫，看看他現在怎麼樣了，他已經被主人關起來了，不用想他過的肯定不怎麼樣，照我看來，她想私下給他送吃的去，因為除了她，應該沒有人會想起他來了。

為了給來的客人接風，晚上我們特別有個舞會。利用這個機會，凱茜央求他哥哥把他放出來，並以伊莎貝拉・林頓沒有舞伴為藉口。結果可想而知，她的哥哥不會大發慈悲的，所以她的請求沒有成功，小主人把我指派給她做舞伴。沒想到，一跳舞大家就來勁了，把所有的不痛快都拋到了一旁，每個人都興高采烈。人人都在狂歡，吉默頓樂隊的到來更增添了我們的歡樂，那簡直就像是一個樂園。

這樂隊有十五個人之多，除了歌手外，還有一個小號、一個長號、幾支豎笛、低音笛、法國號角、一把低音提琴，種類還真是多樣。每年耶誕節，他們都不會閒著，他們挨家挨戶地到所有體面的人家去演出，收點捐款，這也是他們的一種生活方式。聽他們演奏，花著我們的錢，我們都認為是頭等的享受，因為這種享受僅僅是體面的大家才有的，等到一般的頌主詩歌唱之後，我們就請他們唱些抒情歌和重唱。那感覺真是太好了。恩肖太太愛好音樂，音樂讓她心情變得大好，她給我們唱了很多，人人聽得都很陶醉。

音樂真是個好東西，凱薩琳也愛好音樂，可是她說，音樂只有在樓梯頂上最好聽，那將會是最動聽的了，她會讓每個人都對她的音樂折服的。於是她就摸黑上了樓，很興奮的樣子，我出於好奇，也跟在她後面。他們把樓下大廳的門關上了，繼續狂歡著，根本沒注意我們，因為那屋裡擠滿了人，就算一下子跑出去幾個也不會被人發現。她在樓梯口並沒有停下，她改變了方向往上走，一直走到禁閉希斯克利夫的閣樓上召喚他。我這才恍然大悟，原來凱茜上樓來唱歌只是個幌子。

有一會他們就那麼僵持著，他執拗地不理睬，她沒放棄一聲聲不停地叫，到底把他打動了，他面向了她，隔著木板與她交談。看著這一幕，我都不能自已了，我擱下這兩個可憐的小傢伙，希望他們沒有顧慮，讓他們安安穩穩地自己交談，而我去給他們望風，直等到我推測歌唱要停止，音樂也停止，那些歌手感覺到累了，要吃點東西了，我這才爬上樓去提醒他們，讓他們趕快分開。

可是我在外面沒找到她，我嚇壞了。這時卻聽見她的聲音在裡面，這可不是什麼妙事。這小猴子肯定是從一個閣樓的天窗爬進去，然後沿著房頂，又進另一個閣樓的天窗，這得需要多大的勇氣啊。我費了好大的勁，好說歹說，好不容易才把她哄出來。

當她出來時，緊跟著，希斯思克利夫也跟著出來了。她懇求我一定要把他帶到廚房裡，他看起來是如此的虛弱。因為我那位夥伴約瑟夫，為了躲避他所謂的「魔鬼頌」，跑到鄰居家去了，所以現在沒有什麼擔心。瞭解他們要這樣做，我告訴他們，我本無意鼓勵他們玩這種把戲，並且很可能會玩火自焚。但是這個所謂的囚犯，自從中午就沒有吃過東西，他也是個有感情的人，不管怎麼樣，我就默許他欺瞞欣德利這一回。

他下去了，拖著他那沉重的身子，摸著他那冰冷的身子，我就讓他坐在火爐旁，並給了他一堆好吃的東西，好讓他驅走惡魔。可是他病了，身邊的東西一點也沒動，他吃不下，看他這個樣子，我本想好好款待他的企圖也只好丟開了。只見他兩個胳臂肘支在膝上，手托著下巴，呆呆得沉思著，也不知道哪來的精神。

我問他想些什麼，他嚴肅地回答：「我在打算怎樣報復欣德利，我不會忘記他的，就算他化成了灰。我不在乎要等多久，我有大把的時間跟他耗。不管付出多大代價，我都無所謂，只要最後能報仇就行，我一生的心願就是這個，希望他能活得久一些，等到我向他討債的那一刻，我終歸是要報仇的，誰也不能阻撓我。」

「天啊！你怎麼能夠那麼想？你說出這樣的話真不害臊，希斯克利夫！」我說：「你怎麼可以跨界，懲罰惡人是上帝的事，我們做好分內的事就好了，我們應該學著饒恕人，而不是去埋怨人。」

「不，那是不可能的，上帝也沒有我這般的痛快，」他回答，「不過，上帝，要是我能知道最好的辦法該有多好！那就不用我每天這麼悶悶不樂了，走吧，讓我一個人待著吧，我需要靜靜地待在這，我要好好地想一想，想想以後該怎麼辦？這真是很奇怪的事啊！當我在想著報仇的時候，我反而就不覺得痛苦了。」

可是，洛克伍德先生，我講的太多了，我不認為這些故事能夠讓你得到消遣，或者說來打發你的時間。我可沒有想到會嘮叨到這種地步，我可真氣人。快看啊，你的粥已經涼啦，時間不早了，你也該睡覺了！我本來想關於希斯克利夫的歷史用三言兩語就能說完。但是，我卻說了那麼多的廢話。

我沒有說什麼，管家這樣打斷了她自己的話，然後站起身來，正要打算放下她的針線活離開，但是這時我覺得很冷，冷得簡直離不開火爐，而且告訴她，我一點睡意也沒有，我一點也不想去休息。

「沒事，你好好坐著吧，迪恩太太，」我懇求著，「坐吧，你可以再坐半個鐘頭！你的故事正合我的胃口，你已經勾起了我的興趣，別推遲了，你就慢慢地把故事講完吧。而且我對你所提的每個人物或多或少都感到有點興趣哩，你還是接著講吧。」

「可是，鐘在打十一點啦，先生，這也沒關係嗎？」

「嗯，沒關係，我不習慣在十二點以前上床的，那對我來說簡直就是折磨。對於一個睡到十點鐘才起來的人來說，他沒有十二點之前上床的概念，一兩點鐘睡已經算是早的了，況且我一直都是這樣的。」

「先生，你不應該睡到十點鐘，那樣對你也沒好處，一天最好的時間在早上十點前，你應該把握住，而不是讓它們就這麼匆匆流走了。一般來說，一個人要是到十點鐘還沒有做完他一天工作的一半，那他就完了，就很可能剩下的事情也不能做完了，他這一天等於白過了。這是人人都明白的道理啊！」

「不管怎麼樣，那是不適合我的，迪恩太太，我希望你還是留下來吧，因為明天我打算把睡覺的時間延長到下午，這對我來說，是必須要做的事，因為我已經預感到自己至少要得一場重傷風，我的預感一般都很準的。」

「聽你說的，我真不情願這樣，先生。好吧，那我就答應你吧！但是你必須允許我跳過三年，因為我實在不想回憶那一段時間，在那段時間裡，恩肖夫人……」

「不，不，我不允許這樣的做法！對於你做的每件事，你就要對它負責。設想一下，你不明白那種心情，如果你一個人在靜靜地坐著，這時貓在你面前地毯上舐牠的剛剛出生的小貓，你就會不由自主地一心一意地看牠的動作，但是這時候有一隻耳朵，那隻貓忘記舐了，就不會使你那麼安靜了，就會使你不大高興？你能明白嗎？」

「我得說，你說的這是一種十分糟糕的懶法子，沒有什麼比這個更懶了。」

「恰恰相反，毫不誇張地說，這是一種精力旺盛得令人討厭的心情，你不這樣認為嗎？目前，反正我正是這樣想的。因此，我要你講得更加的詳細一些，你應該明白了吧！據我的觀察，我看出來這一帶的人與外邊的人有極其大的不同，對於城裡的那些形形色色的居民來說，他們看到就好比地窖裡的蜘蛛見著茅舍裡的蜘蛛一樣。發表這樣的言論，這並不是因為我是一個旁觀者，才比你們看得清，才得出這種日益深刻的印象，況且他們確實認認真真的，自己過著自己的生活，外邊的世界與他們無關，他們不去關注外面的變化和一些瑣碎的事情，因為他們從來沒有人去做那樣的事情。

「現在我能想到在這裡，在這與世隔絕的一片土壤，可能存在著一種終生的愛，那愛是不能用言語來表達的。可是我以前死都不相信愛情會堅持一年以上，不知道這是怎麼的。這種情況就像是把一個饑餓了幾天的人，安排在一桌香噴噴的飯菜面前，可想而知，他可以精神專注地大嚼一頓，不管結果會怎樣。而另一種情況，就是把他領到法國廚子擺下的一桌筵席上，看著那動人的食物，他也準備在這桌美食桌上好好享用一番，但是各盆菜肴在他的記憶裡不過是滄海一粟而已，他也不會有之前的那種欲望了。」

「啊！別那麼早下結論，你在這多待一些日子，慢慢你就會知道我們這兒跟別地方的人是一樣的，沒什麼太大的差別的。」迪恩太太說，很明顯，她有點不明白，她對我說的這番話多少有點莫名其妙。

「原諒我，別太在意我說的話，」我回答道：「你，我的好朋友，你知道嗎？你是反對那個斷言的一個極好的證據。長期以來，我一直認為你們這一階層人所留有的習氣，那種重重的習氣，在你身上並未留下痕跡，你是污泥中的那朵白蓮，你只是稍微有些土氣罷了，但這並沒有影響你的人格。我敢說你比一般僕人想得多些，他們遠遠不如你，在這樣的環境中，你迫不得已的鍛煉了你自己的思考能力，因為你清楚地知道，根本沒有必要把生命消耗在愚蠢的瑣事中，那將是一件多麼不值得的事。」

迪恩太太哈哈大笑起來。

「你過獎了，我認為自己應該是屬於冷靜思考的那一類人，」她說：「我的這種性格倒不一定是由於一年到頭住在山裡不出來的緣故，因為在這裡，老是看到相同的面孔做著相同的動作，像是一個機器。或是我受過了嚴格的特殊訓練，這給了我智慧，才讓我與別人有那一點點的差別吧！或是我讀過許多的書，從書中又悟出了一些道理，洛克伍德先生。我敢說，在這個圖書室裡，隨便你怎麼找，你可找不到有哪本書我沒看過，而且在這裡的每一本書，我都大略地看過了，我能知道它們每本書都寫了什麼。除了那排希臘文和拉丁文的，還有那排法文的，雖然它們很難，但是那些書我也能分辨出來。

「我大概就只有這點優點了，對於一個窮人的女兒來說，她沒有什麼能夠讓你感興趣的東西，所以你不要奢望太多了，那樣會使你失望的。只是，退一步講的話，如果你希望我像閒聊一樣說下去的話，把整個事情講得明明白白的，那我就這樣說下去吧！而且，如你所願，時間上也不跳過三年，我一步一步地給你講。就從事件發生的第二年夏天講起也可以啦，那是一七七八年的夏天，我記得很清楚，差不多二十三年前。」

chapter 8 命運的安排

那是在一個六月的早晨，超正常的天氣，十分晴朗，那時，我正忙著照看第一個漂亮的小嬰孩，他是唯一的一個，也就是古老的恩肖家族的最後一個獨苗誕生了，這是大家期望已久的時刻。

當時，家裡沒有什麼人，因為正是農忙的季節，我們正在遠處的一塊田裡忙著耙草，汗水一滴一滴的往下流。正在這時候，令人奇怪的是，經常給我們送早飯的姑娘提前一個鐘頭就跑來了，看她火急火燎的樣子，肯定有什麼大事要發生。只見她穿過一片草地，飛快地跑上一段小路，而且還邊跑邊叫。

「啊，你們都想不到，那是多漂亮的一個小孩！」她喘著說：「我敢說，那簡直是從來沒有的漂亮的男孩！他應該是上帝賜予的。可是，不幸的是，大夫說太太的性命堪憂，他還說好幾個月前她就有肺癆病，而且還越發嚴重了。這是我聽見他悄悄告訴欣德利先生的，他們的談話再沒有其他人聽到了。照目前的情況來看，太太大概活不多久了，可能到不了冬天了。你不要忙著幹活了，你得馬上回家。回家去抱抱那個可憐的小寶貝，剛出生就要失去他的親人了，奈麗，然後餵他糖和牛奶，好好地餵養他，整天整天的照顧他，把他好好撫養長大。要是我是你該有多好，你真是白撿了一個大便宜呢！因為等到太太不在的時候，小寶貝就全歸你啦！真不知道你上輩子修的什麼福。」

「不敢相信，她真的病的有那麼嚴重嗎？」我問，丟下耙，然後繫上帽子，準備往家回。

「我想是這樣的，但看樣子她精神還不錯，大概是孩子的到來讓她精神煥發吧。」那姑娘回答，「而且聽她說話的語氣，好像她還想繼續活下去，看著她的孩子長大成人哩，畢竟她是個母親呢！看到那個孩子，她是高興得過了頭了，因為那是個多麼好看的孩子！人人看到都會喜歡他的。我要是她，也會像她一樣，準也不想死。我光是瞅他一眼，看那誘人的臉蛋也會好的，我只管按我想的做，才不管肯尼士[14]說什麼呢。這時，阿切爾太太把這小天使抱到大廳給主人看，主人看到他，他的臉上慢慢露出了燦爛的笑容，那個討人厭的老傢伙走上前，他說：『恩肖，你別愁眉苦臉了，你應該感到高興，你的妻子給你留下這麼個可愛的兒子真是福氣。就在她剛來到時，我就知道，我就深信任何人都沒法讓她活得長些啦，這是她的命，她不得不接受。現在，恩肖先生，請你節哀，我不得不告訴你，她活不過冬天了。不過，你別難過，也別為這事太煩惱啦，她也不希望你這樣，而且這是無法改變的了。最聰明的選擇是你應該明智一些，你之前確實是太衝動了，不該挑這麼個不頂事兒的姑娘！看，到頭來作難的還是你！」

「老爺怎麼說的！他無動聲色嗎？」我追問著。

「我想他肯定是狠狠地罵了一番，可我沒管他，反正不管怎麼樣，我就是要看看孩子，任何

14. 指之前提到的大夫。

事都不能打消我的這個念頭。」她又開始狂喜地描述起來。

聽到這樣的消息，我和她一樣地高興，於是興高采烈地跑回家去看。雖然我心裡很為欣德利難過，但那種難過也不能壓抑我想馬上見到小少爺的那種衝動。

再說恩肖吧，他這一生心裡只放得下兩個偶像——他的妻子和他自己，其他就沒有什麼能讓他放在心上了。他兩個都愛，同時還崇拜著另一位，我不知道他會怎麼樣面對這麼重大的損失，我簡直不敢去想像。

當我們到了咆哮山莊的時候，正好看見他，他正站在門前思考著什麼。在我進去時，走到他跟前，我就問：「孩子怎麼樣？他不要緊吧？」

「簡直都能跑了，真不敢相信，奈麗！」他興奮地回答，同時臉上露出愉快的笑容，他為有這樣的兒子而自豪吧！

「女主人呢？她怎麼樣啦？」我大膽地問，「我聽說大夫說她……」

「該死的大夫！什麼話都不會說，」他打斷了我接下來要說的話，而且漲紅了臉，「那當然了，弗朗西絲還好好的哩，她能有什麼事，而且再過一個星期她就能好了，她會像以前一樣好的。你上樓嗎？如果你上樓，你能不能替我告訴她，我也沒別的辦法了，只要她答應不說話，稍微安靜一些我就來，因為她總是說個不停，而且還說一些莫名其妙的話，我只好先離開她一會兒，這樣她才會安靜些。千萬要告訴她，肯尼士大夫是這樣說的。」

於是我上樓後，就把這些話告訴了恩肖夫人，她看起來興致勃勃的，而且挺開心地回答：

「艾倫，老天也知道，我真是連一個字都沒說，我不敢說，倒是他都哭了兩次了，我都沒法子了。好吧，照你所說，說我答應了我不說話，儘管是這樣，但那並不能使我不笑他呀！你看他是多麼的滑稽啊。」

真是可憐的人呀！造化真是捉弄人啊！直到臨死前的一個星期，她都不能感受自己真實的感受，可悲的是，她心裡還一直都是開心的。而她的丈夫也固執地，不，應該說是死命地認定妻子會一天天的好起來的，他不相信妻子會離他而去。當肯尼士不得不警告他說，病到這個地步，說實話，連藥都是不管用的了，如今已經沒什麼辦法來改變這一局面了，而且他不必來帶她看醫生了，因為這純屬浪費錢，而且不會有什麼變化，他卻回嘴說：

「我知道你不必再來了，而且你永遠也不會再來了，她好啦！她不再需要你來探望了，你對她已經沒有用了。而且，再給你說一下，她從來沒有肺癆。那是你的誤診，她那只是發燒，已經退了，她會慢慢好起來的。她的脈搏現在跳得和我一樣慢，臉也一樣涼，她沒有什麼病症了。」

在和妻子的交談中，他也跟妻子說同樣的話，而他的妻子也沒多想，彷彿也相信了這樣的回答，而且這也是她所希望的，他還要看著她的孩子一天天長大呢！可是不幸的事情最終還是發生了，一天月黑風高的夜裡，她正靠在丈夫的肩上享受著那夜的寧靜，正說著明天就能起來了，突然一陣咳嗽嗆住了她要說的話，極輕微的一陣咳嗽，他把她抱起來，好讓她舒服一點。開始她還用雙手摟著恩肖的脖子，但是慢慢的臉色變得十分難看，不一會就沒有了呼吸。

一切正如那個姑娘所預料的一樣，失去母親的這個孩子名叫哈里頓，他完全歸我管了。至於他的父親，恩肖先生對他的關心，一直以來都只限於看見他健康，只要他不哭就絕對滿足了，他對他的兒子沒有太大的追求。至於他自己，那就更糟糕了，他變得比以前更絕望了，他把痛苦深埋在心中，不願意讓人知道，他真是想哭都哭不出來。但他不哭泣，也不禱告。更可怕的是，他整天詛咒又蔑視，憎恨上帝同人類，過起了恣情放蕩的生活，真是慘不忍睹的生活。

長期下來，下人們忍受不了這種殘忍的虐待，不久就都走了。約瑟夫和我是僅有的兩個願留下的人，因為我們都有各自留下來的原因吧！我不忍心丟開我所照應的孩子，他是那麼的無辜。而且，你知道我曾經是恩肖的共乳姊妹[15]，這是不變的事實。所以比起那些毫不相干的人，我更容易原諒他的所作所為，因為我知道造成這一切後果的根源是什麼。再說約瑟夫，他每天還是繼續威嚇著佃戶與那些幹活的，誰碰到他簡直就是倒了八輩子的楣，因為待在一個他可以罵個沒完沒了的地方，就是他的職業。

不過話說回來，主人的這些壞習氣給凱薩琳與希斯克利夫可是做出一個糟糕的榜樣。甚至他對希斯克利夫的做法足以使一個天使變成一個魔鬼，那該是多麼殘忍啊。而且，事實勝於雄辯，在那時期，那孩子真像是著了魔一樣，他完全不像他以前了。可怕的是，他幸災樂禍地眼看欣德利墮落得不可救藥，他也無動於衷，他那野蠻的殘暴和無情一天天凸顯了出來，真是讓人擔心啊。

那時候，我們的住宅活像地獄，過著生不如死的生活，簡直沒有什麼言語可以用來形容它的，那真是糟糕到了極點。就連常常登門的副牧師也不來拜訪了。最後，命運的捉弄，我們連一個體面的朋友也沒有了。埃德加・林頓可以算是唯一的例外，因為這裡有他想看到的凱茜小姐，

15. 指奈麗的母親也做過欣德利的乳母。

他還常來看凱茜小姐。

當她到了十五歲，她就是鄉間的皇后了，在那裡沒有人能比得上她，從而也使她變成了一個傲慢無禮的美人！自從她的童年時代過去後，我就不怎麼想瞭解她了，我就不再喜歡她了，因為她變了，變得我都不敢認她了。而且我曾經為了要改掉她那妄自尊大的脾氣，那種脾氣在她童年時的身上是完全看不到的，我總是故意惹怒她，讓她意識到她的壞脾氣，儘管她從來沒有表示過對我的反感，但是這也是我的一廂情願。但是她對舊日喜愛的事物依然保持著一種古怪的戀戀不捨之情，甚至希斯克利夫也為她所喜愛，這和兒時的他們一樣，始終不變。年輕的林頓，充滿著魅力，儘管他有那一切優越之處，但是依舊無法給她留下相同的深刻的印象，這倒讓他相當的苦惱。

你看，他是我已故的主人，掛在壁爐上的就是他的肖像，他看著依然是那麼的慈祥。本來這裡有兩張的。他的一直都是掛在另一邊的，他妻子的是掛在這一邊的。可是她的不知什麼時候被搬走了，不然的話，你還可以看看她從前的樣子。她那時候還可漂亮呢！

你看得出嗎？迪恩太太舉起她拿在手中的蠟燭，在那微弱的光下，我可以勉強看出這是一張溫柔的臉龐，表情極其的自然，極像山莊上那位年輕夫人，充滿著青春的活力。那是一幅可愛的畫像，讓你看到就會忍不住停下腳步。只見他長長的淺色頭髮在額邊微微捲曲著，眼睛又大又嚴肅，整個體態簡直雅致之極，神聖而不敢侵犯。我能夠想像，凱薩琳・恩肖會為了這麼個人，而忘記了舊友，這令我一點也不會感到奇怪。但若是他，能想得出此刻我對凱薩琳・恩肖的看法，那才使我詫異，讓我對他臣服呢！

「說真的，這的確是一幅令人愉快的肖像，」我對管家說：「你看他像不像他本人？」

「像，他確實是像，」她回答，「特別是在他高興的時候更是好看一些，那是他平日的相貌，他一般很少有的，通常他給人的感覺總是精神不振的。」

凱薩琳自從上次的事件後，一直跟林頓他們同住了五個星期後，他們就一直保持著聯繫。當他們在一起時，她給他們的印象總是沒有一點瑕疵的，她不願意向他們表現出她那粗魯的一面，她不想讓其他人知道她的粗魯。而且在那裡，長期的生活下來，她所面對的都是一些守規矩的舉動，這樣的氛圍漸漸地也感染了她。因此，長時間的相處，她也懂得無禮是可羞的。

她那乖巧和伶俐，加上她那一臉無辜的表情，很快地騙住了老夫人和老紳士，同時贏得了伊莎貝拉的愛慕，還征服了她哥哥的心靈，她最初為此是那麼的得意，她感覺打了一場勝仗似的。因為她是野心勃勃的，她有一種永遠滿足不了的欲望，這使她養成一種雙重性格，當然，這也不是為了要欺騙什麼人而這麼做的。

在那個地方，只要她聽見希斯克利夫被稱作一個「下流的小壞蛋」和「比個畜生還糟」這樣的話語，她不會為他辯解，而是使自己的舉止儘量不像他那樣，讓人討厭。可是在家裡，她就完全變成了另外一個人了，她就沒有什麼心思去理會那些會使人感到厭惡的舉止了，至少她是這樣認為的。而且也無意約束她那種生來就具有的放蕩不羈的天性，因為在這裡約束也不會給她帶來什麼稱讚，索性她就放蕩自己。

一般情況下，埃德加先生很少能鼓起勇氣公開地來拜訪咆哮山莊。因為他對恩肖的名聲很有戒心，生怕當面遇到他，兩人之間會發生什麼事。我們總是盡可能禮貌地去招待他，他算是我們的生客。主人當然也知道他是為什麼而來的，自己也儘量避免與他發生直接的衝突。要是他不能文文雅雅的話，那他就是不會受歡迎的，就乾脆離開。

有時候我簡直認為他的光臨並沒有讓凱薩琳興奮，倒是挺讓凱薩琳討厭的。她表現得很冷靜，不耍手段，也不賣弄風情，顯然這是極力反對她的這兩個朋友見面。因為當希斯克利夫當著林頓的面表示出輕蔑時，她可不會輕舉妄動，她可不會隨聲附和，那樣的話，她的形象將會毀於一旦。而當林頓對希斯克利夫表示厭惡到無法忍受的地步時，她不敢輕舉妄動，她又不敢冷漠地對待他的感情，她怕別人看出她的破綻，好像是人家看輕她的夥伴和她沒任何關係似的，這可是她不願意看到的結果。

我是看不起她那種說不的痛苦，真是搬起石頭砸自己的腳，於是我對她加以嘲笑，她可是躲不過我的嘲笑哩！因為我是這世界上最瞭解她的了。聽起來我好像對她很心狠，可是她太自傲了，我不能夠忍受她的這種傲慢。所以大家才不會去憐憫她的苦痛呢，要改變這一局面，除非她收斂些，放謙和些。不然的話，那簡直是不可能的。不過還好，最後她自己招認了，她認識到了自己的問題，而且向我吐露了衷曲，只有我能明白她。除了我，沒有別人能聽她的傾訴了。

在某一天下午，欣德利先生有事出去了，真是天賜良機，希斯克利夫借此想給自己放一天假，因為他實在太受煎熬了。我想，那時他僅僅十六歲了，相貌也不醜，智力也不差，可以說是一表人才了，但他卻做出不同與常人的舉動，偏要想表現出裡裡外外都讓人討厭的印象，真是想不通，他現在的模樣倒是沒有留下一點的痕跡。

首先，對於他早年所受的教育，已不知被他忘到哪去了，到那時已不再對他起作用了，說來也是，在那裡的日子，他每天都是連續不斷的苦工，早起晚睡，這些千篇一律的生活已經撲滅了他的好奇心，活生生地把它殺在了搖籃裡。在對知識的追求上，他完全失去了興趣。他童年時老恩肖先生的寵愛注入到他心裡的優越感，這時也完全已經消失了。

在過去的日子裡，他曾經長久努力想要跟凱薩琳在求學上保持平等的地位，可現在卻抱有這痛切的遺憾，他對生活充滿了失望，終於捨棄了，而且看起來他是完全放棄了，這不得不讓人感覺到惋惜。當他發覺他必須而且必然難免淪落到他以前的水準之下時，他別無他法，只有去面對，只有聽天由命。因為沒有人能夠幫助他，使他不再沉淪下去，他的存在對人們來說沒多大關係。所以長期下來，他的外表和他的內心都沉淪了。

真是讓人不敢相信，他不知從哪裡學了一套萎靡不振的走路樣子和一種不體面的神氣，讓人看著真是感覺到噁心呢。這時，他那天生獨有的沉默寡言的性情也變相的成為一種癡呆的、不通人情的壞脾氣，他能把自己塑造成這種形象，他還真是長本事了呢！當他在使他的極少數的幾個熟人對他的所作所為，表示反感而不是對他表示尊敬時，出乎意料的是，他顯然為了這種快樂而感到心滿意足。難以想像，這該是怎樣的一個人啊！

儘管如此，當他幹活間休時，那善解人意的凱薩琳還是經常跟他作伴，以消除他的寂寞。可是時間不能倒流了，他不像以前了，他不再說出喜歡她的什麼話了，他內心已經沒有什麼情感了。當凱薩琳對他表示友好時，他卻是憤憤地、猜疑地躲開她那女孩子氣的愛撫，因為在他看來，他認為那是一件多麼令人搞笑的事情，好像覺得她這樣表示出的感情是不足以令他感到開心的，所以還是不要白費力氣。

在前面提到的那一天，我們還沒說那天的情景。當時，他進屋來，並且宣布他什麼也不打算幹，因為這樣悠閒的日子對他來說很難得。這時我正幫凱茜小姐整理她的衣服，她的衣服是如此之多。當時她沒有想到，他來找她是打算和她一起出去溜達一下，因為他們已經好久都沒有過這樣的事了，他有點懷念了。

她本來以為今天可以佔據這整個大廳，正洋洋得意著，並且已經想法通知埃德加先生說她哥哥不在家，自己還準備好了一切美食來款待他，他們可以快樂地過一天。可是，計畫趕不上變化，事情並不像她想的那麼順利。

「凱茜，你打算幹嘛呢？今天下午你忙嗎？」希斯克利夫連續問：「你要出去嗎？」

「不，外邊正下著雨呢。」她回答。

「這樣的話，那你幹嘛穿那件綢上衣？」他說：「難道你有客人？我希望，沒人來吧？」

「說實話，希斯克利夫，在這樣的鬼天氣，我也不知道誰會來，」小姐結結巴巴地說道：「可是，現在這個時候，你不是應該在地裡才對，希斯克利夫？並且吃過飯已經一個鐘頭啦，我以為你早已經走了，你怎麼會在這裡啊？」

「之前欣德利總是讓人討厭地妨礙我們，以至於都不能讓我們自由自在的在一起待一會兒，哪怕是一會兒，」這男孩子說：「無論如何，今天我不幹活了，我決定了，我要跟你待在一起。我們好久都沒好好說說話了，不是嗎？」

「啊，你怎麼能這麼大膽？可是約瑟夫會告狀的，」她繞著彎兒說：「他那種人不得不防，我勸你最好還是去吧！」

「沒事，放心吧！約瑟夫在彭尼斯托[16]山崖那邊裝石灰，他一時半會兒不會回來的，他要忙到天黑，關於這件事，他絕不會知道的。」

說著，沒等她發話，他就磨磨蹭蹭到爐火邊，很平常的坐下來了。

凱薩琳皺著眉想了片刻，她必須要採取點行動，她覺得有必要為即將來到的客人清除一下障礙，這是她應該盡的地主之誼。

「實話告訴你，伊莎貝拉和埃德加・林頓說過今天下午要來拜訪的，」沉默了一下之後，她鼓起勇氣說道：「不過，既然下雨了，我想我也不用等他們了，這樣的鬼天氣，誰會傻到跑出去溜達呢？不過他們也許會來的，我是說萬一，要是他們真來了，我真的不敢保證會發生什麼事，我擔心你又會無辜的挨打，你知道他們不好惹的。」

「這有什麼難的，叫艾倫去說你有事好了，並且，你的時間又不歸他管，凱茜，」他堅持著，「我真的不希望他們來打擾我們，不要為了你那些可憐而又愚蠢的傢伙就把我趕走，凱茜，不要這樣！有時候，我簡直忍不住要抱怨他們，可是我還是不說了吧！」

「你別吞吞吐吐的，你說他們怎麼樣！」凱薩琳叫起來，並且怏怏不樂地瞅著他。「啊，你在幹什麼？奈麗，你到底會不會梳頭！」

她性急地對我嚷道，隨後馬上把她的頭從我手裡掙出來，「看你幹的好事，你把我的髮髮都要梳直啦！夠啦，我不要你在這了，離我遠點。你到底要幹什麼，你真的很莫名奇妙啊！希斯克

16. 原文中此處用詞為「Pennistow」，後文中則均寫作「Penistone」，譯作彭尼斯頓，Pennistow可能是當地方言中的叫法。

利夫？」

「沒什麼，我沒想幹什麼，那就看看牆上的日曆吧，我已經好久都沒看時間了，看它還是走著呢！」然後他指著靠窗掛著的一張配上框子的表格，接著說：「凱茜，你快看啊！那些十字的就是你跟林頓在一起的時候，那時候我是多麼的煎熬啊。那些點子是和我在一起的時候，我們曾經相處的日子是多麼的快樂啊！你看見沒有？這些對我都非常的重要，我天天都打記號，我要牢牢地記住那一刻。」

「是的，我看出來了，你怎麼能這麼傻，對於那些事，我才不會注意呢！」凱薩琳回答，怨聲怨氣的。「這又能表示什麼？你所在意的東西。」

「你怎麼不明白呢？那表示我是注意了的，我在意和你在一起的日子啊。」希斯克利夫說。

「這能說明什麼呢？難道因為這我就應該跟你在一起嗎？」她質問，而且火氣越來越大了。「那這樣的話，我又能得到什麼好處啦？真是莫名其妙，你到底對我說了些什麼？你到底跟我說過什麼話，我根本都不知道。或是做過什麼事來引我開心，所有的這一切，你敢說你都為我做過嗎？在我眼裡，你就是給我這樣的印象，你就像是一個不會說話的人，更有甚者，你或是個只會哭的嬰兒呢！有時候我甚至會討厭你。」

「可是這些，你從前沒對我說過，也不嫌我說話太少，或是你不喜歡我作伴之類的話，凱茜，你現在怎麼這樣說呢？」希斯克利夫非常激動地叫起來。

「你不要再說了，對於那些什麼都不知道，什麼話也不說的人怎麼跟我作伴，我不需要這樣的夥伴。」她嘀咕著。

正在這時候，他的同伴唰地站了起來，沒等他反應過來，可是他已經來不及再進一步表達他的感情了，他沒有機會了。因為這時候，石板路上傳來馬蹄聲，徹底的破壞了這一氛圍。而看那年輕的林頓，只見他輕輕地敲了敲門之後便進來了，他沒有一點的拘束。而且在他的臉上呈現出一種不曾有過的欣喜和愉悅，這一切都是因為這意外的召喚，讓他無法拒絕的召喚。

毫無懷疑的，看得出來，凱薩琳對她這兩個朋友所表現出來的氣質截然不同。你應該能夠明白的，這就像你剛看完一個荒涼的丘陵產煤地區，轉眼之間，又把你放到美麗的肥沃的土地上，那感覺多讓人無奈啊！而他的聲音和彬彬有禮的相貌與之恰恰相反，這大概就是凱薩琳喜愛之一吧！他說話聲音圓潤低沉，從來不大呼小叫，而且吐字也跟你一樣的清晰，跟我們這裡的說話方式比起來，他是如此的受歡迎，他沒有像我們那裡的男士那樣，沒有那麼粗聲粗氣的，而是更為柔和些。

「看這情景，我是不是來得太早了？」他問，然後環顧一下四周，看了我一眼。那時候我已開始指盤子，並且清理了廚房頂那頭的幾個抽屜，打算把他們一下子都解決一下。

「一點也不早，時間剛剛好，」凱薩琳回答，「但是你在那兒幹嘛，奈麗？」

「我正在幹我的事，小姐，希望我的存在沒有打擾到你們。」我回答。（因為欣德利先生私下曾吩咐過我，無論何時，只要在林頓私自拜訪時，我就得做個第三者，這是一個僕人不能拒絕的事。）

只見她悄悄地走到我背後，發著脾氣低聲對我說：「快點帶著你的抹布走開，你是知道的，當有客人來的時候，僕人是不應該出現在客廳裡的！那是不符合常理的。」

「凱茜小姐，你知道的，現在主人出去了，正是個好機會，我不能讓主人失望的。」我高聲回答，「因為主人不喜歡我在他面前收拾這些東西，他是個有潔癖的人。不過，我相信埃德加先生一定會諒解我的，他看起來是多麼的善解人意啊。」

「可是我不喜歡你一直待在這裡。」小姐蠻橫地嚷著，也不顧她的客人了，而且不容她的客人有機會說話，她是如此的強勢。自從剛才她和希斯克利夫小小爭執之後，她還在意著，她的心情還沒有平復下來，所以一直吵鬧著。

「對於你的困惑我很抱歉，凱薩琳小姐，但我沒有辦法。」我答了她一句，然後對她說的話，就當做沒聽見一樣，繼續幹我手裡的活，我的任務是相當的重大！

當時，她以為埃德加竟然看不見她這個大活人，於是就從我手裡把抹布奪過去，而且狠狠地在我胳膊上擰了一下，真的不是假的，擰得很使勁，我頓時感覺到天昏地暗。你知道的，之前我已經說過我不像以前那樣愛她了，她已經變成了另外一個人。而且我還經常傷害她的虛榮心，並且以此為樂，因為她就是有種讓你對她發怒的本事，何況她無緣無故把我弄得非常痛，我本來蹲在地上，可是我壓抑不了那種苦痛，一下子就跳起來，大叫：「啊，小姐，你怎麼能這樣做，這是很下流的手段！它也不符合你的身分啊，並且你沒有權利掐我，我可受不了。」

「你太壞了，我可沒有碰你，你這說謊的東西！簡直就是忘恩負義。」她喊著，但是她的手指頭直響，那還沒結束，她還想要再來一次，她真是做壞事都上癮啊！這時她的耳朵因發怒而通紅，她從小就是這樣。因為她沒有力量來掩飾自己的感情，所以總是一發怒就滿臉通紅。

「那麼，別狡辯，你看這是什麼？」我回嘴，指著我明擺著的紫斑作為見證來駁倒她，那是不能被磨滅的。

她火燒火燎的跺著腳，猶豫了一陣，因為那切實是見證，她無法抵賴。然後，終於無法控制自己激動的情緒，她憤怒了，隨後狠狠地打了我一個耳光，打得我眼冒金星，兩眼都溢滿淚水。

「凱薩琳，親愛的！凱薩琳！」林頓插進來，他簡直要被嚇壞了，看到他所崇拜的偶像犯了欺騙與粗暴的雙重錯誤大為震驚。

「最後說一遍，馬上離開這間屋子，艾倫！不然你會後悔的。」她重複說，並且渾身發抖。

那可愛的小哈里頓原是到處跟著我的，因為他只有我這一個依靠。這時他正挨著我坐在地板上玩耍，一看見我掉了淚，他自己馬上也哭起來，而且哭著罵「壞凱茜姑姑」，多麼讓人心疼的孩子啊！可是這並沒有讓凱薩琳心生憐憫。

這時，甚至她的怒火也燒到了這個可憐的孩子身上，但是他是無辜的啊，並且她是他的親姑姑啊。可是她不管，只見她抓住他瘦小的肩膀，拼命地搖，搖得這孩子的小臉都發青了，她真是喪盡天良啊！這時站在旁邊的埃德加連想也沒想，便抓住她的那粗魯的手好讓她放掉他，那是多可憐的一個孩子啊！

剎那間，混亂之中，突然有一隻手掙脫出來，啪的一聲打中了，這時這個被驚呆的年輕人才發覺，原來那隻手已經打到他的臉上了，他頓時感覺到一陣疼痛襲來，看樣子絕不可能被誤會為是開玩笑，那已成定局，無力改變。只見她慌忙把手收了回來，混亂的場面一下子恢復了死一般的寂靜。

這時，我把倒在地上的哈里頓抱起來，帶著他走到廚房去，好脫離這一局面，卻故意把進出的門開著，因為我很好奇，儘管我離開了，但我還是想知道他們是怎麼樣收拾這樣的不愉快，僅僅這一點讓我充滿了期待。

只見這個被侮辱了的客人一句話也沒說，走到他放帽子的地方，拿起他的帽子戴上，這時候他的面色十分的蒼白，沒有一絲的血色，身體也不斷地顫抖著，真是讓人擔心啊！

「這就對了！這簡直就是最好的結果了，」我自言自語，「早些接受警告，趕快滾吧！讓你看透她真正的脾氣，躲得遠遠地，從此再也不會來，這才是好事哩。」

「等一下，你要去哪？」凱薩琳走到門口追問著。

他偏過身子，不想理她，打算走過去，一去不回頭。

「你不能這樣，你不能走，我不要你走！」她執拗地叫嚷著。

「我必須要走，你說什麼都沒用了，而且就是現在！馬上！」他壓低了聲音回答。

「不行，那不可以，」她堅持著，兩隻手握緊門柄，「至少你現在還不能走，千萬別走，埃德加・林頓，你可以到這邊坐下來，好好平靜一下，你不能就這樣離開我，我也離不開你。如果你離開我，我會整夜的難過的，你不會希望我這樣的吧！而且我不想為你而難過！我們曾經是那麼的相敬如賓。」

「不要說以前了，可是你打了我，那我留下來還能幹什麼？這不是多此一舉嗎？」林頓問。

凱瑟林聽到他這樣說，她也後悔得不吭氣了。

「你的目的達到了，你已經使得我怕你，但同時也讓我為你害臊，」他接著說：「我今天總算是看清你了，以後我再也不會來了！」

她的眼睛開始發亮，她意識到了事情的嚴重性，眼皮直眨，好像有什麼厄運要發生在她的身上。

「你之前的一切原來都是偽裝，而且你是故意撒謊的！你真是有一顆狠毒的心啊！你這樣做的目的是什麼呢？」他說。

「我沒有！你真的冤枉我了，」她喊道，終於忍不住又開腔了，「之前我是欺騙了你們，但我不是故意的，我想變好的。好，不管你了，走吧，隨你的便。你都這樣說了，我還有什麼可說的。走開！你也別管我了，現在我要哭啦！我要一直哭到死為止！好讓老天爺看看我的冤屈。只有祂明白我。」

說著她跪在一張椅子跟前，開始正經的哭起來，眼淚滾滾的往下流，好像真是冤枉了她似的。不過萬幸的是，埃德加沒有受她的擺布，仍然堅持自己的決定走了出去。不過到了那兒，他好像動搖了，他躊躇起來。看此情景，我決定鼓勵一下他，好讓他打消那個念頭。

「沒關係，小姐是非常任性的，先生，您別在意，」我大聲叫：「她就像任何被慣壞的孩子一樣，你別管她，她一會兒就會好的。為了不會發生很大的事，我勸你最好還是趕快騎馬回家，打消她的念頭，不然她要是鬧起來，沒有任何解決的辦法，只會使我們大家受折磨罷了。我想，你是不希望這樣的事發生吧！」

說是這樣說，可是這軟骨頭還是斜著眼向窗裡望，當他看到凱薩琳那一幕，他簡直沒有勇氣離開這裡了，他心腸是如此之軟，正像一隻饑餓的貓，無力離開一隻半死的耗子或是一隻吃了一半的鳥一樣不忍心。啊！我這才發現，我想，他這樣的性情是不能得到拯救了，命運的安排，他是逃不掉了，他生來就是這種人。所以他沒離開，而且朝著他的命運飛去了！

真是不出所料，只見他猛然轉身，不顧自己的形象，急忙回到凱薩琳房裡，隨後把他背後的門關上，事情就這樣告了一段落。過了一會兒，當我進去打算告訴他們恩肖已經從外邊大醉而歸，而且準備把我們這所老宅都毀掉的這個消息時（這是他喝醉的時候通常有的舉動），我不得不承認，我所能看到的那一幕是一種更加親密的接觸，這應該是由於剛才的憤怒所引起的，已經徹底打破了年輕人的羞怯的堡壘，他們變得是那樣的開放，並且使他們放棄了友誼的偽裝，做了真正的自己，而承認了彼此之間的愛情，事情進行的是如此的順利，直到他們聽到林頓先生回來的消息。

聽到欣德利先生到達的消息，促使林頓迅速地上馬，然後離開這兒，最好別讓他發現，也把凱薩琳趕回她的臥房，因為欣德利先生不許她亂跑，他認為她唯一能待的地方就是她的臥室。而我去把小哈里頓藏起來，他也不喜歡他到處亂跑，然後又把主人獵槍裡的子彈取出，因為這是他在瘋狂的興奮狀態中喜歡玩這把槍，他不顧任何的後果。不管任何人惹了他，或是因為倒楣引起了他的注意，那就不是什麼好事了，就會冒性命危險。所以我想了一個辦法，為了避免這樣的事情發生，我就把子彈從裡面拿了出來，因為即使他真鬧到開槍的地步的話，那也不會是大事，至少也可以少闖點禍。

chapter 9

誰惹下的禍

最終他進來了，並且嘴裡叫罵著不堪入耳的話，他向來都是這樣，我們都漸漸習慣了。這時，他剛好看見我正打算把他的兒子往廚房碗櫥裡藏，這讓他神經受到了觸動。而這時，哈里頓卻感到一種不曾有過的恐怖之感，這大概是由於碰上他被野獸般的喜愛或被瘋人般的虐待，這是何等的天壤之別啊！因為在前一種情況下，他有可能被擠死或吻死的結果，而在另一種情況下，他又有可能被丟在火裡活活燒死，或是被扔到牆上活活摔死。無論哪種情況，他都逃脫不了死亡的威脅。所以他的害怕和驚恐使得他不敢動彈，而是順從地聽任我把他放在任何地方，他都沒什麼怨言，這可憐的東西總是不聲不響。

「天啊！你在做什麼？我到底是發現啦！」欣德利大叫，然後狠狠地抓著我脖子上的皮，打算好好教訓我一頓，像拖隻狗似的，把我往後拖。「天地良心，你們都安得什麼心？你們一定是想謀害這個孩子！看他這麼可愛，你們怎麼忍心，你們不怕遭天譴嗎？現在我終於知道他怎麼總不在我的跟前了，原來這一切都是你們在搞鬼。我要讓你付出代價，魔鬼幫助我，不要說我狠心，我要讓你吞下這把切肉刀，奈麗！你必須這麼做，你不能拒絕，而且你也不能笑，你不要懷疑我不會那麼做，因為我剛剛把那討人厭的肯尼士倒栽蔥戳到黑馬沼地裡，也不知道他現在是什麼情況呢?反正一個兩個都一樣，我要殺掉你們幾個，你們竟然背著我做事，我不殺就不安心！」

「說實話，可我不喜歡切肉刀，欣德利先生，」我回答，「因為這刀剛切過熏青魚，它太腥了。要是你願意的話，我願死得痛快點，我倒是想被槍殺死，那樣你也省事不是嗎?」

「你說的這是什麼話，你還是見鬼去吧，」他說：「而且反正你得死，不要再糾結怎麼個死法了。在英格蘭，沒有一條法律能規定不把家裡弄得像個樣子，你究竟每天都在幹什麼?我的家卻亂七八糟！你必須受到點懲罰，張開你的嘴！快把它吞下去。」

說時遲那時快，只見他握住刀子，不顧三七二十一就把刀尖向我的牙齒縫裡戳。對於他的所作所為，我從來沒有害怕過，他自古以來都有奇怪的想法，這並不讓我感到奇怪。然後我唾了一下，故意說那味道很討厭，我無論如何不要吞下去，因為我知道吞下那把刀的後果，我不能冒險。

「啊！不好意思，」他馬上放開了我，並且說道：「寬恕我的魯莽，我看出那個可惡的小流氓不是哈里頓，他怎麼能是哈里頓，我請你原諒，奈麗，要是他的話，那他就應該活剝皮，因為他對我的態度，而現在他不僅不過來歡迎我，而且還對我尖聲大叫，很不親切。倒好像我是個妖怪，天底下怎麼會有這樣對父親的孩子呢?

「你這不孝的崽子，過來！儘管你不是哈里頓，但是你欺騙一個好心腸的、受蒙蔽的父親，你不是個好孩子，我今天要好好教訓教訓你。我喜歡凶的東西，那會讓我清醒，給我一把鋒利的剪刀——凶猛而整潔的東西！你會喜歡它的。而且，這種風氣，那簡直是地獄裡的習氣，珍愛我們的耳朵是魔鬼式的狂妄，雖然我們沒有耳朵，但也夠像蠢驢的啦。

「噓，別出聲，孩子，噓！一切都恢復了往日的平靜。好啦，我的乖寶貝！堅強點，別哭啦！快揩乾你眼睛裡的淚水，這才是個寶貝啦！是個人見人愛的乖寶貝！來，寶貝，親親我。什麼？這怎麼可能？他不肯？親親我，哈里頓！該死的孩子，我是你的父親啊，親親我！上帝呀，我這是怎麼了？我怎麼會有這樣的一個孩子啊！簡直就像我養了一個怪物似的！他竟對我不理不睬，我非把這臭孩子的脖子扭斷不可，看他還這麼壞不。」[17]

面對欣德利發酒瘋，可憐的哈里頓在他父親懷裡拼命地又喊又踢，他忍受不了他這樣的父親。當他把哈里頓抱上樓，把他舉到欄桿外面的時候，他只不過還是個孩子，他卻更加倍地喊叫，一點也不怕嚇到他那可憐的孩子。

這時，在樓下的我實在看不下去了，我一邊嚷著他會把孩子嚇瘋的，一邊跑去救他。但結果來的就是那麼突然，我剛走到他們那兒，正打算從他手裡接過那孩子，但是欣德利在欄桿上探身向前傾聽樓下有個聲音，他只顧著好奇，幾乎忘記他手裡有什麼了，那畢竟還是個人。

「是誰？誰在那？」他聽到有人走近樓梯跟前，便不由得問道。同時我也探身向前，為的是想提醒希斯克利夫，因為我已經聽出他的腳步聲了，想讓他走開一些，因為現在的情況並不像想像的那麼好。可是，事情真是難以預料，就在我的眼睛剛剛離開哈里頓這一瞬間，不幸的事發生了，只見他猛然一躥，便從他父親那不當心的懷抱中掙脫出來，從樓梯上掉下去了。

那時，我們只是光顧著擔心小哈里頓的安全，難以想像他掉下去會是什麼樣的情景，簡直沒

17. 這段話語無倫次，是為了表現欣德利已大醉。

有時間來體驗那揪心的恐怖感覺了。但是，事情並不像我們想像的那樣，事情發生了轉機。這一切都是因為希斯克利夫的到來。希斯克利夫在緊要關頭走到了樓下，這是問題的關鍵。只見他本能地接住了要摔下樓的小哈里頓，並且扶他站好，然後抬頭看是誰惹下的禍。他還想去揍那粗心的人一頓，即使是一個守財奴因為捨不得花五分錢買一張彩票，而最後他發現因為自己的過失損失了五千鎊，即使是這樣，也不能表現出當時希斯克利夫看見樓上的人是恩肖先生時那副茫然若失的表情，那讓他內心是如此的矛盾。

那種表情是用任何言語都無法形容的，那是極其深沉的痛苦，他簡直都無法原諒他自己做的事，因為他竟成了阻撓他自己報仇的工具，這讓他是多麼的無奈啊！若是天黑，不容置疑，我敢說，他能夠做得出來，他會在樓梯上打碎哈里頓的頭顱來補救這錯誤，這是讓他不能忍受的低級錯誤。但是出乎意料的是，我卻看到這個孩子得救了，真是不幸中的萬幸啊！我立刻下樓把我的寶貝孩子抱過來，生怕他再受點什麼傷害，然後緊貼在心上，因為我怕了，他是那麼的脆弱。欣德利慢慢地從樓上走下來，酒也醒了，突然覺得羞愧了。

「你不能逃避，這是你的錯，艾倫，」他說：「你知道我的脾氣的，你該把他藏起來不讓我看見，這樣對他才不會有威脅。不管怎麼樣，你還應該從我手裡把他奪過去。他跌傷了什麼地方沒有？快讓我看看。」

「跌傷！你還好意思說這種話？」我生氣地喊著：「他就算沒死，也不會像以前那樣了，也會變成個白癡啊！我真是奇怪他母親怎麼不從她的墳裡出來瞧瞧你是怎樣對待他的，好讓她看看一位你是怎樣的父親。你簡直比一個異教徒還壞，他是你的親兒子啊！你竟然這樣對待自己的親生骨肉！不知道你還有沒有良心。」

他想要摸摸孩子來彌補自己的過失，可是這孩子一發覺他跟著我，他就頓時不能安靜下來，馬上表現出萬分的恐懼，好像他能把他吃了似的，然後就放聲哭出來。當他父親的手指頭剛碰到他時，他像發了瘋似的又大聲尖叫起來，叫得比剛才更高，好像用了全身的力氣，掙扎著像是抽風一樣，這可真是無奈。

「我勸你最好不要管他啦！你讓他充滿了恐懼。」我接著說：「他恨你，他們都恨你！這是實話！你應該能夠意識到，本來你有一個快樂的家庭，那是讓人人都羨慕的，你卻把它弄到這麼糟糕的地步！這一切，都是你一手造成的，你怨不得別人。」

「我可能還要弄得更糟哩，奈麗，」這個走火入魔的人說，並且恢復了他的頑強，「不過現在，你趕快把他抱走吧，不然我也不知道會做出什麼事。而且，你聽著，希斯克利夫！你最好也走開，越遠越好。我不希望看到你，但是我今晚不會殺你。但也不能說明不會有事發生，也許，我會放火燒房子，我現在只是有這種想法罷了。」

說著，他便從櫥裡拿出一小瓶白蘭地，沒有喝它，而是把它很奇怪地倒一些在杯子裡。

「不，先生，別這樣！」我請求，「欣德利先生，你不能這樣做，發發慈悲吧！請聽聽我的勸告吧。如果你不愛惜你自己，那你也要為這孩子想想吧！就可憐可憐這不幸的孩子吧！你看他現在還很小呢！」

「我沒什麼牽掛，我相信任何人對他都比我對他更好一些。」他回答。

「那就可憐可憐你自己的靈魂吧！」我說，並且竭力想從他手裡奪過杯子。

「我可不，我不要那樣做。相反，我倒是想讓它沉淪，好來懲罰一下造物主，讓他對人類靈魂徹底失望，」這褻瀆神明的人喊叫著，「來吧！讓我們為靈魂心甘情願永墜地獄而乾杯！這是一個令人激動的時刻！」

結果，他還是乾了酒，然後不耐煩地叫我們走開，不要在他面前晃來晃去。並用一連串的可怕的、不能記住的咒罵，來結束他的命令。

「可惜他竟有那麼好的身體素質，真是不公平啊！」希斯克利夫說。

在門關上時，他也回報了一陣咒罵，「他這是在折磨自己的命，這時他自作自受，可真是令人苦惱，他的體質居然頂得住他如此地糟蹋，肯尼士先生曾經說拿自己的馬來打賭，在吉默頓這一帶，他要比任何人都活得長，看來他的話要實現了，他要做個讓人討厭的老死鬼，而且將像個白髮罪人似的走向墳墓來結束他的漫長的一生，除非他碰上一些不合常理的事情。不然，是不能改變那種結局的。」

隨後我走進廚房，在那一片難得安靜的地方，坐下來哄著我的小羊羔入睡，他今天真是經歷太多不平凡的事了。看到希斯克利夫的離開，我本來以為希斯克利夫走到他的穀倉去了。但是後來才知道他只是走到高背長靠椅的那邊，靜靜地靠在一張凳子邊上，而且離火挺遠，悶聲不響的，不知在思考著什麼。

那時，我正把要進入夢鄉的哈里頓放在膝上搖著，而且哼著一支自編的曲子，那曲子是這樣開始的——

「夜深了，孩子入睡了。

墳堆裡的母親聽見了——」[18]

這時卻吵到了凱茜小姐，她在屋子裡隱約聽到一些的動靜，便伸進頭來，小聲說：

「這裡就你一個人嗎，奈麗？」

「是啊，小姐，就我一個人。」我回答。

聽到我的回答，她便走進來，慢慢地走近壁爐。我明白她的舉動，我想她是想說些什麼，於是就抬頭望著她，等著她對我說些話。但是她臉上的表情看來又煩惱又憂慮不安，她應該在糾結些什麼。只見這時她的嘴張大一些，想說什麼卻又欲言又止。她吸了一口氣，打算鼓起勇氣說出來，但是她沒說出什麼，反倒是嘆了一口氣。看她這種表情，而我繼續哼我的歌，但是心裡還記著她剛才的態度。

「希斯克利夫呢？你看到他了嗎？」她終於打斷了我的歌聲，問我。

「他能去哪兒？在馬廄裡幹他的活，他的義務就是幹活。」這是我的回答。

奇怪的是，他也沒出來反駁我，也許他在瞌睡。這時我突然看見有一兩滴淚水從凱薩琳的臉上滴落到石板地上，她竟然在流淚。我想她可能是因為自己之前那無知的行為而感到羞愧呢。我自忖著，不過，那倒是件新鮮事！她能做出這樣的事。可是她也許是自願的，反正我不去幫助她！她不值得我去關心不，她對於任何事情都不大操心，像她對待別人那樣，除了她自己的事情她不會關心其他事情。

---

18. 出自一首丹麥民謠，曾為司各特在長詩《湖上夫人》中引用，此處作者所引與司各特所引文字上略有不同。

「啊，天呀！你根本無法明白我現在的感受。」她終於喊出來，「我十分難過！我不知道我該怎麼辦！」

「可惜，真是不幸啊！」我說，「怎麼才能使你更加高興呢，你怎麼會有煩心事？這麼多朋友和這麼少牽掛，這些還不能滿足你嗎？」

「奈麗，不是那樣的，我如果說了，你肯為我保密嗎？」她糾纏著，雙腿跪在我旁邊，那雙美麗迷人的大眼睛滿含期待地望著我，我受不了她那種神氣，足以趕掉人的怒氣，甚至是在那個人有理由大發雷霆的時候。

「真是的，你有什麼秘密值得我保守？」我問，很顯然我的臉也沒有像剛才繃得那麼緊。

「是的，它一直困擾著我，而且這使我十分地苦惱，我希望你能夠幫幫我，今天我非說出來不可！我想知道我該怎麼辦，我真的沒有辦法了。今天，埃德加・林頓要我嫁給他，並且，我已經給他回答了，我現在在糾結著。現在，在我告訴你我是如何回答他之前，我想知道，你告訴我，我應該怎麼去做。」

「真是的，凱薩琳小姐，這是你自己的事，我怎麼知道呢？」我回答。「不過，我仔細回想一下今天下午你在他面前做的一切，我不能否認那已經過火了，我想你拒絕他應該是一個明智之舉，這就是我所想的。既然他在那件事之後向你求婚，那就不難看出，他要麼是一個沒前途的大笨蛋，要麼就是一個好冒險的傻瓜。不然，他不會讓你這麼措手不及地去拒絕他。」

「你怎麼能這麼說他呢？他不是這樣的，你要是這樣的話，我就不能告訴你更多的話了，」她抱怨地回答，並且站起來了。「對於他的求婚，我欣然接受了，奈麗。快點！你說我是不是錯了！我是不是太衝動了？」

「你接受了？真不敢相信，那麼再來說這件事還有什麼意義？那已是徒勞，況且你已經說定，就不能收回啦，你應該對你說過的話負責。」

「可是，我想知道你說我該不該這麼做，說吧！把你內心的想法說出來就好。」她用激怒的聲調叫著，她的雙手緊緊地攪在一起，皺著眉，那表情是相當的糾結。

「那好吧，在回答好這個問題之前，你必須有一些別的事情要考慮一下，」我像說教一樣講著。「首先，你要對神明發誓，你說的話句句屬實，最重要的是，你愛不愛埃德加先生？」

「誰能不愛呢？這是什麼問題？我當然愛，要不然也不會答應他的。」她回答。

然後我們兩個人便一問一答開了。對於一個二十二歲的姑娘來說，是很平常的事，這些倒不會顯出她沒有教養。

「那你想過沒有，你為什麼愛他，凱茜小姐？」

「你問的這是什麼問題？多麼無聊呀！我愛，那就足夠了。」

「不行，那不行，你一定要說為什麼。」

「好吧，我說，因為他漂亮，而且跟他在一起我很愉快。」

「糟糕，這不是好事！」這是我的評語。

「還有因為他又年輕又活潑，他會討人喜歡。」

「還是糟糕，已經無法自拔了。」

「還有重要的一點就是他愛我。」

「這一點無關緊要。」

「而且他將來會有錢，會有很多的錢，因為我想做附近最有錢的女人，而我也會為有這麼一個丈夫而覺得驕傲。」

「這簡直太糟糕了！不能挽救了，現在，說說你怎麼愛他吧！」

「沒有什麼特別的，跟普通人的戀愛一樣。你真是糊塗啊！奈麗。」

「我認為一點也不，別推辭了，回答吧！」

「我愛他腳下的地，愛他頭上的天，對他所碰過的每一樣東西，以及他說出的每一個字，我都會很在意。我愛他所有的表情和所有的動作，那使我非常開心，還有完完整整的他，是我的最愛。好了吧！」

「為什麼呢？你目的是什麼呢？」

「不說這些啦，難道你是在開玩笑？不要告訴我這是真的，這可太惡毒了！這是對我來說非常重要的一件事！我沒和你開玩笑。」小姐嚴肅地說，並且皺起眉。

「你誤會了，關於你的事，我絕不會開玩笑，凱薩琳小姐！」我回答。「你愛埃德加先生是因為他漂亮、年輕、活潑、有錢，並且愛你。最重要的是最後這一點，無論如何，也沒有什麼用，如果沒有了這一條，你也許還是照樣愛他，而有了這條，你也可能不會愛他，除非他具備頭四個優點。我說的對嗎？」

「是啊，這是大實話，如果他長得不那麼英俊，並且也不文雅的話，我會像你說的那樣，也許我只能可憐他，恨他。」

「可是你要知道，世界上還有很多漂亮的、富裕的年輕人呀！可能比他還漂亮，還有錢，你怎麼不愛他們？而偏偏在這一棵樹上吊死呢？」

「是啊，一定是有的。但是，如果有的話，他們並沒有出現在我的身旁呀！而且我還從來沒有見過像埃德加這樣的人，我確實是喜歡他的。」

「世界那麼大，你可以遇到很多這樣的人，但是他不會總是漂亮、年輕，也不會總是有錢的。」

「不可否認，但是起碼他現在是年輕的，而我只顧眼前，並且我也不會永遠年輕漂亮的，我希望你的話著點邊際。」

「好啦，我明白了，如果這樣就好辦了，如果你只顧眼前，那就有辦法了，就嫁林頓先生好啦。」

「這件事我並不需要得到你的同意，我要嫁給他。我只是在尋求你的建議，可是你到現在還沒有告訴我，我這樣幹是不是錯了，你在顧慮些什麼呢？」

「我的回答是，如果人們結婚只顧眼前的話，不容置疑了，那就完全正確。現在告訴我你為什麼這麼不高興吧？不過，我想你的哥哥會高興的，林頓的父母也不會反對你們的婚事，他們都會成人之美的。我想，如果事情如願的話，你將從一個亂糟糟的、不舒服的家庭逃脫，嫁進一個富裕體面的家庭，你應該感到幸福吧。而且你愛埃德加，埃德加也愛你，這是最重要的了。一切看來沒有什麼不順心的地方，障礙又在哪兒呢？你到底在為什麼而發愁難過呢？」

「在這裡，在這裡！在我的心裡。」凱薩琳回答，一隻手捶著她的前額，另一隻手捶胸，「在靈魂存在的地方，在我的靈魂裡，在我的心裡，我能感覺到，我不認為這是正確的！」

「那就奇怪了！有點深奧了，我可不懂。」

「那是我的秘密，我沒對任何人提起過。可要是你保證不嘲笑我的話，我就會毫不猶豫地告訴你。雖然我不能說得很清楚，但是我能讓你瞭解我的感受，我想那就足夠了。」

她又在我旁邊坐下來，這時她的神氣變得比剛剛更憂傷、更嚴肅，她握緊的雙手正在顫抖。

「奈麗，告訴我，你做過什麼奇怪的夢嗎？」她想了幾分鐘後，忽然說。

「有時候會做，但不常做。」我回答。

「我也是的，像你一樣。我曾經做過的一些奇怪的夢，在醒來時也忘不了，並且它們還左右著我的思想，更有甚者還會改變我的心意。有時候，這些夢在我心裡像酒水一樣穿過來穿過去，不知不覺地改變了我心裡的色彩。這是一個，我要講了，可是你要向我保證不管講到哪你都不要笑。」

「啊，千萬別說啦，凱薩琳小姐！」我叫著：「你用不著招神弄鬼來糾纏我們，況且我們已夠慘的啦，不需要你再添油加醋了。來，來，高興起來吧！做回你本來的樣子吧！看看小哈里頓，他根本不會做什麼奇怪的夢，他也不會有什麼煩惱。你看，他在睡夢中笑得多甜啊！」

「是的，我無意中聽到過，他父親獨自一人時詛咒得有多麼難聽！真是不敢相信呢！你還記得他和那個小胖東西一樣的時候嗎？差不多一樣的小而天真，傻傻的可愛呢！可是，奈麗，你聽著，我想讓你好好聽我的話，如果不這樣，我今天晚上也會不高興的。」

「你快別講了，我不要聽，我不要聽！」我趕忙反覆地說。

說真的，那時候我很迷信夢，像凱薩琳一樣，而且現在也是這樣。那時候，凱薩琳臉上又有一種異常的愁容，她不得不讓我擔心，這使我擔心她的夢是什麼不好的預兆，對於這，她很困惱，儘管是這樣，可是她沒有接著講下去。不過停了一會她又開始說了，不過她沒繼續說她剛剛的話，而是挑選了另一個話題。

「如果我在天堂，說實話，奈麗，我一定為此十分地難過。」

「當然，因為你不配到那兒去，」我回答：「所有有罪的人在那裡都是很不自在的，你難過是正常的。」

「不是，我可不是因為這個。真的，我有一次夢見我在那兒了，那是什麼預兆呢？」

「你不要沒完沒了地說了，我說過我不想聽你的夢，凱薩琳小姐！你趕快走吧，我要上床睡覺啦。」我又打斷了她的話。她竟然笑了，隨後按著我坐下來，因為我要離開椅子走了，我要去睡覺了。

「這沒什麼的，你別太在意，」她叫著：「我只是想說天堂不像是我的家，我在那裡生活不習慣。然後我就哭得很傷心，偏偏要回到塵世上來。而天使們因為我的舉動大為憤怒，就毫不留情地把我扔到咆哮山莊的荒原中了，這是我的命。我突然醒了過來，對發生在我身上的一切，我高興得直哭。這足以用來說明我內心的秘密，你能明白嗎？關於講到嫁給埃德加・林頓，比起讓我去天堂，我並不感到十分地開心。你說這是怎麼回事？如果那裡的人們[19]不是把希斯克利夫貶得

19. 指欣德利等人。

這麼低，甚至一文不值，我還不會想到這個，這還要感謝所謂的那些人。可是現在，不得不說的是，嫁給希斯克利夫就會降低我的身分，我不能讓這樣的事情發生，所以他永遠不會明白我有多麼深愛著他，卻只能遠遠地看著他，那並不是因為他漂亮，奈麗，年輕，而是因為他比我更像我自己，我喜歡他的這種不同於常人的性情。所以，無論我們的靈魂是用什麼組成的，他的和我的始終是一模一樣的，以至於我們是那樣的親密，而林頓的靈魂就如月光和閃電，變化多端，或者霜和火，冰冷之極，跟我們兩個人的完全不同。你能明白我說的話嗎？這些話我沒有和其他人提起過。」

這段話她還沒有講完，下意識地我發覺希斯克利夫就在這兒。因為我注意到了一個輕微的動作，那是一般人都不能發現的，於是我就把頭扭了過去，真的就看見他從凳子上站了起來，不打算讓任何人發現，就一聲不響地溜了出去。當他聽到凱薩琳說嫁給他會降低她的身分時，就離開了這裡。對於那樣的話，他不能接受。而這時我的同伴正坐在地上，不巧的是，她正被高背長靠椅的椅背擋住，看不見他在這兒，當然更不知道他的離開。這一幕，可是令我吃了一驚，馬上止住了她的話。

「幹什麼?你在做什麼?」她問，神經兮兮地四下裡張望著。

「約瑟夫來了，他剛剛又出去了，」我回答，碰巧這時又聽見他的車輪在路上隆隆作響的聲音，「我想希斯克利夫會跟他進來的，而且我擔心這會兒他就在門口那呢。」

「咧，我不相信，他才不會偷聽我講話呢！」她說：「來吧，把哈里頓交給我，你去準備晚飯，我有點餓了，弄好了就叫我去跟你一塊吃吧，反正你也是一個人。聽到這，我倒是想自己欺騙自己這不安的內心，好讓自己好受點，而且以我對他的瞭解，我也深信希斯克利夫不會想到這些事情。我說的對吧，他沒有，是吧？並且他不知道什麼叫做愛吧？」

「我倒不這樣認為，我認為你對他有偏見，為什麼他不能像你一樣理解人的內心呢？他也有一顆像你一樣的內心啊！」我回答：「如果你是他所選定的人，那他就倒大楣了，他就要成為天下最不幸的人了。因為你一旦變成林頓夫人，不難想像，他就失去了朋友、愛情以及一切！他什麼都沒了，你想過這些沒有？你將怎樣忍受這場分離，而他又怎麼能忍受被別人遺棄在這個世上，他是個如此有自尊心的人啊！因為，我想告訴你，凱薩琳小姐。」

「你說他完全被人遺棄！有人會把我們兩人分開？」她喊，帶著憤怒的語氣：「請問，你說誰會把我們分開？如果是這樣，他們要遭到米羅[20]的命運！不管怎麼樣，只要我還活著，你就放心吧，艾倫，誰也不敢這麼辦。世上每一個林頓都可以化為烏有，他不會永遠地活在這個世上的，不管怎樣，我絕對不能和希斯克利夫分開。那可不是我的想法，我也不會有那種想法，那不是我的意思！我也不會有那樣的意思。如果要付這麼大的一個代價，我可不願做那樣的林頓夫人！將來他這一輩子對我來說，就像現在對於我是一樣地珍貴。我一定會讓埃德加消除對希斯克利夫的反感，至少要容忍他。我想他會這樣做的，當他知道了我對他的真實感情，他就會理解我，他就會那樣的。奈麗，我知道了，現在我懂了，原來你以為我是個自私的賤人。可是，你不理解我，你難道從來就沒想到過，如果希斯克利夫和我真的結婚了，我們兩個人將會是一無所有嗎？那還

20.約西元前六世紀的古希臘著名體育家，他年輕時力大無窮，老年時試圖撕裂一棵橡樹，結果雙手被橡樹夾住，狼群將其吃掉。

有什麼意義呢？但如果我嫁給林頓，好處真的有好多，我就能幫助希斯克利夫高升，讓他擺脫那貧困的局面，並且把他安置在我哥哥無權過問的地位，這樣他就不會像現在這樣活著了。」

「用你丈夫的錢嗎，他會嗎？凱薩琳小姐？」我問：「你難道不瞭解他，你會發現他可不是你期望的那樣順從，他是如此的倔強。而且，雖然我不能那麼講，但是我卻認為那是你要做小林頓的妻子的最壞的動機，在你決定之前，你必須三思。」

「不是，不是這樣的，」她反駁，「那是最好的！因為其他的動機都是為了滿足我的狂想，我內心的欲望，而且同時也是為了埃德加的緣故，可這也是為了那個人，為了他，我願做任何事，因為在他的身上我能清晰地感到，既包含著我對埃德加的感覺，還有我對自己的感覺。我不能說清楚，在別人身上是沒有這種感覺的，可是你們都應該能夠瞭解這種感覺，除了你本身之外，應該有另一個你的存在，你明白吧？如果我是完完全全都在這兒，沒有什麼性情的飛躍，那麼上帝創造我還有什麼意義嗎？

「在這個世界上，我不得不承認，我最大的悲痛就是希斯克利夫的悲痛，而且我們從一開始就注意到了這種感覺。在我的生活中，我承認他是我最後的留念了，他對我來說是相當特殊的。如果世界上別的一切都毀滅了，只有他留下來，那我就有信心了，我就能繼續活下去。如果世界上別的一切都留了下來，而卻把他給消滅了，這個世界對我來說將沒有什麼意義。我就不能繼續活在這個孤獨的世上。

「我對林頓的愛，像是樹林中的那些葉子，我完全明白，冬天一來，天氣變化了，樹也就變了。我對希斯克利夫的愛，恰似下面這恆久不變的岩石，雖然它看起來不能帶給你愉快，可是這點愉快卻是必需的。奈麗，你明白嗎？我就是另外的一個希斯克利夫！他時時刻刻都在我的心中，我們心心相印。他並不是作為一種樂趣，而是作為我自己本身而存在。你知道這種感受嗎？所以別再談我們的分離了，那是絕對不可能的事情，你說這樣的話簡直讓我傷心，而且……」

她一下子停住了，然後把臉藏到我的裙褶子裡不願露出來了，可是我想用力把她推到一邊。對她的荒唐，她的語無倫次，我再也沒有耐心了！

「對於以上種種，如果你所說的話有一絲意義的話，小姐，」我說：「我敢說，那就是使我完全相信了，但你並沒有盡到你在婚姻中所應該承受的義務，你不是一個合格的妻子，不然的話，還有一種更壞的結果，你就是一個惡毒的、沒有品德的姑娘。所以不要再用你所謂的秘密來使我心煩意亂了，我不想聽。並且我不能答應你保守這些秘密。」

「這點秘密你肯保守吧？你會的是吧！」她焦急地問。

「不，那不可能，我不會答應你的。」我重複說。

這時，她正打算要和我僵持下去，約瑟夫突然進來了，沒有什麼能讓她這麼快的停下了，我們的談話就此結束。於是凱薩琳把她的椅子搬到角落裡，替我照管著哈里頓，我出去做飯。飯做好後，她簡直一刻也不肯閒著，我的夥伴就跟我開始爭執誰該給欣德利送飯菜去，最後的結果是我們不能決定讓誰去送，直到飯菜都快涼了。最後我們一致認為，最好的辦法是等到他自己過來，如果他想吃的話，他肯定會主動過來的。因為他是一個人待著的時候，通常大部分時間都是那樣，我們都特別怕走到他面前，生怕會有什麼事情發生在自己身上。

「看看這都是什麼時候了，沒一點時間觀念，那個沒出息的東西怎麼還不從地裡回來？他是不是不打算回來了？他到底幹什麼去啦？又去哪裡閒逛去啦？」這老頭子問著，到處尋找著他的影子，想找希斯克利夫。

「先生，你別著急，我去喊他，」我回答。「現在這個時間他應該在穀倉裡準沒錯。」

我去喊了，可是那裡沒有人回答。我不得不往回趕，回來時，我儘量低聲對凱薩琳說，我想他已經聽到她所說的大部分話，因為他現在已經不在了，他離開了，並且告訴她正當她抱怨她哥哥對他的行為的時候，我看到他離開了自己的屋子。可惡的是，當時我竟沒有想到會發生這樣的事。

她跳了起來，大吃一驚，把哈里頓扔到高背椅子上，自己獨自一個人出去找她的夥伴了，她太魯莽了，也沒有好好想想他這樣激動的原因，或是她的談話對他造成了多大的影響。這些她都沒有好好想想，只是她去了很久，也不見她歸來。因此約瑟夫建議我們不必再等了，他們不會回來了。他狡猾地猜測他們在外面逗留，肯定是為了避免聽他那拖得很長的禱告，他明白他們的想法。並且他說他們「壞得只會做壞事了。」他斷定說。

而且，因為他們的離開，我們又比平常的任務更繁重了一些，那天晚上我們除了在飯前做一刻鐘的祈禱外，又特別加了一個禱告，這是讓人非常不開心的事。本來還要在祈禱之後再來一段的，可是小主人出現了，她匆忙地命令他必須跑到馬路上去，並且告訴他，不管希斯克利夫遊蕩到哪兒，也得找到他，這是命令，要他馬上回來！

「我必須跟他說話，我不能不管他，在我上樓以前，我非要找到他跟他說話不可，」她說：「大門是開著的，我敢保證，他應該是跑到一個聽不見喊叫的地方去啦。因為我在農場的最高處使勁大聲喊叫，簡直要扯破我的喉嚨了，他也沒有回應我。」

約瑟夫起初不肯閉上他的嘴，但是她太著急了，太強勢了，不容許他提出任何的異議。終於他不能忍受了，把帽子往頭上一戴，嘟噥著走出去了，他必須逃離這裡。

這時，凱薩琳不停地在地板上來回走著，嚷著：「真是奇了怪了，他到哪裡去了，他能到哪裡去？我奇怪他能跑到哪兒去了？真是讓人擔心啊！我之前都說了些什麼，奈麗？我都忘啦，我真的不記得了，難道他是怪我今天下午發脾氣嗎？親愛的，快告訴我，我做了什麼？我的什麼話使他這樣的傷心？我真想讓他回來，我願意收回我說的那些讓他傷心的話。真想他回來呀！」

「無緣無故嚷嚷什麼！你怎麼這麼吵？」我喊，雖然我自己也有點不踏實，但是我不願意表現出來。「你太激動了，這一點兒小事就把你嚇著啦！這又不是值得大驚小怪的大事，你幹什麼這麼不安？沒準現在希斯克利夫正在曠野上散步呢，或者躺在乾草堆裡，滿肚委屈的不想跟我們說話，他只是想好好靜一下。我敢擔保他就藏在那裡，要不信就打賭吧。瞧，我不把他搜出來才怪！我要讓你看看我的本事。」

我又重新搜了一遍，但是結果令人失望，而約瑟夫找的結果也是一樣。

「這孩子越來越糟！簡直不可理喻了，」他一進來就說：「門是打開著的，小姐的小馬都連著踏倒了兩排小麥，而且還直衝到草地裡去了！關於這一切，我不管了，不過我敢說主人明天早上一定要鬧一場，而且非鬧個好看不可，他可不是那麼好打發的人啊。他對這樣馬虎、可怕的傢伙可沒有什麼耐心，他才沒有那種耐心呢！可他不能老是這樣，你瞭解吧？你瞧著吧，仔細瞧著吧，你們大家！你們不應該讓他無緣無故地發一陣瘋！那不是什麼好的事情。」

「說那麼多廢話幹什麼？你找到希斯克利夫沒有？你這個蠢驢，」凱薩琳打斷他。「你有沒有照我吩咐的去找他？你這個狡猾的傢伙。」

「比起找他，我倒是想去找馬，」他回答：「那興許更有意義來打發著無聊的時間。可是讓人無奈的是在這樣的夜晚，人馬都沒法找，黑得像煙囪似的！甚至我都不能看到我面前的人，而且希斯克利夫也不是那種聽我一叫就回來的人，沒準你叫他還聽得入耳些呢！他是如此古怪的一個人。」

在夏天那樣的天氣裡，那可以算是一個十分黑的夜晚了，而正好讓他趕上。烏雲密布，伴有著雷雨，現在最好的辦法我想我們還是坐在這裡等他，即將到來的大雨一定會把他帶回家的，他不會那麼傻待在外邊淋雨的，那就用不著我們再出去找他了。但是無論我們做什麼，都沒法把凱薩琳勸得平靜下來，她是如此的固執。只見她從大門到屋門一直來回徘徊，她根本不願停下她的腳步，而且情緒十分的不安，一刻也不能停止走動，最後，不知過了多久，在靠近路上一面牆邊她站住不動。

她的脾氣非常的倔強，她不顧我的忠告，也不顧那隆隆的雷聲和開始在她四周嘩啦嘩啦落下的大雨點，只見那雨點都啪啪地全都砸到了她身上，而她就呆呆地站在那一絲不動，偶爾會大喊一聲，緊跟著仔細地聽聽，生怕錯過了希斯克利夫的回應，然後跟著放聲大哭。她的這一場嚎啕大哭是哈里頓或是任何孩子都比不過的，那是她獨有的。

大約午夜時分，夜是那麼的靜，在我們都還在靜靜等待的時候，來勢洶洶的暴風雨在山莊頂上隆隆作響，讓人心生膽怯之情。這時天空刮起了一陣凶猛的狂風，緊接著打了一陣震耳的霹雷，這時候，不知是風還是雷把屋角的一棵樹給弄倒了，嚇了我們一大跳呢。只見一根粗大的樹幹掉下來壓到房頂上，當然那東邊的煙囪也不能倖免，這倒是給廚房帶來了一大堆的石頭和塵土，這可得我們給忙一陣兒了。我們還以為閃電落在我們中間了呢，那可不是什麼好兆頭，只見約瑟夫跪下來，三跪九拜，祈求主不要忘記挪亞和羅得兩族的族長，因為他是神明最忠誠的崇拜者。而且和以前一樣，他雖然要打擊那些不敬神的人，但是寬恕了那些無辜的可憐的人。

我深深感到這彷彿是老天對我們的懲罰，我們不能無視老天爺的。在我的心裡，約拿[21]就是恩肖先生。剛剛發生的事讓我對他有點不安，這時我輕輕搖搖他小屋的門柄，想知道他是不是還活著。可是他回答得有氣無力，好像受到了什麼傷害，它使得我的同伴的叫聲更大了，他簡直失去了理智，好像要把像他自己這樣的聖人和像他主人這樣的罪人劃清界限似的，他可不願意受到他的牽連。但是二十分鐘後這場騷亂漸漸地過去了，這一切只不過是虛驚一場，我們全都什麼事也沒有。

只是凱茜，唯獨她自己，由於她固執地拒絕避雨，所以渾身都濕透了，又因為她不戴帽子，而且也不披肩巾地站在那兒，任憑頭髮和衣服淋著雨水，好像這一切都不是她的一樣。這時候她進來了，無力地躺在高背椅上，渾身濕淋淋的，把臉對著椅背，看得出來她很傷心，兩隻手遮住了臉，她不願意和任何人說話了。

「好啦，你不能這樣頹廢，小姐。」我叫著，然後撫摸著她的雙肩。「你這不是找死嗎，這麼

21.《聖經・舊約・約拿書》記載，先知約拿違背上帝的命令，乘船去另一個地方，結果被上帝興起狂風巨浪，船上水手將約拿投入海中風浪方止，約拿在魚腹中躲避三天三夜，祈禱上帝寬恕，最終得救。

作賤自己，是嗎？你知道現在幾點鐘啦？已經十二點半啦。來吧！別在這躺著了，快去睡覺去。你用不著再等那個傻孩子啦，我想他一定去吉默頓了，而且看這情況，現在他一定住在那兒了，一時半會兒應該不會回來了。他可能覺得這麼晚了，大概我們不會再等他了，至少他能夠猜到欣德利先生會起來，除非他瘋了，不然他可不想讓主人為他開門。」

「不，不，這不可能，他不會在吉默頓，」約瑟夫說：「以目前的情況看，我看他一定是掉在泥塘底下去啦，以他的微薄之力不能爬出來。因為這場天降之禍是事出有因的，不是平白無故的發生的。我倒希望你們好好看看，好好想想，小姐，你也逃不掉的，下一回就該是你了。這所發生的一切都該感謝上帝！感謝他製造了這一切，這一切都是為了你們好，你們要懷著感激之情，彷彿從垃圾堆裡挑選出來的！這不是我憑空捏造的，你們知道《聖經》上說什麼。」

他開始引用了好幾段經文，讓我們頭腦一片混亂，並清楚地告訴了我們章節，還叫我們自己去查。

這時候，我看到凱茜還站在那裡，於是我求這執拗的姑娘站起來去換件乾的衣物，那樣也許會讓她好受點，但是我說不動她，甚至八頭牛都拉不動她，於是我只好走開，不再管她，任她祈禱，任她發抖，我自己就帶著哈里頓睡覺去了，他還小，是不能像我們這樣受煎熬的。看，小哈里頓睡得竟然這麼香，好像他四周的每一個人都睡著了似的。這以後我還聽見約瑟夫讀了一會經，吱呀啊嗚的不知說的是什麼？然後，我就聽到他慢吞吞地走上樓梯的聲音，後來我就睡著了，什麼也不知道了。

那天早上，我比平時下樓晚了一些，我從百葉窗縫中透進來的那微弱的陽光中，偶然間看見凱薩琳小姐還坐在壁爐房，她竟然一夜沒睡。這時大廳的門是半開的，透進來一絲的光亮，光亮從那扇沒有關住的門射了進來。這時候，欣德利已經出來了，只見他站在廚房爐邊，沒有一點的精神和活力，憔悴而懶洋洋的。

「你這是怎麼了，什麼事讓你這麼難過呀，凱茜？」我進來時，他正在說：「你怎麼這麼沒精神？你看起來就像是一條被大水淹著的小狗一樣狼狽。孩子，可憐的孩子，你怎麼這麼濕，到底發生了什麼？你怎麼這麼蒼白？」

「你看不出來嗎？我淋濕了，」她勉強回答，「而且我冷，沒有什麼，就這樣。」

「啊，她真是太頑皮了，她太不聽話了。」我大聲說，因為看起來主人這會兒是非常的清醒，他睡了一夜變得清醒了。「她昨天晚上在大雨裡淋透了，弄得像個落湯雞似的，而且又坐了個通宵，一夜也沒合眼，我感到很遺憾，我也沒法勸得她動一動，好少淋點雨。」

恩肖先生用他那犀利的眼神驚奇地瞅瞅我們，「什麼？通宵，」他重複著，「這是什麼概念？什麼事使她不睡？當然，她那膽小的性格，不會是怕雷吧？但是幾個鐘頭以前就不打雷了，她在害怕什麼呢？」

我們都想告訴他關於希斯克利夫失蹤的事，但是我們不可以這樣做，我們想瞞得久一些，為了不發生什麼大事，所以我說我不知道，她怎麼會想起來坐著不睡，而且一坐就是一夜。她坐在那裡一聲不吭配合著夜的寂靜。一般來說，早上的空氣是新鮮涼快的，讓人神清氣爽。這時候我把窗戶拉開，好呼吸一下那外邊的新鮮空氣，屋裡立刻充滿了從花園裡來的甜甜的香氣，那簡直是香氣撲鼻啊！真是讓人享受。可是這時凱薩琳卻暴躁地叫喚我：「艾倫，你真是太讓人討厭了，快關上窗戶，外邊的風吹進來，我快要冷死了！」只見她一點點地向那幾乎快要滅了的灰燼那邊移近些，拖著無力的身子縮成一團，像隻刺蝟似的，而且她的牙齒直打顫，真是不可思議啊！

「她病了，看她多麼脆弱，」欣德利說，隨手拿起她那無力的手腕，「造成這一切的原因，我想這是她不回去上床睡覺的緣故。倒楣！真是倒楣！說實話，我可不願這兒再有人生病給我添麻煩了，那是多麼讓人心煩的事啊！但是我就不明白了，凱茜？你怎麼會無緣無故的跑到雨裡去呢？」

「這還不夠明白嗎？和平時一樣，去找那個男孩子呀，他們一直都是這樣啊！」約瑟夫大聲說，一直以來都是如此，當在我們正拿不定主意的時候，他就抓住這個難得的機會進讒言。

只見他開始說著大話：

「如果我是你主人，我就會毫不猶豫地賞她一個耳光，讓她長點記性，不管她的出身是多麼的高貴！她也要為她做過的事情負責任。只要有一天你不在家，他們任何一個人都沒有了約束，甚至那個貪嘴林頓可就偷著來啦，他是如此的心安理得。還有奈麗小姐呀，真是看不出來，她也不錯呢！她就坐在廚房守著你，哪知她是在監視你，當你一進這個門，轉眼之間她就出了那個門。不止這些，還有呢，那位貴婦人只會走到她面前表示親切！以顯示她的好心，這可是好事。

「不過每到夜裡十二點時，那個小吉卜賽野種，名叫希斯克利夫的那個孩子，就不知道躲到哪裡去了？躲得無影無蹤！沒人能夠找得到他。他們要是以為我是瞎子，那就大錯特錯了，我才不是，我一點也不瞎！我好著呢，我能瞧見他們不想讓我看到的一切。我瞧見小林頓來，同時也瞧見他走，我還瞅見你（指著我說），正偷偷摸摸地做一些壞事，你這個惹人厭煩的巫婆！當你一聽見主人的馬蹄在路上響，你就慌了，立馬竄到大廳裡通風報信，好讓主人看到這裡和平常一樣，沒有什麼特殊之處，還真是有心計。」

「住嘴，這裡哪有你這下人說話的份，你這個偷聽別人說話的壞傢伙，你不會有好報的！」凱薩琳嚷著：「快住口吧！我面前容不得你這般放肆！欣德利，你別誤會，埃德加・林頓昨天是碰巧來的，而且是我叫他走的，因為我知道你一直不喜歡看見他。這一切，都不像約瑟夫說的那樣。」

「你撒謊，凱茜，我看得出來，」她哥哥回答：「別再瞞著我了，我看透你了，你是一個令人厭煩的人！儘管如此，可是目前先別管林頓吧！我要你老實告訴我，不能再騙我，你昨天夜裡真的沒跟希斯克利夫在一起麼？你放心好了，不用擔心我會傷害他，雖然我一直這麼恨他，而且從來沒有改變過。但是因為他曾經為我做了一件好事，我沒有忘記，我的良心沒法讓我掐斷他的脖子了，他讓我欠了他的人情。為了避免以後再出現這種事情，讓我左右為難的事情，我今天早上就要趕他走，讓他徹底在這裡消失。等他走後，我警告你們，你們都給我小心點，否則的話，我就要對你們不客氣了！因為我已經警告過你們了，我可是要說到做到的。」

「你知道的，我從昨天到現在一直待在這兒，而且我昨天夜裡根本沒有看見希斯克利夫，」凱薩琳回答。開始痛哭起來：「不管怎麼樣，你要是狠心把他攆出大門，讓他無家可歸，我一定跟他一起走，也永遠不會回來了。可是，真是不幸啊！你永遠不會有這樣的機會了！因為他已經走了，他已經徹底地離開了。」

說到這兒，她忍不住放聲哀哭，聲音哽咽地讓人聽不清她在說些什麼。看得出來，希斯克利夫的離開讓她的心靈受到了打擊，她是如此地傷心欲絕啊！

儘管她這麼說，欣德利還是對她冷嘲熱諷，並且大罵一場，然後就以主人的口氣命令她立刻去睡覺，好好去休整休整心情。要不然的話，她就沒有理由在這裡大哭大鬧！讓人不得安寧，我請求她服從，否則會讓我們再遭受一場風波的。

當我們到了她的臥房時，真夠讓人大吃一驚的，我永遠不會忘記她所表演的那一幕畫面，真的把我嚇壞了，當時我真以為她是瘋了，情急之下，我就求約瑟夫趕快去請大夫。大夫說這是熱病的開始，不是什麼好兆頭。肯尼士先生一看見她，馬上就宣布她病勢危險，因為一直高燒不退。只見他給她放血退燒，轉身又囑咐說只能用清奶汁給她和稀飯吃，而且要細心照看她，別讓她尋死，說完這些忠告之後他就走了。這一帶的村莊相隔距離遠，他總是這麼忙忙碌碌的，不是在出診就是在趕路。

雖然我僅僅是個傭人，從沒當過護士，不能說是一個合格的看護，可是我敢說，至少我比粗心大意的約瑟夫和主人好得多。雖然我們的病人是所有病人中最麻煩、最任性的一個，可是，她總算活了過來。

當然啦，這是必然的，老林頓夫人來拜訪了好幾次，她安排著凱薩琳小姐的一切，而且百般挑剔，最後竟把我痛罵了一頓，然後又吩咐我們了一番，讓我們好好照顧凱茜小姐，很顯然，她對凱茜小姐所發生的事感到不安。

時間一天天地過去了，當凱薩琳的病快復原的時候，她堅持要接凱薩琳到畫眉山莊去休養，認為只有這樣她才會安全些。這真是皇恩大赦，上帝顯靈了，對於這種結果，我們倒是十分地樂意，因為那樣的話會省去我們很多的麻煩事。但是這位可憐的太太卻是有理由後悔做出了這個決定，真是不幸的事，她和她丈夫都被傳染了熱病，僅僅幾天的時間，他們兩個老人就離開了人世，拋下了他們那兩個孤獨的可憐的孩子。

結果不出所料，小姐又回到了自己的家，那畢竟是生她養她的地方。但是回來之後，她比以前更執拗，更暴躁，也更傲慢了，沒有人能夠知道使她性情大變的原因究竟是什麼。

希斯克利夫自從雷雨之夜後就杳無音訊，沒有人知道他去了哪裡，他是不是還活著。有一天她徹底把我惹怒了，情急之下，我就把希斯克利夫的失蹤怪罪在她的頭上，讓她自責和後悔。的確她應該負有這樣的責任，那確實是她造成的，她自己也明白。從那個時候起，她好像明白了，幾乎有好幾個月她都不理我，她怕我再說出讓她後悔的話。與我僅僅保持主僕關係，我們幾乎沒有什麼私事上的來往。

而那時，不僅僅是我一個人，就連約瑟夫也受到冷待，想想他以前是多麼地誇誇其談，儘管他只是說出了自己的想法，他一向都是這樣，並且還拿她當個小姑娘似的教訓她，她怎麼能夠忍受他這樣的態度？因為她把自己當成了大人，是我們的女主人，並且事實也是如此。她甚至認為，因為自己有病就可以要求所有的人都體諒她，在她腦中，那是天經地義的事。

還有，大夫也說過她這種病，不能再受更大打擊了，那是百害而無一利啊！僅僅出於這一點，我們也得容忍她的壞脾氣。在她眼裡，無論她怎麼胡鬧，我們表示任何不滿都等同於我謀殺她一樣，讓她不能忍受。她讓恩肖先生和他的同伴們都躲得遠遠的，因為她不想看到他們。她哥哥受了肯尼士的教導，百般容忍她，又怕她的狂怒會引起更嚴重的癲癇，所以也對她百依百順，儘量不去惹惱她。容忍她的反覆無常對他並不容易，因為這並非他的本性。但他還是繼續容忍著她，這倒不是因為兄妹之情，而是出於他那卑微的自尊心，因為他真心盼望能看到她和林頓家聯姻以便給自己的門第增光，如果她好了，那就不是問題了，並且只要她不去打擾他，她就可以把我們當奴隸一樣踐踏，只要不鬧出人命，他才不管呢！

埃德加・林頓像以前一樣，被她迷住了，而且不能自拔。時間過得還真是快，在他父親逝世三年後，他的願望實現了，在他把她領到吉默頓教堂那天，他認為自己是全天下最幸福的人了。

對於我，我很不情願地離開了咆哮山莊，因為那也是生我養我的地方，她來到了這兒，我就陪她到這兒來了。那時候小哈里頓差不多五歲了，我剛開始教他認字，我捨不得離開他，我們分別時彼此都很傷心。儘管如此，凱薩琳的眼淚卻比我們的更有力，當我表示拒絕時，她發覺她的請求並不能打動我的時候，她採取了一個讓任何人都無法拒絕的策略：軟硬兼施。她先跑到她丈夫和她哥哥跟前撕心裂肺地痛哭了一陣，結果，她丈夫想用錢打發掉我，她哥哥則命令我立刻離開這裡，他說，不要讓我再留戀那裡了，現在那裡沒有女主人啦，他屋裡不再需要女傭人了，我待在那裡也沒有什麼用。至於哈里頓，讓我別擔心，因為不久他就有副牧師來照管了。這一切都已安排好了，因此我沒有什麼更好的選擇了，我最聰明的選擇就是叫我做什麼就做什麼吧。

最後，臨走的時候，我告訴主人說，他做了一件愚蠢的事，因為他把所有正直的人都趕走了，他沒有一個知心的人，那他離毀滅就更近了，這是必然的結果。於是我親親哈里頓作為告別，我唯一捨不下的就是他了。而從此以後他和我是陌生人啦！我們不會再像以前那樣親密無間了。這想起來十分地奇怪，真是讓人無法理解。可是我敢說她已把迪恩・艾倫一股腦兒全忘了，真不敢相信他們以前是那樣的親密，並且也不記得他曾是這個世上她最寶貴的了，她簡直像失去了記憶似的，而她對他也一樣！

女管家把故事講到這裡就停了下來，不經意地向煙囪上的時鐘瞅了一眼，她意識到她該離開了，她並沒有想到，自己的一番話已經講了這麼長的時間，只見時針已指到一點半。真是不可思議！

她不肯再多待一秒鐘了，打算馬上離開。老實說，我自己也有意讓她的故事的續篇擱一擱，因為我感覺那麼長的敘述，她肯定消耗了不少的精力。不過還好，現在她離開了，睡覺去了，接下來我又沉思了一兩個小時，回想著她講的情節。雖然我的頭和四肢痛得不想動，但是我不得不那麼做，我得打起精神去睡覺了。

chapter 10 脫胎換骨

我個人認為，這倒是一個奇妙的開始，因為對於一個不居於塵世的隱士來說！四個星期的折磨，輾轉不眠，臥病在床足夠讓他冷靜下來！

啊，真是不幸，趕上這陰冷的風，北方天氣的凜冽以及難以通行的路，還有那拖拖拉拉的鄉下大夫！這一切讓我無法忍受。還有，啊！很難見到人的臉，真不知道這裡的人都在幹些什麼！還有，最不能讓我忍受，比什麼都糟的是肯尼士可怕的暗示，我簡直不敢相信，說什麼不到春天我就別想出門！我想破了腦袋都無法理解，這究竟是一個什麼世道啊！

不過，讓我有點欣慰的是希斯克利夫先生剛剛賞光來看了我。他真是大出血了，大概在七天以前，他大方地送了我一對松雞——這是這季節的最後兩隻了，我簡直都不敢相信。見鬼！儘管是這樣，我也不能原諒他，因為我得病，他也得負一定的責任，我很想這樣說，讓他明白我內心的感受。可是，我無論如何也狠不下這樣的心。

哎呀！真不敢相信，這個人真夠慈悲，只見他坐在我床邊足足一個鐘頭，我真是服了他了。並且他還和我說了一些別的話題，應該說是我感興趣的一些話，而不是談藥片、藥水、藥膏治療之類的讓我敏感的內容，他這樣我還能對他說什麼呢？這段休養的時期倒是讓我感到十分地愜意，我慶幸我有這麼一段生病的過程。

由於我身體還十分地虛弱，所以沒法讀書，雖然是這樣，但是我覺得我好像能夠享受一點有趣的東西了。這時，我的腦袋在指示我做點什麼，我突然想聽點什麼，為什麼不把迪恩太太叫上來，她應該會沒事，來聽她講完這個故事呢？並且我對她所講的主要情節還都記憶猶新，我急切地想知道下節的情節呢。

是的，讓我好好想想，我記得她的男主角跑掉了，而且三年杳無音訊，不知道情況如何了，而且女主角結婚了，她沒有等男主角。這時，我拉了鈴，好讓迪恩太太知道我已經醒來了。她要是看到現在的我都能愉快地聊天的話，她一定十分地高興，可能她還會狂歡的。迪恩太太來了。

「先生，你別著急，還要等二十分鐘才吃藥，我不會忘記的。」她開始說。

「去吧，去做你自己的事吧！別管它了。」我回答，「我才不想要。」

「怎麼了，大夫說你不需要再吃藥了？」

「如果是那樣，我倒是十分地情願，我才不想吃藥呢！你不要打斷我的話。過來，你要是沒事的話，就坐在這兒。還有你不要碰那一排苦藥瓶，我不想看到它們。快把你的毛線活從口袋裡拿出來，隨便做著好啦！現在接著講希斯克利夫先生的歷史吧，你還沒給我講完呢？就從你那天講到的地方再開始說吧！

「關於希斯克利夫，他是不是在歐洲大陸上完成他的教育，最後變成一個風度翩翩的紳士？或是他在大學裡通過半工半讀的經歷完成了他的學業？再或者，他獨自一人逃到美洲去了，經歷了生死存亡，從他的第二祖國那兒參加戰鬥[22]而獲得了名望？或者更乾脆些在英國公路上被當成了劫匪？」

「不敢保證，這些職業他也許都做過吧！洛克伍德先生，儘管後來他富裕了，可是我不知道他到底都幹了些什麼，都去過哪些地方，我沒有當面問過他。我聲明過我不知道他怎麼搞到錢的！對於這，我不想知道也不感興趣，也不知道他是如何使他原來那野蠻的性情，從墮落的泥潭中解脫了出來，這簡直不敢去想像。但是，你別在意，如果你認為這些話能讓你高興而不膩煩的話，那就沒有關係，我要按著以前的方式把它講完，讓你不再有掛念。你今天早上覺得好點嗎？」

「好多了，幾乎已經沒事了。」

「這是一個好消息，恭喜你。」

那之後，我就帶著凱薩琳小姐到了畫眉山莊，我們就在那裡住了下來。雖然我十分地失望，但是我是身不由己啊！然而她的舉止變得好多了，她不再那麼善變了，僅僅這一點倒是值得讓人欣慰的了，她的改變讓我感到意外，這是我當初沒有想得到的關於她會有一點點的改變。看起來她幾乎是過於喜愛林頓先生了，甚至愛屋及烏，因為對他的妹妹，儘管她有時候很調皮，但是她也表現得十分親熱，從來不發脾氣。

當然，這是讓人感到欣慰的，他們兩人對她的身體狀況也是十分地關心。這種生活讓她感覺像是掉到了蜜罐裡，並不是雙方都在互相謙讓，而是一個人站得筆直，其他的人都要順從她。對

22. 指參加十八世紀中期的美國獨立戰爭。

於這樣的生活，她還有什麼不滿意的呢？既遭不到反對，也遭不到冷落，這就是她想要的生活。對於這樣的待遇，誰還能對別人亂耍性子呢？我看出埃德加先生寵愛她到了極點，生怕她會有一點的不高興。

他把這種恐懼的感情加以掩飾，遮遮掩掩不讓她發現。有時候，當她提出某些蠻不講理的要求時，她時常會有這樣的舉動，可是這時，他若是聽到我回答的生硬些，讓她不高興了，或是看見別的僕人不太樂意為她服務時，他就會皺起眉頭表示生氣了，他經常為了她受到這樣的對待而生氣，而他為了自己的事情從來沒有發過脾氣。他看待她比自己重要得多，他為了她，曾經幾次很嚴厲地對我說起我的無禮，而且肯定說哪怕用一把小刀狠狠地戳他一下，讓他鮮血直流，也不能讓他忍受太太煩惱時的一丁點的痛苦，他愛凱薩琳簡直愛到了極點。

看到這樣的局面，我不想讓一位仁慈的主人難過，他心地是如此的善良，我只好學著努力克制自己的感情，讓它不再爆發。並且，我確實做到了，大概有半年時間，埋在我心裡的這火藥像沙土一樣地擺在那兒並沒引爆，因為沒有火湊近來使它爆炸。即使有火來接近它，我也會阻止這樣的事情發生。

那時候，凱薩琳時不時地也有陰鬱和沉默的時候，不知道有什麼事會讓她有這樣的表情，這時她的丈夫沒有什麼辦法來使她開心，只是用一種可憐的同情來表示尊重，那是他唯一能做的。他認為這是由於她那場突如其來的危險的病所引起的體質上的變化，沒有人能改變它，因為他認為她從前從沒有這種陰鬱的表情，在他們童年的時光。不過等到雲開霧散，他就不再這樣想了，他也迎上相應的陽光。正像我所看到的那樣，我相信我他們真的生活在深沉的、與日俱增的幸福之中。

但是幸福並不是長久的。唉，社會就是這樣的現實，到頭來我們總歸是為了自己。人和人之間沒有什麼太大的差別，溫和慷慨的人不過比傲慢霸道的人講理些罷了，任何人都不可能永遠地那樣下去，等到情況一變，等到兩個人都感覺對方的關心並不是自己的利益時，他們就彼此暴露了，幸福也就隨即完結了。

我記得很清楚，那是九月裡一個醉人的傍晚，那時候我挎著一籃子的蘋果，一個個又圓又大的蘋果，這是剛從果園裡摘來的。那時天已經快黑了，我打算回家去，只見月亮頑皮地從院子的高牆外照進來，現出一些模糊的影子，那些影子活靈活現地躲藏在這房子的無數突出部分的角落裡，那讓我感覺非常的有趣。

我把這籃喜人的蘋果放在廚房門口的臺階上，站了一會兒，休息了一下，順便吸了幾口柔和甜美的空氣，那感覺真是不能用言語來形容的，我抬眼望著月亮，背對著大門，享受著這美妙的感覺，這時我突然聽見我背後有個聲音說：

「奈麗，是你嗎？你在外邊嗎？」

我聽得出來，那聲音很深沉，口音像是外地的，這一切讓我感到意外，可是念我的名字又念得讓我覺得十分地熟悉。我感到很意外，我害怕地轉過來看看是誰在說話，雖然很害怕，但是我也想搞明白。那個時候，因為門是關著的，所以臺階上也看不到一個人影。

突然，在門廊裡有個什麼東西在動，我的心簡直要跳出來了。而且，他正在朝我走來，在那夜裡，我模模糊糊看出是個高高的人，穿著黑色的外衣，在月光的照射下，我看到他那黑黑的臉龐以及黑色的頭髮。只見他斜靠在屋邊，雙手握著門閂，摒足了力氣，好像打算自己要開門似的，我內心充滿了好奇。

「奇怪，這是誰呢？」我想著。「難道是恩肖先生嗎？啊，不是！他的聲音不是這樣的，那會是誰呢？」

「我已經在這裡等了一個鐘頭了，幸好看到了你，」就在我還在糾結發愣的時候，他又說了，「剛才這裡一直是死一樣的寂靜，甚至都聽得見那樹葉的騷動，如此這般我都不敢進去了。你怎麼了？你不認識我了嗎？瞧瞧，仔細瞧瞧，我不是生人呀！」

這時一道光線照在他那黑黝黝的臉上，蒼白的臉龐，沒有一點生機，一半為黑鬍鬚所蓋，襯得他的臉變小了，低聳的眉頭，好像在為什麼大事而發愁，眼睛深陷而且很特別。對，我記起這對眼睛了，我記得他了。

「什麼？怎麼可能？」我叫道，我被他突然地出現嚇壞了，我不知道他是人，還是鬼。我驚訝地舉起了雙手。「什麼！你回來啦？真是你嗎？是你嗎？我不是在做夢吧！」

「是啊，是真的，我是希斯克利夫。」他回答，他穿過我的身旁順便朝屋裡瞥了一眼，雖然那兒映照出燦爛的月亮，但裡面卻沒有什麼燈光，而是一片的漆黑。「他們在家嗎？現在她在哪兒？快告訴我。奈麗，你看起來並不高興，你不用這麼慌張！你只要如實回答我就好了，她在這兒嗎？說呀！你快告訴我，因為我想和她說一句話，你的女主人。去吧，去找她，然後告訴她說有人從吉默頓來想見見她，她一定會很激動的。」

「你怎麼能這麼想，她怎麼能接受這樣的消息呢？」我喊起來，「如今她的情況，她會怎麼辦呢？說實話，這件意外的事真讓我為難，我想這會讓她不知所措的！她接受不了的，你是希斯克利夫！你從外邊回來找她了，可是你變啦！不，可以這樣說，簡直讓人認不出來了，這些年你都去哪了？你當過兵了吧？」

「去吧，別問這麼多，先給我傳了口信。」他不耐煩地打斷了我的問話。「你不去，那會讓我非常痛苦的，我的內心簡直受著地獄般的煎熬，你快讓我解脫了吧。」

他抬起門閂心意已決，看這情景，我意識到只好進去了。可是當我走到林頓先生和夫人所在的客廳那兒，我內心充滿了恐懼，我簡直無法再向前挪動一步了。終於，腦袋裡閃過一個念頭，我決定找藉口問他們要不要點蠟燭，因為屋子裡是那麼的黑，於是就把房門打開了，我進去了。

他們兩個一起幸福地坐在窗前，把那格子窗也拉開了，他們互相依偎著望出去，那景色還真是迷人呢！除了花園的樹木與天然的綠色園林之外，讓人驚奇的是還可以看見吉默頓山谷，只見山頂上圍繞著一條白霧（因為你過了教堂不久，也許會注意到，那兒有一道從沼澤地裡引出來的排水溝，正好匯進了順著峽谷蜿蜒流去的小溪），像個白圍巾似的。只見那孤獨的咆哮山莊正聳立在這銀色的霧氣上面，那是多麼親切啊！但是卻看不見我們曾經居住的老房子，因為它在山的另一面上，看到它是不可能的事。

而就在這個時候，這屋子和屋裡的人，以及他們所關注的景色，都顯得非常安謐，簡直讓我不忍心打擾他們。我內心極其的矛盾，我躲躲閃閃地不想打破這片刻的寧靜，在問過點燈的話後，我差點犯了一個大錯，我差點什麼都不說就離開了，幸虧這時候我想起了我的使命，就又迫使我回來，我鼓起勇氣低聲說：

「真不好意思打擾你，從吉默頓來了一個人想見你，夫人。」

「見我？他有什麼事？」林頓夫人問。

「我不知道，我想你應該去看看。」我回答。

「好吧，你過來放下窗簾，奈麗，」她說：「你去端茶來，因為我馬上就回來。」

她轉身離開了這間屋子。埃德加先生不經意地問是誰，關於她的事，他也沒有什麼太大的興趣了。

「是太太沒想到的人，他回來了，」我回答，「就是那個希斯克利夫，你記得他吧，你們見過面的，先生，他原來住在恩肖先生家的，他是恩肖先生從外邊撿來的。」

「什麼！竟然是那個吉卜賽人，是那個鄉巴佬嗎？」他喊起來：「那你剛剛為什麼不告訴凱薩琳呢？」

「噓！小聲點，你不能這麼叫他，沒人敢這麼叫他，主人，」我說：「她要是聽見的話，會很傷心，會很難過的，你不會讓她這樣的，不是嗎？因為當時他跑掉的時候，她的心幾乎都碎了，她還為此傷心了好一陣了，我猜他這次回來對她來說是件大喜事呢，她應該會很高興的。」

聽到我說的話，林頓先生走到了屋子的另一邊，因為在這裡可以看到外面的景色，只見他打開窗戶，好奇地向外探身。我猜他們就在下面，而且他還看到了他們，因為他大聲喊了起來：

「別站在那兒，進來吧！親愛的！貴客登門，別失禮了，就把他帶進來吧！」

沒過多久，果然不出所料，我聽見門閂響，這時凱薩琳飛奔上樓，而且氣喘吁吁的，只見她的神情十分地不安，她甚至興奮得不知該怎麼表現她的歡喜了，這簡直像讓她瘋狂起來了，的確，如果你只看她的臉，不得不相信，你反而會認為又有什麼災禍要降臨了。

「啊，埃德加，埃德加，我真是太高興了。」她喘息著，隨即摟著他的脖子。

「啊，我簡直不敢相信，埃德加，親愛的！希斯克利夫回來啦！他回來啦！你難道不感到吃驚嗎？」她拼命地摟住他。

「好啦，好啦，別這麼興奮了。」她丈夫很不耐煩地說：「你如果為了這個人把我活活勒死也太不值了！我可不願意付出這樣的代價，而且我從來沒有想到他是這麼一個讓你感到稀奇的寶貝。這又不是什麼大事，沒有必要這麼高興吧！」

「啊，我理解你，我明白你們以前相處的十分不融洽，這些我都知道的。」她回答，稍微把她剛剛那種強烈的喜悅抑制了一些。「但是為了我，親愛的！你們現在非做朋友不可，你必須這麼做。我能把他叫上來嗎？你們需要好好談談。」

「這裡？你是說這裡嗎？」他說：「你讓他到客廳裡來麼？」

「不到這裡到哪裡去呢？」她問。

他顯然十分不情願這麼做，繞著彎兒說廚房對他還比較合適些，他一點也不希望希斯克利夫到這裡來。

看到他的表情，林頓夫人臉上顯出一種不快的表情，對他的苛求是又好氣又好笑，她很無奈。

「不！不行，」過了一會她又說：「可是我不能和他待在廚房裡，那是多麼讓人心煩的事啊。我決定了，你在這兒擺兩張桌子吧，艾倫，一張給你那受人尊敬的主人和伊莎貝拉小姐用，他們是有門第的上等人，我們惹不起，我們不能夠和他們相提並論，另一張給希斯克利夫和我自己，只屬於我倆的，我們是屬於下等階級的，我們高攀不起你們。這樣你總該滿意了吧，親愛的？看著這天氣，或是有必要在別的地方生一下火呢？如果是這樣，那你就說吧！因為我不在這了。我要下樓去陪我的客人了，他的到來真是好事情。這真是令我開心極了，我簡直無法形容我現在的心情，這不會是夢吧。」

她正要再衝出去，帶著對她丈夫的抱怨，可是埃德加把她攔住了，他改變了他原來的決定。

「好吧，我答應你了，你把他叫上來吧。」他對她說：「還有，我必須提醒你，凱薩琳，儘管高興可別做得太荒唐了！你心中要有分寸，而且用不著讓全家人都看到，你把一個野蠻出逃的下等人，至少以前是，還依舊當做你的兄弟一般來招待，這是極其不理智的行為。」

我下樓時，發現希斯克利夫正在門廊下靜靜地等著，顯然是預料到了要請他進來，這一切都在他的掌握之中呢。只見他一句話也沒說就隨著我進來了，他應該在思考著什麼？我把他引到主人和女主人面前，可是他們還面帶慍色，真是讓人有點擔心呢！兩個人的臉都罕見地漲紅了。但是當她的朋友在門口出現時，一切雨過天晴，夫人的神色馬上變了。她激動地跳上前去，拉著他的雙手，把他領到林頓這兒，看他正呆呆地站在那呢！然後她用力地抓住林頓不情願伸出來的手硬塞到他的手裡，讓他們握手言和，從此成為好友。

借著爐火和燭光，我猛然發現希斯克利夫變了樣，和以前判若兩人了。令人難以置信的是，他已經長成了一個高大強壯的青年，整個人充滿著生氣，顯得神采奕奕，反襯得我的主人像個病弱的少年似的。他筆挺的腰桿像是出於軍隊之中，面容看上去也比林頓先生老成果斷，不平凡的經歷使他的臉看起來充滿智慧，甚至能看穿你的心靈似的，一點也沒有以前卑賤懦弱的神色了，希斯克利夫已經脫胎換骨了。

但是唯一不變的是，他還有一種野性深埋在那眉毛和那黑黑的眼睛之下，但是萬幸的是，它們已經被克制住了，一般人應該看不出來的。難以想像，他的舉止竟可以十分地莊重，而且不帶一點粗野，儘管是這樣，然而還是太過嚴峻，那美好中缺少了一些優雅。這時我的主人和我一樣感到十分地驚訝，他不敢相信，或者更有甚於我，因為他待在那兒足足有一分鐘之久，他沉思了好久，但還是不知道應該怎樣對待這個所謂讓他討厭的下賤人。

這時只見希斯克利夫放下他那瘦瘦的手，他表現得是如此的自然，冷靜地站在那兒望著他，正在等他先開口。

「坐下吧，用不著拘束，先生。」他終於說：「回想起昔日，還記憶猶新呢，林頓夫人要我誠意地接待你，你是令她那麼感到驕傲的夥伴啊！當然，不可置疑，要是這樣能夠讓她感到高興的話，無論做什麼，我都會很高興去做的。」

「你知道的，我也是。」希斯克利夫回答。「我感到很高興，特別是我能夠加入進來的事情，這讓我有了家的感覺，我將很願意在這裡待一兩個鐘頭。」

隨後，他在凱薩琳對面的一張椅子上坐下來，看起來是如此的鎮靜，而她一直盯著他，唯恐一不留神，他就會隨空氣一起消失了一樣。讓人感到奇怪的是，他卻沒怎麼抬起眼來看她，畢竟那麼長時間沒見過面了，但他只是時不時地很快地瞥一眼，生怕被人看到了似的。可是就是這種偷看，讓他有這樣的感覺，每一次都能帶回一絲的喜悅，不知道他這種喜悅時怎麼產生的，而且這是他那雙眼睛裡掩飾不住的，不僅如此，而且他們越來越不在乎了，甚至視周圍的一切為空氣。那是因為他們過於沉浸在共同的歡樂中，一點兒不覺得窘，一直以來都是如此。

可是，埃德加先生可不這樣認為，他看起來對他們的舉動十分地擔心和煩惱，而且都表現在了他的臉上。當他的夫人站起來，走過地毯，然後又抓住希斯克利夫的手，而且笑得得意忘形的時候，這一切讓埃德加渾身不舒服，而且這種感覺就達到頂點了。

「真是不敢相信，我還以為這是一場夢呢？你怎麼會來找我呢？」她充滿好奇地叫道：「說實話，我真不相信我又能夠看到你，還能夠摸到你，而且還跟你說了話，這簡直像做夢似的。可是，你太自私了，狠心的希斯克利夫！你真不值得我這麼歡迎你，虧我一直想著你。一去三年沒有音信，你不怕我傷心，而且從來沒想到過我！」

「但是我敢說我想你比起你想我來，更多了一些。」他低聲說：「凱薩琳，說真的，不久以前，我聽說你結婚了，我很傷心。那時我在下面院子等你的時候，希望再見你最後一面，當時我打算只看一下你的臉——也許只是匆匆的一瞥，那也足夠了，而且假裝高興，我真的高興不起來，然後就去跟欣德利算帳，讓他對這件事付出沉重的代價。然後就以自殺避免法律的制裁，這是當時我唯一能夠想到的。但是你的熱情把我的這些怪念頭都趕跑了，它們受不了你的這種熱情，可是我擔心下一回你會用另一種神奇的感覺來與我相見！不，我相信你不會再趕走我了，我對你像你對我一樣的重要，不是嗎？你曾經真為我難過來著，那是如此的傷心呢，是吧？嗯，說來話長，我不打算和你細說了。自從我上次聽見你說話的聲音之後，我又充滿了動力，我總算苦熬過來了，這一切多虧了你。但是你必須得原諒我的不辭而別，因為我奮鬥完全是為了你！」

「凱薩琳，稍微休息一下吧！我想你們不想喝冷茶吧，看它都涼了，不然就請到桌子這兒來吧。」林頓打斷說，他簡直不能忍受了，但是仍然努力保持他平常的聲調，以及禮貌的態度，生怕自己的衝動讓他的妻子有一丁點的不高興。「希斯克利夫先生無論今晚住在哪裡，也還得趕一段路，你不能讓他為難，而且我也渴了，我們快去喝點水吧！」

聽到她丈夫的話，她走到茶壺前面的座位上，這時伊莎貝拉小姐也被鈴聲召喚來了，她是愛湊熱鬧的人。然後，我自覺地把他們的椅子向前推好，好讓他們坐下來，然後我就離開了這間屋子去忙我自己的事了。

真是想不到，這頓茶竟然沒有超過十分鐘。甚至凱薩琳的茶杯根本沒倒上茶，不知怎麼的，她吃不下，也喝不下。而埃德加倒了一些茶在他的碟子裡，他沒有浪費，也好不容易地喝下一口。那天晚上，他們的客人逗留不到一個鐘頭，他不能夠在這樣的氛圍中待上一個鐘頭以上。他臨走時，沒人去送他，我問他是不是到吉默頓去？

「不，我要回到咆哮山莊去，那才是我的家，」他回答。「那不是偶然發生的，今天早上我去拜訪時，恩肖先生請我去住的，看看起來是相當的友好呢。」

天啊，我沒聽錯嗎？恩肖先生請他！他拜訪恩肖先生！這怎麼可能？到底都發生了些什麼？他走了以後，我一臉的疑惑，我反覆沉思著他的這番話，希望能讓我明白一點。我開始這樣想，他變得有點像偽君子了，這麼多年的失蹤讓他完全變了一個人嗎？他喬裝打扮來這裡害人嗎？我胡亂地冥想著，我心裡有一種奇怪的想法，就是：他若是一直留在外鄉，在那裡生根發芽，那或許會更好一些，不僅是對別人，更是為了他自己。

大約在半夜，真是讓人無奈啊！我剛睡沒多一會兒，還沒進入夢鄉呢！就被林頓夫人弄醒了，她是那麼的討厭，她偷偷溜到我的臥房裡，毫不客氣地搬把椅子在我床邊，拉我的頭髮把我喚醒，她拉得我生疼。

「我睡不著，我該怎麼辦？艾倫，」她說。

真是很少見呢！她的態度看起來是如此的誠懇。

「現在我真的很苦惱，要是有個人能分享我的幸福該有多好！那樣的話，我願意付出一切代價，埃德加在鬧彆扭，他不怎麼理我了，因為我為了一件他並不感興趣的事情而高興，我傷了他的心。他死都不說一句話，他在向我抱怨呢，除了說了些暴躁的傻話，他根本不搭理我。而且他說我又殘忍又自私，我後悔了，因為在他這樣難受的時候，我一點也不忍心，我還想跟他說話，不管說些什麼。因為他有一點生氣就總想著要生病，當我說了幾句稱讚希斯克利夫的話，他是相當地在意，不是因為頭痛，就是因為嫉妒心重，然後就開始哭起來，哭得非常傷心，我受不了他的這種舉動，所以我就起身離開他了。」

「你這麼做太不明智了，再說，稱讚希斯克利夫有什麼好處呢？」我回答。「你也是知道的，他們做孩子的時候就彼此反感，雙方沒有一點的友好。在這樣的情況下，要是希斯克利夫聽你稱讚他，他心裡也不會平靜的，也會一樣地痛恨的，那是人性呀！他不是一個石頭人啊。我在這裡提醒你，你千萬不要讓林頓先生再聽到關於他的話了，那並不是個好事情，除非你想讓他們兩個人為你大吵起來，從此使事情的趨勢更為嚴峻。」

「他應該不會的，那豈不表現出他的弱點了？」她追問著。「真是搞不懂他們心中在想些什麼，我就不會妒忌，我對伊莎貝拉漂亮的黃頭髮，金光閃閃的，還有她的白皙的皮膚，像天空中的白雲似的，看她那端莊的風度，簡直迷死人了，還有大家對她表示的喜愛，對於這一切，我感覺無所謂，我從來也不覺得苦惱！甚至你，奈麗，我也不在乎，假使我們有時候為了一點小事發生爭執，你立刻向著伊莎貝拉，勸慰她去哄她，我那個時候就會像一個沒有主見的媽媽一樣向她讓步，只要她高興，我叫她寶貝，親她，把她哄得心平氣和，這就是我的本事。我願意為她做這一切，因為她哥哥看見我們和睦就高興，看著他高興的樣子，這也能使我高興。他們的本質是一樣的，都是別人寵壞的孩子，過著不現實的生活，我曾幻想這世界就是為了他們的方便才存在的。他們是如此的任性，雖然我遷就著他們倆，儘量克制著我內心的矛盾，可是我總想好好教訓他們一下，讓他們好好反省反省，這也許會把他們變好。」

「你錯了，不是這樣的，林頓夫人，」我說：「你怎麼會遷就他們？一直以來都是他們在遷就你，我們瞭解你，知道他們要是不遷就你，不包容你，難以想像你會成為什麼樣子！而現實是只要他們努力不違背你的心意，那就會如你所願，你就得稍微忍讓一下他們一時的小脾氣，畢竟他們是這裡唯一的主人。但是，到最後，你們會為了對方認為是頭等重要的大事而分開的，而且那時候你片面地認為軟弱的人也是和你一樣地固執呢，你就是這樣的武斷。」

「照你所說，這就是我的命，我就到死也要掙扎，是嗎，奈麗？」她笑著回嘴。「不！不要再問我了，我不會告訴你的，而且我告訴你，我對林頓的愛情很有信心，他這樣的人，我相信你就是殺了他，他也不會想報復的，他是那樣的愛我啊！」

我勸她為了他的愛情就更尊重他一些，不要在任性地做一些讓他傷心的事了。

「一直以來，我都是尊重他啊！」她回答：「儘管是這樣，可是他不能為了一點小事就哭吧！他是個男人，他應該是頂天立地的，而那種表現讓我對他有點失望，那僅僅是孩子氣。而且，更不應該哭得那樣傷心，那是軟弱的表現，在一個真正的男人身上是不應該出現的，難道就因為我說希斯克利夫值得尊重了，鄉里第一名紳士也會以跟他結交為榮，我說的這些話，本來這是他應該說的話，可他沒有說，我是替他說出來的，他竟然不明白，而且他應該感到愉快，不管怎麼說，在這裡他必須習慣他，包容他，甚至喜歡他，他都沒有意識到，想想希斯克利夫是多有理由來反對他的，可是讓人意外的是他沒有，我敢說希斯克利夫的態度好極啦！他是個真正的紳士。」

「實話告訴你吧，他去了咆哮山莊，對這，你是怎麼想的？」我問她。

「顯然他是一個改過自新的人，他不比從前了，簡直成了基督徒，信奉神明的人，就連四周的敵人，曾經傷害過他的人，他都伸出了友誼之手！那胸懷是多麼的大度啊！」

「剛剛他說明白了，我也都知道了，」她回答：「說實話，我也跟你一樣感到奇怪。他說他去那裡拜訪是想找你，你是唯一一個能跟他好好說話的人，然後從你嘴裡得出我的消息，那時候他以為你還住在那裡。沒想到，約瑟夫發現了他，約瑟夫就告訴了欣德利，並且問他一直做些什麼，這麼些年沒有音信到底是怎麼生活的，問了他一些像這樣的話題，最後他就進去了，沒把他怎麼樣。不過，那裡本來有幾個人坐在那兒玩牌，看他們如此開心，希斯克利夫也加入了。開始的時候，希斯克利夫總是贏，我哥哥輸了一些錢給他，而且發現他有不少錢，那讓他心裡萌生了一種不好的想法，就讓他今晚再去賭錢，可出乎意料的是他也答應了。

「不敢想像，欣德利居然這麼荒唐，居然信任自己曾經欺辱過的人。更難想像的是，希斯克利夫卻說他完全不介意過去那些往事，還要找附近的房子住下來以便日後來往，因為他對我們曾住過的房子有種眷戀，它是我們共同的回憶，那是他唯一的原因，並且他還希望我會時常看望他，這是最令他高興的事，但是如果他住在吉默頓，一切都只是白談，就沒有這種機會了，他也願意為這種機會做他能夠做的事。他打算慷慨解囊以便住在山莊，因為他現在有好多的錢，我哥哥肯定是因為他的錢而願意不計前嫌，讓他住下來而不管他是誰，欣德利總是貪婪的，他從來都不會知道生活的疾苦，即使他是一手抓錢，另一手又揮霍出去，他也不會眨一下眼睛。」

「那你認為這是年輕人的好去處嗎？」我說：「難道你就不擔心會發生一些不愉快的事情嗎，在他們之間，林頓夫人？」

「說實話，我並不擔心我的朋友，他是讓人驕傲的，」她回答：「他和以前不一樣了，他那健全的頭腦會使他躲開危險的，不用擔心，他知道事情的利害。不過，對於欣德利倒讓我有些擔心，他是那麼的不通人情世故。至於傷害身體，那是不可能的，我是不能夠允許的。今晚發生的事情使我跟上帝和人類又和解了！真不敢想像，我曾經是那樣憤怒地咒罵過神，我真是瘋了，希望它們能夠原諒我。啊，你簡直都無法相信，我曾經忍受過非常痛苦的磨難啊，不知道我是怎麼活過來的？奈麗！如果那個人知道我曾是那麼痛苦，他也會很痛苦的，他就應該為了他無謂的憤怒而突然地出走感到羞恥。那種生活多麼的難熬啊，我一個人受苦，而他在外邊還好一些，忘掉一切的不愉快。如果我表達出我時常感到的悲痛是因為他的出走，我相信，他也會像我一樣地渴望著解脫這悲痛的。但是怎麼說，還提它幹嘛呢，事情已經過去啦，再說也沒什麼意義了，重要的是，現在我對他的愚蠢也不報復了，我已經原諒他了，今後我什麼都不在乎了！因為那是沒有意義的，即便世上最下賤的東西打我的嘴巴，我也不會憤怒了，這時我不但要轉過另一邊給他打，讓他消氣，還要請他原諒我惹他動手，千錯萬錯都是我的錯。而且，我沒有說謊，作為一個證明，我現在就讓你看看，我馬上就要跟埃德加講和啦，我們還會像以前一樣的。晚安！親愛的，我簡直是一個天使！」

正像她所說的那樣，她就這樣自信滿滿地去睡覺了，事實證明她沒有說謊，第二天她顯然已成功地實現了自己的決心。難以想像，林頓先生不僅不再像昨天那樣抱怨（雖然他的情緒看來仍然被凱薩琳的旺盛的歡樂所壓倒），而且居然不反對她帶著伊莎貝拉下午一起去咆哮山莊拜訪。結果真是出人意料啊！看來她確實付出了行動，她用了大量的甜言蜜語來報答他，很顯然，他被她征服了。而且使家裡就像是天堂一樣，沒有了昨天的烏煙瘴氣，不論主僕都能從這無窮的陽光中獲益不淺。

希斯克利夫，以後我要說希斯克利夫先生了，他現在的身分大不比從前了，起初還倒是謹慎地使用著拜訪畫眉山莊的自由權利，但是最後就不是那樣了，他彷彿還是擔心主人會像以前那樣照模照樣地對待他。不過，這也情有可原，主人就是能給人那樣的一種感覺。凱薩琳也明智地認為在接待他時，她要注意些什麼，把她過分的熱情壓抑一些會比較得當些，這是經昨天的事件之後她所悟到的，只見他慢慢得到了被夫人接待的權利。看到這種情況，我主人的不安暫時平息了，他收緊的心漸漸地落了下來。不過，事情沒有這樣結束，以後的發展使得他的不安情緒轉向了另外的一方了。

那就是使他煩惱的新根源，這是任何人都沒有預料到的，伊莎貝拉對這位勉強受到招待的客人，竟然表示了一種突如其來但是又不可抗拒的愛慕之情，這該是一件多麼荒唐的事。那時她是一個十八歲的嬌媚的小姐，正值青春年少，舉止偶爾還帶著孩子氣，到處撒著嬌。雖然還算機靈，但是如果被激怒了，那可不是好事，她的脾氣也很暴躁任性。儘管是這樣，但是她的哥哥深深地愛著她，寵著她，可是對她的這種荒誕的感情十分地驚訝，他不能夠接受。且不用說和一個身分下賤的人聯姻有失他們尊貴的身分，更不用說如果他沒有兒子的話，那可就是天大的損失，他的財產很可能落在這麼一個人的掌握之中，他不願意讓這樣的事發生在他身上，就是這些都不用提，那也不行，他很瞭解希斯克利夫的性格，一些別人看不到的。他知道，現在的希斯克利夫，雖然他的外貌改變了，但是他的內心是不能改變的，並且也沒有變。

他害怕，對這樣的事，他感到十分地反感，他不願意有那種事發生，像有什麼預感似的，或是會發生什麼不好的事，因此，他不敢把伊莎貝拉交托給他，他是讓他那樣的不放心。如果他知道她的愛慕只是出於一廂情願，而且對方以毫不動情作為報答。因為他一發現這戀情的存在，他就毫不猶豫地怪希斯克利夫，認為這一切都是他精心策劃出來的，甚至認為他有不可告人的秘密。

那時候有一段時間，有這樣的一件事，我們都看出林頓小姐不知為什麼事心煩意亂，不但如此，而且她很憂傷，我們看了都不忍心。漸漸地，她變得越來越令人討厭，有時還說些一些奇怪的話，並且常常叱罵諷刺凱薩琳，隨著時間的流逝，情況越來越糟，眼看凱薩琳的忍耐就要被她的無禮所耗盡了，那後果應該會很嚴重的。不過，大部分的時候，我們多多少少會原諒她，會為她找藉口，然而就是這樣的容忍，她依然變本加厲，在我們眼前萎靡憔悴下去。

直到有一天，情況變得更加糟糕，她變得特別執拗，而且不肯吃早餐，還抱怨僕人不聽她的吩咐，必須對他們給予懲罰。那時候，她是相當地自在，女主人不許她在家裡做任何事，生怕她會惹出什麼事端，而且埃德加也不理睬她，有時又抱怨屋門敞開使她受了涼，而我們把客廳的爐火熄滅了是存心讓她生病，我們被他看成是心懷鬼胎的人。不僅這些，還有很多很多的抱怨。

為了防止她再做出什麼荒唐事，林頓夫人要她上床睡覺，並且把她痛罵了一頓，嚇唬她說要請大夫來，如果她不聽她的話。一提到肯尼士，那可不得了，她立刻大叫起來，說她感到身體十分地舒服，只是凱薩琳的苛刻使她不快樂而已。

「你怎麼能這麼說呢？你怎麼說我苛刻你呢，你怎麼這麼沒良心，你這怪脾氣的寶貝？」女主人叫起來，她感到不公平，對這毫無道理的論斷感到莫名其妙。「你一定是失去理性了，我如此為你著想，我什麼時候對你苛刻啦？告訴我！」

「昨天，我記得很清楚，」伊莎貝拉抽泣著，「看，還有現在！」

「昨天，怎麼可能？」她嫂嫂說：「什麼時候呀？你說清楚一點。」

「那時候，在我們順著荒野散步的時候，你忘了嗎？你讓我自己隨便出去溜達一圈，把我支走，而你卻跟希斯克利夫先生閒逛啦！你為了他拋棄了我。」

「難道這就是你所謂的苛刻嗎？你心眼簡直太小了，」凱薩琳說，笑起來，「這並不是表示你的陪伴是多餘的，你想得太多了，我們不會在意你是否和我們在一起，我只不過以為希斯克利夫的話你聽著也未必覺得有趣，我是怕你無聊才讓你離開的。竟沒想到，你竟然以為我是對你苛刻。」

「啊，不，不是這樣的，」小姐哭著說：「我知道你在想什麼，你想我走開，因為你知道我喜歡在那兒！」

「你這是怎麼了？你怎麼會說出這樣的話呢？」林頓夫人對我說：「伊莎貝拉，你到底想說什麼，好吧，你說吧，把引起你注意的話都說出來吧。」

「隨便你，我不在乎談話，」她回答，「我要跟……」

「怎麼！你倒是說清楚啊！」凱薩琳說，看出她猶豫著，吞吞吐吐不知道要不要全都說出來。

「實話告訴你吧，我要和他在一起，永遠在一起，我不要總是給人打發走。」她接著說，激動起來。

「你知道嗎，在我看來你像是馬槽裡的一隻狗[23]，凱薩琳啊，而且希望所有人都得不到愛，除了你自己！你是一個自私的人。」

「不得不承認，你是一個胡鬧的小猴子。」林頓夫人驚奇地叫起來。「看你是多麼地幸福啊！可我情願忘記這些！你不能這樣做，而且你沒法博得希斯克利夫的愛慕，你不能把他當作情投意合的人！你和他不合適，上帝保佑，但願是我會錯了你的意思，伊莎貝拉？」

「不，不是那樣，你沒有，」這入了迷的姑娘說：「你可能無法相信，我愛他，勝過你愛埃德加，而且我相信他可以愛我的，只要你讓他愛！」

「天啊，我簡直是無法接受，就是現在讓給我王位，讓我一統天下，我也不願意是你！」凱薩琳下定決心斷然聲明，她好像很誠懇地說著：「奈麗，我不知該怎麼辦了，你快幫幫我，幫幫我讓她明白她在發瘋，她是如此的不可理喻。告訴她希斯克利夫是什麼樣的人，好讓她死心，一個

---

23. 《伊索寓言》中寫一條狗臥在裝滿草的牛食槽裡，牛餓了，前來吃草，牠又狂吠阻止牛靠近，牛於是咒罵這條自己不吃，又不讓別人吃草的壞狗。

沒馴服的人，不僅不懂文雅，而且沒有教養，受不到人們的尊敬，就像是一片長著金雀花和岩石的荒野，不能融入社會這個大家庭。退一步講，要是讓我把你的心交給他，我是無論如何也不會同意的，我寧可在冬天把那隻小金絲雀放到園子裡！也不會答應你的那種不切實際的想法。

「可惜你不瞭解他的性格，他不像你想的那樣好，孩子，就是這種可悲的想法，你才會胡思亂想，你的頭腦裡才會出現這種奇怪的夢，這是不現實的。求求你別妄想他會在一副嚴峻的外表下深埋著善心和情義！那是不可能的，你要明白，他不是一塊沒有雕刻的鑽石，鄉下人當中的一個含珠之蚌，一個稀奇的寶貝，而是一個凶惡的，無情的，像狼一樣殘忍的人，你曉得他會做出什麼殘忍的事。

「伊莎貝拉，你必須要知道，如果他知道你是一個麻煩的負擔的話，到時候後悔都來不及，他會把你當作麻雀蛋似的捏碎，讓你死無全屍的。不要懷疑他會不會這樣做，那是因為你不瞭解他。而且我知道他是不會愛上林頓家的人，你就不要白費力氣了。他也很可能因為你的財產和繼承財產的希望而跟你結婚，但是婚後你會幸福嗎，這些你想過嗎？他的貪婪與日俱增，甚至成了一種罪惡，他簡直像個魔鬼，這就是我眼中的他。雖然他是我的朋友，但是我不會偏袒他，就因為如此，如果他真打算抓住你，而且你也心甘情願，也許我不應該說這些，而是親眼看著你白白掉進他的陷阱裡去。」

聽到這番話，林頓小姐對她嫂嫂大怒。

「真是羞死人了！你竟然這麼說你的朋友，」她生氣地重複著，「我相信你比二十個敵人還壞，對於希斯克利夫，你是一個惡毒的朋友！」

「啊，這麼說來，你不肯相信我？」凱薩琳說：「難道你以為我說這些僅僅是出於陰險的自私心麼？」

「不錯，我倒是這樣認為的，」伊莎貝拉反唇相譏，「你不要把自己說的那麼好，而且我一想到你就不自在！」

「好，你太讓我失望了。」另一個喊著：「我不管你了，如果你有那勇氣，那你就自己試試吧，到時候可別說我沒事先提醒你，我已經吃了虧。既然你這麼想，我也不想和你的傲慢無禮爭辯了，那是沒有意義的。」

「你太壞了，我還要為了你的自私自利而受罪，你應該感到自責。」當林頓夫人離開這屋子時，她很無奈地抽泣著。「老天爺太不公平了，世上的一切都在與我作對，我究竟犯了什麼錯要這樣懲罰我？而且她把我的唯一的安慰也毀掉啦，她這個狠心的女人。她說的那是些什麼啊，我不相信她說的話，她的話並不那麼可信，不是嗎？希斯克利夫先生不是一個惡魔，她對他只是有偏見罷了。他有受人尊敬的心靈，一個真實的靈魂，他是個真正的君子，不然他早就把她給忘記了，不是嗎？」

「不要讓他走進你的心裡，小姐，你並不瞭解他，」我說：「依我看來，他是一隻不祥的鳥，當然也不配做你的丈夫，他內心是那麼的醜惡。雖然林頓夫人說得過火些，可是我卻不肯把她駁倒。因為我知道她比我，或比其他任何人，更瞭解他的心。她說的話你必須要相信，而且她說的都是真實的，她沒有憑空捏造。並且誠實的人不會隱瞞他們所做的事，但是他卻沒有告訴我們他的經歷。關於他這麼些年是怎樣生活的，他怎麼闊起來的，他為什麼要住在咆哮山莊，那是他所痛恨的人的房子呀！這一連串的問號，我們都不得而知，我們又怎麼能夠無條件地相信他呢？並且，他們說恩肖先生自從他到來之後越來越糟了，他們之間肯定發生了一些不為人知的事情。他們整夜整夜地不睡覺，沒有人知道他們在幹些什麼？而且欣德利把他的地也抵押出去了，他變得是如此的頹廢，什麼事也不做，除了打牌喝酒。這些都是真的，我在一星期以前才聽說的，是約瑟夫告訴我的，他知道所有的一切，我在吉默頓遇見他。

「『奈麗，你簡直不能相信，』他說：『我們房子裡的人得請個驗屍官來驗屍啦，不幸的事都在這裡發生了。因為他要擋住另外一個人，不讓他胡作非為，不讓他像宰牛犢一樣把自己宰了，那該是多麼的委屈啊！他本人也差點把手指頭砍斷，那是非常可怕的事，他已經沒有了知覺，你知道的，那就是主人，他受到了迫害，他想去受最高審判，來替自己申冤。只要能夠這樣，他什麼都不怕，他不怕那些裁判官，不怕保羅、彼得、約翰、馬太[24]，他一個也不怕！意外的是他挺喜歡，他想厚著臉皮去見他們，好讓他們知道自己的委屈來伸張正義呢！』

「『對了，還有你所謂的那個好孩子希斯克利夫，你記得吧，真不敢相信，他可是個寶貝！你簡直想都想不到，哪怕真正的魔鬼來玩把戲，他不但不會怕，他甚至還會笑。當初他來這裡的時候，他從來不和人說知心話，從來沒說過在那裡的美妙生活，真是難以想像，是這樣的方式，太陽落時起床，起來後就彼此擲骰子，大口喝著白蘭地，然後關上百葉窗，盡情地享受著安逸的生活，直到第二天中午。然後，還有更不平靜的，只見那傻瓜就在他臥房裡乒乒乓乓亂鬧一場，

24. 保羅、彼得、約翰、馬太——Paul Peter John Matthew，都是耶穌的使徒。

簡直像發了狂似的，對於這樣的情況就是再體面的人也都要捂住自己的耳朵，不讓自己受干擾。那個壞蛋呢，他完全置之度外，他倒能恬不知恥地又吃又喝，像隻豬似的，而且來到這裡和別人的老婆瞎扯一番，他就是有那種本事。當然啦，這是沒有關係的，他會告訴凱薩琳小姐，她父親的金錢是如何流到他口袋裡去的，那是多麼殘忍的一個人啊！或者告訴她，她父親的兒子如何在大街上騎著馬飛跑，看起來風風火火，同時他不懷好意地跑到前面去給他打開柵欄嗎？』[25]

「聽著，林頓小姐，你必須要知道，約瑟夫雖然是個老流氓，但可不是撒謊的人，所以你不得不相信。如果他所說的關於希斯克利夫的行為是真實的話，他不會沒事開這種玩笑的，你不會想要這麼一個丈夫，他如此的喪心病狂，你會嗎？」

「胡說，不是這樣的，你跟別人串通一氣來騙我，艾倫！」她回答。「你不要說了，我不要聽你這些誹謗，這對希斯克利夫不公平。沒想到，你真是毒辣呀，你也是個自私的人，想讓我相信這世界上沒有幸福！」

如果她按著自己的想法，她不願意聽別人的一點勸告，關於她是不是會丟開這種一廂情願的幻想，或是永久地保留著對希斯克利夫的好感，我是不能夠確定的，我也不敢妄下結論。

第二天，正趕上鄰城有個審判會議，出於應酬，我的主人不得不去參加，這可得了某人的心意。希斯克利夫知道他不在，他就放寬了心，就比平時來得更早了一些，也不知道他每天都來這幹些什麼。這時候，凱薩琳和伊莎貝拉坐在書房裡，書房裡安靜的出奇，她們還在為了昨晚的事

25.《聖經・新約・馬太福音》第七章十三節：「你們要進窄門，因為通向滅亡的門是寬的，路是大的，進去的人也多。」此處暗指希斯克利夫在誘導欣德利走向死亡。

彼此敵對，誰也不吭聲，那場面是相當的尷尬。

小姐由於她最近的魯莽以及在她的一陣暴怒之下，她沒有控制住，不小心地暴露了自己的想法，她馬上頗感驚惶不安，不知所措。而夫人也考慮差不多了，真的在與她的同伴嘔氣。她深深意識到，如果她再被嘲笑無禮的話，那就沒那麼好辦了，就得讓她瞧瞧對她來說這可不是什麼可笑的事，讓她意識到自己的無知和愚蠢。但是，當她看見希斯克利夫走過窗前時，那尷尬的局面頓時煙消雲散，而且她真的笑了。

那時我正在扇爐子，無意間我留意到她嘴角表現出了一種惡毒的笑意，那是他對希斯克利夫到來的表現。那時，伊莎貝拉也許在專心思考，也許在專心看書，沒有人知道她真正在做的事，直到門被打開，她依舊沒一點反應，她還是待在那裡。她意識到，這時打算逃掉已是太遲了，時間是不會倒流的，如果能這樣的話，或許她真願意逃掉的，她可不願在這樣的情況下多待一分鐘。

「你進來，真是感謝上帝你來了，而且來得正是時候。」女主人開心地喊叫，順手拖了一把椅子放在爐火邊，示意讓他坐下。「你來得真是太巧了，這裡的兩個人急需第三人來消除他們之間的誤解，而你就是那個人。希斯克利夫，說實話，我很榮幸終於看到一個比我更愛你的人，你是如此的幸運。我希望你感到得意，那對你來說確實是個好事情，不，不是奈麗，別瞧著她！你把她嚇著了，她是我可憐的小姑，她完全對你著迷了，只要她一想到你身體上與道德上的美，她就不能控制自己的感情，她的芳心完全被你捕獲了。現在我告訴你，你要是願做埃德加的妹夫，一點也不是問題，你完全辦得到！不，不，不要這樣，伊莎貝拉，你不要跑掉，你要學著面對。」

她接著說，而且帶著假裝鬧著玩的神氣，這時候，她一把抓住那驚惶失措的姑娘，而她聽到她說的話，已經憤怒地站起來了，她打算幹點什麼。

「你真的想不到，我們兩個人當時吵得就像貓一樣，甚至要打起來了，這都是為了你，都是你造成的，希斯克利夫。你知道的，在訴說愛慕誓言這方面，我簡直是個白癡，我可是一個失敗者。而且，我也被警告，人家已經通知我說，如果我懂得靠邊站的規矩，那對我來說是沒壞處的，我的情敵（她自己認為是這樣的）就會毫不猶豫地把愛情的箭射進你的心靈，並使你永不變心，從此兩人幸福地生活下去，而且會把我的影子永遠遺忘！」

「凱薩琳！別再說了！」伊莎貝拉說，顯出了她的所謂的尊嚴，她不願意和她計較，不屑跟那緊緊抓住她的拳頭掙扎，那並沒有什麼意義。「感謝上帝，我得謝謝你照實說，不憑空捏造，不誹謗我，冤枉我，即使是在說笑話！你還算有點良心。希斯克利夫先生，你幫幫我，你就行行好讓她放開我吧！她或許會聽你的話！天啊！她怎麼了？她忘記你我並不是親密的朋友，怎麼可以說出這樣的話。她覺得有趣的事，或是讓她開心的事，但是在我看來卻是說不出的痛苦呢。」

客人聽到後也沒有回答，只是靜靜地坐下了，對她對他所懷有的感情，他沒有什麼表現，好像對此完全漠不關心。

這時她又轉身，因為她還在被她抓著，然後低聲熱切地請求折磨的人快放開她。

「不行！我不能那樣做，」林頓夫人回答。「我不要再被人叫作馬槽裡的一隻狗了，你曾經這樣說我，不是嗎？現在你得留在這兒，看著這一切，這裡沒有你可不行。希斯克利夫，為什麼你這麼安靜呢？你聽了我這個好消息為什麼不表現出高興呢？你應該手舞足蹈的啊！而且伊莎貝拉發誓說，埃德加對我的愛比起她對你的愛來是微不足道的，真是讓人感動啊！我敢說她說了這一類的話，是不是，艾倫？你也知道的。而且自從前天我們一起散步以後，她就又難過又憤怒，甚至不吃不喝來作賤自己，就因為我把她從你身旁打發走了，我怎麼會知道呢？要不然我也不會那麼做的，她認為你是不會接受她的，是這樣的嗎？」

「不是這樣的，我想你是冤枉她了，」希斯克利夫說，並把椅子轉過來朝著她們，表示加入到她們的談話。「無論如何，你是知道的，她現在並不想待在我的身邊！」他就盯著這個談話的對象，目不轉睛的像是盯著一個古怪可怕的野獸一樣。

這個可憐的人卻無法承受這些，可以說是個正常的人都無法接受，她的心情不能平靜，只見她臉上一陣紅一陣白，同時眼淚盈眶，看得出來那讓她很傷心，只見這時她拼命用她的纖細的手指想把凱薩琳緊握的拳頭扳開，那讓她不能忍受。而且她才扳開一個手指，片刻的功夫，另一個手指又把它抓住了，她不可能逃脫，因為她不能把所有的手指一塊扳開，於是她開始用她的手指甲了，這是她沒有辦法的結果。只見她用尖利的指甲在捉住她的人的手上劃出一道紅紅的月牙印子，看起來是那樣地鮮明。

「好一個母老虎！你的心太狠了，」林頓夫人疼得大叫，馬上把她放開，痛得直甩她的手，看她的手馬上就能流出血來了。「你這頑皮的人，看在上帝的份上，我就不和你計較，滾吧，收起你那潑婦相吧，那形象可不怎麼好。你真是魯莽啊，當著他的面就露出你那爪子多傻呀！你簡直瘋了吧！你不能想到他會怎樣看待你嗎？瞧，希斯克利夫！你看到了嗎？這些是傷人的工具，你不得不防，你要當心你的眼睛啊！」

「不用替我擔心，如果這些一旦威脅到我頭上，我是不會坐視不管的，我就要把它們全都拔掉，一絲不留。」當她快步跑掉後，這時門剛剛關上，他野蠻地回答：「可是我不明白，你這樣取笑這個小東西是什麼意思呢，她看起來是如此的不安，凱薩琳？還有，你說的不是事實吧，那在開玩笑呢，是嗎？」

「你錯了，不是那樣的，我發誓我說的全都是事實，沒有一句假話，」她回答：「真不敢相信，好幾個星期以來她苦苦地想著你，什麼事都沒心情去做。而今早又為你發了一陣瘋，她平常不這樣的，而且還破口大罵，就是因為我說了你的缺點，她容不得別人說你一點的不好，她是如此的在乎你勝過她自己，我本來是想阻止她對你的熱戀，但是我意識到我沒有那個本事。不管怎麼樣，不要再注意這事了，讓它過去吧。對於我對她做的一切，我沒有什麼惡意，我只想懲罰她的無恥而已，讓她以後更乖一點。因為我太喜歡她啦，我親愛的希斯克利夫，我警告你，我不容你專橫地把她抓住吞掉，否則我是不會原諒你的。」

「這個是不可能的，所以不用擔心，我是不會喜歡她的，因此不打算這樣做，那是沒有意義的。」他說：「除非用一種非常殘酷的方式，而且那是讓人難以忍受的，最平常的是每隔一兩天那張白臉上就要畫上彩虹的顏色，那是極其無知的表現，而且漂亮的藍眼睛也要變成青的了，難以相信，那雙眼睛跟林頓的眼睛相像得令人討厭！」

「不，不是那樣的，那是討人喜歡的！」凱薩琳說：「那是鴿子的眼睛，天使的眼睛！極其的迷人呢！」

「看得出來，她是她哥哥的繼承人，是吧？」沉默了一會，他問。

「謝謝老天！目前，我鄭重警告你，你不要打這方面的主意，好好幹好你本職的事就好了。

記住，這份財產可是我的，和你沒有半毛錢的關係。」

「說的那是什麼話，不要這麼敏感嘛，如果是我的，也跟你的一樣，」希斯克利夫說：「可是伊莎貝拉・林頓她可不瘋，而且，就像你說的，我也是這麼認為的，所以我們不談這事吧。」

雖然他們嘴上是不談了，凱薩琳甚至可能真的把這事忘了，她可不是個心裡能裝事的人，但是我卻感到在那天晚上有一個人常常反覆思索著，他或許在計畫著什麼，只要林頓夫人一離開這間房子，他的本性就暴露了，我看見他情不自禁在獰笑，而且沉入凶險的冥想中。這時，我感覺他不懷好意。

為了避免發生什麼不好的事，我決定要留意他的動向。因為我的心一成不變地依附在主人身邊，怕他會做出不利於主人的事，而不是在凱薩琳那邊，因為我不看好她。我想我這樣做是正確的，是明智的，因為主人是仁慈、忠厚，而且可敬的，他讓我對他充滿了信任，而她不能說是完全相反，但她不能夠得到我的認可。因為她彷彿過於放任自己，不懂得約束，因此我不太相信她的為人，更不會給予她同情。這時候不知怎麼的，我希望有什麼事發生，不管是什麼，這件事可以使咆哮山莊與田莊都平靜地脫離希斯克利夫，那是我們所想的，他的離開，能夠讓我們恢復到以前平和的日子，那是多麼令人嚮往啊！

他的拜訪對我來說就像是一場夢魘，讓我很不舒服，我猜想，主人和我應該也是一樣的感受。有時，我感覺上帝在那兒放棄了這迷途的羔羊[26]，不管怎樣，都任由他亂來，而這時，一隻惡獸暗暗徘徊在那隻羊與羊欄之間，而他並沒有發現這一切，後面有更大的災難在等著他。

26. 指欣德利・恩肖已經墮落，不會再得到拯救。

chapter 11 打開天窗說亮話

閒得無聊的時候，我就會胡思亂想，然後情不自禁又驚恐地戴上帽子去看看莊園。當人們在談論著他的行為是如何如何的時候，隨後我就會想起他那頑劣的個性，那桀驁不馴的個性，我深深意識到，在這樣的情況下，要把他改好是沒希望的，我不想再白費力氣了，我不想再走近那漆黑的屋子，試圖去做些什麼，甚至我懷疑我的話是否為人家接受。

有一個偶然的機會，我到吉默頓去，正好繞道經過那古老的大門，一切還是那麼的熟悉。就是在我的故事所講到的那個時期。

在一個晴朗而嚴寒的下午，空氣不怎麼好，地面是光禿禿的，好像被一陣大風剛剛掃蕩過一樣，道路上也很硬很乾。那個時候，我來到有一塊大石頭的地方，只見那兒大路岔開，左手一邊通到荒野，那兒還有一根粗糙的柱子，像個木樁似的，北面刻著「W・H」，東面是「G」，西南面是「T・G」[27]，那字跡是如此的醒目。它是作為去田莊、山莊和村子的指路碑用的，怕生人在

27.「W・H」原文Wuthering Heights的縮寫，即咆哮山莊；「G」原文Gimmerton的縮寫；「T・G」，Thrushcross Grange的縮寫。

那裡迷失了方向而設計的。

它原來的灰頂被太陽照得光光的，沒有一點的隱藏，這使我想起了夏天。我說不出為什麼，也不知道是為什麼，剎那間一種兒時的感情突然流露了出來。記得那時候，二十年前欣德利和我把這兒當作流連忘返的地方，我們時常來這裡而忘記了回家。

我對著這風吹日曬的柱子瞅了半天，試圖想出些什麼，然後又蹲下來，不經意間看見靠近地底下那一個洞，它不是空的，那裡裝滿了蝸牛和碎石子，還有很多很多有趣的東西，那是我們最喜歡的儲藏。而且，簡直不敢相信，這些和現實一樣地鮮明，突然間，我好像看見我兒時的玩伴就坐在那裡，一切又回到了從前。只見他那黑黑的方方的頭向前俯著，異常的搞笑，而且他的小手裡還抓著一塊瓦在掘土，簡直天真的可愛。

「可憐的欣德利！你怎麼在這裡？」我不禁叫出聲來。

我嚇了一跳，幻覺充滿了我的大腦，我彷彿看見這孩子突然抬起臉來，就像是瞪著我一樣！要把我吃了似的，可是一眨眼的工夫，那張臉就消失了，一切都只是幻想，可是，我立刻有一種無法抵擋的渴望想去看他，哪怕只看一眼就好。這種迷信促使我遵從了這個衝動，我必須要去看看他，不知道他現在怎樣了。

「也許他死了呢！那我以後就見不到他了，」我想，「或者快死了吧！恐怕這是個死的預兆吧！我真的不敢再繼續想下去了。」

我越走近那所房子，心情就抑制不住，我就越激動，等到一看到它，情況就更糟糕了，我四肢都不再聽指揮了，頓時我就傻了眼。我感覺靈驗了，那個幻覺中的鬼怪已經趕在了我前面，它在望著我。那就是我所起的第一個念頭，看到他的紅臉靠在門欄上，他的表情對我來說是相當的陌生。我想了一下，這是我的哈里頓，我還認得他，自從我在十個月以前離開他以後，這麼長時間，他好像沒有什麼大的變化，但他看到我卻沒什麼舉動，這讓我感到很奇怪。

「上帝保佑你，真是太好了，寶貝！還能讓我再見到你。」我嚷道，立刻忘掉了我那愚蠢的恐懼。「哈里頓，你不認得我了嗎？是奈麗呀！我是奈麗啊，你的保姆。」可是他還是向後退，我無法靠近他，也不敢再靠近他。這時，只見他揀起一塊大硬石頭，不知道想要幹什麼。

「你怎麼了，我是來看你父親的，哈里頓，他還好嗎？」我又說，看他的表情，即使那時候的奈麗還活在他的記憶裡的話，他也不會知道我就是奈麗了。

正在這時候，他舉起他的飛鏢要擲，他對我充滿了敵意，於是我開始說一套好話，來慰藉他那受傷的心靈，但是好像沒有用，這並不能使他住手。只見那塊石頭擲中我的帽子，真是不幸中的萬幸啊！然後是一連串的咒罵，不知道他自己是否知道在罵些什麼，但是他罵得十分地老練，好像每天都在做著這樣的事，甚至還有一套惡狠狠的腔調，那簡直讓我無法相信。

你可能不能理解，這種模樣使我感到的不是生氣，而是痛苦。看到他是這個樣子，我幾乎要哭了。這時，我又從口袋裡拿出一個橘子，我想他畢竟還是個孩子，想用它來討好他，讓他接受我。可是開始他猶豫著，然後從我手裡發瘋似地搶了過去。看此情景，我又拿一個給他看，卻不讓他拿到。

「誰教你說這些的，告訴我，我可憐的孩子？」我問：「是副牧師嗎？他強迫你做什麼了？」

「是，是那該死的副牧師，還有你！不要耍我，快給我那個。」他回答。

「給你也行，但你要告訴我你在哪兒念書，我就把這個給你，」我說。「你的老師是誰？要說實話啊！」

「鬼爸爸。」這是他的回答。

「那你跟爸爸學了什麼呢？能不能告訴我呢？」我繼續問。

只見他頑皮地跳起來要搶水果，這時我舉得更高。「他都教了你什麼？你快告訴我，我就把它給你。」我問。

「沒教什麼，我說的是實話，」他說：「僅僅就叫我躲開他，其實爸爸並不喜歡我，由於我的頑皮，因為我總是亂罵他。」

「哦！不是他，難道是鬼教你亂罵的嗎？」我說。

「嗯，不是，都不是。」他慢騰騰地說。

「那麼，那幹嘛不告訴我是誰呢？」

「希斯克利夫，是他教我的。」

我問他喜歡不喜歡希斯克利夫先生。

「喜歡，當然非常喜歡。」他又回答了。

關於他的回答，我感到很奇怪，我想知道他喜歡他的理由，但是只聽到了這些話，「我不知道這是為什麼？爸爸怎麼對付我，他就怎麼對付爸爸，因為爸爸罵我他就罵爸爸。他對我很好，他說我想幹什麼，就去幹什麼，需要什麼，就向他要什麼。」

「如此說來，那麼副牧師不教你讀書寫字了嗎？」我追問著。

「不教了，他早就不教我了，並且他告訴我，如果副牧師要是再跨進門檻的話，那他就毫不留情，就要把他的牙打進他的喉嚨裡去，讓他哭笑不得，這些都是希斯克利夫答應過的！」

這之後，我就把橘子拿給他，並且叫他去告訴他父親，有一個名叫迪恩・奈麗的女人在花園門口等著要跟他說話，讓他馬上趕來。只見他順著小路走去，不一會兒就進了屋子。但是，結果很令人失望，欣德利沒有來，希斯克利夫卻在門階上出現了。

看到他，我驚慌失措，我馬上轉身撒腿就跑，一直跑到了指路牌那，很長時間我的心都沒有平靜。這事雖然和伊莎貝拉小姐的事情並沒多少關聯，但是我不得不承認促使我下了決心要嚴加提防，不讓這種惡劣的情緒擴展到田莊上來，那不知道會有什麼結果呢？即使我會因此惹得林頓夫人不痛快，那我也會毫不在乎地去做。

等到下一回希斯克利夫來，那是很長時間的事了，那時候，我的小姐湊巧在院子裡餵鴿子，她沒有什麼能夠讓你感興趣的東西。她已經有三天沒跟她嫂嫂說一句話了，她的脾氣是那樣的倔強，可是她不再怨天尤人了，僅僅這一點使我們深感寬慰。希斯克利夫對林頓小姐向來都不會表示出一絲的殷勤，那是他一貫的作風。他一看見她，第一個警戒的動作卻是往屋子裡掃視一下，好像在做著什麼不可告人的事。

那時我正站在廚房窗前，唯恐他看見我，我就往後退了一步，只見他穿過石路來到她跟前，不知說了些什麼，讓她只想推開他。可是為了不讓她走，他抓住她的胳膊。她沒有和他直視，顯然他說了一些她不願意回答的事情。接著他又很快地瞄一眼房屋，確保沒有人看到這一切，真是膽大包天，這流氓竟厚顏無恥地擁抱了她。

「猶大[28]！你這不知羞恥的人，背信的人！」我突然叫出聲來。「你是個偽君子，是個虛偽的人，難道不是嗎？」

「是誰呀，你在跟誰說話呢，奈麗？」在我的身旁發出了凱薩琳的聲音。那時，我只顧著看外面的情況，竟沒有感覺到她進來。

「那還用問嗎？你那卑鄙無恥的朋友！」我激動地回答，「就是那個鬼鬼祟祟的流氓，他太不知羞恥了。啊，不好，他看見我們啦！看他就要進來啦！記得嗎？以前他說過他恨你，不知道他現在會找什麼藉口來解釋他為什麼跟小姐求愛？」

林頓夫人看見伊莎貝拉掙脫開跑到花園裡去了，她都明白了。大概一分鐘以後，希斯克利夫進來了。當時我忍不住要發洩我的怒火了，可是凱薩琳不許我吭聲，要我保持安靜，否則就讓我離開廚房。

「快閉嘴吧，看你這麼猖狂，別人還以為你是女主人！」她喊：「你時時刻刻要知道你僅僅是個僕人，希斯克利夫，你瘋了嗎？竟然惹起這場亂子？我曾經說過你千萬不要惹伊莎貝拉！你怎麼不長記性呢？除非你不想再來這裡了，或者願意林頓對你使閉門羹！」

「不會的，上帝也不允許他這樣做的！」這個惡棍回答。「上帝會使他柔順而有耐心的！上帝是那樣的仁慈，我早想把他送到天堂去了，我想的都快發瘋了！」

「噓！別再這麼說了，」凱薩琳說，順手關上裡面的門。「你就行行好吧，不要惹我煩惱了。

28. 耶穌十二門徒之一，為了一袋金幣將耶穌出賣，導致耶穌被釘死在十字架上。後多用來指代叛徒。

你為什麼無視我的請求？難道是她故意找你嗎？」

「你說的是什麼話，跟你有什麼關係？」他怨聲怨氣地說：「如果她願意的話，我就可以吻她，這是我們的權利。我和你沒有什麼關係，你用不著為了我而嫉妒！」

「我怎麼會為了你而嫉妒呢，」女主人回答，「我只是出於對你的愛護罷了。我是無所謂的，如果你喜歡伊莎貝拉，那你就娶她，做她的丈夫。可是你喜歡她嗎？愛她嗎？說實話，希斯克利夫！可是你不敢回答，我就知道你不喜歡她！」

「而且林頓先生會把妹妹嫁給一個這樣讓他不放心的人嗎？」我問。

「不，林頓先生不會同意的！」我那夫人決斷地回嘴。

「他可不想惹禍上身，」希斯克利夫說：「就算沒有他的同意，我也能這樣做。至於你，凱薩琳，我們既然談到這兒，那就打開天窗說亮話吧，我要你知道，你以前是怎麼惡毒地對待過我的，你聽見了嗎？如果你以為我沒有看出來，把我當成傻子，那你就錯了；如果你認為你那甜言蜜語能迷惑我的話，那你就是個十足的白癡；如果你認為我將忍受下去，而不想去報仇的話，這恰恰相反！我會讓你對我大吃一驚的，謝謝你告訴我你小姑的秘密，我肯定會利用這一點的。你就靠邊站吧！不要做無謂的反抗。」

「你性格又上升到了什麼階段了？」林頓夫人驚愕地叫起來：「我曾經對待你很惡毒，現在你要報復我，但是你要怎樣報復呢？真是忘恩負義的畜生！」

「怎麼這麼想呢？我是想要對你復仇，」希斯克利夫回答，火氣明顯稍減。「並且那不在計畫之內。曾經你為了使自己開心，把我折磨到死，這一切我心甘情願，沒有怨言，只是別阻止我用同樣的方式來使自己開心，你可以做的，為什麼我不能夠做呢？你既鏟平了我的宮殿，就不要再搭建一個茅草屋，而且把這草屋作為一個家賞給我，那是多麼傷人心啊！我要是相信你說的話，我都可以割斷我的喉嚨！」

「啊，我並不妒忌，是吧？」凱薩琳喊叫著：「好吧，我不想再說這件事了，那簡直就跟把一個迷失的靈魂獻給撒旦[29]一樣地糟糕，我可不願再想它了。還有你的快樂，簡直和魔鬼一樣可怕，是建立在別人的痛苦之上。埃德加在你來時大發脾氣，一發不可收拾，直到現在才平復下來，而我也剛安穩平靜下來。但是你，知道了我們的平靜就感到了不安，伺機還要想鬧出點騷動。隨便你吧，跟埃德加吵去吧，欺騙他妹妹吧！那是你的本事，而對於我，你也算報了仇了。」

談話就這樣停止了，這時林頓夫人坐在爐火旁，只見她兩頰通紅，悶悶不樂，這一切都是希斯克利夫造成的。而他交叉著雙臂站在爐邊，看著輕鬆自在，實際上卻思考著一些惡毒的念頭。就在這種情況下，我離開他們去找主人，我打算把這一切都告訴他，而他也在奇怪什麼事使凱薩琳在樓下待了這麼久。

「艾倫，你怎麼來了？」當我進去的時候，他說：「你看見太太沒有？她下去好長時間了。她會去哪呢？」

「我看見她了，她沒去哪，她在廚房裡，先生。」我回答。「她現在很不開心，她被希斯克利夫先生的行為搞得很不高興，那討人厭的人。我現在是在考慮他以後進入山莊應該受到怎樣的接

29. 基督教中對魔鬼的稱呼。

待。首先太隨和是有害的，並且現在已經到了這個地步。」

我就把院子裡的一幕細細地述說一番，讓主人明白，而且更有甚者，我把這之後的整個爭執過程全說了，我想那是對的，主人有權利知道這一點。我認為我的敘述會對她有利，除非她瘋了，她自己為她的客人辯護起來，那就是她自作自受。還真是不容易，埃德加・林頓很費力氣地把我的話聽完了。看得出來，他並不認為自己的妻子有什麼過錯。

「真是不知天高地厚啊，這是不能令人容忍的！」他叫起來。「她把他當朋友，本來沒什麼，並且還迫使我和他來往，我怎麼能夠跟他做朋友呢，大言不慚真是有失體統！給我從大廳叫兩個人來過來，艾倫。凱薩琳不能繼續和這個混蛋爭執了，我已經太遷就她啦，她簡直就無法無天了。」

之後他下了樓，並且叫僕人們在那裡等他，便快步地向廚房走去，我緊跟著他，生怕和他差開一點距離。這時候，廚房裡的兩個人又激怒地像剛剛那樣爭論開了。林頓夫人總有用不完的力氣咒罵著。而希斯克利夫已經走到窗前，他垂著頭，沒有了剛才的傲氣，顯然冷靜了下來。這時他先看見了怒氣衝衝的主人，便趕忙讓她停住，她一發現他的暗示，便立刻停住了，頓時消了她的那股怒氣。

「這是怎麼回事？你這是怎麼了？」林頓對她說：「那個下賤的人對你如此無禮，你卻還要待在這兒，你究竟對遵守禮儀瞭解多少呢？讓我說吧，我猜想，就因為他平常就是這樣，因此你覺得這沒什麼，或者說你已經習慣了他的下流，而且還強迫我也能習慣吧！」

「你怎麼這樣說，難道你一直在門外偷聽嗎，埃德加？」女主人問，她的那種盛氣凌人的聲調分明是想引起她丈夫的生氣，她知道他會遷就她，並表示自己滿不在乎他的憤怒，對於希斯克利夫，剛開始還抬眼看看，還時不時地發出了一聲冷笑，似乎是故意要引起林頓先生的注意，事實證明，他得逞了，可是埃德加卻沒有想過要對他施暴。

「你知道的，我一直對你十分忍耐，但你要把握分寸，先生。」他平靜地說：「我這樣做的原因，並不是我不曉得你的性格，而是我認為你應該有一部分的責任要負，而且凱薩琳願意和你來往，由於她的堅持，我默許了，但是看起來好像很傻。我不得不說，你的到來簡直就是一塊毒素，可以把任何一個人都玷污了。因為這個緣故，或者更糟的結果，我現在就通知你，今後我不允許你到我家裡來，並且現在我要你馬上離開。如果再耽擱三分鐘，你就要被迫離開這裡了，我沒有和你開玩笑。」

希斯克利夫不以為然，反而從上到下地打量著說話的人。

「凱薩琳，真是看不出來啊，你這隻可憐的羔羊嚇唬起人來倒像隻水牛！」他說：「說實在的！林頓先生，我非常抱歉，打倒你可是一件再容易不過的事了！你難道沒有想過嗎？」

這時，我的主人向過道看了一眼，暗示我叫人來，他可沒有冒險做單打的打算，因為他知道對方的本事。我服從了這暗示就出去了，但是林頓夫人起了疑心，就跟了過來，當我打算叫他們時，還沒等我開口，她把我拖了回來，很顯然我沒得逞，只見她把門一關，並上了鎖。

「這是一個公平的法子！不是嗎？」她說，這是對她丈夫的回答。「不要說我心狠，如果你不能打敗他，那就道歉，要麼你就自己挨打，這是你自找的。其實也沒什麼壞處，這可以教訓你，叫你沒事別充英雄好漢，那可不是那麼好當的。如果你要拿這鑰匙，我就把它吞下去！

我不騙你，我對你們兩個的好心竟然得到這樣的回報！到頭來，我得到的竟是盲目的忘恩負義，愚蠢得荒謬！我真是太不值了，埃德加，你太讓我失望了，我一直以來都在維護你和你所有的一切，可是現在，你卻這樣對我，我現在真希望希斯克利夫能把你打個半死，因為你竟敢把我想得這麼壞！」

其實並不需要什麼鞭打了，用不著那樣，在主人身上已經產生了這樣的效果。因為他試圖從凱薩琳手裡奪來鑰匙為了免遭厄運。但是為了保險，她徹底把它給毀了，因為鑰匙被她扔到了火爐中最炙熱的地方裡了，這對主人來說簡直是晴天霹靂。於是埃德加先生神經質地發著抖，他的臉沒有了血色，非常的嚇人。他無論怎樣也不能掩飾這種激動的感情，僅僅這樣，就完全把他打倒了。

「啊，天呀！在古時候，這會讓你加冠進爵的。」林頓夫人喊著：「我們給打敗啦！我們給打敗啦！你快點振作起來吧，希斯克利夫就要準備對你動手了，你快起來，打起精神來吧，我敢肯定你不會受傷的！你這楚楚可憐的樣子還算不上是一隻綿羊，而像是一隻吃奶的兔子！你可真是丟臉啊！」

「我希望你在他身上得到歡樂，凱薩琳！」她的朋友說：「我簡直不敢相信，但我為你的鑑賞力向你恭賀，還真是值得慶祝呢。我真是想不通啊，你不選擇我反而選擇那個流著口水、打著顫的傢伙！我都不願用我的拳頭打他[30]，我怕弄髒了我的手呢，不過，要用我的腳踢他倒還可以，這

30. 在當時的英國，拳頭對拳頭才是紳士的行為。

樣我會很過癮的。看啊！他是在哭嗎，還是他嚇得已經昏過去了？這軟弱無能的人。」

只見這傢伙走過去，毫無預警地把林頓靠著的椅子一推。誰知我的主人很快地就站直了，還沒等希斯克利夫緩過神來，主人就結結實實地朝他喉頭一擊。這一擊還真不得了，希斯克利夫足足有一分鐘喘不過氣來，等他喘過氣來的時候，林頓先生已經從後門走出，經過院子到前面大門去了，這一切讓他始料未及。

「啊！經過今天的事，你是不能再來這了。」凱薩琳叫著：「現在，馬上走吧！他應該是去找幫手去了。如果他真的聽見了我們的話，他是永遠不會原諒你的，所以你最好還是趕快離開。還有，你剛才的行為對我十分的不利，我可能會倒楣了，希斯克利夫！可是，不要管我了，走吧！聽我的話，趕快！我寧可看見埃德加倒楣，也不願意看見你倒楣。」

「我白白挨那一拳，你以為我會善罷甘休？不可能的。」他對剛才的事大發雷霆。「我對著地獄發誓，絕不！我怎麼會忍受這樣的羞辱？我告訴你，在我跨出門檻之前，我就要採取行動，我要把他的肋骨打個粉碎！即使現在不揍他，我也總有一天要殺死他以解我心頭之恨。所以，既然你不想讓他死，就讓我狠揍他！你就不要插手。」

「他是不會回來的，他已經得到了好處，」我插嘴說，為了讓他馬上離開，撒了個謊。「看那邊，有馬夫和兩個園丁在那兒，他們正等著收拾你呢，你不是要等著被他們扔到馬路上去吧！而且他們個個都有根棍子，你不能和他們對著幹，那對你來說沒什麼好處。」

園丁和馬夫確實是在那兒，不僅如此，林頓也跟他們在一起。而且他們已經走進院子來了，個個凶神惡煞。看此情景，希斯克利夫一轉念，決定避免不自量力地獨自和三個人單挑。只見他抓了把火鉗，用它撬開裡門的鎖，在他們進來時，他已經成功逃離了。

林頓夫人對今天所發生的事非常激動，所以叫我陪她上樓。謝天謝地，她不知道造成這場亂子也有我一份，而且我不敢讓她知道。

「我快瘋了，你知道我此刻的心情嗎？奈麗！」她嚷道，一屁股撲到沙發上。「我告訴你，現在好像有一千個鐵匠的錘子在我的頭裡敲打！你告訴伊莎貝拉躲開我，這一切都是她的錯，這時候誰再惹我生氣的話，我真是要瘋了。還有，奈麗，如果你今天晚上再看見埃德加的話，就跟他說我患了重病，他使我難過極了！不想再看見他，而且我也要嚇唬他。即使這樣，他還會回來，又要像怨婦一樣。而我斷定我一定會對他的抱怨回嘴，天曉得我們會鬧到什麼地步！你願意這樣做嗎，我的好奈麗？

「你懂我的，你曉得在這件事上不能全怪我。但是他是怎麼回事呢？為什麼會在一旁偷聽呢？真是想不明白。現在，造成這樣的結果，就是因為這個人拼了命要來偷聽。我敢說，如果埃德加從一開始就沒聽到我們的話，那結果絕不會像現在這樣糟糕。真的，我不騙你，我為了他而罵希斯克利夫，為了他罵得聲嘶力竭之後，他卻毫不領情，倒是跟我嚷開了，我簡直不能忍受了。我覺得，無論這一場戲怎樣結束，結果是不會變的，我們肯定是要分開的，這是必然的。

「好吧，如果我不能讓希斯克利夫做我的朋友，我會不高興，那樣我就要腸斷心碎。但是當我走向極端的時候，不得不承認，這倒是結束這一切的迅速方法！所以我不得不這樣做。到目前為止，可以說他一直很謹慎，唯恐把我惹急了，結果會一發不可收拾。你一定要把這些細節跟他講明白，如果放棄原來的辦法就會招來傷害，他是不願意那麼做的，而且提醒他我的暴躁脾氣，最好說得厲害一點，只要一發作就不會停住，不管做什麼去彌補，都是沒用的。並且我希望你能收起你臉上那種冷漠無情的神氣，我現在是多麼的可憐啊！對我稍微表示點關心吧！這是你的義務。」

我接受這些指示時所表現出的冷靜的神氣，不得不讓人惱怒。因為這些話確實說得十分誠懇的，它沒有讓人拒絕的理由。對於一個在事先就計畫著怎樣利用自己的暴躁脾氣，即使在爆發的時候，她也能控制住自己的情緒，不讓它爆發，而且我也不願意照著她的想法去「嚇唬」她的丈夫，不願意和她同流合污。因此當我遇見主人向客廳走來時，只是禮貌地回敬他，我也沒說什麼，卻轉過身來，看他們會不會開始新的爭吵，像凱薩琳說的那樣。

他開始先說話了，語氣是那麼的平靜。

「你不用不自在，你就待在那兒吧，凱薩琳，」他說，他的聲調毫無怒氣，但卻充滿著悲切、沮喪。「跟你說實話吧，我並不打算在這兒多待一刻鐘。你要明白，我今天來，我不是來吵架的，也不是來求和的。一句話，我就問你一句話，我只是想知道，經過了今晚的事情，你和你那朋友是不是還保持著原來的關係，僅此而已。」

「啊，你還真是得理不饒人啊，」女主人打斷了話，狠狠地跺著腳，「你就發發慈悲，可憐可憐我吧，不要在我面前提這件事情了！你知道我正在為這件事情難過呢？你這冷血的人，你的血管裡盡流著冰水。看見你這種冷冰冰、不近人情的模樣，我真是傷心呢，我的血液沸騰得更加厲害啦！簡直要湧出來了。」

「只要你回答了我的問題，我就馬上如你所願離開，絕不逗留。」林頓先生堅持說：「你必須回答，別想再嚇唬我，因為我發現，你完全能夠控制好情緒。這個答案你必須選擇，今後你要放棄希斯克利夫呢，還是放棄我？還是你要同時既做我的妻子，又做他的朋友，不過我告訴你那絕對是不可能的，我很想知道你到底要選哪個，快點給我答案吧。」

「不用想，我真想你們都躲開我！我現在不想看到你們其中的任何人。」凱薩琳狂怒地大叫。「我要求你們躲開我！讓我解脫了吧！你難道沒有看見我都快站不住嗎？那還這樣的逼迫我，埃德加，你離我遠點！我恨透你了。」

她開始抓狂了，她拉鈴，憤怒促使她把鈴拉斷了，我慢騰騰地走進來，只見她躺在那兒發了瘋似的用頭猛撞沙發的把手，那副咬牙切齒的樣子像是要把自己的牙齒咬碎！對於這樣的情況，林頓先生剎那間感到既悔恨又恐懼，他不知道能夠做什麼，就站在那看著她，還吩咐我去拿點水來，好好照顧她。一會兒，我就端來滿滿一杯水，可是死也不肯喝，我只好把水潑到她的臉上。僅僅用了幾秒鐘，她就挺直了身體，精神煥發，可是她的雙頰看起來情況很不好。林頓先生看到了這一切，很顯然他嚇壞了。

「別擔心，這沒什麼了不起的。」我低聲說。我不希望他向她讓步，儘管這時我自己心裡也七上八下的，我也不曉得會發生什麼。

「看，怎麼回事？她嘴唇上竟然有血！」他說，顫抖著。

「沒關係！不用大驚小怪。」我刻薄地回答。我還告訴他，這是她的陰謀，她早就安排好了在他來之前就大瘋一場的，事實證明，她就是這樣做的。我沒留意，還特地把聲音抬高了一些，生怕他聽不到。這可倒好，她聽見了，因為她突然站了起來，只見她的頭髮披散在肩上，眼睛冒火，脖子和胳膊上的青筋都反常地突出來。看到這一切，我怕了，我怕我的厄運會把我毀屍滅跡的。但我還是硬著頭皮做好準備，可是出乎意料的是，她只是向四周望了一下，然後就衝出屋去。不知要跑到哪裡去，主人叫我跟著她，怕她會有什麼意外，我一直跟到了臥室的門口。可是她關緊了門，很明顯她要把我擋在外邊。

第二天早上她一直不肯下樓，更不要說去吃早餐了，最後我去問她要不要給她拿些點心過去，好歹要吃點。「不！不要！」她斷然回答。午飯吃茶時，我又重複了一遍。第二天早上照樣，而且回答都是一模一樣的。而林頓先生呢，這時候他在書房裡消磨時光，妻子的冷淡讓他沒有了耐性，儘管無聊，他也不再關心他的妻子了。伊莎貝拉和他碰面談了一小時，他試圖想從她口中知道些什麼，可是事實並非如此，他從她躲躲閃閃地回答中根本聽不出什麼，於是雙方都很不滿意地終止了這場談話。不過又加上了一個嚴肅的警告，就是：如果她對那個下等的求婚者有什麼想法的話，那麼他將毫不猶豫地和她斷絕兄妹之情。

chapter 12 沉淪的深淵

林頓小姐悶悶不樂地走來走去，她總是沉默，淚流不止，而且哪裡也不願意去。她哥哥則把自己埋在書堆裡，我想他並沒有心思去看這些書，這只不過是他掩飾內心情感的一種方式，而他真正的用意是：他在苦苦地期望凱薩琳對她的行為感到後悔，主動來請求諒解，但結果令他失望：她絕食了，大概還指望這也能影響他的食欲，只是由於驕傲他才沒有跑去跪到她的腳前，請求她的原諒。

我照樣做我應該做的事情，我深信田莊牆內只有一個清醒的靈魂，而我肯定就是這樣一個靈魂的宿主。我對小姐並不濫用關心，對我的女主人也不濫用勸告，甚至我對我主人的嘆息也不大在意，我感覺我馬上要脫離了他們。我想他們要是願意的話，就會來找我的，而不是按兵不動。雖然這不是一個令人高興的過程，但是它還是要進行下去，正如我起初所想的那樣，事情還沒有那麼糟，我開始慶幸在進展中有一線曙光了，它是通向光明的。

第三天，事情終於發生了轉機，林頓夫人開了門閂，因為她把水壺和水瓶裡的水全用完了，人在短期內離開飯行，離開水可不行，她要我重新添滿，而且還要一盆粥，已經三天不吃了，因為她相信她快死了。我想這話是說給埃德加聽的，只有他會相信她。我才不會相信她的話呢，所以我並沒有告訴主人，也沒打算告訴他，就給她拿了點茶和烤麵包。她吃得津津有味呢，然後又躺在她的枕頭上，繼續握緊拳頭並呻吟著。

「啊，老天爺啊！我要死啦！」她喊叫：「我馬上就要死了，因為沒有人關心我，照看我。真希望我剛才被餓死了，上帝啊！你把我帶走吧，不要再讓我受這種煎熬了。」

過了好一會兒，我又聽見她嘀咕著：「不，我才不會這麼傻呢？我不要死，我要好好活下去，我死了的話，他會高興的，看得出來他根本不愛我，而且他永遠不會想起我的！」

「你還需要什麼嗎，我幫你去準備，太太？」我問，不去理會她那怪異的表情和誇張的態度，我表面上還是十分地平靜。

「我就問你一句話，你老實回答我，我無情的丈夫在做什麼？」她問，把她又厚又亂的鬈髮從她那蒼白的臉上往後一推。「不要對我說謊，他是得了昏睡病啦，還是死啦？」

「怎麼這麼說呢？他很好，沒什麼事，」我回答：「我想他的身體挺好，雖然看書佔據了他大多數的時間，他整天埋頭在他的書堆裡，沒有辦法，因為他沒有別的朋友能和他作伴了，他是那麼的孤獨。」

假如我當時知道她真實身體狀況的話，就算打死我，我也不會那樣說了，可是我沒法擺脫我對她的看法：她是故意裝出這種嚇人的病的，好讓別人對她表以同情。

「天啊！他竟然埋頭在書堆裡！」她叫，惶惑不安了。「在我就快要永久離開的時候？我正在墳墓邊緣上掙扎！我的天！他在做些什麼，他知道我變成什麼樣子了嗎？」她接著說，還不時地瞪著掛在對面牆上鏡子中自己的影子。

「那是凱薩琳・林頓麼？我簡直不敢相信，你老實說，他是不是認為我在撒嬌。你就不能告訴他我病得十分地嚴重嗎？並且這是真的，奈麗，我想還來得及，只要我一知道他在想什麼，我敢保證，我就要在這兩者之間選擇一個，或者馬上餓死，永遠不再見面，即使這樣，那也不算是懲罰，要不就是疾病痊癒，恢復健康，永遠離開這裡，不要再回來。喂，你說的話是真的嗎？你所說的關於他的話都是真實的嗎？難道他一點也不念夫妻之情，他對我的生命真是這樣漠不關心嗎？」

「哎呀，想哪裡去了，太太，」我回答，「主人從來沒有想過你會發狂，他當然也不會怕把你餓死啦。」

「你以為不會嗎？你們都以為不會嗎？你就不能告訴他我會的嗎？你難道就不會替我想想嗎？」她回嘴說：「現在你馬上去跟他說！說這是你自己想的，說你斷定我一定會死！」

「不，不會這樣的，你忘啦，林頓夫人，」我提醒著，「我還記得呢，今天晚上你已經吃了點東西，而且吃得很香，那已經足夠了，放心吧，明天你就會好了。」

「只要我能斷定，他就會有危險，甚至會要了他的命，」她打斷我說：「如果是那樣，我就立刻殺死我自己！真不敢相信，這可怕的三個夜晚，我連眼皮都沒有合一下。啊，我簡直是受盡了折磨！我上輩子造了什麼孽，我給鬼纏住啦，奈麗！我懷疑你並不喜歡我了，是嗎？多奇怪啊！我本來以為，雖然每個人都互相憎恨輕視，可是每個人都是愛我的，他們會為我放棄仇恨。但結果並不是那樣，僅僅幾個鐘頭的工夫，他們都針鋒相對，他們是變啦，我肯定這兒的人都變啦。

正如伊莎貝拉是嚇破了膽，心裡糾結著，害怕到這裡來，看著凱薩琳死去將是多可怕啊，她可不願意看到這樣的事。埃德加眼睜睜地看著事情完結，然後向上帝祈禱致謝，感謝上帝讓他家又恢復了往常的平靜，然後就去看他的書了！他是如此的狠心，我都是快要死的人了，他竟然還有心情跟書打交道，他到底存的什麼心啊？他的良心被狗吃了嗎？」

我給她講訴的是林頓先生那聽天由命的態度，可是她受不了這些了。只見她翻來覆去，不能靜下來，甚至到了瘋狂的地步，她表現出一些不正常的舉動，而且用牙齒咬撕枕頭，好像那是她的食物一樣，然後渾身滾燙地挺起來，命令我把窗戶打開。那時正值仲冬季節，東北風[31]刮得很厲害，我極其地不願意。可是她臉上閃過的怪異表情和情緒的變化令我著了慌，我就妥協了，而且使我想起她上次的病以及醫生的告誡，經過那件事之後，她是不能再受任何的刺激的了。可是一分鐘以前她還很兇，現在，也不管我的態度，她似乎又找到了孩子氣的解悶法，只見她頑皮地從缺口那裡掏出一片片的羽毛來，然後把它們分類排列在床單上玩弄著它們。

「看啊，這是火雞的毛，」她自己嘀咕著，「這是野鴨的毛，這是鴿子的毛。啊，不可思議，他們把鴿子的毛放在枕頭裡啦！原來如此，怪不得我還活著！[32]等我躺下的時候，我一定要想著，我可得小心，躺下的時候先把它扔到地板上，以免把牠們都壓死。這是公松雞的毛，這個是田鳧的毛。牠們都是漂亮的鳥兒，曾在我們頭頂上飛翔。牠必須馬上要到牠的窩裡去，因為就要下雨

31. 英國所刮東北風來自西伯利亞寒流，因此為極寒的風。
32. 舊時英國風俗，在臨危的病人床上放一小袋鴿子羽毛，可以讓病人的靈魂一直無法離開軀體，始終保持在彌留狀態，直到親人全部趕回，見到最後一面，再撤掉鴿子羽毛，病人便可安心離去。

了，不然牠們會被雨淋到的，這根毛是從荒地裡拾來的，這隻鳥很幸運沒有被打中。可惡的希斯克利夫在那上面布了一個機關，以後大鳥都不敢來了，牠們不想被捉住。我不讓他再打死一隻田鳧了，他答應了，他就真的沒打過。是的，還有這裡！你看到他打死過我的田鳧沒有，奈麗？看牠們是不是紅的，到底有沒有紅的？讓我瞧瞧牠們受傷了沒？」

「清醒點吧，別耍這種小孩氣了！那是很幼稚的。」我打斷她，順手把枕頭拖開，因為她把裡面的羽毛一點點地往外掏，眼看馬上就被她掏空了。「你趕快躺下閉上你的眼睛，好好休息一會兒，你搞得一團糟！你看你都做了些什麼，這些毛像雪片似地亂飛。」

我四下裡去拾毛，簡直搞得我手忙腳亂。

「奈麗，你呀，老糊塗了，」她似乎是在跟我說夢話，「你真是老女人了，你有一頭白髮和彎腰駝背，走路還搖搖晃晃。這張床是彭尼斯頓岩底下的仙洞[33]，你正在用的石鏃打算傷害我們的小牝牛，你心腸是如此狠毒，當我靠近時，你就假扮成這些羊毛來迷惑我，當然那是你五十年後的樣子。我還沒傻呢！你搞錯啦，事實並不是那樣，不然我就相信你是那個惡毒的巫婆啦！我知道現在是夜晚，那邊還有兩支蠟燭，它們把那黑櫃子照得像黑玉一樣閃閃發光。」

「黑櫃子？這邊哪有黑櫃子，在哪兒？」我問：「你是在發昏吧，或者你是在說夢話吧！」

「你沒看到嗎？它靠在牆上的，而且它一直都在那裡，」她回答。「這真是挺奇怪的，我瞧見裡頭有個臉！」

33. 作者住宅附近山崖下的洞穴，舊時，英國人普遍相信洞穴中住有小仙人、精靈等。

「清醒點吧，這屋裡沒有什麼櫃子，不僅現在以前也沒有過。」我說，然後坐到我的座位上，這時我拉起窗簾，好清楚地看著她。

「不是的，你看見那張臉了嗎？」她追問著，目不轉睛地盯著鏡子。

不管我說什麼，我就是不能讓她明白我內心的感受。沒有辦法，我就用一條圍巾蓋住它。

「它就在後面，它一直不離開我。」

「看啊，它動啦，那是誰？我真希望它不要再出來了！啊！奈麗，這屋鬧鬼啦！別走，我害怕一個人待著！它會害了我的。」

我握住她的手，叫她保持冷靜，因為她渾身痙攣著，而且她的眼睛還是死盯住鏡子不動，好像那裡真有什麼東西似的。

「別瞎想了，這兒沒有別人！」我堅持著。「鏡子裡的那是你自己，林頓夫人，你剛才還說來著，你又忘了嗎？」

「我自己！怎麼會呢？」她喘息著，「不可能的，現在鐘打十二點啦！那兒，那是真的！真是太可怕啦！」

她的手指緊緊揪住衣服，然後又遮住眼睛。看此狀況，我想最好還是去叫她的丈夫，我本來想偷偷地溜出去，可是一聲刺耳的叫聲使我打消了那個念頭，那圍巾從鏡框上掉下來了，把她嚇得驚慌失措。

「哎呀，你在幹什麼？究竟是怎麼回事呀？」我喊著：「現在看吧，誰是膽小鬼呀？醒醒吧！別亂想了，那是鏡子，林頓夫人，好好看看吧，鏡子裡面的人就是你自己呀，邊上還有我，你該相信了吧。」

她哆哆嗦嗦，昏頭昏腦，把我抱得緊緊的，儘管是這樣，不過恐怖的表情漸漸從她臉上消失了，蒼白的臉色也消失，呈現在我面前的是羞臊的紅暈。

「啊，不好意思，親愛的！我還以為我在自己家裡呢，」她嘆著：「我以為我是躺在我的閨房裡。因為我軟弱無力，甚至腦子都糊塗了，我就不知不覺地叫起來。什麼也別說了，就留下來陪著我。」

「你知道就好了，好好睡一覺會對你有好處，太太，」我回答：「我希望你經過這樣的事後，你不再有那些死的想法了。」

「啊，真希望我在我自己的床上！」她難過地說：「我想念我的房子了，還有那在窗外咆哮著的風，快讓我感受感受這風吧！它是從曠野那邊直吹過來的，好熟悉的感覺啊，快讓我吸一口吧！」

沒有辦法，我為了讓她安靜下來，我就把窗子打開了一會兒。突然一陣冷風衝進來，我馬上又關上窗。她現在倒是平靜了許多，只是臉被眼淚沖洗著。耗盡了體力之後，她的精神完全垮了。

「你快告訴我，我把自己關在這兒有多久了？」她問，忽然精神恢復過來。

「那是在星期一晚上，」我回答，「而現在是星期四晚上，或者說現在是星期五早上了。」

「什麼！怎麼可能，還不到一個星期？」她叫：「我以為過了好久了，真的就這麼短的時間嗎？」

「僅僅依靠冷水和壞脾氣活著，不容易了，這算是長時間的了。」我說。

「唉，真是不敢相信，我感覺好像過了好長的時間啦。」她疑惑地喃喃著：「那時候，我記得他們爭吵後我還在客廳裡，而且埃德加狠心地惹我生氣，我不能容忍他，就來到了這屋裡。我關上門，頓時感覺整個世界都變成了黑暗，我無力地倒在地板上。我感到，如果他嘲弄我，我會發病，甚至是發瘋的！我已經不能控制住我自己了，對於我的感受，他也許想都沒想過，我不想再聽到他的聲音了。我就這樣想著想著，天就亮了。

「奈麗，我想要你告訴我，什麼想法總是在人面前不斷地閃來閃去，他們都快要讓我發瘋了。我靜靜地躺在那兒，頭靠著桌子腿，我的眼睛模糊地只能辨認出窗戶玻璃，我想我是在家裡。我的心感到非常的痛苦，因為我實在太難過了，可是我剛醒過來，卻又忘記了我的感受。我思索著，想想我這是怎麼了。最奇怪的是，我失去了一段時間的記憶，我都記不起是否活過了這七年。那時候我還是一個孩子，剛剛離開我們的父親下了葬，因為欣德利命令我和希斯克利夫分開，所以我感到很痛苦。那是我第一次被人拋棄，而且哭了一整夜，不知什麼時候睡著了，後來就醒了過來，我想把嵌板推開，我的手一下子碰到了桌面！我用手一拂，沒想到記憶也回來了。

「我真不明白我怎麼會這樣的倒楣，我又沒犯什麼事。可是，讓我想想，假如在十二歲的時候我就離開了山莊，想想那往事，我的一切卻又都被割斷了，時間轉瞬即逝，而我一下子就成了林頓夫人，畫眉山莊的主婦，一個陌生人的妻子。從此以後我就成了一個孤獨的可憐人。你簡直無法想像我沉淪的深淵是什麼樣子！

「我也不在乎你相不相信，奈麗，真讓人傷心，你也幫助他使我不得安寧！你應該跟埃德加說，要叫他不要來惹我！啊，我現在很不舒服，我心裡像火燒一樣！但願上帝讓我再變成一個女孩子，像以前一樣的女孩子，而且任何傷害都不能碰到我，不會壓得我發瘋！為什麼我會變成這樣？為什麼幾句話就使我的血激動得這麼沸騰？我相信若是我離開了這裡，我就會清醒的。再把窗戶打開一些吧，快啊，你為什麼站在那不動呀？」

「因為我不想讓你凍死，你沒看到外邊的天氣嗎？」我回答。

「你的意思是把我最後的一點希望也抹殺掉嗎？」她憤憤地說：「無論如何，我還沒那麼虛弱，你不給我開也沒關係，我要自己開。」

她說著就行動，我已經來不及阻止她，只見這時她已經從床上溜下來了，走得極不平穩，把窗推開還探身出去，根本不在乎那冷風怎麼折磨她。我開始是懇求她，發現沒有用，後來就打算硬拉她縮回來。可是我發現我的體力遠遠趕不上她，因為她已經神經錯亂（她確是精神錯亂了，後來我看她的動作與胡言亂語才相信的）。那天沒有月亮，四周黑漆漆的一片，不論哪裡，都不能夠射出一絲的光亮，所有的亮光早就熄滅了。咆哮山莊的燭光在這裡是從來不會看到的，可她還是硬說瞅見了它們。

「瞧！我看到了，」她熱烈地喊著：「那就是我的屋子，裡面還點著蠟燭呢，屋前還有一棵樹在搖擺著，就連約瑟夫的閣樓裡也有一根蠟燭呢……約瑟夫睡得很晚，不是嗎？他在等我回家，這樣他才能夠上鎖。好吧，看來他還要在那裡等一會兒呢。因為那段路真的不好走，而且我們一定要經過吉默頓的教堂！我還記得呢，那時我們常常在一起走，根本不怕那兒的鬼，還互相比膽量，甚至站在那些墳墓中間要把鬼招來。可是，希斯克利夫，現在你還敢和我比試嗎，你敢嗎？要是你敢，我就奉陪到底。我不要一個人躺在那兒，我絕不會！」

她安靜了片刻，然後又帶著一種古怪的微笑說：「他也許在認真想主意呢！他要我主動去找他！那麼，去找一條路，不要穿過那教堂院子的路。」

看來要解除她的瘋狂簡直是白費力氣，我就想著既不鬆手，又能找些衣服給她披上的辦法。因為我實在擔心她一個人會做出什麼傻事來。這時，使我大為驚訝的是林頓先生進來了，我真的沒想到。他剛從書房出來，正好經過走廊，不經意地聽到我們說話，勾起了他的好奇心，他想知道我們這大半夜的不睡覺，在講些什麼。

「啊，先生！你怎麼來了？」我喊道，他一看到這屋裡的情形，正要大發雷霆，卻被我攔住了。「我可憐的女主人，我簡直沒法管她了，她生病了。求求你來，勸勸她吧。姑且先忘掉你的怒氣，沒有什麼辦法了，現在只能由著她自個兒的性兒了，其他什麼都不管用了。」

「凱薩琳病啦？怎麼會這樣？」他說，並趕忙走過來。「馬上關上窗子，艾倫！凱薩琳！怎麼——」

他沉默了，看到妻子的憔悴的神色，他十分的傷心，他也沒什麼理由再發脾氣了，他只能瞅瞅她又瞅瞅我，一臉的無奈。

「自從那天後，她一直都沒有開心過，」我繼續說：「她也沒吃什麼，也沒有抱怨什麼。之前，她不願看到任何人，直到今天晚上她才讓我進來。所以我們沒向你報告，因為我們自己也不清楚她的狀況。不過這也沒什麼，不要擔心。」

我自己都感覺我的解釋說不通，主人皺著眉表示很不解。「你認為這沒什麼，是嗎，艾倫？」他嚴厲地說：「你得說實話，為什麼沒有告訴我，完全把我蒙在鼓裡。」他摟著妻子，十分悲痛地望著她。

起初她看著他，好像從來都沒見過似的，在那茫然的注視下，可以這麼說，根本沒有他這個人的存在。不過，幸運的是，她的眼睛改變了原來注視的方向，慢慢把注意力集中在她身邊的人身上，到底還是認出他來了。

「啊！你來啦，真的是你嗎，埃德加‧林頓？」她怒氣衝衝地說：「你還是老樣子，不需要你時你就來了，需要你的時候你卻偏偏不肯來，我看我們有多少令人哀悼的事啊！儘管如此，也不能攔住我去那狹小的家，我安息的地方，我以後都會在那裡了。我馬上就會過去的，記住，不是在林頓家族的中間，而是在荒郊野外，孤獨地豎一塊墓碑。你是願意去那裡，還是願意回到我這裡，隨便你選吧！我什麼都不在乎了。」

「凱薩琳，你快醒醒吧，你這是怎麼啦？」主人說：「難道我在你的心裡沒有一點的地位了嗎？還是你依然愛那個壞蛋希思——」

「住口！不要向我提那個名字，」林頓夫人喊：「立刻住口！警告你，你要再敢提那個名字，我就立刻從這裡跳出去，了結這一切！到時候你就會後悔的。我不再要你了，埃德加，我們以前的時光都過去了。你快回到你的書堆裡去吧，你是那樣的離不開它們。我很高興你能夠在書房裡待下去，你在我心中沒有一點地位了。」

「她的情緒不太穩定，先生，不要介意。」我插嘴說：「整個晚上她都不曾正常過，唯一的辦法就是讓她快躺下，這樣她才有可能復原。並且我保證，從今以後，我一定不會再去惹她了。」

「你快閉嘴吧，我不希望再聽你出什麼主意了。」

林頓先生回答：「你既然知道你女主人的脾氣，可你還慫恿我去惹她生氣，你到底安的是什麼心。她這三天究竟是怎麼過的啊，你也不告訴我一聲！你可真是沒良心啊，就算是病了幾個月，情況也不會這麼糟的啊。」

聽到主人的話，我開始為我自己辯解：「是，我是知道林頓夫人的，她霸道，」我喊叫，「可是我怎麼會知道你能忍受她！我也不知道你會為了她，而假裝沒有看到希斯克利夫。我已經盡了一個僕人應盡的義務，我現在卻得到了這樣的結果，得啦，我算明白了，以後我可得小心點。以後別指望我去打聽消息了！」

「警告你，下次你再跑到我面前胡說八道，我就辭退你，不是在和你開玩笑，艾倫。」他回答。

「那麼，林頓先生，我猜想你肯定不願意知道這樣的事吧？」我說：「你允許希斯克利夫來向小姐求愛，而且每次乘你不在家就會偷偷溜進來，還故意誘使女主人對你反感，是吧？」

凱薩琳雖然心亂，但是她的頭腦還是很靈敏地注意我們的談話。

「啊！真沒想到，奈麗是個奸細，」她激動地叫起來：「奈麗是我們的敵人。你這巫婆！你真是想盡了辦法來傷害我們啊！快放開我，我要讓她為她所做的事感到懊悔，我要讓她向我認錯。」

只見她拼命掙扎著，想從林頓先生的胳膊裡掙脫出來。我覺得不能眼睜睜地看著事情發生，我決定替主人做決定，去把醫生找來，於是就悄悄地離開這臥房了。

在我經過花園的大路的時候，我突然發現有個東西在亂動，這明顯不是風的效果，而是有一個什麼東西讓它動。儘管我很急，但還是停了下來，不然我會胡思亂想的，甚至以為那是一個鬼呢！我用手一摸，驚奇地發現這是伊莎貝拉小姐的小狗范尼，牠被一條手絹吊著，眼看就要斷氣了。

我趕忙去解救那個動物，把牠提到花園裡去。我感到很奇怪，牠怎麼會跑到外邊來呢？究竟是誰這麼壞，竟然做出這樣的事。正在那時候，我好像聽見遠處有馬蹄奔跑的聲音，那時我腦子裡一片的混亂，也沒有去想這件事。

我正走在街上，湊巧碰到了肯尼士先生，他剛從家裡出來。我向他說了凱薩琳・林頓的病情，他就跟我一同去了。他毫不猶豫地說她不能闖過這一關了，他是如此的直率，除非她比以前更聽他的話。

「奈麗・迪恩，我真的想不通，」他說：「那一定有什麼原因，田莊上到底出了什麼事？一個像凱薩琳這樣的女人是不會為了一點小事就病倒的。並且在這樣的情況下，要使她退燒痊癒是不容易的。這病怎麼開始的？你趕快詳細地告訴我吧。」

「用不著心急，主人會把一切都告訴你的，」我回答，「不過，你應該知道恩肖家的暴躁脾氣，凱薩琳更是青出於藍。我可以說的是，這是一場爭吵引起的。至少，她是那樣對我說的，因為在事情發展到高潮時，她把自己鎖起來了。後來，她就絕食，現在她時而胡言亂語，時而沉入昏迷狀態。幸虧她還認識她周圍的人，但卻充滿了一些奇怪的想法。」

「如果是這樣的話，那林頓先生一定很難過吧？」肯尼士帶著詢問的口吻說。

「難受？何止呢？要是真發生什麼事，他整個人都會垮掉的。」我回答，「所以不到萬不得已，我們就別告訴他吧。」

「唉，我曾經讓她小心點的，」我的同伴說：「她卻忽視了我的警告，所以就造成了今天的後果，最近她不是和希斯克利夫挺好的嗎？」

「怎麼會呢？希斯克利夫是常常到田莊上來，」我回答，「但是他多半是因為女主人的關係，他們從小就認識。不過，現在他不會再來拜訪了，因為他對林頓小姐想入非非。至少，我認為他不會再來了。」

「那林頓小姐是不是對他不理睬呢？」醫生又問。

「我不知道，我並不是她的知己。」我回答，我不想再談論這樣的話題。

「不，她不是那樣想的，」他說，搖著頭。「她有她自己的主意！有自己的小算盤。我得來可靠消息，說是昨天夜裡（多糟糕的一夜呀！）她和希斯克利夫在你們房子後面的田園裡偷偷約會呢，足足待了兩個多鐘頭。他強迫她不要再回去，跟他一起離開這裡。據向我報告的人說她答應準備一下，這才使他放下了心。至於下次是哪天，沒有第三個人知道，可是你要提醒林頓先生提防著點！」

這個壞消息讓我又產生了新的恐懼，我跑到肯尼斯前面，希望能比他早到那裡。小狗還在那裡叫著，我竟然用了一分鐘去開那個門，打開之後，牠卻沒有進去，只是在原地打轉。如果我不把牠帶進去的話，牠恐怕就要溜達到大街上去呢。我徑直去了伊莎貝拉的房間裡，我的疑慮被證實了，房間裡沒有一個人。我要是早來一兩個鐘頭，可能就能阻止她。可是我現在又能做什麼呢？如果我立刻去追，也不見得能追上他們。無論如何，我不能那樣做，而且我也不敢驚動全家，我更不敢把這件事告訴我的主人，他哪裡還經受得住這樣的打擊呢？我實在想不出有什麼辦法，除了什麼都不說，轉眼間，肯尼士到了，我去向他通報。這時候，看得出來，凱薩琳睡得很不好，她的丈夫已經幫她平靜了下來，他仔細地盯著她臉上的每一個動作和每一次的變化。

醫生檢查過病狀後，跟他說事情還是有轉機的，只要我們能讓她保持著絕對的平靜，這病是完全可以治癒的。但他同時向我預示著什麼不好的事。

那一夜我失眠了，我知道林頓先生也沒有睡。的確，我們根本不會安睡。很奇怪，僕人們都比平常起得早多了，他們在家裡也是小心翼翼的。除了伊莎貝拉小姐，每個人都在忙碌著。大家都在議論著她怎麼這麼能睡。她哥哥也問她，彷彿馬上就要見到她，而且對她很失望，因為她竟然對自己的嫂子漠不關心。

我異常的恐懼，害怕他讓我去叫她。這時，有一個女僕，她一早就被差遣到吉默頓辦事去了，這時她衝到臥房裡來，喊著：

「啊，不得了，出大事了，我們這裡要發生大事了，主人，主人，我們小姐……」

「別吵！慌些什麼。」我趕忙叫，對她那嚷嚷勁兒感到很憤怒。

「你不能小點聲音嗎？瑪麗，到底是怎麼回事？」林頓先生說：「你們小姐怎麼啦？」

「她離開啦，她走啦！而且跟那個希斯克利夫一起跑啦！」這姑娘喘著說。

「怎麼會這樣？不可能的，」林頓叫著，激動地站起來了。「這不會是真的。你怎麼會有這麼一種荒謬的想法？艾倫，你去，去找她，一定要把她給我找來。真是令人難以置信，不可能會發生這樣的事。」

他一面說著，一面把她帶到門口，又反覆問她怎麼會有這樣的想法。

「唉，說來還算巧呢，我曾碰到一個到這兒來取牛奶的孩子，」她結結巴巴地說：「他問田莊裡是不是有什麼事情發生。我以為他是指太太的病，然後就告訴了他。沒想到他卻說，『我猜你們應該去追他們去了吧？』我愣住了。他看出我根本不知情，就告訴我，有位先生和一位小姐在離吉默頓兩英里遠的一個鐵匠鋪那兒釘馬掌！而且被鐵匠的女兒看到，她馬上認出了他們。後來他們騎著馬向前跑，他們就要掉頭離開村子走了，而且不管馬兒吃不吃得消，他們仍奮力地往前趕。那姑娘倒沒跟她父親說，可是今天早上，整個吉默頓的人都知道了這件事。」

為了表現出我對這件事一無所知，我跑到伊莎貝拉的屋子看了看，當我回來時，就證實了那個僕人的話。先生坐在他的椅子上，一見我進來，他立刻抬起眼睛，他從我眼神裡看出了一切，可是，他什麼也沒有吩咐，也沒有說一個字。

「我們要不要去把小姐追回來？」我詢問著：「我們現在該如何是好呢？」

「別管她，是她自己要走的，」主人回答：「她愛上哪兒就可以上哪兒，不要再拿她的事來煩我了，她不值得我去關心她。從今以後，她只在名義上是我的妹妹，不要怪我狠心，不是我不認她，而是她不認我。」

關於這事，他沒發表什麼看法，他也沒有再多問一句，而且也沒再提過她，除了吩咐我，如果我知道她的新家，要把她在家裡的所有東西都給她送去，他不願意再看到它們，那讓他很不舒服。

chapter 13 瘋狂邊緣

大概過了兩個月，逃亡的人還是沒一點消息。在這兩個月裡，家裡可不大平靜，林頓夫人生了一種叫做腦膜炎的病，可是幸運的是她熬過來了，這一切都得益於她的丈夫。日日夜夜，他毫無怨言地耐心守著她。事實上，他犧牲了一切不過是保住了一個廢人。當凱薩琳被宣知脫離了生命危險時，他簡直興奮到了極點，他時時刻刻守護在她的身邊，而且幻想她總有一天會清醒過來的，他就靠這個幻想使他心裡有點安慰。

記得，她第一次離開臥房是在第二年的三月初。早上，林頓先生為她準備了一束金色的藏紅花。當她醒來看見這些花時，她異常的興奮，而且眼睛閃著愉快的光芒。

「你知道嗎？這些花是山莊上開得最早的，」她叫：「我喜歡它們，它們使我想起柔柔的暖風和溫暖的陽光，還有那將要融化的雪。埃德加，親愛的，外面是不是還在刮著風，雪是不是已經化了？」

「是的，親愛的，」她的丈夫回答：「天空是蔚藍的，百靈鳥在唱著愉快的歌，小河小溪都漲滿了水。凱薩琳，你還記得嗎？去年的這個時候，我正在盼望著你能來到這裡呢，現在，你確實來到了我的身邊，但我此時卻希望你到那些山莊上去看看。風吹得那麼愜意，我覺得這對你的病是大有好處的。」

「如果我離開了，我就不會回來了，」病人說：「那時候你就會離開我，而我也要永遠留在那兒。可是，第二年的春天，你又要渴望我回到這裡來。」

林頓想盡一切辦法想讓她高興。可是，事情並不那麼順利，她茫然地望著花，眼淚順著她的雙頰直淌，對林頓說的那些話她也沒怎麼在意。

我們都看到了她身體的康復，她之所以會不高興，應該是在一個地方待得時間太長了。主人讓我去打掃一間舊客廳，然後搬一把舒服的椅子放在窗口的陽光下，他就把她抱下了樓。她坐了很久，無比舒適地享受著。和我們想的一樣，一切都使她活潑起來了。雖然一切是那樣的熟悉，但卻沒讓她感到厭煩。

晚上，她看起來是沒有什麼力氣了，但是她卻不願意離開，我只好先把客廳沙發鋪好作為她的床，因為那裡還沒怎麼收拾。為了不讓她太累，我們收拾了一間和客廳同在同一樓層的屋子。欣慰的是不久她又好一點了，在埃德加的幫助下，她可以從這間屋子走到那間屋子了。

啊，我想她得到這樣的服侍，應該很快就會康復。我比誰都希望她復原，因為除了她自己，還有另一個生命在仰仗著她，我們都希望主人能馬上快樂起來，那麼，他的財產將不至於被一個陌生人白白地奪去。

在伊莎貝拉走後六個星期左右，她還算有點良心，寄了一封短信給她哥哥，告訴他，她要跟希斯克利夫結婚了。信的內容非常冷淡，可是在下面用鉛筆寫了些道歉的話，並且說，如果她的行為惹他生氣的話，那她也沒有辦法，只有懇求他原諒與和解，我相信林頓沒回這封信。

大概又過了兩個多星期，我竟然收到一封長信，我感到很奇怪，這信來自於一個幸福的新娘。現在我來給你念一遍，因為它現在還在呢。

親愛的艾倫（信是這樣開始的）：

昨天晚上我來到咆哮山莊，這才知道凱薩琳患了重病，至今未癒，我感到很難過。我想我不能夠給她寫信，我哥哥就是因為太難過，對我太生氣，以至於不回我寫給他的信，他不肯原諒我。可是，這封信我一定要寫，因為留給我唯一希望的就是你了。

求你告訴埃德加，只要能讓我再見他一面，就算讓我去死我也毫不猶豫，我離開畫眉山莊還不到二十四小時我就後悔了，直到現在我的心還在想著那裡，不管對他，還是對凱薩琳，我都充滿了熱烈的感情！然而我身不由己（這些字下面是劃了線的）沒有人會瞭解我的內心。然而，注意，不要歸罪於我脆弱的意志或不健全的情感，那是你們不懂我。

這下面的話你一定要自己看。我要問你兩個問題：第一個是你當初剛剛住進這裡的時候，你是怎樣保持住人類共有的同情心的，因為我實在看不出來我周圍的人和我有什麼共同的感情。

第二個問題是最重要的，也是我十分關心的，就是希斯克利夫是人嗎？如果是，那他是不是精神錯亂呢？如果不是，他是不是從地獄裡來的魔鬼呢？

我並不想說出我這樣問的理由。可是如果你知道的話，我求你告訴我，我到底發了什麼瘋嫁給了一個什麼東西。也就是說，等你有時間來看我的時候就告訴我。而且，艾倫，我等不及了，你能儘快過來看我嗎？千萬不要給我寫信，直接來吧，並且把埃德加的話也一併捎給我吧。現在，你根本不會想到我受到了怎樣的待遇。若是我說這裡的生活環境並不是舒適的，那僅僅是我為了消愁解悶。要是我發現我的痛苦僅僅是由於缺少舒適所致，那只不過是一場荒唐的夢話，那我真要高興得手舞足蹈了！

在我們走向曠野的時候，太陽已經落在田莊後面了。由此可知我想該是六點鐘了。我的那位同伴在那裡停了一會兒，檢查著果樹園、花園，盡可能不放過任何一處，因此當我們來到山莊裡的時候，已經夜幕降臨了。你的老同事還有僕人約瑟夫，借著燭光出來接我們。他第一個動作就是把蠟燭舉到與我的臉平齊，惡毒地斜瞅了我一眼，就轉身走開了。隨後他把兩匹馬牽到馬廄裡，再去鎖外邊的那個大門，彷彿我們住在一座古代堡壘裡一樣。

希斯克利夫待在那兒跟他說話，我就進了那又髒又破的廚房。那已經發生了很大的變化，我想你已經認不得了。那邊還有一個孩子，只見他身體健壯，衣服骯髒，眼睛和嘴角都帶著的那種神氣，好像和凱薩琳從一個模子裡刻出來的。

「這是埃德加的侄子吧，」我想：「他也算是我的內侄呢，所以我必須向他表示出我的友好，對，我得親親他，我敢說這是明智之舉。」

我走近他，打算和他握一下手表示友好，說：

「親愛的，你好嗎？」

他說了一些讓我迷茫的話。

「你可以和我做朋友嗎，哈里頓？」這是我第二次的嘗試。

想不到他對我一陣痛罵，而且恐嚇說如果我不「滾開」，就對我不客氣了，就要叫卡脖兒來咬我了，這就是我好心造成的後果。

「喂，卡脖兒，小子！來這裡！」那小壞蛋低聲叫，試圖把那隻狗從牠的窩裡叫出來。「現在，你走不走？」他很威風地問道。

因為我尊重我的生命，所以我服從了。我走了出去，可是到處也不見希斯克利夫的蹤影。約瑟夫呢？我走到馬廄裡讓他陪我進去，可是他卻死死地盯著我，隨後就皺起鼻子回答：「扭扭捏捏，嘰哩嘀咕！我都不知道你在說些什麼？」

「我再重複一遍，我想你陪我到屋裡去。」我喊著，他看起來像是個聾子，但是他的粗魯卻讓人討厭。

「我才不！我還有更多的事情要做。」他回答，繼續幹他的活。同時做出一副令人討厭的表情，打量著我的衣著和面貌（衣服未免太精緻，但是面貌，我相信要有多慘就有多慘）。

我繞過院子，走到另一個門前，然後就敲了敲門，希望能碰到一個有禮貌的人。過了一會兒，門開了，只見他沒戴領巾，身上也邋裡邋遢。他那亂蓬蓬的頭髮把他的臉全遮住了，他的眼睛也像是凱薩琳的鬼魂一樣，瞬間就會消失似的。

「你怎麼會來這，你到這兒幹嘛？」他兇狠狠地問道：「你是誰？」

「我的姓名是伊莎貝拉．林頓，」我回答：「先生，我們以前見過的。不過，我最近嫁給希斯克利夫先生了，是他把我帶到這裡來的。」

「那麼，這麼說來，他回來了嗎？」這個隱士問。

「是的，我們剛剛到，」我說：「可是他卻把我丟下就走了。我正想進去的時候，你的孩子叫了一條狗，把我嚇跑了。」

「這該死的傢伙，不過幹得不錯！」我未來的房東吼著，他不時地向我身後望著，我想他是想發現希斯克利夫。然後他就說了一些威脅人的話，說如果那「惡魔」敢欺騙他，他便會對他怎樣。

我對他的表現實在無法忍受了，我想逃離出去，可是我不能隨心所欲，因為他已經讓我進來了，而且還把門上了鎖。房裡很暖和，地板也被那強烈的光照得變了顏色，以前那閃著白光的盤子，現在已是井底之蛙了，因為它長時間受到人的冷淡。我問他我能不能去臥室看看，恩肖先生卻沒有回答。他來回地走著，顯然把我的存在當成了空氣。這會兒，他是那樣的與世無爭，那樣的一臉憤世嫉俗的表情，我不敢再打擾他了。

艾倫，你知道我的感受吧，我孤獨地坐在那冷落的爐火旁，情不自禁地想起四英里外我那愉快的家，裡邊有我最愛的人。然而現在卻相隔了十萬八千里，而不是四英里。但是我無法穿越！我該去哪裡尋求安慰呢？而且千萬不要告訴埃德加或凱薩琳。我曾經想過要偷偷跑回來，因為這樣就不用跟他單獨過日子了。可是他瞭解他們，他並不怕他們會多管閒事。

我就坐在那裡想了好久，心裡仍然在糾結著。

鐘不經意地已經敲了八下，九下，我的同伴仍然來回踱著，但是已沒了精神，只有偶爾發出一兩聲的嘆息和呻吟，我心裡亂糟糟的，我再也承受不了這些了，於是就開始痛哭起來。我都忘了我身邊還有人呢，直到恩肖在我對面停住了他那一板一眼的踱步，而且用一臉迷茫的神情盯著我。

我看他還算清醒，我就大聲說：「我走得累了，不想再動了，女僕在哪裡？既然這裡沒有，那就領我去別處找她吧！」

「這裡沒有什麼女僕，」他回答，「你就將就著過吧！」

「那麼，我睡在哪裡呢？」我哽咽著，我已不再在乎我的自尊心了，我的自尊心早就被疲倦壓倒了。

「約瑟夫會領你到希斯克利夫的臥房去，」他說：「打開門，他就在那裡邊。」

我正要去做，可是他猛地抓住我，用最古怪的腔調說：「你最好把門鎖上，別忘了！」

「好吧！我會的，」我說：「但是那是為什麼呢，恩肖先生？」把我自己跟希斯克利夫鎖在屋裡，我可是從來就沒有想到過的。

「瞧這兒！」他回答，從他的背心裡拔出一把做得很特別的手槍。「對於一個絕望的人，這個東西很誘人，是不是？我每天晚上都要拿著它上樓，而且還要試一試他的門。若是我發現門是開著的，那他就完蛋了，就是有一萬條理由讓我別幹，可是我還是會把他殺掉，好了結我自己的種種陰謀。即使你反抗也沒用，時辰一到，就是天使也不能拯救他！」

我看著那把武器，竟然有了一個可怕的念頭，那把武器要是我的，那該有多好啊。我從他手裡拿過來，摸摸它。他從我臉上看出了我內心的想法，那表情不是害怕，而是渴望擁有。他懷著不安的心情把手槍奪了回去，又把它藏回原處。

「我不怕你告訴他，」他說：「讓他有所防備，我看出，你知道我們的關係，他生命出現危機，你好像不怎麼在意。」

「希斯克利夫到底做什麼了？」我問：「他究竟做了什麼讓你恨之入骨的事？讓他離開這裡不是更加明智嗎？」

「不！不可以那樣做，」恩肖大發雷霆，「他離開這裡就徹底成為一個死人啦！你要是勸他離開，你就是罪魁禍首。難道哈里頓真要成為一個乞丐嗎？啊，天殺的！我一定要把我失去的拿回來，他的金子，我也要，還有他的血，地獄將會收留他。」

艾倫，我記得你以前跟我說過你舊主人的脾氣。他分明在瘋狂的邊緣上了，至少昨天他是這樣的。我一走進，他就發抖，而他現在又開始悶悶地走來走去了，我打開門就逃到廚房去了。正好看到約瑟夫在對著火，盯著火上懸著的一隻大鍋，旁邊還有一大盆的麥片。我想他這是在準備我們的晚飯。

「我來煮粥！」我把那個盆挪開，使他不能搆到，然後我脫下了我的帽子和騎馬服。

「恩肖先生，」我接著說：「自己伺候自己，我不要做什麼狗屁小姐了，因為我可不想餓死。」

「老天爺！你怎麼這麼作弄我呢？」他咕噥著坐下來。「又要發生什麼事情了，我才習慣了兩個東家，又來了一個女主人啦，未來的事不能預測啊，世事大變哪。我可沒想過要離開這裡，可是看來事情要發生變故了。」

他的話並沒有引起我的注意，我乾淨俐落地煮著粥，一切竟是那麼的有趣，可是我不得不立馬忘掉這段記憶。回憶起昔日，過去的時光越是要湧現出來，我把粥攪得就越快，結果是很多麥片都灑到了外邊。約瑟夫看到這一幕，他非常的惱怒。

「瞧！好好看看吧！」他大叫：「哈里頓，今天晚上你可要遭殃了，粥裡什麼也沒有，只有拳頭大小的塊塊了。要是換做我的話，我就把盆一塊扔下去，把粥都倒光，你這是在發什麼瘋？砰，砰，萬幸鍋底還沒被她搗破呢！」

把粥倒在盆裡時，我承認這簡直是太糟了。他們預備了四個盆，哈里頓搶過來就大口大口地喝，而且連喝帶漏。我告訴他，要用杯子喝他的牛奶，我實在沒有辦法去喝這麼髒的牛奶。可是，那個滿腹牢騷的老頭對這種講究破然大怒，警告我說：「這孩子簡直跟我一模一樣。」對於我的高大他感到很奇怪。同時，那個小壞蛋還在繼續喝著，只見他一邊向罐子裡淌口水，一邊用挑戰的眼神怒視著我。

「我不要在這裡吃飯，」我說：「你們沒有一個叫做客廳的地方嗎？」

「客廳！」他輕蔑地重複著：「客廳！我們沒有客廳這種東西。要是你不想在這裡的話，找主人去好了。」

「那我就要離開這裡，上樓去了。」我回答，「領我去找一個像樣點的屋子。」

我把我的盆放下，自己又去拿了點牛奶，那個傢伙沒完沒了的嘟囔，他走在我的前頭，我們在閣樓走的時候，他時不時地開房門，把我們所經過的每一個房間都瞧了一下。

「終於找到了，」他突然扭開一扇破破爛爛的大門，「在這裡喝你的粥是再好不過了，雖然在角落裡有堆稻草，但是這裡很乾淨。你要是害怕把你衣服弄髒，就把手絹鋪在上面吧。」

很明顯，這不是個人住的屋子，因為那裡有一股強烈的麥子和穀子氣味。只見四周堆滿各式各樣的糧食袋子，中間卻是十分的空曠。

「你這個人怎麼可以這樣，」我生氣地對他大叫：「這是人住的地方嗎？我要的是臥室。」

「臥房，」他用嘲弄的聲調重複一下。「你已經看了所有的臥房了，那是我的。」

他指著第二個閣樓，比前一個顯得更光禿，裡面還有一張沒有帳子的床，一頭還放著深藍色的棉被。

「我怎麼會要你的？」我回罵著：「我想以希斯克利夫的地位，應該不會住在閣樓上，是嗎？」

「啊！原來你是要希斯克利夫少爺的房間呀！」他叫道，好像發現了一片新大陸似的。「你不會早早說清楚嗎？那麼，我也就不會這麼麻煩了，我早就告訴你了，那裡確實有一間屋子，誰也進不去，除了他自己，因為他把它鎖住了。」

「你這所房子看起來還真不賴，約瑟夫。」我忍不住說：「這裡的人也有趣，我覺得一切稀奇古怪的事都在我腦子裡顯現呢！但是，應該還有別的房間吧！看在上天的份上，趕快讓我安頓下來吧！」

他對於我的請求漠不關心，只是固執地走下木梯，在一間房子的門口停了下來。

我觀察著這一切，我猜這是最好的一間了，一個壁爐上面糊著花紙，不過已經殘缺不全，一張漂亮的橡木床，掛著猩紅色帷帳，看得出，那布料十分的貴重，樣式也是新潮的，但是卻沒被人精心的呵護，原先掛成一隻隻花球的帳簾，已脫離了原來的位子，那鐵桿也變了形，使帷帳拖在地板上了。椅子沒一個是好的，還有好幾把壞的都不成樣子了，只見那深深的凹痕把牆上的嵌板搞得很難看。

我正想就在這裡住下去，這時我的那個嚮導宣布：「你不能住這兒，這兒是主人的。」我的飯早已經冷了，也沒有什麼耐性了，我堅持要馬上有一個供我休息的地方。

「你到底要到哪裡去？我的客人！」這個虔誠的長者開腔了。「希望主能夠饒恕我們，你要到哪個地獄去呢！你真是一個累贅，除了哈里頓的小屋子，什麼都沒錯過。正像你所看到的那樣，這所房子裡再沒有其他的地方了。」

我氣憤之極，把手上的東西摔了一地，接著坐在樓梯口，委屈地大哭了起來。

「哎呀！不得了了，」約瑟夫大叫：「幹得好呀，凱茜小姐！好樣的，凱茜小姐！[34]可是，等主人在這碎片上摔倒之後，就有我們好受的了。我們等著瞧吧。不學好的瘋子呀！你就應該自生自滅去，就因為你大發脾氣觸犯了上帝。你以為希斯克利夫受得了你這一套？我巴望他在這會兒看到你大發脾氣，清楚地看透你的內心，但願他會看到你。」

他就這樣罵著回到了自己的房間，留我一個人在黑暗中。我幹了這愚蠢的事情以後，我想了好多，儘量壓制著自己的脾氣，並且振作起精神把東西收拾乾淨。

就在這時來了一個幫手，就是卡脖兒，我現在認出牠就是那條狐狸的後代，牠原來生活在田莊裡，後來我父親把牠送給了欣德利先生。我感覺牠認出我來了，牠給我打招呼，然後趕緊去舔粥。這時我一步一步摸索著，收拾著這些殘局。

我們剛忙完，我就聽到一陣熟悉的腳步聲，我的助手夾著尾巴，緊貼著牆，我偷偷地躲到最近的門裡去了。可是牠已經躲不及了，從牠慌亂的長嚎中我就猜出來了。我則是走了好運，他進

34. 此處約瑟夫叫凱茜小姐，有幸災樂禍的意思，他認為這個局面是凱薩琳造成的，感到很快活，也有伊莉莎白會變得和凱薩琳一樣難對付的意思。

了他自己的臥室，關上了門。他沒有發現我，這時，約瑟夫帶哈里頓上樓睡覺去了。這時我才意識到我在哈里頓的房間裡，這老頭一看見我就說：

「現在隨便你了，你可以在大廳裡無拘無束了，上帝總是能夠容忍你的放肆。」

我聽到這個暗示非常高興，我剛坐到一把椅子上，就睡著了。

我睡得很死，但是可惜好夢不長。我被希斯克利夫叫醒了。他剛進來，就用他那和藹的態度問我在做什麼？我告訴他，是他把我們屋子的鑰匙拿走了，我們進不去了。

沒想到，我們這個詞觸動了他的神經，他發起了脾氣。他發誓說那屋子不會是我的，而且他要巧妙地、無休止地想盡方法激起我的憎惡！我有時覺得他真的很奇怪，奇怪的我都忘記了恐懼了。可是，我要告訴你，他引起的恐懼是無法容忍的。他告訴我說凱薩琳的病全是我哥哥引起的，他發誓一定要讓我替我哥哥贖罪，直到他能報復他為止。

我真恨他，而且我是一個十足的傻瓜，竟然相信他說的任何話。求求你，千萬不要把這事告訴田莊的任何一個人。我每時每刻都期待著你的到來，你會來的吧，不要讓我失望吧！

伊莎貝拉

chapter 14 死亡與地獄

我看完這封信，馬上就告訴了主人，告訴他說小姐已經到山莊了，而且還給了我寫了一封信表示她對林頓夫人的病感到很同情，她還十分想念他，希望他能夠儘早派我過去表示一下寬恕，越快越好。

「寬恕！」林頓說：「我不知道怎麼才能寬恕她，艾倫。如果你願意，你馬上就可以去咆哮山莊，說我並不感到生氣，而是非常可憐她，特別是我根本不會相信她會幸福的。無論如何，那是不可能的，我們是永遠分開了，若是她真的替我著想，就讓她勸勸那個混蛋不要待在這裡了。」

「你要不要寫個便條，先生？」我乞求地問著。

「不，不需要，」他回答：「我和他們之間的來往越簡單越好，最好能一刀兩斷。」

埃德加先生的冷漠讓我心裡很不是滋味，我從田莊動身，一路上都在想該怎樣把埃德加那冷酷的話語表達得委婉些。我敢擔保她一定從一早就盼望著我的到來，在我走上花園砌道時，我就看到了她，我對她點了點頭，可是她沒有回應我，好像怕被人看見似的。

我沒有敲門就進去了，這棟房子已沒有了以前的光景，我必須承認，如果我是這位年輕的夫人，至少，我要大致地掃一下。可是她周圍布滿了懶散的氣息。她的臉蒼白而無精打采，頭髮也亂糟糟的，有的掉了下來，有的還凌亂得盤在她的頭上，我想她大概幾天都沒有打理過它了。

欣德利沒有在那裡，希斯克利夫坐在桌旁，翻閱他的記事冊，可是當他看到我時，他站起來了，他不僅向我打招呼，還請我坐下。他是那裡唯一算得上的體面的人。環境竟讓他們改變了這麼多，陌生人一看，還以為他是個十足的紳士，而他的妻子卻恰恰相反，一個邋裡邋遢的臭婆娘，她熱切地走上前來迎接我，並且想從我手裡接過她想要的那封信。

我搖搖頭，她大概不懂這個暗示，一直跟著我到了餐具櫃那兒，她低聲央求我快把從家裡帶來的那封信給她。

希斯克利夫看出了她舉動的意思，就說：「如果你確實有什麼東西要給伊莎貝拉，就交給她吧。你們不用躲著我，我們之間沒有秘密。」

「啊，我真的沒帶什麼，」我回答，我想我還是從實招來。「我的主人讓我轉告他妹妹，她以後都不要再盼望他的任何舉動了。夫人，他讓我向你致敬，並且他祝你幸福，他原諒了你，但是他認為，他的家和這個家庭應該斷絕來往，只有這樣才是最好的結果。」

希斯克利夫夫人的臉上充滿了失望，哆哆嗦嗦地回到了原先的位置上。她的丈夫靠近我站著，開始問些有關凱薩琳的話。我只能說一些和她病情無關的話，他卻刨根問底，逼得我說出了大部分的事實，我責怪了她（她是該受責怪的），因為她是自作自受，最後我希望他也像林頓先生那樣，不論怎樣都不要再來往了。

「林頓夫人現在正在恢復健康，」我說：「她絕不會回到從前了，不過她的命保住了，如果你真關心她，真是為她好，以後就不要再去打擾她了，不，不止這樣，而且你要遠遠地離開這裡，從此不要再回來，我還要告訴你，為了不讓你後悔，凱薩琳已經發生了翻天覆地的變化，正如同那位太太和我一樣地不同。她不僅外表變了，她性格更是大變，那位迫不得已，日夜和他朝夕相處的人，從今以後只能憑藉著回憶和她相處了，以及那出於世俗的仁愛和責任感，來保持他的感情了！」

「那聽起來倒是很有意思的，」希斯克利夫說，儘量使自己顯得平靜，「你的主人脫離不了世俗的觀念，這是很有可能的。可是你以為這樣我就會把凱薩琳放心地交給他嗎？你能把我對凱薩琳的感情與他相提並論嗎？在你離開這所房子之前，你一定要允許我，你必須讓我們見上一面，不管你答不答應，我一定要見她！你有什麼意見嗎？」

「我說，希斯克利夫先生，」我回答，「你最好不要這麼做，而且你不要想通過我見到她。如果你跟我主人再碰一次面的話，她的命就會保不住的。」

「我相信，只要你肯幫忙就沒有問題，」他接著說：「如果會有這樣的事情發生，那麼，我正好有理由做我想的事，我希望你老實告訴我，若是她失去了他，凱薩琳會不會很難過，以前就是怕她難過，我才忍受了那一切的。如果我們兩個人互相交換一下位置，我當然很恨他，但我絕不會和他動手。你要是不信，那我也沒辦法，只要她想要他作伴，我是不會對他怎麼樣的。她一旦對他失去了希望，我就要挖出他的心，喝光他的血。可是，不到那時候，你是不會相信我的，那你是不瞭解我，如果凱薩琳幸福的話，我寧可一步一步走向死，也不會碰他一根頭髮。」

「可是，」我插口說：「你真的忍心毀掉他那一絲活下去的希望嗎，在她快要忘了你的時候，你卻要喚起她的回憶，而且重新把她捲入到一場新的爭鬥和煩惱中去嗎？」

「你以為她會忘了我嗎？」他說：「啊，奈麗！你知道的，她並不會忘記我，你知道她想林頓一次，就會在腦海中想我千萬次，在我一生中最悲慘的一個時期，我曾經有過這樣的想法，去年的這個時候我還在這裡，只有凱薩琳的保證才會讓我安心。這麼一來，林頓就算不得什麼，欣德利也算不得什麼，就是我做過的一切也都不算什麼。我可以用兩個詞來概括，那就是死亡與地獄，要是沒有她，對我來說活著就是地獄。但是，我曾經犯了糊塗，以為她把埃德加・林頓的感情看得比我的還重。凱薩琳和我一樣有著一顆深沉的心，要說他佔據了她的心，就像把海水裝在馬槽裡。呸！對她來說，他不能和我相比，他本身就沒有什麼能夠讓她愛的，她怎麼能愛他本來沒有的東西呢？」

「凱薩琳和埃德加是相愛的，」伊莎貝拉帶著突然振作起來的精神大叫。「沒有人能夠說出這樣的話，我不會允許任何人來說我哥哥的壞話。」

「你哥哥也特別喜歡你吧，是不是？」希斯克利夫譏諷地說：「你一個人在外邊受盡苦難，他卻無動於衷，這還真叫人奇怪。」

「不是那樣的，他根本不知道我的情況，」她回答：「我沒有告訴他。」

「那你告訴了他什麼，你給他寫信了，是不是？」

「我是寫了，說我結婚了，你見過那封信的。」

「以後怎麼樣？」

「沒有了。」

「我家小姐由於環境的變化，她變得越來越憔悴了，」我說：「顯然，已經有人不會愛他了，至於是誰，我不能說什麼。」

「我以為是她自己不夠自愛了，」希斯克利夫說：「她墮落成為一個不折不扣的髒婆娘，她很久以前就不能得到我的愛慕了。你簡直難以相信，就在我們結婚的第二天，她就哭著要回家，但是我是不會讓她跑到外邊去發瘋，而丟我的臉的。」

「得啦！先生，適可而止吧！」我回嘴：「我想你會知道伊莎貝拉是習慣被人伺候的，她是在蜜罐裡長大的，人人都要服侍她。你一定要給她個女僕來伺候她，而且你一定要關心她。不論你怎樣看待埃德加，你不能懷疑她對你的強烈的愛情，不然她不會心甘情願地放棄家裡的一切，而跟你住在這麼一個荒涼的地方。」

「她鬼迷了心竅才那樣做的，」他回答：「把我想成了一個英雄，希望從我這裡得到無盡的嬌寵，我不能想像她的理性，她竟然對我的性格抱有這樣的一種執拗的想法。可是後來她就瞭解我了，起初我根本不去理會她的那種弱智的舉動，當我告訴她，我對她的迷戀和對她本身的看法時，她竟然不能分辨出事情的是非曲直。為了讓她知道我並不愛她，我可是費盡了畢生的精力。我相信，曾經有一段時間，我還真以為她不會明白了，可是她現在居然懂了，因為今天早上，她驚奇地宣布了一件事，說她已經開始恨我了！我向你保證，我確實費了好大的勁兒，如果她真能明白的話，那我還算能夠得以安慰。

「你的話能讓人相信嗎？伊莎貝拉？你真的恨我嗎？如果我讓你自己一個人待上半天，你會不會又來找我說一些甜言蜜語呢？我敢說她當著你的面才表現出虛弱的樣子，暴露真相是傷她的虛榮心的，但是我才不會理會外人怎麼看待我們呢，我也從來沒在這事上對她講過一句謊話。從田莊出來時，她看見我把她的小狗吊了起來，當她求我放開牠時，我說寧願把她家裡的每一個人都吊死，只有一個例外，她可能對號入座了。但是任何殘忍都不能嚇到她，我猜想只要她自己是安全的，她就無所謂別人的生死了。

「是啊，那種可憐的白癡，竟然癡心妄想我能愛她，這簡直是天方夜譚，告訴你的主人，奈麗，我從來就沒見過像她這麼不要臉的人。她甚至有損林頓的名聲，不過，請你轉告他，請他原諒她吧，我是嚴格遵守法律限制的。直到現在，我都儘量讓她沒有分居的權利，不僅如此，誰要是分開我們，她也不會高興的。如果她願意走，她馬上就可以走，她在我眼前引起了我極大的厭惡。」

「希斯克利夫先生，」我說：「你說這話簡直是瘋了，你的妻子很可能是以為你瘋了，所以她才對你百般忍耐，可現在你說她可以走，她一定會這樣做的。小姐，你不至於這麼糊塗吧，還自願跟他住下去吧？」

「小心，艾倫。」伊莎貝拉回答，她的眼睛裡充滿了憤怒，從這對眼睛的表情看來，她丈夫對她的企圖，已經完全成功了。「他所說的話，沒有一句是真的，你不要相信他。他是一個撒謊的惡魔！以前他也說過讓我離開這樣的話，我也嘗試過，可我以後再也不敢了。艾倫，答應我不要把剛才發生的事告訴我的哥哥和嫂嫂。不論他做什麼，他就只有一個目的，他只是希望激怒埃德加，他說他娶我就是為了報復他，我一定不會讓他得逞的，我會先死的！我只希望他能快點把我殺掉，我所有的樂趣就是趕快死去，或者看著他死！」

「好啦，現在夠了！你這說的都是些什麼話，」希斯克利夫說：「奈麗，你要是被傳上法庭，可要記住她的話！不，現在你不能做自己的保護人了，伊莎貝拉，既然我是你的合法保護人，我就有責任去監護你，不論這義務是怎樣的令人討厭。快上樓去吧，我有話要跟艾倫・迪恩私下說。不是那邊，我是讓你上樓去。」

他抓住她，狠狠地往外一推，邊走邊回頭嘟囔著：

「我可不是在同情你我沒有同情，蟲子越扭動[35]，我越想把它們擠出心臟，這是一種精神上的折磨，它越是痛，我就越要使勁磨，這樣它才不會那麼痛。」

「你知道同情這個詞的含義嗎？」我說，戴著帽子，「你生平就沒有同情過什麼人嗎？」

「放下帽子！你不能走，」他插嘴，他看出來我要離開。「現在你還不能走，奈麗，我一定要讓你幫我見到凱薩琳・林頓夫人。我發誓我不想害人，我不想惹是生非，我只是想親自看看她是怎麼樣了，問問她我怎麼做才能讓她高興。昨天夜裡我在田莊花園裡待了六個鐘頭，我以後每天夜裡都會去那兒，直到我有機會進去，如果埃德加・林頓遇見我，我將毫不猶豫地將他打倒在地。如果他的僕人們頑抗，我就會用這支手槍來把他們嚇跑。可是，如果可以避免碰到主人和那些僕人，不是更好嗎？而你能夠輕而易舉地辦到，到時候，我們裡應外合，然後等她一個人的時候，就把我帶去見她，而且幫我望風，一直等我離開，這樣你就會阻止一場大禍的發生。」

我極力反對要做一個叛徒，而我竭盡全力勸他說，他為了自己的私心而去破壞林頓夫人那平

35. 英諺說「A worm will turn」，意思是如果壓迫過度，再軟弱的人也會反抗。這裡希斯克利夫是反過來用這句話。

靜的生活是不明智的。

「她神經已經不正常了，我敢說她經不起你這麼折騰了。不要固執了，先生，不然我就把你的計畫告訴我的主人，他會採取一些保衛措施的，以防那些心懷不軌的人進入他的家。」

「若是如此，我就要對你採取些措施了，老媽子！」希斯克利夫叫起來，「你暫時就別想離開這裡了，你說凱薩琳看見了我就受不住，那是胡說八道，我並不想嚇到她，至於你說她從來沒提過我的名字，也沒有人向她提到我，這些我都明白。她以為你們全是她丈夫的密探，時時刻刻在監視著她。啊，關於這一點我是完全相信的，她在你們中間就等於在地獄裡！她的感受只有我知道，你說她常常焦躁不安，這難道是平靜的證據嗎？你說她的心緒紊亂，她是那樣的孤獨，那是她身不由己啊！而那個沒有精神的、卑鄙的東西，還憑他所謂的責任和仁愛來伺候她！他與其在那膚淺的現實中使她恢復精力，還不如說正像把一棵橡樹種在一個花盆裡！我們馬上決定吧！你是要住在這兒，看我們大打一架，還是你要做像以前一樣的我的朋友，決定吧！如果你還是堅持你那頑固的個性的話，我也不會說什麼，而我不會再為這件事耽擱一分鐘了。」

唉，洛克伍德先生，不敢想像，我反覆拒絕了他很多次，可是到末了他還是逼得我同意了。我答應幫他去送信，如果她肯，等下一次林頓不在家的時候，我一定會讓他進來的，我不會在那兒，我也不會讓別人在那裡。

這到底是對是錯呢？我害怕我做錯了，雖然那只是權宜之計。我覺得我答應了，就可以免遭一場大禍，而且對凱薩琳的病可能還是轉機呢！我心裡久久不能夠平靜，我在回家的旅途上比我來時更悲傷些，我拿著那封信，在我能說服自己把信交到林頓夫人的手中之前，我是焦慮重重的。

可是肯尼士來啦，我要走了，並且告訴他你好了許多。我的故事是夠淒慘的，如果照這樣講下去的話，完全可以再消磨一個早晨。

淒慘，而且乏味！在這個善良的女主人走下樓時，我是這樣想的，這類故事，其實並不是我想用來解悶的。可是這又有什麼關係呢！我要從迪恩太太的苦藥草裡吸取有益的藥品。這一切對我來說太重要了，第一，我要小心凱薩琳眼神裡那怪異的魔力，如果我對那個年輕人動了心的話，我一定會得不到安寧的，那個女兒真是她母親的翻版啊！

chapter 15 監牢

一個星期又過去了，我更接近了健康和春天！我現在已經聽完了我鄰居的全部歷史，因為我可愛的管家總是能從她繁忙的生活中抽出一點時間來陪我。我要用她自己的話繼續講下去，只是要簡短了一些。總的說來，她算是一個講故事的高手了。

那天晚上，她說：就是我去山莊的那天晚上，我知道希斯克利夫就在某個角落裡，我好像看到了他。但是我不敢出去見他，因為我並沒有把他的信送出去，而且我也不願意被他恐嚇。我現在決定不拿出這封信，一直等到我的主人去了不知地方，因為我拿不準凱薩琳收到這封信會是什麼反應。但是結果是這封信三天後才到了她的手裡，第四天是星期日，因為全家人都去了教堂，我才敢把信拿到了她的屋子裡。

這時還有一個男僕和我一起看家，我們經常在做禮拜時把門鎖住，可是那天的天異常的好，我就把門都打開。而且，我知道他會來這裡，為了履行我的諾言，我就告訴另一個僕人去給女主人去買點橘子，他必須去村子裡買幾個，於是他走了，我就上了樓。

林頓夫人穿著一件寬大的白衣服，像往常一樣，坐在一個開著窗子的凹處，一條薄薄的肩帶在她身上披著，她那原本很厚的頭髮在她生病時就給剪短了些，現在她只是簡簡單單的梳梳，任其自然地垂下來。正像我向希斯克利夫說的一樣，她的外表是改變了，但是還是有一種超凡脫俗的美。她原先那雙爍爍有神的眼睛，現在變得帶著夢幻般的溫柔，而且總是瞅著遙遠的地方，對四周的一切都無視。還有她臉上的蒼白和那種憔悴的面貌，這一切在她恢復健康之後就全消失了，雖然很淒慘地暗示了原因，但是她變得更讓人憐愛了，這些現象對於任何看見她的人都必然認為她會好起來的，但是那些人是錯的，她分明是注定要凋謝了，像過了花季的花兒似的，那是注定的。

窗臺上有一本打開的書，不時地被微風掀動著書頁。我敢說那是林頓放在那兒的，因為她從來不想讀書，他得花上很長時間來讓她想起一些使她愉快的事物。她讀懂了他的用心，因此在她心情較好時，就聽從他做一切事情，只是不時地會壓抑一下她那無奈的嘆息。在其他時候，她就會突然轉向另一邊，然後用手掩著臉，或者甚至憤怒地把他推開，然後他就小心翼翼地不要再讓她煩惱，因為他真的不能再做些什麼了。

吉默頓的鐘還在響著，山谷裡還不時地傳來那優美的潺潺的流水聲。這美妙的聲音代替了還沒有到來的夏日樹葉的颯颯聲，而樹上結滿果子的時候，這聲音就會淹沒了山莊的那種音樂。在咆哮山莊附近，在風雪之後或是雨季的日子裡，這小溪總是這樣響著的。凱薩琳認真地傾聽著，也就是說，如果她在想著或傾聽著什麼的時候，那她所想的就是咆哮山莊！可是在她的臉上卻呈現出一種迷茫的眼神，這表明她的耳朵或眼睛簡直不能辨別任何外界的東西。

「這兒有你一封信，林頓夫人，」我說，輕輕地把信塞到她那垂下的手裡。「你必須馬上看它，還有人在等著回信呢，我幫你打開吧？」

「好吧。」她回答，這並沒有使她的眼光跑一會兒神兒。

「現在可以了，」我接著說：「看吧。」

她縮回她的手，只見信掉到了地上。我又把它重新放到她的懷裡，站在一旁等待著她想去看它的時候。可是她總是不動，我終於忍不住說：「我幫你念好嗎，太太？這封信是從希斯克利夫那裡收到的。」

她先是一驚，繼而露出痛苦的表情，這是由於痛苦所造成的，她努力使自己鎮靜下來。她拿起信，好像正在讀它，可是當她看到簽名時，她又嘆了一口氣，我發現她應該沒有明白信裡的內容，因為我急著要聽她的回信，她卻用一種充滿疑惑的眼神指著署名。

「唉，他非常想再見你一面，」我說，我感覺她需要一個人給她做出解釋，「他現在就在外邊的花園裡，他很迫切地想知道我會給他帶回什麼樣的回信。」

在我說話的時候，我看到地下的那條狗豎起了牠的大耳朵，彷彿正要吠叫，但是後來卻把耳朵垂了下來，尾巴搖了搖表示有人來了，而且牠不認為進來的這個是陌生人。

林頓夫人向前探身，好奇地期待著。大約過了一分鐘，有腳步的聲音走過大廳，這開著門的房子對於希斯克利夫來說是太具有誘惑了，他竟然走了進來，他大概認為我會言而無信，就決心隨心所欲地大膽行事了。

這時候，凱薩琳帶著緊張的熱切神情，眼睛一動不動地盯著她臥房的門口。他並沒有準確地找到我們在哪間屋子，她要我過去迎接他，可是還沒等我走出去，他已經找到了，並且快步走到她身旁，一下子把她摟在自己懷裡了。

時間就那樣靜止了五分鐘，他沒說話，也沒放鬆他的擁抱，在這段時間，他不停地吻她，我敢說這是他這輩子吻她最多的一次，但是我清清楚楚地看見是我的女主人先吻的他，他由於沉痛的悲痛，他簡直不敢正對她的臉，在見到之後他就確信了，她沒有任何復原的希望了，她命中註定，她就要永遠離開了。

「啊，凱薩琳！啊，我的心肝！我怎麼能夠接受這一切呢？」這是他說出的第一句話，帶著失望的語氣說的，而現在他只能這麼熱切地盯著她，他的凝視是那樣的深情。但是那對漆黑的眼睛裡充滿了痛苦，並沒化作淚水。

「現在還能做什麼呢？」凱薩琳說，她突然陰沉下了臉來回答他的凝望，她的性子就像風中的帆似的難以控制。「如今你和埃德加把我的心都弄碎了，希斯克利夫！你們都為了那件事來看我，好像你們才是應該被憐憫的人，我不會憐憫你的，我不會。你已經害了我，我想你現在正洋洋自得呢。你多強壯呀！我死後，你還會活很多年的。」

希斯克利夫本來是用一條腿跪下來摟著她的，但是聽到她的話，他想站起來，可是她抓著他的頭髮，不讓他站起來。

「我現在只想牢牢地抓住你，」她辛酸地接著說：「一直到我們兩個都死掉！我不想要知道你都做些什麼事，我才不會去理會你的痛苦。為什麼你不會像我這樣受苦，你會忘掉我嗎？當我埋到地下的時候，你會高興嗎？二十年以後你可能會說：『那是凱薩琳•恩肖的墳。她是我愛過的人，而且失去她我很痛苦，但是一切都過去了。那以後我又愛過好多人，我感到很幸福，因為我有一些比她更親的孩子，而且，即使到了我該死的時候，我也不會為感覺離她更近而高興，我會很難過，因為我要離開我的那些孩子們了。』你會不會這麼說呢，希斯克利夫？」

「不要再折磨我了，像你一樣的發瘋。」他一邊大聲喊叫，一邊扭開他的頭，而且咬牙切齒。

在一個局外人看來，真不敢想像，這兩個人構成了一幅奇怪而又恐怖的畫面。現在在她的臉上，那白白的雙頰，沒有血色的唇，以及閃爍的眼睛，滿臉都充滿了怨恨，在她的手心裡還有一根剛剛抓掉的他的頭髮。至於她的同伴，他一邊勉強的支撐住自己，一邊抓著凱薩琳的胳膊，她本來是需要溫存的，但這些顯然與他不相配，在他鬆手時，我看見在他那沒有一絲血色的皮膚上竟然留有紫色的抓痕。

「你是不是被鬼神附身了？」他凶暴地追問著：「你都是要死的人了，怎麼還會說出這樣的話呢？你想沒想過這些話會刻在我的腦海裡的，而且是在你丟下我之後，將要永遠地腐蝕著我，你知道我害死你的這些話不是真的，而且，你知道我只要活著就不會把你給忘了，當你得到安息的時候，而我卻要在世上受著地獄般的煎熬，難道這還不夠讓你那狠毒的自私心得到一絲的滿足嗎？」

「我不會得到安息的！」凱薩琳哀哭著，看起來她的身體非常的虛弱，因為在這場過度的激動的情況下，她的心比以前跳得更劇烈了。她簡直說不出話來了，直到這陣激動勁過去了，她的情緒才稍微有點好轉。

「我不願意看到你比我承受更多的痛苦，希斯克利夫。我希望我們永遠不會分離，而且如果我有什麼話會讓你今後難過的話，想想我不在的時候也同樣的難過，看在我自己的份上，饒恕我吧！你可是從來就不會傷害我的。是啊！如果你對我生了氣，你今後要想起你對我的憤怒要比我的激動還要糟糕！你不願意再過來了嗎？來呀。」

希斯克利夫走到她椅子背後，向前探身，卻沒有讓她看到他那青得發紫的臉。她回過頭望他，可是他不想讓她看到，他突然轉過身軀，站在火爐旁，沉默著，沒有朝向我們。

林頓夫人對他充滿了疑惑的目光，他的每一個動作都能讓她陷入沉思，在一陣沉默和長久的凝視之後，她竟然開始說話了，帶著憤慨的失望聲調對我說：

「啊，你瞧，奈麗，他一點也不願意為我發他那慈悲之心，讓我在墳墓外多待一會兒。好吧，沒關係。他不是我愛著的希斯克利夫，我要愛我的那個，我要帶著他跟我一起去，他在我的靈魂裡。而且，」她想了一下又說：「使我感到厭煩的終究要歸於這個監牢[36]，我簡直不能夠忍受了，我不願意再關在這裡了。我多想回到那個輝煌的世界，永遠在那兒，不是淚眼模糊地看到它，不是在痛苦中渴望著它，而是真的跟它在一起，永遠在一起。奈麗，你認為你們比我好些，幸運些，你為我難過，但是過不了多久就會改變的，我反而要為你們感到難過，因為我將要無可比擬地超越你們，在你們所有人的上面。我簡直不敢相信他竟然不肯靠近我。」

她自言自語地往下說：「我以為他是非常樂意的，希斯克利夫，親愛的！現在你不應該不高興，到我這兒來呀，希斯克利夫。」

她激動地站起來，身子靠在椅子上。

36. 指肉體。西方通常稱肉體為靈魂的監牢。

聽到了那真摯的請求，他轉身向她，簡直顧不得任何的形象了。

他睜大了一雙漆黑的眼睛，裡面充滿了淚珠，終於猛地向她一閃，心臟激動得上下起伏著。轉瞬之間，我簡直沒能看清楚他們是怎樣到一起的，只見凱薩琳向前一躍，他們就緊緊地擁抱在了一起，我想我的女主人絕不會被活著放開了，實際上在我看來，她是那麼的虛弱，好像不經意就會被招了去似的。只見她撲騰倒在最近的一把椅子上，我趕忙走上前看看她是不是昏迷了，沒想到他竟然對我表現出了十足的厭惡，帶著貪婪的嫉妒神色把她抱緊。我不認為他和我是同類的動物，因為即使我跟他說話，他也無動於衷，因此我只好非常惶惑地站開，也不敢再說話了。

只見這時，凱薩琳身體動了一下，我這才放下了我那顆懸著的心，她伸出手摟住他的脖子，他也抱住她，她把臉緊貼著他的臉，他給了她數不清的瘋狂的愛撫，又胡言亂語地說著：

「你現在才使我明白你是那麼的殘酷，你為什麼瞧不起我呢？你為什麼自欺欺人呢，凱薩琳？這是你應得的，我不會同情你的，你害死了你自己。是的，你可以親吻我，也可以大聲痛哭，並且得到我的吻和眼淚，我的吻和眼淚要詛咒你，你愛過我，但你為什麼又要離開我呢？你究竟有什麼權利？快回答我，難道是因為林頓那可憐的憐憫之情，還是因為悲慘、恥辱和死亡，以及上天或是魔鬼所能給予的一切痛苦都不能把我們兩個人分開，而你，卻出於自己的心意，毫不猶豫地那樣做了。我沒有弄碎你的心，那是你自己造成的，而在弄碎它的時候，我的心也跟著碎了。難道就因為我強壯，就要承受更多的痛苦嗎？那我還要活嗎？那將是什麼活法呢，當你，啊，上帝！你願意帶著你的靈魂留在墳墓裡嗎？」

「離開我吧，離開我吧，」凱薩琳抽泣著。「如果我做錯了，我就要為此而付出代價。夠啦！

你不要得理不饒人了，你也丟棄過我的，可我並不責備你！我饒恕你了，你也饒恕我吧！」

「看看這對眼睛，摸摸這雙消瘦的手，讓我做到寬恕是非常難的。」他回答。「再親親我吧，但是別用你的眼神看著我，我饒恕你對我做過的事。我愛害了我的人，可是把你害成這樣的人，我又怎麼能夠饒恕他呢？」

他們沉默著臉緊貼著，任憑眼淚從他們的臉頰滑落。至少，我想兩個人都在哭泣，在這樣一個不同尋常的場合中，真不敢相信，就連希斯克利夫也會哭泣。

我越來越感到不安了，因為下午過去得很快，我打發出去的人已經回來了，而且我從照在山谷的夕陽下也能看出吉默頓堂門外已有一大堆人湧出了，我想是他們回來了。

「做完禮拜了，他們要回來了，」我宣布。「我家主人應該在半個小時內就能趕回來了。」

沒想到，希斯克利夫哼出一聲咒罵，他把凱薩琳抱得更緊，她一動也不動。

不一會兒，我看見一群僕人走過了大路，他們正向那廚房走去。而且林頓先生就在其中，他自己慢慢地打開大門，走了過來。

「現在他真的回來了，」我大叫。「求求你，看在上帝的份上，趕快走吧！你不會在前面的樓梯上遇見什麼人的。快點吧，你先待在樹林裡，等他進來了你再離開。」

「我必須要走了，凱茜，」希斯克利夫說，想從凱薩琳那個胳膊裡掙脫出來。「我保證只要我還活著，在你睡覺以前，我還會來看你的，我不會離開你太遠的。」

「不，你不能走。」她回答，她用盡了一切力量拽住了他。「我告訴你，你不會離開我的。」

「就一會兒，一會兒我就會回來的。」他熱誠地懇求著。

「不要，我不要你走，一分鐘也不行。」她回答。

「我真的得走了，親愛的，因為林頓馬上就要進來了。」這受驚的闖入者堅持著。

他站起來試圖想掰開她的手指，但她緊緊地摟住，喘著氣，她的臉上露出了瘋狂的想法。

「不，不要，」她尖叫。「啊，別，別走，這是最後一次了！埃德加不會傷害我們的，希斯克利夫，我要死啦！我馬上就要死了。」

「該死的混蛋！這麼快他就來了，」希斯克利夫喊道，倒在他的椅子上。「別吵，親愛的！別吵，凱薩琳！我答應你我不走了。要是他真的想殺了我的話，我咽氣的時候也會感謝上帝。」

接著，他們又緊緊地抱在了一起，生怕被人拆開了似的。這時，我聽見我的主人上樓了，我嚇得腦門直冒冷汗。

「你這麼清醒，你就聽她的胡言亂語嗎？」我激動地說：「她神志喪失，不能自主，你打算徹底毀了她嗎？起來！你可以馬上離開這裡的。這是你所做過的最惡毒的事，我們每一個人都會被你親手給毀了的。」

我不知所措地大叫，林頓先生一聽聲音，便加快了腳步，在我非常著急的時候，我看見凱薩琳的胳臂鬆落下來，她的頭也垂下來了。

「她昏迷了或是死了，」我想，「要是死了更好，與其這麼痛苦的活著，成為周圍人的負擔，那還不如讓她死了的好，對每個人都好。」

只見埃德加臉色發白的衝向這位來客，這是因為驚愕而引起的。對於他想幹什麼，我也一頭霧水。可是，另外一個人把那彷彿沒有生命的東西往他懷裡一放，立刻停止了所有的示威行動。

「瞧吧。」他說：「除非你是一個惡魔，不然就去救救她吧，然後再來跟我說話。」

林頓先生走到客廳坐了下來，林頓先生召喚了我，我們費了好大的勁，用了各種辦法，才使她醒過來，可是她精神完全錯亂，她又是嘆氣又是呻吟，誰都不認識了。

埃德加為她急得坐立不安，甚至忘記了她那可恨的朋友，但我可沒有忘，我一找到機會就勸他離開，同時告訴他，凱薩琳已經好多了，並且告訴他，我明天會向他彙報今夜的情況。

「我可以答應你離開這裡，」他回答，「但是我要待在花園裡，奈麗，記著明天你要遵守諾言。記住！不然我還要來，不管林頓在不在家。」

他急忙向臥室裡撇去一眼，待他斷定了這一切是真的之後，他才離開這所房子。

chapter 16
玉殞

那天晚上十二點左右的時候，你看到的那個小凱薩琳出生了，僅僅懷了七個月的嬰兒，小嬰兒出生後兩個小時，母親就離她而去了，走的時候，神智沒有恢復一點正常，不知道希斯克利夫離去，也認不得埃德加。埃德加由於喪妻的悲痛而變得失魂落魄，不禁讓人有種心疼的感覺，從日後的影響看得出他這場悲痛有多麼深。

在我看來，那裡還有一個新的煩惱在等待著他，就是他沒有一個男繼承人。我注視著這個嬰兒想著這件事，我心裡罵著老林頓，因為他（這也不過是由於天生的偏愛而已）規定把他的財產傳給他自己的女兒，而不是給他兒子的女兒。這個可憐的嬰兒還真不受到人們的歡迎，她在生下來的頭幾個鐘頭裡就死命哭斷了氣，不過誰也沒有在意。後來我們補償了這個疏忽！但是她出世時的母親的離去，就決定了她的命運。

第二天，外面晴和爽朗，那陽光透過窗子照進了那間屋子，一道悅目而柔和的光亮映照在臥榻和睡在上面的人的身上。只見雙眼緊閉的埃德加・林頓的頭靠在枕頭上，如同死去一般，靠在那裡一動不動，可是他的臉是極端悲痛之後的安靜，她的確得到了寧靜，她的容貌是柔和的，只見眼瞼緊閉著，嘴唇帶著微笑的表情，那是自發的美，就算是天上的天使也不及她的萬分之一。我也被她安眠中的永恆恬靜所感染，我不自覺地模仿她在幾小時前說出的話，仍然是那樣的歷歷在目。

「無可比擬地超越我們，她確實是在我們所有的人之上！無論她在人間還是在天堂，她的靈魂如今都是與上帝同在了！」

我不知道這是不是我的內心感受，但是當我守靈時，除非有人和我一起感到悲痛，否則我是很難不快樂的。我看到一種連上帝和魔鬼都無法破壞的寧靜，我感到今後將會有一種無窮無盡的永恆，生命無限延，愛情無限和諧，歡樂無限充溢。在那時候，我發現林頓先生對他妻子的離去感到惋惜時，我甚至覺得就是在他這種愛情中也存在著某種自私的成分！的確，人們完全可以這樣說，在她度過了任性的、急躁的一生後，她是否具有資格享受那寧靜的安息之地。人們在不斷冷靜思考的時候可能會這樣想，可是，在她的靈前卻不能那樣做。

她依舊保持著自己的寧靜，彷彿對以前和她同住的人給予同樣的寧靜。

「先生，我很想知道，您相信這樣的一個人會在那邊得到快樂嗎？」

我不會回答她的問題，這問題使我覺得有點不安的感覺。

她接下去說：「回想凱薩琳・林頓一生的歷程，恐怕我們都不能說她是幸福的，不過我們還是把她交給她的造物者吧。」

主人看來是睡著了。

日出不久，我大膽的偷偷溜了出去，呼吸一些新鮮的空氣。僕人們竟以為我是要擺脫那守靈之後的不安。其實，我的目的是去見希斯克利夫。如果他整夜都待在落葉松的樹林中，他可不會聽到任何的風吹草動，除非，也許他會聽到送信人到吉默頓去的馬蹄疾馳聲。如果他走近些，大概會看得出來，從閃爍的燈光，知道裡面發生了什麼事情。我想去告訴他但是我又害怕見到他。我覺得我需要把這個不好的消息快點告訴他，可是又不知道該怎麼告訴他。

他在離我僅僅有幾碼遠的地方，他靠著一棵老楊樹，他沒戴帽子，他的頭髮被那將要開放的花朵上的露水淋得濕漉漉的，而且還在他周圍淅瀝淅瀝地滴著。我想他一定保持了這種姿勢很長時間了，因為我看見那裡有一對離他不到三米的鷗狸，跳過來跳過去，忙著築牠們的巢，而把他當成了一塊大木頭。

我一走過去，牠們便飛走了，他抬起眼睛，說話了：「她死了！永遠地離開了，」他說：「不用你來假惺惺地告訴我，我早就知道了，你們都該死！她才不會在乎你們的眼淚呢！」

我哭，不僅為她也為他，我們有時候會憐憫一些對自己和別人都沒有感情的人。我乍一看到他的臉，就感覺他已經知道了她死訊的消息，我忽然愚蠢地想到看來他的心是鎮定下來了，因為他在祈禱，他緊閉的嘴唇打著顫，雙目凝視的土地。

「是的，她死了！」我回答，我擦乾我充滿了淚痕的臉。「我希望她是上了天堂，如果我們能夠接受警告改邪歸正，我相信每一個人都可以進入天堂。」

「那麼她是因為得到了警告嗎？」希斯克利夫問，試圖譏笑一下。「她像個信徒一樣的死去了，來，把實際的情況告訴我，到底？」

他很想說出那個名字，但是沒有說出來，他閉著嘴唇和痛苦進行著爭鬥，同時又以毫不畏縮的凶狠的目光蔑視我的同情。

「她究竟是怎麼死的？」

終於，他又開口了說話，雖然他很堅強，但還是不得不找一個可以供他依靠的地方，因為，在這場鬥爭之後，他不能夠控制自己的一切行動。

「真是可憐的人啊！」我想，「原來你和別人一樣有著那良心啊，但你為什麼一定要把這些隱藏起來呢？你的一切都欺騙不了上帝，你引得上帝要把你的心和神經扭過來。」

「像羔羊一樣地安靜！」我高聲回答。「她嘆了口氣，像個孩子似的把身體挺直，隨後又沉入睡眠，五分鐘後，我能感覺到她的心臟微弱的跳動了幾下，接著就什麼都沒有了。」

「她難道就沒有提到過我嗎？」他對於這個問題沒有絲毫的把握，好像是唯恐對他所提的這個問題的答覆，會得到讓他不滿意的結果。

「她沒有恢復她的神智，從你離開她那時候起，她就誰也不認得了！」我說：「她臉上帶著甜蜜的微笑躺在那裡，她臨終時候回憶到快樂的童年時光。她的生命是在一個溫柔的夢裡終止的，願她在另一個世界裡也能夠溫柔的醒來。」

「不，希望她在苦痛中醒來！」他跺著腳，可怕地喊著，「唉，她臨死都不能是一個正常的人呀！她不在天堂，她在哪裡？啊！你說過不管我的痛苦！只要我還活著，你永遠就得不到安息，你說我害了你，那麼你就像鬼魂一樣的纏著我吧！我相信世上是有鬼魂存在的。那就永遠跟著我，把我逼瘋吧！只要別把我一個人放在那個深淵中，在那裡我找不到你啊！啊，上帝！這真是沒辦法啊，沒有我的命根子，我根本活不下去啊，沒有我的靈魂，我不能活下去啊！」

他把頭對著那粗大的樹幹上撞，看他那漆黑的雙眼，簡直就不像個人，好像是一頭快要被刺死的野獸一般。

樹皮上留下了好幾塊的血跡，他的手和前額都沾滿了血，我敢說這些情景已經不止一次出現了。這雖然沒有激起我的同情，但卻讓我充滿了恐懼，但我還是不願就這麼離開他。然而，他清醒過來發現我正望著他，就怒吼著叫我離開，我服從了。因為我知道我可沒有讓他能夠安靜下來的本事。

林頓夫人的安葬定於她死後那個星期五舉行。

在出殯之前，她的棺木一直是打開著的，上邊撒著鮮花香葉，一直停放在大廳裡。林頓像個忠實的守衛者日日夜夜地守護著她，而這時，希斯克利夫夜夜在外面度過，至少，也是一個忠誠的保衛者，這些沒有人知道。

我沒有跟他聯繫，不過我想，如果可能，他會想盡一切辦法的，時間到了星期三，天黑了沒多久，我的主人因為極度的疲勞，去休息了一兩個鐘頭，我打開窗戶的時候看到了他，我被他的堅韌不拔感動了，便決定再給他一個機會，讓他給她做最後的告別。

他沒有錯過這個機會，沒有發出一點的聲音，任何人都不知道他曾經來過。真的，要不是死人臉上的蓋布有點亂，地板上留有一小縷淡色的頭髮，我竟然都不會相信他來過。那頭髮是用一根銀線紮著的，我斷定是從凱薩琳脖子上戴著的一個小金盒裡拿出來的。希斯克利夫把這小裝飾品打開了，把他自己的頭髮裝了進去，裡邊還有一束凱薩琳的頭髮。我把這兩綹頭髮擰成一股，把它們全都放了進去。

恩肖先生受邀來參加這個葬禮，當然他沒有任何推脫的理由，但他最後也沒有來。因此，除了她丈夫之外，送殯的全是佃戶和僕人，伊莎貝拉竟沒受到邀請。

村裡人都感到很奇怪，凱薩琳不僅沒有埋葬在林頓家族的墓碑下，而且也沒有埋葬在她自己的家人旁邊，而是埋在墓園一角的青草坡上。那裡有很矮的圍牆，以致那些帶花的長青灌木叢和覆盆子之類的東西都從曠野那邊爬過來，幾乎要覆蓋了這個小山丘。如今她的丈夫也葬在了這樣的一個地方，他們各自的墳前都豎立著一塊簡單的石碑，它們的腳下也各有一塊沒有雕刻的灰石，僅僅作為墳墓的標誌。

chapter 17 反客為主

星期五那天是我們這個月最晴朗的日子了，可是到了晚上天氣就發生了變化，南來的風變成了東北風，天氣冷颼颼的，先漂來了雨水，跟著就是霜和雪。

第二天早上，人們都不敢想像那夏天一直持續，櫻草和番紅花躲藏在積雪下面，百靈鳥也安靜了下來，幼樹的嫩芽也被打得發黑。一切都是那麼的淒涼，我的主人整天把自己關在屋子裡不出來，我就佔據了這個冷冷清清的客廳，它是我的天地了，我就把它布置成一間育嬰室，我就把那正在哇哇哭的嬰兒抱到我的膝蓋上，一邊搖晃，一邊瞅著外邊那漫天飛舞的雪花，只見窗臺上的雪越積越厚。

這時門開了，進來了一個又喘又笑的人，當時我的氣憤超過了我的吃驚，我以為是個女僕，就喊：「好啦！你怎麼敢在這裡放肆，林頓先生若是聽見你這樣放肆，他會把你怎麼樣呢？」

「請寬恕我吧！求求你了，」一個熟悉的聲音回答：「我知道現在埃德加不在這裡，我管不了我自己。」這個人一邊說話一邊走近了我，大口喘息著。

「我從咆哮山莊一路跑來的！不敢稍有怠慢，」停了一會兒，她接著說：「不要感覺那麼吃驚，我不知跌倒了多少次。啊，我現在渾身都痛，你也不用著急，等我想解釋的時候自然就會解釋的！求求你做做好事，把我送到吉默頓去，再叫傭人到我的房間去找幾件衣服吧。」

闖入者是希斯克利夫夫人，她那種狀態真的讓人不解，她那給雨雪打濕的頭髮還在滴著水，她身上穿的還是以前的那身衣服，不符合她的年齡，也不符合她的身分，短袖的露胸上衣，什麼飾品也沒帶。身上也被淋濕了，腳上穿的只是一雙單薄的拖鞋，此外，一隻耳朵下面還有一道深深的傷痕，或許是因為天氣的寒冷才能止住她的血不往外流，一張白淨的面龐顯然有著被打過的痕跡，一個累得都難以支撐的身軀，你可以想像，等我定下心來看了她好久，也減少我剛才的擔心。

「我親愛的小姐，」我叫道：「我不會聽你的，我哪裡也不會去，除非你把身上的衣服全都脫下來，換上乾的衣服，你今晚不能去吉默頓，所以也用不著馬車。」

「我必須得去，」她說：「不管怎麼去那裡，我想我至少應該穿得體面些，而且啊，現在瞧瞧從我脖子裡流淌下來的血吧，一烤火，就痛得火辣辣的了。」

她堅持要我按她說的做，然後才允許我碰她，直到我如她所願給她準備好了一切之後，她才讓我給她包紮傷口，幫她換衣服。

「現在，艾倫，」她說：「你把凱薩琳的小孩放在一邊，過來坐到我身邊，我可不喜歡她！你不要認為我剛進來時所表現出的無禮態度，就認為我一點也不在乎、不心痛凱薩琳，那你就誤會我了，我很傷心，而且我比任何人都有理由哭得更傷心一些。我不能夠原諒我自己，直到她離開我都沒來再見上她一面。可是，儘管這樣，我還是不能同情那個人，他簡直就是個畜生啊！啊，把火鉗給我，這是最後一件他的東西了！」

她從中指上脫下那只金戒指，狠狠地丟在地板上。

「我要把它們全部毀掉！」她接著說，一邊用孩子的那種洩憤方式敲打著，「我還要把它燒了！」她把這個被砸碎的東西隨手往爐火裡一扔。

「啊！他要是想把我抓回去，就不得不再買一個了。我可不敢待在家裡，不知道他會做出什麼事情來，況且，埃德加現在也不友好，不是嗎？我既不想要他幫助，也不願意給他帶來更多的煩惱。我只是想要在這裡躲一下，因為我聽說他不在這裡才敢來這裡的，不然的話，我還就會待在廚房，洗洗臉，暖和暖和，等著你給我送來我想要的那個東西，再打算離開，去一個任何人都找不到我的地方，若是他捉到我，他可得火冒三丈！可惜恩肖在力氣上不是他的對手，如果不被我親眼瞧見我才不會就這樣跑掉呢！」

「好，小姐！不要著急，」我打斷她說：「你這樣會在把傷口弄開的，那傷口又要流血了。休息一下喝點茶吧，在這個房子裡，你的笑容是不合適的。」

「這倒真是一句實話，」她回答。「看看那個一直在哭的孩子吧，把她抱開，讓我能安靜一分鐘嗎？我不會在這裡很長時間的。」

我拉了拉鈴，把小嬰孩交給了一個僕人，然後我就問她究竟發生了什麼事，把自己弄得這麼狼狽，而且，如果她不打算跟我們一起住，那她又打算到哪兒去。

「我當然很願意留在這裡，這裡曾經也是我的家，」她回答，「不僅可以好好陪著埃德加，而且還可以照看著那嬰兒，但是現在田莊才是我真正的家。他說過他不會饒了我的，我斷定他非常憎恨我，而且已經到了這種程度，一提起我，他就十分煩惱，我發現當我走近他時，他的臉上就露出了憎惡的表情。這就足以使我相信，如果一去不回了，他一定不會花費精力去找我的，所以我一定要離開他，我不想要受他的驅使了，我真的希望他能永遠地消失，他已經成功地熄滅了我的愛情，所以我很安心。我記得我曾經是如何如何的愛他，即使他寵愛過我，他那惡毒的狐狸尾巴也會露出來。凱薩琳完全瞭解他，但卻有一種奇怪的想法，居然把他看得那樣寶貝。但願他不再出現在我的記憶裡以及這個人世！」

「別說啦，別說啦！他畢竟還是個人啊，」我說：「我們要有善心，並且這世界上還有比他更壞的人啊！」

「他簡直就不是人，」她反駁：「我把我的心心甘情願地交給他，他竟把它捏碎了再還給我。人都是有了心才有感覺的，艾倫，既然是他先對不起我的，我又何必對他同情呢？而且哪怕從今起會為凱薩琳哭出血來，一直到他的死，我也不會同情他，那是他自作自受。」

說到這兒，伊莎貝拉開始哭起來，可是，馬上就擦掉了那眼睛裡將要流出的淚珠，又開始說：「你問我，我為什麼會這麼做是嗎？我是不得已這麼做的。我把他弄得已經失去了理智，而要進行暴力殺害了。我一想到能夠激怒他，我就感覺無比的快樂，這種感覺喚醒了我生存的本能，所以我就順順當當地逃跑了，如果我再落在他的手裡，我就不會像現在這樣站在這裡了。」

「昨天，你知道，恩肖先生本該來送殯的，他本來還做了充足的準備呢，沒有像往常那樣六點鐘才瘋瘋癲癲地上床，十二點才醉醺醺地起來。當天他沒有賴床，他起得很早，不過情緒十分不好，像是想去自殺，他想這樣去教堂不是明智之舉，所以他哪兒也沒去，只是在那裡大口大口地喝著白蘭地。

「希斯克利夫，一提到這個名字我就經不住打顫，他從上個星期日一直到今天就沒怎麼進過這個家門。是天使還是地獄裡他的同類[37]養活他，我也不知道，他也有一個星期都沒有和我們一起吃過飯了。他回家時天都亮了，然後就上樓鑽到他的臥房裡去了，他把自己鎖在裡頭，好像有人會去看他似的，他獨自一人待著，祈禱著，不過他所祈求的神明僅僅是沒有知覺的灰塵和屍骸而已，而他所祈求的上帝，也和他那死去的父親混在一起，做一些禱告，直到他喉嚨嘶啞喉頭噎住，他才想著要離開，總是徑直到田莊來！我奇怪埃德加怎麼不讓警察來把他抓起來，至於我，雖然我為凱薩琳難過，可是這些日子總算擺脫了那種卑劣的欺凌，我該感到幸運哦。

「我身體恢復了體力，可以去聽約瑟夫的說教了，而且也不用像以前那樣偷偷摸摸地走來走去。你可不要認為因為約瑟夫的話會再把我弄哭了，可是他和哈里頓確實令人厭煩。我寧可坐著聽著欣德利那可怕的言語，因為不願跟這個『小主人』和他那所謂可靠的助手在一起好！在家的時候，我往往躲到廚房裡，在那久不居人的地方挨餓，他不在家時，像這個星期一樣，我在大廳爐火旁擺上了一張椅子和桌子，我不管恩肖先生在幹什麼，他也不會在意我在做什麼。如果沒人惹他，他比往常安靜得多了。約瑟夫說他好像換了一個人似的，說是上帝改變了他，他走了好運，『像受過火的鍛煉一樣』[38]。我也看出了這種轉變，覺得十分詫異，可是與我無關。

「昨天晚上，我坐在那個牆角讀書，一直讀到十二點。外面大雪紛飛，這時我的思緒一下子飛到了墓園和那新修的墳上，我的眼睛簡直不敢從我面前的書本中抬起來，只見那副憂鬱的畫面

37. 指魔鬼。
38.《聖經・舊約・哥林多前書》第三章第十五節，指雖然得救卻飽受磨難之意。

突然出現在了我的眼前。欣德利雙手托著頭坐在對面，或者也在冥想著同一件事。他雖然已不再喝酒了，但那比失去理智更可怕，只見他兩三個鐘頭都一動也不動，也不說話。屋子內外一點動靜都沒有，只有不時吹起的風聲，煤塊的輕輕爆裂聲，以及用剪子發出的嘎吱嘎吱的聲音，哈里頓和約瑟夫大概都上床睡著了，因為周圍一片淒涼，我一面看書，一面嘆息著，因為我感覺這世界上的快樂消失了，而且永遠不會回來了。

「終於這種沉寂被一陣敲門聲所打斷了，希斯克利夫守夜回來了，他比平常更早了一些，我猜，是由於這場突來的風雪的緣故。那個門是閂住的，他從另外一扇門進來的。我站起來，自己也覺得有一種壓抑不住的表情要湧出來。

「『我要他在外面待上五分鐘，』他叫著：『你感覺如何呢？』

「『我沒有任何的意見，你想怎麼做都可以，』我回答。『就這樣做吧！把鑰匙插在鑰匙洞裡，拉上門閂。』

「恩肖在那個魔鬼還沒有走近前就完成了那個動作，然後他過來，把他的椅子搬到我桌子對面，他眼睛裡充滿了憤怒的火花，也想從我眼裡尋求同情。他看起來就像個殺人凶手，他不知道我眼神裡是否有那種同情，但是他發現這也足以鼓勵他開腔了。

「『你和我，』他說：『那裡有一大筆賬在等著我們，如果我們不是膽小鬼，我們可以考慮聯起手來，你難道想像你哥哥那樣軟弱無能嗎？你甘願忍氣吞聲，不想報仇嗎？』

「『我不想再忍受下去了，』我回答：『我喜歡一種不會牽涉到我自己利益的報仇，但是陰謀和暴力是兩把尖尖的矛，它們對我們自己也有害，甚至比我們的敵人更大。』

「『這是以其人之道還治其人之身，』欣德利叫道：『希斯克利夫夫人，我沒要求你做什麼，你只管坐在那裡就好。現在告訴我，你能不能做到？我擔保你會親眼看到那惡魔生命的終結，你也會像我一樣的快樂。他會害死你的，除非你先下手，他也會毀了我。你聽他的敲門聲，好像他就是這裡的主人一樣！你答應我不要出聲，你很快就會是個自由的女人了。』

「他正想拿出他的武器，正想吹蠟燭。但是我把蠟燭奪過來，抓住他的胳膊。

「『我不能再保持沉默了！』我說：『你千萬不要那樣做，僅僅這樣就好，我們誰也不要出聲。』

「『不！我已經決定了，沒有人能夠阻止我，我必須要這樣做！』這個不顧死活的東西喊著：『不管你自己怎麼樣，這對你來說都不是壞事，而且也能為林頓出氣，我根本用不著你的幫助，凱薩琳已經死去了。在世上的每一個人都會為我感到惋惜，即使這時割斷我的喉嚨，是該做個了結的時候了。』

「我還不如跟隻熊搏鬥，簡直是對牛彈琴。我唯一的方法，就是警告那個他所策劃的將要犧牲的人。

「『今天夜裡你最好不要來這裡了，』我叫著：『如果你不聽我的話的話，恩肖先生就會把你殺了的。』

「『你還是給我把門打開吧！』他回答，他竟然用一種很文雅的稱呼來叫我。

「『你不要指望我了，我不會那麼做的，我反唇相譏。進來挨槍崩吧，如果你願意的話，我該做的我已經做了。』

「說完，我就關上窗戶。恩肖先生看到，就把我咒罵了一頓，硬說我還在愛那個流氓，真是鬼迷了心竅，而我，在我的心裡（良心從來沒有責備過我）卻在想，如果希斯克利夫使他脫離了苦難，那麼對他而言沒什麼壞處，而如果他把希斯克利夫送到他應去的地方，對於我又是何等福氣啊！正當我在胡思亂想的時候，我背後的窗戶一下子掉了下來，只見希斯克利夫卻在那裡張望著。

「由於窗子欄桿太密了，他的肩膀擠不進來。我微笑著，感覺自己不會受到他的威脅。他的頭髮和衣服已經被雪給染白了，他那鋒利的牙齒，因為寒冷和憤怒而齜露著，在黑暗中閃閃發光。

「『伊莎貝拉，快讓我進去，不然我會對你不客氣的。』他就像約瑟夫所說的『獰笑』著。

「『我可不願意去殺人，』我回答。『欣德利先生拿著一把刀和實彈手槍站在那兒守著呢。』

「『讓我躲過他。』他說。

「『欣德利會比我快速的，』我回答，『真沒想到，你的愛情竟然會這麼可憐，夏天月亮照著的時候，你還不會構成我們的威脅，可是冬天的大風一刮回來，你可得好自為之了，希斯克利夫，如果我是你，我就躺在她的墳前隨她死去。現在這個世界上也沒有什麼值得你留戀的了吧，是吧？你曾經給我這樣一個印象，凱薩琳是你生命裡全部的歡樂，我不能相信在你失去她之後還能夠苟活在這個世上。』

「『他在那兒，是吧？』我的同伴大叫，衝向窗前。『如果我能把我的胳膊伸得更長一些，我就可以盡情地揍他了。』

「我恐怕，艾倫，你會以為我是一個惡毒的女人，可是你不瞭解全部事實，所以不要妄下斷言。即使有人要謀害他的性命，我也絕不會參與其中的。我當然希望他能夠死去，因此當他撲到恩肖的武器上時，從他手裡搶了過來，我就感覺很失望，一想到我剛才嘲弄他的話，我都嚇壞了。

「槍響了，刀收了回去，正切著槍主的手腕。這時希斯克利夫使勁往回一拉，把肉割開一條長口子，隨後他就把那滴著血的武器收到了自己的懷裡。然後他用石頭敲破了那窗框，就跳進來了。這時他的敵人已經疼痛到了極限了，鮮血流淌了一地，一下子倒在地上失去了知覺。那個惡棍使勁地折磨他，同時一隻手還抓住我，避免我出去喊人來幫忙。他使勁地控制著自己的意志，才使他逃過了一劫，不過他自己也力氣大減，最後只好罷手了。他把埃德加的袖子撕下來用來包紮傷口，在進行包紮時，他那粗暴的態度，就跟剛才踢他時一樣地狠毒。這時，我才得到了自由，就趕忙去找那老僕人，他好不容易明白了我的意思，趕緊下樓，在他三步併兩步氣喘吁吁地下樓時，大口喘著氣。

「『這可怎麼辦才好呢？現在，該如何是好啊？』

「『慌什麼，就這麼辦，』希斯克利夫吼著：『你的主人發了瘋，如果他再活一個月，我就要把他送到瘋人院去。你們真是膽子不小呢，竟然把我關到外邊，不要在那兒嘟嘟囔囔地說話啦，來，把地上的血擦乾淨，小心你蠟燭的火光。』

「『難道你把他殺死了嗎？』約瑟夫大叫，嚇得手舉起來，眼睛也外翻著。『我可不願看到這樣的場面，願主。』

「希斯克利夫推他一下，正好讓他跪在了那灘血中間，他手裡拿著一塊毛巾，可是他並沒有想要擦乾的想法，而是做起了禱告。他當時那滑稽的動作把我逗笑了，我當時什麼都不怕了，事實上，我就像一個將要被上絞刑的犯人一樣。

「『啊，我怎麼能把你給忘了，』這個暴君說：『你也應像他一樣地跪下去，你和他串通一氣反對我，是吧，那才是你應該幹的活呢！』

「他抓住我一直搖到我的牙齒作響，又把我猛推到約瑟夫身邊，讓我和他跪在一起，約瑟夫沒什麼反應，只是鎮定地念他的祈禱詞，說他馬上就能解脫了。林頓先生是個裁判官，就是他經歷了更大的事，他也不會坐視不管的。他的決心如此之大，以至於讓我向他重複著剛剛的事，在我勉強地回答他的問題，敘述了這件事情的經過時，他滿腔怒火地站在我面前。說實話，我的確很費力氣，才滿足了這老頭子的欲望，使他明白不是希斯克利夫首先發起進攻的。

「無論如何，恩肖先生活了過來，約瑟夫趕緊讓他喝了一杯酒，真是奇怪，酒剛一下肚，他主人的身體就能動了。希斯克利夫明知道他的對手對剛才的事一無所知，但卻說他是發了酒瘋，又說不要再看見他凶惡的舉動，讓他趕快上床睡覺。使我很開心的是，他在說了這些話之後就離開我們，而欣德利直挺挺地躺在爐邊。我就回到了自己的房間，一想到我是這樣輕易地逃了出來，我都不敢想像了。

「今天早上，我下樓時，那時還不到中午。恩肖先生坐在爐火旁，看得出來他病得不輕，那個惡魔也像他一樣的憔悴。兩個人都不太想吃什麼，一直等到桌上的東西都冷了。我沒管他們就自己吃了起來，沒有什麼可以攔住我吃個痛快，因為我的良心很平靜，不像他們。等我吃完了，我就繞過恩肖的椅子，大膽地跪在他旁邊的角落裡烤火。

「希斯克利夫沒有向我這邊瞅一眼，我就抬起頭來，感覺他好像完全變成了一個石頭。他的前額，這是我曾經認為最有男子氣概的地方，現在我感到它籠罩著一層濃雲，他那凶狠的眼睛裡也沒有了怒火，也許是由於哭泣，因為睫毛是濕的，他的嘴唇被難以言表的悲哀表情給堵住了。如果換做別人，我會心生憐憫之心的。現在是他，我倒算是如願以償了，我不想失去侮辱一個倒下來的敵人，雖然它不是那麼光明，因為他軟弱的時候正是我能嘗到冤冤相報的愉快滋味的唯一時機。」

「呸，呸，小姐！怎麼能這樣說呢？」我打斷她說：「如果上帝使你的敵人受罪，你就足夠了。除了上帝施加於他的折磨，你還給他無盡的痛苦，那就又卑劣又狂妄了。」

「我可以這麼做的，艾倫。」她接著說：「我必須要給他加上我的那一份，不然，不管希斯克利夫遭到多大的不幸，我是遠遠不會感到滿足的。如果我引起他痛苦，而且他也知道他的痛苦是我引起的，我倒願意他少受一點苦。啊，我對他的怨恨太深了。只有一個情況，我才會寬恕他。那就是，每回他擰痛我，我也要反擰他一把，讓他也受受我的罪。既然是他先對不起我的，他就該主動向我道歉，然後，艾倫，我就可以向你表現出一點寬宏大量來了。但是那樣我就不能發洩我心中的怒火了，正因為如此我不能饒恕他。

「看到欣德利要水喝，我就遞給他一杯水，並問他現在感覺怎麼樣？

「『沒有我想像的那麼嚴重了，』他回答。『可是我渾身都很痛。』

「『是的，應該是這樣的，』我接口說：『凱薩琳經常誇口說她護著你，不會讓你受到任何傷害，她想說的是因為有些人會怕她不高興，所以不會來傷害你。幸虧她不會從墳墓裡出來，不然，昨天夜裡，她會因看見這一場景而大失所望的，你的胸部和肩膀沒有被打壞割傷吧？』

「『我也不知道，』他回答，『可是你說的這是什麼話？難道我倒下來時，他還敢打我嗎？』

「『你都不知道，他又是踩你，又是踢你，還把你往地上撞，』我小聲說：『他還想把你咬的粉碎呢，因為他身上恐怕一半以上都不是人。』

「恩肖先生和我一同抬頭望望我們那共同的敵人，只見這個敵人正沉浸在他的悲痛裡，任何東西對他來說都形同虛設，他站得時間越久，他那憂鬱的表情就越為明顯。

「『啊，只要上帝能在我死前給我一點力量的話，我就會歡歡喜喜地下地獄的。』這急躁的人呻吟著，想站起來卻還是倒在了那個椅子上，他明白自己是不宜再鬥爭下去了。

「『不，他害死了田莊裡的一個人那就足夠了，』我高聲說：『在田莊裡的每個人都知道，要不是希斯克利夫的存在，你妹妹會好好的活著呢。在他來之前，我回憶著我們是多麼快樂啊！凱薩琳曾經多麼快樂。』

「大概希斯克利夫注意到我說的這話是否屬實。因為我看到他的目光被吸引了過來，他在哽咽中抽泣，我死死地盯著他，輕蔑地大笑，那烏雲密布的地獄之窗（他的眼睛）衝著眨著，無論如何，那個惡魔一樣的人竟然會有這樣的時刻，所以我禁不住冒昧地笑出了聲。

「『起來，走開，沒有一個人會歡迎你。』這個悲哀的人說。

「不過我想他最終還是說出了幾個字，雖然他的聲音是難以聽清的。

「『不管怎樣，請原諒，』我回答，『可是我也愛凱薩琳，而她哥哥也同樣需要人照顧，為了她我一定要這麼做。如今，她死了，我看見欣德利就如同看見她一樣，欣德利的眼睛要不是因為你昨天的折磨，倒是跟她的一樣呢，而且她的——』

「『起來，你這惡魔，我真想把你踩死！』他叫著，移動了一下，我也移動了一下。

「『可是啊，』我繼續說，時刻做著逃跑的準備，『如果可憐的凱薩琳真的信任你，承受了希斯克利夫夫人這個頭銜，她也不會有好下場呢，她才不會忍受你，而會對你發洩她的情緒的。』

「高背椅子的椅背和恩肖本人把我和他隔開了，因此他不能夠來到我跟前了，只從桌上抓把餐刀往我頭上猛擲過來。餐刀沒長眼，飛到了我的耳朵下邊，把我的話打斷了，可是，我拔出了刀，一溜煙地跑到門口，又說了一句，我希望能比飛鏢刺得更深一些。我最後一眼看見他猛衝過來，卻被他的房主給擋住了，兩個人滾成一團，亂得不可開交。我跑過廚房時去叫約瑟夫，走到門口正好撞見了哈里頓，我就像一個從監獄裡潛逃出來的罪犯似的，連跑帶跳，飛也似地順著陡路下來，然後避開彎路，直穿過曠野，滾下岸坡，涉過沼澤，實際我是很慌張地跑來的，我寧願永遠住在地獄裡，我也不會再在那裡待上一夜了。」

伊莎貝拉停下來喝了口茶。然後她叫我給她戴上帽子，披上我給她拿來的一條大披巾。正打算離開，我真希望她能夠多待一會，可她根本不理會，她蹬上一張椅子，親親埃德加和凱薩琳的肖像，又同樣和我親吻告別，然後就帶著范尼上了馬車，慶幸小狗再次找到了牠的主人。

自從她走了以後就再也沒有回來過，直到一切都平定了下來，她和我的主人就建立了正常的通信聯繫，我想她現在正住在靠近倫敦的南部。她出逃沒多久，就在那兒生了一個兒子，取名林頓，而且從一開始，她就寫信告訴我們說，他是一個任性而又多病的孩子。

有一天，希斯克利夫在村子裡遇到我，就問我她去了哪裡？我當然沒有告訴他，他說那也沒什麼關係，只是擔心她不能到她哥哥這裡來，既然他養活她，她就不該跟埃德加在一起。雖然我沒有說，但他就從別人口中知道了她的一切。但他沒去傷害她，我猜想，她或許會感謝他的這份寬宏大量呢。

當他看見我時，就向我詢問她那孩子的情況，但一聽說他的名字，他就苦笑著說：

「他們想讓我也恨他，是吧？」

「我想他們不願意讓你知道關於這個孩子的一切。」我回答。

「可我一定要得到他，」他說：「等到我想要他的時候，你們就等著看吧！」

幸虧孩子的母親在那之前就已經死去了，那是在凱薩琳死後十三年左右，林頓十二歲，或許還大了一點。

伊莎貝拉突然到來的那天，我沒有告訴主人。而且他當時的情況也不允許什麼談話，最後終於他肯聽我說話了，我看出他沒為他妹妹離開她丈夫的事感到很高興，因為他對她丈夫憎惡到了極點。他的反感是如此的敏銳，以至於希斯克利夫的一切他都不願意干涉。悲痛，徹底把他變成了一個隱士，他避免了一切可能到村裡去的機會，把自己僅僅局限在花園裡那一小片地方，過著一種完全與世隔絕的生活。

有時也會改變一下生活方式，到曠野上獨自散散步，或是去他妻子墳前，而且這些事都是在沒有人的時候去做的。時間使人聽從了命運的安排，他以熱烈、溫柔的愛情，以及她即將到更加幸福的天堂裡去的期望，來回憶她，他相信她是去了天堂。

而且，在這個世上還有能夠使他得到慰藉的東西。我說過，他起初並不關心凱薩琳的孩子，但是沒過多久，這種冷淡很快就消失了，在這個小東西還不會說出一個字的時候，她已經佔據了林頓的心。孩子名叫凱薩琳，可他從來不會稱呼她全名，這大概是因為希斯克利夫有這樣叫她的習慣。這個小東西卻總是被他叫做凱茜，在他看來，她和她母親是不同的，但是有著某種的聯繫，他把她當做手心裡的寶，主要原因與其說她是自己的骨肉，還不如說她是凱薩琳的親生女。

我總是拿他和欣德利．恩肖相比，我百思不得其解，他們的行為卻如此相反。他們都是看重父子之情的丈夫，而且都疼自己的孩子，我不明白他們為什麼都沒走上一條路。但是，我心裡想，欣德利無疑是個比較有理智的人，但他沒有表現出來。當他的船觸礁時，船長沒有履行他的職責，而全體船員，亂作一團，這艘船就沉入了大海，相反，林頓則顯出一個忠誠而虔敬的靈魂所具有的真正的勇氣。一個滿懷希望，而另一個心灰意冷，形成了鮮明的對比，他們各自選擇了自己的命運，並且各得其所。可是你不僅僅是要聽我的說教吧，洛克伍德先生，至少，你會認為你可以下判斷，那就行了。

恩肖的死是在預料之中的，不到六個月的時間，他就緊跟著他的妹妹離開了這個人世。我們住在田莊這邊，從來沒人過來告訴我們關於恩肖死前的狀態，我所知道的一切都是我去幫忙的時候偶然聽到的。

「喂，奈麗，」他說，有一天他早早地來到了這所院子，這真令人吃驚，心想他一定是為了說一些壞消息才來的。「現在是你奔喪的時候了，好好想想是誰吧！」

「誰？」我慌張地問。

「怎麼，你猜不到嗎？」他回答道，下了馬，把他的馬韁吊在門邊的鉤上。「把你那垂下來的裙角捲起來吧，我敢說一定會派得上用場。」

「難道是希斯克利夫先生嗎?」我叫出來。

「什麼?你竟然會為他傷心?」醫生說:「不,希斯克利夫是個結實的年輕人,我剛剛看到他氣色不錯呢。自從他的夫人離家出走後,他就漸漸地發福了。」

「那麼,是誰呢,肯尼士先生?」我焦急地又問。

「欣德利・恩肖!你的老朋友欣德利,」他回答,「也是一直說我壞話的人,不過太過分了,他竟然罵了我這麼久。瞧,我們是有眼淚的。可是不管怎樣,打起精神來吧!可憐的孩子!我也感到很難過,一個人怎麼能夠不替自己的老伴惋惜呢,儘管他是如此的壞,而且也對我耍過狠毒的手段,他好像才二十七歲吧!正值青春年少呢,也就是你這個年齡,誰會知道你和他是同歲的呢。」

我承認這個打擊比林頓夫人之死所給我的震動還大些,我的心中不斷浮現出往日的一幕幕,我坐在門廊裡痛苦地哭著,要肯尼士先生另外找人去通報。我自己禁不住在思忖著「他是不是得到了解脫」,不論我做什麼,這個疑問總是纏繞著我。我決定請假到咆哮山莊去,幫著料理後事。林頓先生起初並不願意答應我,但是我說起死者孤單可憐的情況,我又提到我的舊主人又是我的共乳兄弟,他有權力要求我再這麼做,而我也有義務這麼做。此外,我又提醒林頓先生,那個孩子哈里頓是他的妻子的內侄,由於他沒有了親人,他就該做他的保護人,他應該照顧他以後的生活,並且照料與他內兄有關的一切事情。

他當時的身分地位是不便過問這類事的,但是他吩咐我去跟律師說。他的律師也曾是恩肖的律師,我請他一同到村子裡去。他搖搖頭,警告我千萬不要招惹希斯克利夫,而且斷定,一旦挑明真相，那哈里頓和乞丐就沒有什麼區別了。

「他的父親是帶著債死去的，」他說：「全部財產都抵押了，現在這位合法繼承人最好不要引起他一絲的反感，這樣他還可以對他客氣些。」

當我到達山莊時，我說我是來看看一切過得怎麼樣，帶著極度悲哀的神情出現的約瑟夫對我的到來表示滿意。希斯克利夫先生說他不認為我能夠在這裡做什麼，可是如果我願意的話，他可以安排我留下來，幫忙安排出殯的事。

「按理說，」他說：「那個混蛋的屍體應該神不知鬼不覺地埋在十字路口。昨天下午我碰巧遇到他，他卻關上大廳的兩扇門，不要我進去，他就整夜喝酒把自己給喝死了，我們早上是砸開房門進去的，因為裡邊上了鎖，他就躺在高背椅子上，我們做了一切能夠做的事，也無法使他更清醒一些。我派人去請肯尼士，可是他來了之後，這個畜生已經變成死屍了，他已經僵硬了，所以你做什麼都於事無補了。」

老僕人證實了這段敘述，可是嘀咕著：「我倒真希望他去請醫生！我走時，他還沒死，至少，一點死的樣子也沒有！我堅持要把葬禮辦得不那麼寒酸，希斯克利夫先生說在這方面我可以出力，我明白他只是出了辦葬禮的錢。他還依舊保持一種嚴酷的、漠不關心的態度，如果有什麼的話，那只能算是完成了一件艱難地工作而已，鐵石心腸的人才有的那種心滿意足。的確，我有一次看到了他那種狂歡，那時人們正抬起他的靈柩，他便假惺惺地出來送葬，在他出去之前，他把這不幸的孩子舉到桌子上，並且帶有一種逗樂的情調說：「現在，我的好孩子，你徹底屬於我了！」

那個天真無邪的孩子挺喜歡這段話，他玩弄著希斯克利夫的鬍子，撫摩著他那黑乎乎的臉，可是我明白了他的言外之意，便尖刻地說：「那孩子必須和我回到畫眉山莊，先生，這個可憐的孩子與你沒有任何的關係。」

「林頓是這麼說的嗎？」他質問。

「當然是這樣，而且是他讓我來領養他的。」我回答。

「好吧，」這個惡棍說：「我不想和你爭論些什麼，可是我確實很想自己帶個小孩子，所以請你轉告你的主人，如果他打算帶走他，我就要把自己的孩子要回來。我才不會讓他這麼白白地走呢，我一定會把我的孩子要回來的！記住告訴他吧。」

他這個警告足夠讓我膽戰心驚。我回去後，把這話的內容重說了一遍，再說埃德加・林頓本來就沒多大興趣，後來他也就沒有提過這件事。就算他有意，我想他也不會成功。

局勢發生了變化，咆哮山莊現在是反客為主了，他控制著一切，而且向律師和林頓先生證明，恩肖已經抵押了他所有的土地，並把它換成現款，滿足了他的賭博狂，而他，希斯克利夫，是受押的人。於是，哈里頓本該是這一代的富豪，可他現在卻要靠他的殺父仇人施捨著過活。他在自己的家裡做著被剝奪了工錢的苦工，根本沒有翻身出頭的日子，這完全由於他的無親無故，而他自己卻被蒙在鼓裡。

chapter 18

不該說的消息

過了這段悲慘的時光之後，不知不覺中，又過了十二年快樂的時光，迪恩太太接著說下去。在那些年裡，我最大的煩惱也只是我家小姐發燒感冒，像所有的孩子一樣都是要經歷的。

剩下的事情，就是在她出生之後，就像一棵落葉松[39]似的長大起來，她很快就會說話和走路了。她確實是個最討人喜歡的小東西，她長了一副天生麗質的臉，有著恩肖家的漂亮的傳統。她十分文雅，又配上那敏感的心靈。那種對人極親熱的態度使我想起了她的母親，可是她並不同於她的母親，因為她能像鴿子一樣的溫順馴良，而且她的聲音很柔和，樣子也很親切。

她的愛是深沉、溫柔的，沒有一點粗暴的感覺。可是必須承認她也有缺點，她的一個缺點就是性子過於莽撞，意志過於倔強，我想一切被嬌慣壞的孩子都會有這樣的性格，不論他們脾氣好壞。要是哪個僕人不小心惹到了她，她總是說：「我要告訴爸爸！讓他懲罰你們。」他把教育她的責任完全承當下來，並以此感到快樂。幸虧她的好奇和聰敏使她能夠成為一個好學生，她求學心切，以使教她的人感到欣慰。

39. 一種發育成長速度很快的樹，容易成材。

在她十三歲之前，她從來沒有獨自離開過山莊。林頓先生偶爾也會帶她到外面走一里來路，可是他不會把她交給其他人。在她耳中，吉默頓是一個虛幻的名字，除了她自己的家之外，她唯一走過的就是那教堂。咆哮山莊和希斯克利夫先生對她來說，是完全不存在的事物，她是一個名副其實的隱居者，但是她看起來非常的滿足，有時候從她的育兒室的窗子向外眺望鄉間時，的確，她也會看到和想到的。

「艾倫，我什麼時候能到山頂那去呢？那邊是大海嗎？」

「不，凱茜小姐，」我就回答說：「那邊和這裡一樣，都是山。」

「當你站在那些金色的石頭底下的時候，它們又是怎樣的情景呢？」有一次她問。

彭尼斯頓山崖的陡坡特別地吸引了她的好奇心，尤其是當落日照在岩石上和最高峰的時候，而其餘的整個風景都不復存在了。我說那只是一大堆的石頭，在那裡簡直養不活一棵樹。

「可是黃昏已過了這麼久，為什麼那些石頭還挺亮呢？」她追問著。

「因為那裡很高啊，」我回答，「那太危險了，你不能爬上去。在冬天，那兒總是比我們這裡先下霜，盛夏時，我還在東北面那個黑洞裡發現過雪！」

「啊，你去過那裡了？」她高興得叫起來。「那麼等我長大了也能去哪裡嗎？艾倫，爸爸去過沒有？」

「爸爸會告訴你，小姐，」我急忙回答，「那個地方沒有什麼期待的，倒是你和他常常溜達的地方比它更好呢，我們這裡是全世界最好的地方。」

「不過我雖然知道，但是我並沒有去看過它，」她自言自語地說：「要是我能站在那個最高峰的邊上向四周望一望，我一定很愉快的，我相信我的小馬敏妮總會有一天帶我去的。」

有個女僕不經意地提起了精靈洞，這可是激起了她那顆要湧動的心，就想實現這個願望，她硬要林頓先生答應這件事，先生沒辦法，就說她再長大一點就可以去了。而凱薩琳小姐是用月分來計算她的年齡的，「現在，我去盤彭尼斯頓山崖夠不夠大啦？」這是常掛在她嘴邊的問話。到那邊的路曲折蜿蜒，而且緊靠咆哮山莊。埃德加不想經過那裡，所以她常得到的答案就是，「還不行，寶貝，再等等，時機還不夠成熟。」

我說過希斯克利夫夫人在離開之後又活了十二年左右。她一家都是體質脆弱的人，她和埃德加一樣都沒有健康的神色。她最後患了什麼病，我也不知道，我猜想他們是因為同樣的疾病才去世的。她後來來信告訴埃德加她的情況，並且希望她的哥哥能夠到她那兒去，因為他必須要處理一些事，而且她希望和他訣別，好把林頓安心地放到他手上。

她真心希望把林頓交給他，因為她自己情願相信，孩子的父親根本就不想承擔任何的義務。我的主人毫不猶豫地答應了她的請求。他把凱薩琳交給我，要我好好照看，說他不在家，要特別精心照顧，不能讓她自己獨自跑到園林外面去，至於她獨自一人出門，那他連想都沒想過。

他大概走了三個星期，一開始我所照顧的那個小傢伙安靜待在一個角落，她難過的什麼也不想做，她安安靜靜地待在那，但並沒給我添什麼麻煩。而且我是太忙了，也太老了，不能陪她一起玩，我就想出一個辦法讓她自己取樂。我總是叫她出去走走散散心。等她回來的時候，我就做她最忠實的觀眾，聽她講那一切真實的和想像的冒險。

那時正是夏天，她很高興自己能夠出去走走，經常是在吃完早飯到吃茶這段時間在外面溜達，到了晚上，我就靜靜地聽她講那些離奇的故事。我並不會害怕她會跑出去，因為大門總是鎖住的，而且我認為即使大門開著，她也不會貿然出去的。

不幸的是，我對她的信任讓我失望了。

有一天早晨八點鐘的時候，凱薩琳來找我，說她要當一個阿拉伯商人，要和她的隊友一起穿過沙漠，我得為她自己和牲口準備充分的食糧，於是我搞了一大堆好吃的，都給她放到馬一旁的籃子裡，她高興得跳了起來，她的寬邊帽子和面紗遮著七月的太陽，我勸誡她不要讓馬奔跑和早些回來，她還作弄我，然後就飛奔而去了。

讓我吃驚的是，這個小淘氣到吃茶的時候都沒有出現。不過其中有一個旅行者，就是那個老狗，牠竟然回來了，可是不論是凱薩琳、小馬，或是那兩隻小獵狗都沒有一點影子，我急得火燒火燎，馬上派僕人們去尋找，而我自己也在迷茫地找著她。我問了莊園上那個工人是否見過我家小姐？

「我在早上看見過她，」他回答著，「她要我替她砍一根木枝來幫助她跳過那矮牆，後來就跑得沒影了。」

你可以想像當我知道這一切之後，我的心情是如何的，我馬上想到她一定動身到彭尼斯頓山崖去了。

「她會碰到些什麼事啊？」我突然喊叫起來，直往大路跑去。

我好像是和人比賽，走了一里又一里，一直到我望見了那個山莊，可是我卻沒有瞧見凱薩琳。山岩大概距離希斯克利夫的住處一里半，離田莊卻有足足四里，所以我開始擔心在找到她之前，天就會黑下來的。

「要是她從山崖那邊跌了下來怎麼辦呢，」我想著，「萬一要是跌死了，或者摔壞了骨頭……」我提心吊膽地想著，當我慌張地經過山莊的時候，看到那最條凶猛的獵狗查理正在窗子下面臥著，看到牠的頭腫了，耳朵還流著血，我這才把心中的石頭放了下來。我跑到房子門前，狠命地敲門想進去。我認識的一個女僕來開門了：自從恩肖死後，她就是那兒的女僕。

「啊，」她說：「你是來找你家小姐的吧！不用擔心。她現在很安全，我真高興不是主人回來了。」

「那麼你家主人不在，是不是？」我喘息著說。

「不在家，他出去了。」她回答，「他和約瑟夫都出去了，我想他們一時半會兒應該不會回來的，你快進來歇一會吧。」

我進去了，看見她坐在一把椅子上搖來搖去，那是她母親曾經坐過的。她顯得十分自在，帶著十分高的興致和哈里頓交談著。哈里頓現在已經是一個十八歲的強壯的大孩子，他帶著極其的驚奇看著她，她口若懸河，不停地說著問著，他恐怕一句也不能理解。

「好呀，小姐！」我叫著，我對她表現出一副非常生氣的表情，並用它來掩蓋我喜悅的心情。「在爸爸回來之前，我敢說這是你最後一次騎馬了，你這淘氣的姑娘！」

「啊哈，艾倫！」她歡歡喜喜地叫著，跑到我身邊。「我正準備今天晚上給你講一個很動聽的故事！你還是找到這裡來了，你以前來過這裡嗎？」

「戴上你的帽子，馬上跟我回家，」我說：「我對你太失望了，凱茜小姐，你太任性了。你現在做什麼都無濟於事，就為找你，我簡直是吃盡了苦頭。想想林頓先生怎麼囑咐我把你關在家裡來著，可是你自己卻偷偷跑了出來，你真是一個狡猾的小狐狸，我再也不會輕信你了。」

「我做錯了什麼嗎？」她啜泣起來，但是又馬上忍住了。「爸爸並沒囑咐我什麼，而且他不會罵我的，艾倫，他從來不會像你這樣的大罵我的！」

「得了，得了！」我又說：「我來幫你繫好，現在，咱們都別鬧彆扭啦。啊，多羞呀，你都十三歲啦，應該像個大孩子一樣懂事啊！」

因為她把帽子推開，還退到煙囪那邊，使我抓不到她，我才大聲嚷嚷的。

「別，不要這樣，」那女僕說：「迪恩太太，她還小，不要對她這麼凶。是我們叫她停下來的。她本來想向前進，可她又怕你不放心，而且哈里頓答應陪她一起去呢。山上的路確實是很荒涼的。」

我們談話的時候，我注意到哈里頓雙手插在口袋裡，看得出來他並不歡迎我的到來。

「我還要在這待多久呢？」我接著說，不顧那個女人說什麼。「天馬上就要黑了，你的小馬呢，凱茜小姐，『菲尼克斯』呢？你再不快點，我就不會管你了，隨你的便吧。」

「小馬在院子裡，」她回答，「『菲尼克斯』關在那邊，牠和查理打起來了，我本來是想向你解釋清楚的，可是看到你如此氣憤，我想你是沒心情來聽我說話的。」

我拿起她的帽子，準備給她戴上，可是她看出來這房子裡的人都向著她，她開始在屋子裡四處亂穿，我就去捉她，我們好像上演了一場好戲，逗得哈里頓和那個女人都大笑起來，她也跟他們一起笑，而且變得越來越不像話了，直到我的憤怒得到了昇華。

「好吧，凱茜小姐，如果你知道了這所房子的主人，你就不會在這裡待上一秒鐘了。」

「那是你父親的，不是嗎？」她轉身向哈里頓說。

「不是。」他回答，眼睛瞅著地，臉漲得很紅。

她無法忍受雙瞪著他的眼睛，即使它和自己的一模一樣。

「那麼，是你主人的了？」她問。

他表情發生了極大的變化，低聲咒罵一句，就把身子轉了過去。

「他主人是誰？」這惹是生非的姑娘又問我：「他口口聲聲說：『我們的房子』和『我們家人』，我還以為他是個大少爺。而他又一直沒有稱呼我小姐，他必須這麼做，如果他是個僕人，他怎麼可以這樣？」

哈里頓聽了這一套孩子氣的話，臉上布滿了一層陰雲。我悄悄地碰碰我的小主人，慶幸她終於有要離開的想法了。

「現在，把我的馬牽來吧，」她對著她所不認識的親戚吩咐道：「你可以跟我一起去，我想看看沼澤地裡『獵妖者』究竟會在哪裡出現，還要聽聽你講的『小仙』，我非常的想聽呢。不過得趕快，這是什麼情況啊？我讓你去牽我的馬啊。」

「要我給你當僕人，你就去下地獄吧！」那個男孩子吼起來。

「你說的什麼意思呢？[40]」凱薩琳莫名其妙地問道。

40.「下地獄」這樣的罵人髒話，當時英國有教養的人絕對不會說，更加不會當著女性的面說，因此凱薩琳根本不知道這話是什麼意思。

「我要讓你下地獄。」他回答。

「好啦，凱薩琳小姐！你看你交的這是什麼朋友啊，」我插嘴說：「你不該對一個小姐說出這種話，求你別再說了，讓我們自己找敏妮去，走吧。」

「可是，艾倫，」她喊著，驚愕地瞪著她的那雙眼睛，「他怎麼能這麼跟我說話呢！我叫他做事他不該服從嗎？你這壞東西，我要把所有的一切都告訴爸爸，到那時你就會後悔的。」

看得出來，哈里頓對她的恐嚇無動於衷，於是她十分生氣，連眼睛裡都充滿了淚水。「你把馬牽來。」她又轉身對那女僕大叫：「去把我的狗放出來！」

「消消氣，小姐，」那女僕回答，「你最好能有些禮貌，那對你沒有壞處。雖然那位哈里頓先生不是主人的兒子，可他是你的親表哥呢，而且我也不是你雇來的。」

「他，我的表哥！怎麼可能？」卡凱薩琳叫著，譏嘲地大笑一聲。

「是的，這是事實。」斥責她的人回答。

「啊，艾倫！我不想再聽到他們講話了，」她接著說，極為苦惱。「爸爸到倫敦接我表弟去了，我的表弟是一個上等人的兒子，他是一個有地位的少爺。那個我的——」她停住了，大聲哭起來，她對自己有這麼一個下等的親戚感到很悲痛。

「別吭氣啦，別吭氣啦！」我低聲說：「每個人都會有各種各樣的親戚，凱薩琳小姐，這沒什麼不好的，你要是不願意的話，就不要和他做親戚好了。」

「他不是我的表哥，艾倫。」她接著說，想了想，又有了新的哀愁，便立刻投入了我的懷抱中來。

我聽見她和那女僕彼此都透露了一些不該說的消息，感到十分地苦惱，我毫不懷疑那消息一定要報告到希斯克利夫先生那裡去的，我同樣相信凱薩琳會向他的父親詢問那個女僕所說的她和那個野蠻人的親戚關係。

哈里頓好像恢復了開始的平靜，或許是被她的哭泣而感動了，為了彌補剛才的無禮，他把小馬牽到門前後，又把一隻很好的彎腿小獵狗從窩裡拿出來，放在她的手裡，讓她安靜些，因為他並不想讓她不高興。她不再哀哭，而是用一種恐懼的目光看著他，跟著又重新哭起來。

我看到她對這個可憐的傢伙實在不能接受，我簡直忍不住要笑，這個孩子是一個身材勻稱的健壯青年，容貌還算可以，只是穿的衣服顯得不那麼體面，只適於在田裡幹活，在曠野裡追逐兔子和打獵。可是我覺得，他有一顆他父親不曾有過的善心。

優秀的禾苗在沒人管的情況下，也會有雜草叢生的，但是，儘管如此，既然已是一塊肥沃的土地，那麼在有利的條件下，它就會有大豐收的。我相信希斯克利夫先生不曾在肉體上虐待過他，多虧他有無所畏懼的天性，根據希斯克利夫判斷，他不是那種虛有其表的人，因此也不會引起別人虐待他的念頭。

看來希斯克利夫想要把他培養成一個惡毒的人，因為他從來就沒有享受過孩子該享受的待遇，只要沒有打擾過他，他就不會受到任何的斥責，從來沒有人在通向美德的道路引領他一步，或者從來沒有一句斥責惡行的教誨。據我所知，他之所以會變成這樣，約瑟夫可是功不可沒，出於一種鼠目寸光的偏執，約瑟夫在他還很小的時候就捧著他，嬌慣他，因為他是這古老家庭的主人。以前他就一向習慣於責罵他們的上輩，一直吵得老主人失去耐心，逼得老主人借酒消愁，日益頹廢，現在哈里頓有了錯誤，他就把責任推到那個奪取了他田產的人身上。

若是這孩子罵粗話，他也不管他，無論他做出多麼出格的事情來，他都無動於衷。顯然，這孩子變得越壞，他越高興，他就越承認這孩子無可救藥了，但是他又想到這一切後果都是由希斯克利夫親手造成的。這麼一想倒是讓他有了極大的安慰。

約瑟夫給他注入了一種對於姓氏門第的驕傲，如果他有勇氣的話，他就要挑起新的仇恨了。我不能裝作我很熟悉咆哮山莊裡的日常生活方式，我只是聽別人說，因為我沒有親眼看見過。村裡人都斷言希斯克利夫很「吝嗇」，而且他還是一個殘酷無情的地主，但是因為有了女僕又恢復了往日的舒適。主人總是愁眉苦臉的，不論是好人或壞人，他都不願意和他們交往，以前是這樣，現在仍然如此。

看我又說到哪裡去了？凱茜小姐不要那獵狗，她不接受他的禮物，她要她自己的狗，「查理」和「菲尼克斯」。只見牠們一跛一跛地垂著頭來了，我們垂頭喪氣地回家了。

我不能從我小姐口中知道她這一天是怎麼過的，我猜想，她一路平安地到達農舍的門前，哈里頓正好也出來了，後面還跟著幾隻狗，牠們就襲擊了她的行列，牠們的主人打算避免這一仗的發生，可是事實並非如此，那兒一定打了漂亮的戰，就這樣，他們互相介紹，結識了。凱薩琳告訴哈里頓她是誰，她打算去那裡？並且想要他給自己指路。他把仙人洞的秘密以及其他二十個怪誕的地方全揭開了。但是，她對我已經失去了信任，我不能再渴望她能夠給我講一些有趣的事。

無論如何，我想她的嚮導曾經得到過她的歡心，直到最後把他當做僕人，傷了他的感情，而希斯克利夫的管家又說他是她的表兄，同時也傷了她那弱小的心。然後他對她的語氣感到了憤怒，本來在田莊，她是那樣的被人寵愛，現在她卻被一個陌生人這麼毫不客氣地侮辱了！她怎麼能夠忍受？

我費了九牛二虎之力才說服她不要把這件事情告訴先生，我解釋他是多麼討厭那一家子人，他要是知道我們去過那裡，他會非常難過的，凱茜受不了那種設想，因為我而信守了承諾，畢竟，她是一個可愛的小姑娘。

chapter 19 小表弟

一封帶黑邊的信宣布了我的主人要歸來的消息，伊莎貝拉死了，他寫信來告訴我，讓我為他的女兒穿上喪服來悼念她的姑姑，並且為他年輕的外甥的到來而做出準備。凱薩琳一想到她的父親馬上就要回來了，就十分地高興，而且胡思亂想地猜想她那「真正的」親戚的無數的優點，終於把他們盼到了家。在清晨的早上，她就忙著吩咐她自己做些瑣細事情來歡迎他們的歸來，現在又穿上她新的黑長袍，她姑姑的死並沒有使她感到十分的難過。她時不時地纏住我，非要讓我跟她一起出去迎接他們。

「真不敢相信，林頓比我還要小六個月呢，」她喋喋不休地說著：「有他和我一起玩的話，我想我是非常高興的，伊莎貝拉姑姑給過我爸爸一綹她的美麗的頭髮，比起我的頭髮顏色顯得更淡黃些，而且十分的細。我已經把它小心地藏起來了，我常想，要是能見到長著這樣頭髮的人，那該是一件多麼快樂的事啊！真想看到伊莎貝拉姑姑。啊，我真高興，我親愛的爸爸就要回來了，來呀，艾倫，我們加快速度跑吧！」

她跑來跑去，在我的穩重的腳步到達大門以前，她已經重複跑過好多次，然後她就安靜地坐在路旁的一片草地上等待著，但那是不可能的，她簡直連片刻都停不下來。

「他們要多久才能到啊？」她叫著：「啊，我看見大路上揚起的灰塵了，看，他們來啦！不！他們什麼時候才能到這裡啊？我們不能走一點路嗎？艾倫，我們就走半英里！你答應我吧，就在那拐彎的地方。」

我當然沒有答應她，最後她這一陣子牽腸掛肚結束了，那輛長途馬車已經遙遙在望了，簡直唾手可得了。凱薩琳一看見她父親從馬車上探出了頭，便伸出她的雙臂要撲向他的懷抱。他下了車，幾乎和她一樣的熱切，像箭似地衝了過來。

在他們互相擁抱的時候，我偷看了林頓一下。他在車中被一個很暖和的外套包裹著，好像還在過著冬天。真是沒想到，那個男孩子簡直就像我主人的小弟弟一樣，兩個人是這麼相像，不過他的眉宇間有一種病態的神情，那是埃德加・林頓從來沒有的。林頓先生瞧見我在望著，就叫我不要去打擾他，因為這趟漫長的旅行已經讓他筋疲力盡了。凱茜本來想多看一眼她的這位小表弟，但是他父親喊她過來，我在前面忙著招呼僕人，他們彼此都走到了花園那邊。

「現在，乖寶貝，」林頓先生對他的女兒說：「你的表弟不像你這麼健壯，也不像你這麼開心，因為他才失去他的母親沒有多久，他心裡現在是非常傷心的，所以，你最好不要招惹他，而且也不要說什麼惹他生氣的話，至少今天晚上讓他安靜一下，可以嗎？」

「可以，當然可以，爸爸，」凱薩琳回答，「可是我真想看看他，我還沒有見過他呢！」

馬車停了下來，睡著的人被喚醒了，他的舅舅把他放到了地上。

「這是你的表姐凱茜・林頓，」他說，並把他們的小手疊放在了一起。「她已經十分的喜歡你了，你也最好不要讓她感覺不高興，旅行已經結束了，你們就盡情地玩吧。」

「我想睡覺。」那個男孩子回答，躲開凱薩琳的招呼，又用手指抹掉了眼角的淚珠。

「得了，堅強點，能做個好孩子嗎？」我低聲說著。「你這麼做會把她也弄哭的，瞧瞧她為了你多麼難過呀！」

我不知道他表姐哭喪著臉是不是因為他而難過，最後回到她父親身邊，三個人都走進了那個已經擺好茶的屋子。我就把林頓的帽子和斗篷都脫去，讓他坐在桌子旁的椅子上，可是他還是一直哭個不停，我主人問他這是為什麼。

「我不能在這裡坐著。」那孩子抽泣著。

「那麼，你去那邊沙發上坐吧，艾倫會給你端茶去的。」他的舅舅耐心地回答。我相信，這一路走來，他應該被他折磨的夠受了。林頓慢悠悠地拖著腳步走了過去，躺下來。

凱茜搬來一個腳凳，走到他身邊去。起初她沉默地坐在那裡沒有說話，可是沒有過很久，她想把她的表弟當成她的一個寵兒來對待，她開始撫摩他的鬈髮，親他的臉，給他端茶，像對待一個嬰孩似的，簡直是無微不至。這倒讓他很高興，只見他擦乾了自己的眼睛，臉上微微露出了一絲笑容。

「啊，他會慢慢好起來的，」主人注視他們一會兒之後對我說：「會過得很好的，只要我們能留住他，艾倫。有個跟他同年齡的孩子作伴，他不會感覺孤單，再加上他也希望自己更堅強，所以他會做得到。」

「唉，他能夠被我們留下嗎？」我暗自沉思著，一陣痛苦的疑懼湧進我心頭，因為這種希望太渺茫了。後來我想到，這個虛弱的東西生活在咆哮山莊，在他的父親和哈里頓中間，他怎麼會好好地生活下去呢？

喝完了茶後，我就讓孩子們待到了樓上去，主人不准我離開他，一直等到他睡著了我才下了樓，給埃德加先生點上一支要回到寢室去的蠟燭，就在這時，一個女僕慌亂地從廚房裡走出來，告訴我希斯克利夫的僕人約瑟夫在門口，要見我的主人。

「我先去問問他要幹什麼吧！」我驚慌失措地說：「我主人剛剛長途跋涉回來，這時來拜訪真是不禮貌，我想主人不能見他。」

我說這些話的時候，約瑟夫已經出現在了大廳裡。只見他穿著他做禮拜日的衣服，綳著他那張偽善透頂的陰沉的臉，一隻手拿著帽子，一隻手拿著手杖。

「晚上好，約瑟夫，」我冷冷地說：「你這麼晚前來有什麼急事嗎？」

「我必須要和林頓少爺說話。」他回答，輕蔑地揮一下手，讓我閃開。

「林頓先生要睡了，你如果沒有緊急的事，就不要去打擾他了，」我接著說：「你最好坐在一邊，把你的目的先告訴我。」

「他在哪間屋子？」那個傢伙追問著，並且注視著那關著的一排屋子。

我知道他根本不會按我說的去做，因此我只好違心向我的主人去通報，還勸主人不要見他。我沒有機會這樣做，因為約瑟夫緊隨而至，而且，他衝進了這屋子，用兩隻拳頭握住他的手杖頂，開始提高了嗓門講話。

「希斯克利夫叫我來要他的孩子，我是不會空手回去的，除非帶他一起走。」

埃德加・林頓沉默了一下，他的臉上充滿了悲傷的表情，為這孩子打算，他就得為他考慮是不是應該把他送到他父親的身邊，可是，回想起伊莎貝拉的那些希望和恐懼，一想到他要把他交出去，他實在是難過極了。但他無計可施，如果流露出想要把他留下來的願望，反而那個人會更加的糾纏不清。沒有別的辦法，放棄他是他唯一的選擇。然而，他並沒有打算把他從睡夢中喚醒。

「告訴希斯克利夫先生，」他平靜地回答，「他的兒子明天就會回去了，現在他已經太累了，趕了那麼長的路。請你轉告他，林頓的母親臨死前希望他由我來照管，但是現在，他的身體不得不讓人擔心。」

「不成！」約瑟夫說，用他的棍子在地板上砰地一戳。「不成！你說的這些都沒用。希斯克利夫根本不管那個母親，也不會管你，他只要他的孩子，我今夜必須要帶走他，現在你明白了吧！」

「無論你說什麼，今晚就是不可以！」林頓堅決地回答。「馬上下樓去，把我的話告訴你的主人，艾倫，把他帶下樓去。」

他抓起這個憤怒的老頭，就把他拉出門外去，隨手關上了門。

「很好！你是好樣的。」約瑟夫大叫，這時他謹慎地向外走去。「主人明天會親自過來，看你還敢不敢這麼放肆。」

chapter 20 唯一的親人

為了避免出現這種危險的局面，林頓先生早早地就派我送這孩子回家，並讓他騎著凱薩琳的小馬去。他說：「既然我們不能試圖改變他將來的人生，無論結果怎樣，你千萬不要把這告訴我女兒，今後她不能和他有任何的聯繫了，最好別讓她知道這一切，不然她是不會安心的。你只需要告訴她，他被他的父親接走了就行，所以他不得不離我們而去。」

五點鐘時，費了好大的勁才把林頓喊了起來，他對他還要趕路的事大吃一驚，不過我把事情說得很委婉，說他得跟他的父親希斯克利夫先生住些時候，他的父親是多麼急切地想要看到他，這樣才把事情緩和下來。

「我的父親？我不能相信，」他叫起來，他感到十分的奇怪。「可是媽媽從來沒有跟我說我還有個父親。那他現在住在哪兒？我情願跟舅舅住在一起。」

「離這裡很近呢，」我回答，「就在小山那邊，等你身體好些了，你就可以來這邊玩了。你一定得試著愛他，就像你愛你母親那樣，那他也就會愛你了。」

「可是我從來就沒聽說過他啊！」林頓問道：「為什麼媽媽不跟他住在一起？」

「他有事情離不開這裡。」我回答，「因為你母親身體不好，必須要住到溫暖的地方，所以他們就分開了。」

「可為什麼媽媽沒跟我說起過他呢？」這孩子固執地問下去。「她倒是向我提起舅舅呢，我從一開始就愛舅舅了。但我怎麼去愛爸爸呢？我對他一無所知啊。」

「啊，所有的孩子們都應該愛他們的父母啊。」我說：「也許你母親覺得她要和你說到他，你會馬上鬧著去找他的。咱們馬上出發吧！在這樣美麗的早晨，早早騎馬出去比多睡一個鐘頭可好多了。」

「昨天那個漂亮的小姑娘會和我一起去嗎？」他問。

「不，她現在不能去。」我回答。

「舅舅呢？他能去嗎？」他又問。

「不去，但我會陪你到那裡的。」我說。

林頓又倒在他的枕頭上，胡思亂想起來。

「沒有舅舅，我哪也不會去的。」他終於叫喊起來了，「我不能相信你們會把我送到安全的地方。」

我企圖說服他，說他如果不想見到他父親的話，那是沒有教養的行為，可是他仍然執拗地反抗我，不讓我給他穿衣服，我沒辦法，只好把主人叫來了。我許下了好多渺茫的保證，還有一些毫無根據的諾言。終於，這個小東西終於肯出發了。

一路上，那清新空氣，那燦爛的陽光，以及敏妮那和緩的小跑，漸漸地讓他那沮喪的神色緩和了下來。他開始對他那無知的新家有了極大的興趣。

「咆哮山莊是不是一個跟畫眉山莊一樣好玩的地方？」他問，同時轉過頭向山谷裡望了最後一眼，這時天空飄起了一朵朵的白雲。

「山莊不像這樣躲在那樹蔭裡。」我回答，「雖然那裡沒有這裡大，但是你可以看得到四面美麗的鄉村景色，而且那裡的空氣對你的身體十分有利。你不要嫌棄那所房子，因為在這附近是數一數二的了，而且你還可以到處去溜達。哈里頓・昂休，凱茜小姐另一個表哥，也就是你的表哥，他會帶你跑盡一切有趣的地方的，那裡確實是極其的享受的，你舅舅也可以和你一塊散步，他常常出來在山中散步的。」

「我父親是個怎樣的人？」他問：「他是不是跟舅舅一樣的年輕漂亮？」

「是，他也十分年輕，」我說：「可是他不像你的舅舅，他有著黑頭髮和黑眼睛，也許一開始你覺得他不是那麼好相處，因為他就是那種樣子，可是，你得記住，你不能夠欺騙他，那樣他就會比任何人都喜歡你的，因為你是他親生的。」

「黑頭髮，黑眼睛！」林頓沉思著。「那麼我們長得並不像，是嗎？」

「不太像。」我回答，同時心裡想著，簡直一點也不像，瞧瞧這個小傢伙那白皙的容貌和纖瘦的骨骼，還有他那對大而無神的眼睛，多麼的漂亮啊。

「他從來沒來看過我和媽媽，那是多麼不正常的事啊，」他嘀咕著。「他是否見到過我？要是他看見過，我想那也是在我很小的時候。關於他，我一點都記不得了。」

「啊，林頓少爺。」我說：「十年對於大人和小孩的意義是完全不同的，很有可能希斯克利夫年年夏天打算去，可是又因為找不到合適的時機，現在又太晚了。如果你一直問他這件事，他會不高興的，那會使他不安的，對你沒有一點好處。」

後來這孩子一路上就只顧想他自己的心思，直到我們來到了那所房子。只見他聚精會神地打量著那刻花的正面房屋與矮簷的格子窗，然後搖了搖他的頭。看得出來他一點也不喜歡這裡，但是他還懂得先不忙抱怨，裡面或許會好一點，還可以彌補一下。他還沒下馬，我就把門打開了。那時全家剛用過早餐，僕人正在收拾和擦桌子，一切將要準備妥當。

「好啊，奈麗！你真沒讓我失望啊，」希斯克利夫看到我時便說：「我本來還擔心，你竟把他帶來啦，是吧？看看他將來能夠被我們培養成什麼樣吧。」

他站起來，大步走到門口，哈里頓和約瑟夫跟著，好奇地張大著嘴。可憐的林頓對這三個人誇張的表情嚇得不輕。

「必須的，」約瑟夫嚴肅地細看一番，說：「他和你調包了，主人，這是他的女娃！」

希斯克利夫盯著他的兒子，直到盯得他打顫，他嘲笑了一聲。

「上帝，真是垂憐我啊！瞧瞧一個多麼招人疼，逗人愛的東西！」他叫著。「他們到底是怎樣養活他的，奈麗？該死！這比起我原先想的還要糟糕。」

我叫那顫抖著的、迷惑的孩子下馬進來。我想他還不能夠理解他父親的意思，也不懂得是不是針對他，的確，他還不大相信這個就是他的父親。但是他越來越想緊緊地靠著我，而在希斯克利夫坐下來，叫他「過來」時，他竟然在我懷裡痛哭了起來。

「也罷！」希斯克利夫說，然後他就把他拉到他的兩腿之間，想盡一切辦法讓他的頭抬起來。「別胡鬧！我們不會把你怎麼樣的，林頓，這是不是您的名字？您可真是您母親不折不扣的孩子啊！在您的身體裡還有我的那部分遺傳呢，吱吱叫的小雞。」

他把那孩子的小帽摘下來，把他的頭髮往後推了推，摸了一下他的小胳膊和小指頭，在他這樣檢查的時候，林頓竟然停止了哭泣，抬起他的藍色的大眼睛也審視著這位檢查者。

「你知道我嗎？」希斯克利夫問道，他已經檢查過這孩子有非常脆弱的四肢。

「不！一點也不！」林頓說，帶著一種茫然的恐懼注視著他。

「沒有！你那個母親也太不像話了，壓根兒都沒向你提過要孝順我嗎？那麼，我告訴你吧，你是我的兒子，你母親是一個非常壞的人，竟不想讓你知道你還有個父親。現在，不要害怕，看你也不像個沒有血性的人。做個好孩子，我也會為你付出一切。奈麗，如果你累了，要麼你就坐下來，要麼你就離開。我猜你會把這裡發生的一切都一五一十地告訴那個廢物的。」

「好吧，」我回答，「我希望能善待這個可憐的孩子，希斯克利夫先生，不然你就不會長久地留住他，並且記住，他是你在這個世界上唯一的親人了。」

「我會對他非常慈愛的，你根本不需要擔心。」他說，大笑著。

「但是我不允許別人對他慈愛，而且，我現在就要好好對他，約瑟夫，快去那些早餐來。哈里頓，你還待在這裡幹什麼？去做你的活去吧。是的，奈麗。」他等他們都走了又說：「我的兒子是你們這裡未來的主人，我不會忘記的，而且我會為了這個好好對他的，是不會盼著他死掉的。另外，我還想風風光光地看見我的後代做他們產業的主人，對他本身，我可不願瞧得起他，而且我還恨他！但是有那個動機就足夠了，我會非常細心地照顧他的。我在樓上有間屋子，已經為他收拾得乾乾淨淨，我還為他請了一位教師，一星期來三次，他想學什麼，他就教他什麼。我還命令哈里頓要服從他，要他在那些和他在一起的人們之上，培養他的優越感與紳士氣質，你根本用不著擔心他，但我很可惜，他不配人家這樣操心，我想他會是一個讓我感到自豪的人，但這臉色蒼白、嗚嗚哭著的東西卻使我十分失望！」

他說話的時候，約瑟夫端著一盆牛奶粥回來了，並且把它放在林頓面前，林頓帶著厭惡的神色攪著這盆不可口的粥，看得出來他沒有一點胃口。我看見那個老僕人跟他主人一樣，也輕視這孩子。

「為什麼不吃？」他重複著說，他壓低了聲音瞅著林頓的臉，生怕別人聽見。

「我不吃！」林頓執拗地回答著，「快把它拿走吧。」

約瑟夫憤怒地把食物搶去，把它送到我們跟前。

「這吃的到底怎麼了？」他問，把盤子向希斯克利夫鼻子底下一推。

「哪裡不好？」他說。

「對啊！」約瑟夫回答，「還是你這高貴的少爺看不上這種東西，可我看挺好，他母親把我種的糧食製成了麵包，他倒是嫌棄我們呢。」

「不要在我面前提那個賤人，」主人生氣地說：「去給他拿點他能吃得下去的東西不就完了。奈麗，他平常都吃些什麼？」

我建議煮牛奶或茶，管家就出去做了。他看到林頓嬌弱的體質，倒是對他更加的寬容呢。我要把這告訴我的主人，藉以安慰他。我再留下來也沒有什麼意義了，這時候，林頓正在怯懦地抗拒著一條牧羊犬的友好表示。這並騙不了他，他是那麼的敏感，我一關上門，就聽見一聲叫喊，和一連撕心裂肺的狂喊：

「別離開我，不要把我拋下，我不要在這兒！」

接著，門閂抬起來又落下了，他們怎麼可能會讓他離開呢？我騎上敏妮，叫牠快跑，於是我這短暫的義務也就此終結了。

chapter 21 繼承人

那一天我們對小凱薩琳可煞費苦心。她很高興地起了床，迫切地想和她的表弟在一起，可是當聽到他離去的消息後，她就悲傷到了極點，使埃德加先生不得不親自去安慰她，說他會回來的，可是，他又加上一句，「如果我能把他弄回來的話。」但那根本是沒有什麼根據的。但是這個承諾卻使她安靜了下來，時間的力量更是強大，漸漸地，他的容貌已在她的記憶裡變得很模糊，或許下一次再見面就不會認得了。

當我有事到吉默頓去時，偶然遇到咆哮山莊的管家，我就向他詢問小少爺的情況，因為他和凱薩琳一樣地與世隔絕，也沒有人去探望過他。我得知他的身體還是十分的虛弱，現在變得更加的難相處了。

她說希斯克利夫先生好像越來越不喜歡他了，不過，他還是儘量控制著他的那種感情。他一聽見他的聲音就反感，所以他們很少交談上幾句。林頓在一間他們所謂客廳[41]的小屋子裡念書，每天都在那裡消磨著時間，要麼就是一整天躺在床上，因為他經常得病。

41. 這戶人家的大客廳被稱作「house」，可譯作「堂屋」。

「我從來沒見過還有這樣身體虛弱的人，」那女人又說：「也沒有見過一個這麼自私的人，要是我在晚上把窗子稍微關遲了一點，那可了不得了，他就會沒完沒了地無理取鬧。啊！甚至吸一口夜晚的氣都會要了他的那條小命似的，他在大伏天也要靠近火爐。爐臺上擺著些麵包、水，或別的能一點點吸著吃的飲料。如果哈里頓出於憐憫來陪他玩，結果準是這一個罵罵咧咧的，那一個嚎啕大哭而散夥，他們是這樣的不相容。我想如果他不是主人的親生骨肉的話，他被活活打死，主人還一定看著津津有味呢，而且我相信，如果主人知道他在怎樣嬌慣自己的話，一定會把他趕出家門的。不過話又說回來，主人可不會幹出這樣的事來，他從來不到客廳，他幾乎都沒有下過樓。」

從她的敘述中，我推想小希斯克利夫在那裡不會被人尊敬的了，即使他原本不是這樣，我對他也不像以前那樣關心了，不過我為他感到極其的悲哀。

埃德加先生鼓勵我多打聽一下關於他的消息，我猜想他很想他，不管他變成了什麼樣，他甚至願意冒著風險去看看他。有一次還叫我問問管家，林頓到不到村裡來？她說他來過兩次，而在這兩次他都沒什麼精神。如果我沒記錯的話，那個管家在他來到兩年之後就離去了，另一個接替者，我並不熟識，而她如今一直還在。

田莊上還是像以往一樣舒舒服服地過日子，直到凱茜小姐長到十六歲。她生日的那天，可悲的是她不曾受到過慶祝，因為這天也是我那已故的女主人的逝世紀念日。而她父親這時也願意自己一個人待著，而且在黃昏時還要溜達到吉默頓教堂墓地那邊去，一般都會在那裡逗留很長時間，所以凱薩琳總是自娛自樂地過完她的生日。

三月二十日是一個美麗的春日，那天，我們小姐穿戴好打算出去，說她十分想去曠野上去走走。她說她已和林頓先生約好了，我們會在一個鐘頭內回來。

「那麼快來吧，艾倫！」她叫著：「你知道我要去那兒，我要到有一群松雞的地方去，看看牠們把牠們的窩搭好了沒有。」

「那裡對牠們來說太遠了，」我回答，「牠們不在曠野邊上孵小雞。」

「不，不會的，」她說：「我和爸爸去過那裡，很近的。」

我戴上帽子準備出發，不想那些令人煩心的事情。她在我前面蹦蹦跳跳的，開始我倒覺得很有樂趣，享受著那一切的美好，瞧著她，我的寶貝，她那金黃色的鬈髮披散在後面，眼睛散發著無憂無慮的快樂的光輝。我十分高興她能夠這麼快樂。真是個幸福的小東西，在這段時光裡，她真是個掉在了蜜罐裡的天使。

「好啦，」我說：「看到你的松雞了嗎？凱茜小姐？我們應該看到了，我們已經離田莊的籬笆很遠了。」

「啊，再走上一點點就好了，艾倫，」她不斷地回答。「爬上那座小山，越過那個斜坡，到了那邊，我就可以叫鳥出現。」

可是有這麼多小山和斜坡要爬、要過，只是我感覺十分的疲憊，就告訴她我們必須往回走了。我對她大聲喊著，因為她離我已經很遠了。也許她根本就沒有聽到我在叫她，也許就是根本不打算理我，因為她沒有停下來，我別無選擇，只好在後面跟著她。最後，她鑽進了一個山谷，等我再看見她以前，她已經離咆哮山莊很近了，我眼睜睜得看著她被兩個人給抓住了，我敢說裡邊一定有希斯克利夫。

凱茜被抓大概是因為做了偷盜的事，或者是在搜尋松雞的窩。山莊是希斯克利夫的天下，他可以在這裡做他一切想做的事，他正在斥責這個偷盜者。[42]

「我保證我什麼都沒做，」她說，她把自己的雙手攤開表明自己的清白，那時我已經向他們走去。「我並不是想要抓松雞，我只是對牠們感到好奇，所以我只是想看看那些蛋，我想它們是不同尋常的。」

希斯克利夫帶著惡意的微笑溜了我一眼，看得出來他已經認出了對方，因此，便問：「你爸爸是誰？」

「畫眉山莊的林頓先生，」她回答。「我想你不認識我，不然你怎麼可以對我這麼無禮。」

「那麼你以為你爸爸德高望重，他受到大家的尊重是嗎？」他諷刺地說。

「你是什麼人？怎麼這樣說話？」凱薩琳問道，她十分好奇地盯著眼前的這個人，感覺似曾相識。「那個人我以前好像見過，他是你的兒子嗎？」

她指著哈里頓，他比原來僅僅大了兩歲，可是除了粗壯些，更有力氣些，其他什麼都沒變，他看起來還是那麼的粗魯。

「凱茜小姐，」我插嘴說：「我們在外邊的時間太長了，現在快到三個鐘頭了，我們必須要馬上回家了。」

42. 英國當時法律中對於偷獵的人按偷盜進行重罰。

「不，那個人不是我的兒子，」希斯克利夫回答，把我推開。「不過，我確實有一個兒子，而且你也見過他，雖然你的保姆這麼忙著走，可是我看你們兩個人最好休息一下。你願不願意到我家裡來呢？你來我家休息一下，再回家就更快了，而且你會受到熱烈的歡迎。」

我低聲對凱薩琳說她不能接受那個請求，那完全是一個陷阱。

「為什麼？」她大聲問著。「我已經跑累啦，並且我們不能一直在這吧，讓我們去吧，艾倫。而且，他竟然說我見過他的兒子，不過我猜得出他住在哪裡，在我從彭尼斯頓山崖過來時，路過的那個農舍，是不是？」

「是的，來吧，奈麗，別囉唆了，看來她很樂意去我們家呢！哈里頓，帶著這姑娘往前走吧。奈麗，我們也一起去。」

「不，她不能夠去那裡！」我叫著，可是她已經走了，而且離我很遠了。她那位指定陪伴著她的人並不願意保護她，因為他偷偷地溜掉了。

「希斯克利夫先生，你又犯了大錯，」我接著說：「我知道你心裡肯定在密謀些什麼，她如果把她看到的一切都說出來的話，我會受到責備的。」

「我只是想讓她來看看林頓，」他回答，「並且，他也不是那麼隨便就讓人看的，等會兒我們可以勸她把這次拜訪保密，這有什麼不好呢？」

「如果他父親知道的話，就會記恨我，而且我相信，你這樣做是有目的的。」我回答。

「我可以把我的打算全告訴你，」他說：「就是要這兩個表親相愛而結婚，他這位年輕的閨女不能有什麼期望了，要是她能達成我的心願，她就跟林頓一同作了繼承人。」

「如果林頓去世了呢，」我回答，「他的命不會長久的，那麼凱薩琳就會成為繼承人的。」

「不，她不會，」他說：「在遺囑[43]裡並沒有說她能夠這麼做，他的財產就歸我所有，但是為了避免不必要的麻煩，我會促成他們結合的。」

「我們不會再踏進你們家門半步。」我回嘴說，這時我們已經走到大門口，凱茜小姐正在那兒等著我們。

希斯克利夫叫我閉嘴，並且走到我前邊，連忙去開門。我家小姐不知道怎麼看待他，不過他一碰上她的眼光時，就面帶微笑，並且語調也變得平和了許多，我竟然相信他因為與她母親的感情而不會去傷害她。林頓剛從田野回來，因為他還戴著小帽，要約瑟夫幫他那雙乾淨的鞋。就他的年齡來說，他已經算是夠高大了，他的相貌挺好看，比我記憶中的好多了。

「看，認識他嗎？」希斯克利夫轉身問凱茜，「你能說出他是誰嗎？」

「你的兒子？」她十分的疑惑，把這兩個人打量了一番，然後說。

「是啊，是啊，」他回答，「難道這是你第一次看見他嗎？你記性簡直太壞了，林頓，這是你向我哭著鬧著要見的表姐啊！」

「什麼，他叫林頓？」凱茜興奮地叫起來。「那就是小林頓嗎？他比我還高啦！你是林頓嗎？」

這年輕人走到她跟前，算是承認了自己的名字。他們彼此凝視著，凱薩琳已經長得很高了，

43. 指伊莉莎白留下的遺囑。

她的身材也很好，整個人的外貌看起來都是那麼的健康。相比之下，林頓的神氣和動作都很不活潑，他的外形也不像哈里頓那麼健壯，但是他偶爾還會透出那麼一點文雅。她向他再三再四地表示好感之後，他的表姐走到希斯克利夫先生跟前。

「這麼說來，你是我的姑父了？」她叫著，並向他行禮。「雖然你看起來不怎麼友好，但我還是喜歡你的。我們住的這麼近，你怎麼不帶林頓去我家裡呢？你為什麼要這樣呢？」

「在你出生以前我倒是很常去，」他回答，「唉，別提了，真是倒楣。」

「淘氣的艾倫！」凱薩琳叫著：「壞艾倫！你這個心懷不軌的艾倫。我以後每天都要來這兒，可以嗎，姑父？我帶爸爸來的話，你會歡迎我們嗎？」

「當然！」姑父回答，臉上卻露出一股獰笑。「可是等等，」他轉身又對小姐說：「我想我還是對你說實話吧，林頓先生對我有成見，我們曾經狠狠地爭吵過，你跟他說你來過這的話，他就不會讓你來的，因此你要守口如瓶，除非你今後並不再想看到你表弟。」

「你們為什麼吵得那麼厲害？」凱薩琳問，一副垂頭喪氣的樣子。

「他認為我根本沒有資格娶他的妹妹，」希斯克利夫回答，「但是最後我得到了她，他對此很不開心，他永遠也不能寬恕這件事。」

「那是不正確的，」小姐說：「我會跟他說的，可是那不關林頓和我的事啊。」

「我不能去那裡，」他的表弟嘀咕著，「它對我來說實在太遠了，我會累死的，不，來吧，凱薩琳小姐，還是你來這裡好了。」

父親朝他兒子輕蔑地瞟了一眼。

「奈麗，我怕是要白費力氣了，」他小聲對我說：「凱薩琳小姐（這呆子是這樣稱呼她的）知道他的真面目後，就不回來看他了。要是哈里頓的話，我每天都會很羨慕他的，這小子如果是別的什麼人，連我都會愛他，我要使哈里頓跟那個不中用的東西爭一爭，除非他趕快發奮振作起來。啊，該死的窩囊廢，林頓！」

「啊，父親。」那孩子答應著。

「快領著你的表姐到處轉轉吧，你先別換鞋，帶她到花園裡去，還可以看看你的馬。」

「你不是累了嗎？」林頓問凱茜，看得出來他不願意再動了。

「我也不知道。」她回答，十分渴望地朝門口望了一眼。

他挨火爐更近些的坐著，希斯克利夫站起來，走到院子叫哈里頓。哈里頓答應了，兩個人立刻又進來了。那個年輕人剛洗完澡，他的頭髮還在滴著水呢。

「啊，請你告訴我，姑父，」凱薩琳喊著，「他不是我的表哥吧？」

「是的，」他回答，「他是你母親的侄子，你不喜歡他嗎？」

凱薩琳神情很古怪。

「他看起來不漂亮，是吧？」他接著說。

這個沒禮貌的小人兒踮起了腳尖，朝希斯克利夫的耳朵裡說了一句話。他大笑起來，哈里頓的臉沉下來，我想他是很敏感的，他可能猜到是對他的一番侮辱。但是他的主人或保護人卻把他的怒氣趕掉了，叫著：「你真是我們的一個活寶貝，哈里頓！她竟然說你是一個——是什麼？好吧，反正是奉承人的話。喏，你們現在去外邊走走吧。記住，動作千萬要優雅，在這位小姐不看你的時候，你別死死盯著她，當她看你時，你就趕緊把臉扭過來，你要慢慢地說話，而且不要再把手放在口袋裡，去吧。」

他注視著這一對年輕人從窗前走過，恩肖把臉轉向了別處，好像什麼都沒看到似的。凱薩琳偷偷地看了他一眼，沒有表示出一點的好感。然後她就把注意力轉移到一些讓她感興趣的事上面去了，而且唱著曲子以彌補沒話可談的冷場出現。

「他的舌頭已經被我拴住了，」希斯克利夫觀察著。「他不會輕易地說一句話，奈麗！你記得我在他那個年紀的時候吧？不，好像更小些，我也表現的這樣傻嗎？像約瑟夫所謂的這樣『傻不愣登』嗎？」

「簡直比那更糟，」我回答，「因為你是更加的憂鬱。」

「我才在他身上找到一種樂趣，」他接著說，大聲的表達出自己的想法。「他滿足了我的心願，我能夠同情他所有的感受，因為我與他也有過同樣的感受。他不會從那種野蠻粗野中掙脫出來的，我不會不管他的，我要像他父親對我那樣加倍的還給他，你不認為欣德利有這樣的一個兒子而感到驕傲嗎？可是有這個區別，一個是金子卻當做鋪地的石頭用了，另一個是錫擦亮了來仿製銀器，是個冒牌貨。我的兒子一文不值，可是我有本事使他受到人類的尊敬。他的兒子就算是很有天賦，我也有辦法讓他頹廢。我並不覺得有什麼可惜的，最妙的是，哈里頓非常喜歡我，我相信我在這一點上是勝過了欣德利。」

希斯克利夫一想到這裡，就格格地發出一種魔鬼似的笑聲。我沒有理睬他，這時候坐在離我們很遠的夥伴，開始表示出不安的徵象來了，或許是後悔和凱薩琳一同出去玩了。他的父親注意到了他那種不安的神情。

「起來，你這個討人厭的孩子！」他叫著：「快追他們去，他們離這還沒多遠呢。」

林頓精神煥發，當他走出去時，他正好看到凱茜在向那個侍從詢問著什麼，只見哈里頓抬頭呆望著，抓著他的頭活像是一個傻瓜。

「我也不知道，」他回答。「我認不出。」

「認不出？」凱薩琳叫起來：「我能念，那是英文，可是它們怎麼會被刻在這裡呢。」

林頓癡癡地笑了，這是他第一次流露出高興地表情。

「他根本就不認識字，」他對他的表姐說：「你能相信世界上還會有這樣的呆子嗎？」

「他原來就是這樣嗎？」凱茜小姐嚴肅地問道：「或者是他頭腦簡單，我問過他兩次話了，我以為他聽不懂我的話呢。」

林頓嘲笑著哈里頓，哈里頓在那時還不能瞭解到底發生了什麼事情。

「僅僅是因為懶惰，是吧？」他說：「我的表姐猜想你是個白癡，這就是你不肯『啃書本』的作用。凱薩琳，你注意到他那可怕的口音沒有？」

「哼，那能有什麼用處？」哈里頓嘀咕著。他還想再說下去，可是這兩個年輕人忽然一齊大笑起來。

「你那句話裡那個『鬼』字有什麼用呢？」林頓嗤笑著。「爸爸不許你說任何的髒話，可你還是老樣子，努力學做一個紳士吧。」

「要不是看你這麼文弱，我真想馬上把你打倒，可憐的瘦板條！」這大怒的鄉下人回罵著，當時他的臉漲得通紅，因為他意識到被侮辱，但又不知道該如何緩解這一局面。

希斯克利夫和我一樣，也聽見了這番話，他看見哈里頓走開就微笑了，但是他又用他那可惡的眼神去看那兩個人，他們還待在門口瞎扯著，這個男孩子只要一談到哈里頓的缺點，他就特別的來勁，小女孩對他十分無禮的話，也聽得津津有味呢。但是我開始不喜歡林頓了，我漸漸地開始理解他的父親了。

我們一直到了下午才離開，但是幸虧主人不知道我們出去了很長的一段時間，在我們走回去的時候，我真想讓她看到這些人的本質，可是她已經有了成見，反倒說我對他們有偏見了。

「啊哈，」她叫著，「你和爸爸是一夥的，艾倫。我知道你是有心機的，不然你就不會騙我這麼多年。我真是哭笑不得，但是我不許你再說我姑父，記住，而且我還要埋怨爸爸不應該跟他吵架。」

她就這樣說個不停，我也任由其發揮。那天晚上她沒有把拜訪的事告訴她的父親。可是，使我懊惱的是第二天她卻都說出來了，我還不是完全後悔，我想指導和警戒的擔子由他擔負比由我擔負會有效多了。

「爸爸，」在請過早安之後，她就叫起來了，「猜猜我昨天在曠野上散步時看見了誰？啊，爸爸，你肯定想不到，你意識到你錯了是吧？我終於看透了你，還有艾倫，她和你串通一氣，我一直希望林頓回來，可是你們總是讓我失望，還要裝出多麼同情我的樣子。」

她把她這次出遊和發生的事原原本本地說了，我的主人不止一次的向我投來譴責的目光，直到她把話說完，都沒有說一句話。然後他把她拉到跟前，問她知不知道他為什麼要瞞著她這件事，難道她以為只是為了不想讓她幸福？

「那是因為你不喜歡希斯克利夫先生。」她回答。

「那麼你認為，我對你不關心了，凱茜？」他說：「不，那不是因為我不喜歡希斯克利夫先生，而是因為希斯克利夫先生不喜歡我，他是個有著狠毒良心的人，只要他有一點點機會，他就要陷害和毀掉他所恨的人。我怕他會對你不利，沒有別的，我才不想讓你去見林頓。我沒想過要對你一直瞞下去，我很抱歉我把它拖延下來了。」

「可是希斯克利夫先生對我很熱情的，爸爸。」凱薩琳說：「而且他並不反對我們見面，只是要我絕對不能告訴你，因為你們曾經發生過不愉快的事，你不能饒恕他娶了伊莎貝拉姑姑。你才是該受責備的人，他希望我們能夠做朋友，至少林頓和我，而你卻不這樣想。」

我的主人看出來她對她姑父的惡毒是完全不相信的，便把希斯克利夫對伊莎貝拉的行為，以及咆哮山莊如何變成他的產業，都草草地說了個大概，在他眼中，希斯克利夫就像是一個不能讓他原諒的殺人犯。凱茜小姐她自己因暴躁脾氣或輕率而引起的不聽話，誤解或發發脾氣而已。而總是犯了錯誤，馬上就能改過，所以無法理解，對一個埋藏在心裡的復仇計畫的人，這點使凱薩琳大為驚奇。

這種對人性的新看法，彷彿給她留下了很深的印象，並且使她大為震驚，這看法超出了她所有的學習與思考範圍之外的，因此埃德加先生認為沒有必要再談這題目了。他只是又說了一句：

「以後你就會明白的，親愛的，為什麼我不希望你和他們有來往，現在你去做你原來的事，照舊去玩吧，把這些都忘了吧！」

凱薩琳親了親她父親，就坐下來做她的功課，跟平常一樣，讀了兩小時。然後他們像平常一樣一起去外邊散步。但是到晚上，我到她房間時，我發現她跪在床邊哭。

「啊，羞呀，在做什麼呢？」我叫著。「你就為了這點小事而悲傷嗎？你還從來沒有看見過真正的悲哀的半點影子呢，凱薩琳小姐。假如說，主人和我一下子都死了，就剩你自己活在世上，那麼你會感覺如何呢？把你現在的情況和這麼一種苦惱比較一下，你應該感到慶幸，不要再貪心啦。」

「我不是在哭自己，艾倫，」她回答，「是為他，他希望明天能夠見到我的，可我恐怕要讓他失望啦！他會等著我，而我卻身不由己。」

「無聊！」我說：「你認為他離不開你嗎？他身邊不是還有一個哈里頓嗎？林頓只不過想想，他才不會為你煩惱的。」

「可是我能向他寫一個短信嗎？」她問，站起來了。「就把我答應借給他的書送去？他非常想看看這些書呢，他的書才不會這麼有趣呢。我不可以這麼做嗎，艾倫？」

「不行，絕對不可以！」我斬釘截鐵地回答。「這樣他就或沒完沒了的回信。不，凱薩琳小姐，你們必須完全斷絕來往，你爸爸既然不希望這樣，我就得按他說的辦。」

「僅僅一張小紙條能怎麼樣呢？」她又開口了，做出一臉的懇求相。

「別瞎說了！」我打斷她。「不要再胡思亂想了，上床去吧。」

她調皮地朝我擠了擠眼睛，我十分不高興地給她蓋好被，關上門，可是，走到半路我就後悔了，我就悄悄回來了，瞧！小姐正在偷偷寫著什麼，我一進去，她就偷偷地把筆藏起來了。

「別白費力氣了，凱薩琳，」我說：「就算你要寫信，現在我可要把你的蠟燭熄滅。」

我把滅熄燭器放在火苗上的時候，手被打了一下，還聽見一聲無禮的叫罵「騙人的東西！」然後我就離開了她，她憤怒地把門關上了，我敢說這是她有史以來最厲害的一次。信還是寫完了，而且還被送到了目的地。但是我很久以後才知道。

幾個星期過去了，凱茜的脾氣也平復下來，不過她總是一個人躲在角落裡，不願與人說話，而且往往在她看書的時候，她就更不會希望有人去打擾。

據我觀察，她還有個詭計，就是一清早就下樓，在廚房裡溜達，好像她正在等待什麼東西到來似的，在圖書室的一個書櫥中，她有一個很特別的小抽屜，她常在那裡折騰一會，離開的時候也要確保把它鎖上。

一天，她在那翻這個抽屜時，我看見裡邊有一些奇怪的紙張。這激起了我的好奇心，我決定偷看她那神秘的寶藏。所以那天晚上，我費了好大一番周折，一打開抽屜，我把裡面的東西全都倒在了我的圍裙裡，再帶到我自己的屋子裡從容地檢查著。雖然我本來就對她有所懷疑，可是當我發現那麼一大堆信件還是大吃一驚，幾乎是一天一封，都是她寫去的信的回信。

一開始信寫得十分簡短，但是漸漸地，這些信竟然發展成了一封封熱情洋溢的情書，看得出來有很多話是出自有經驗的人之手。有些信使我覺得簡直古怪，它們以強烈的情感開始，卻以囉嗦的語調結束，就像一個中學生寫給他的一個幻想的、不真實的情人一樣。我不知道這些是否會讓凱茜滿足，不過，對我而言那就是一堆廢物。等我翻看過一些覺得夠了，我就重新鎖上這個空抽屜。

我家小姐和平常一樣，老早就下樓，到廚房裡去了，我眼看著一個小男孩一來，她就來到門口，塞給擠奶的工一個什麼東西，又從裡面掏出什麼東西來。我偷偷地藏起來，等待著這一切的發生，他不顧一切地爭奪，以保護他的受委託之物，連牛奶都被我們打翻了，但是我終於還是把那封信搶到手了，還威嚇他說如果他現在不離開，我就會讓他後悔的，我就留在牆根底下仔細閱讀凱茜小姐的愛情作品。

那天下雨，她不能到處溜達，所以早讀結束後，她去抽屜那找安慰去了。她父親正在那邊看書，我故意找點事做，眼睛一刻也不放過她。只聽她說「啊！」林頓先生抬頭望望。

「發生什麼事了，寶貝？碰痛你哪兒啦？」他說。

他的聲調和表情使她確信他不是發現寶藏的人。

「不是，爸爸！」她喘息著。「讓艾倫上樓來吧，我病了！」

我遵照她的吩咐，陪她出去了。

「啊，艾倫！你把它們都拿走了，」當我們走到屋裡，她馬上就開口了，還跪了下來。「啊，求求你把它們還給我吧，我再也不敢了，求你別告訴爸爸。你沒有告訴爸爸吧，艾倫？我是太不聽話了，可是我以後再也不這樣啦！」

我擺出一副極嚴肅的神情叫她站起來。

「所以，怎麼樣呢？」我大聲叫喊：「凱薩琳小姐，你真是太過分了，你該為這些感到羞恥，咳，寫得多好呀，都可以拿去出版啦？如果我把它們都給了主人，你以為他會怎麼想呢？我還沒有給他看，可是你也不要指望我會給你保密。我想一定是你先開頭這麼做的。」

「我沒有！我沒有！」凱茜傷心地抽泣著。「我從來沒打算去愛他，直到——」

「愛！」我叫著：「真是還沒見過這樣的事呢？那我也可以對一年來買一次我們穀子的那個磨坊主大談其愛啦。好一個愛，你才愛林頓多久，喏，我要把信帶到書房裡去給你父親去看，看看他會吃驚到什麼程度呢！」

她跳起來想搶她的寶貝信，可是我把它們舉得很高，然後她又發瘋地一再請求，懇求我，只要事情不被公開，我怎麼處置這些信都行。

我真是哭笑不得，最後我還是多少發了善心，便問道：「如果我把這些信全部燒掉，你能答應我和他斷絕來往嗎？不再送一些亂七八糟的東西嗎？」

「我們沒有送過這樣的東西。」凱薩琳叫著，她的自尊心壓倒了她的羞愧感。

「那麼，好吧，從此什麼都不要再送了，」我說：「你要是不答應，我這就走啦。」

「好吧，艾倫，」她叫著，拉住我的衣服。「啊，求求你把它們燒掉吧！」

但是當我用火鉗撥開一塊地方時，看著她是如此的痛苦。她熱切地哀求我留下一兩封。

「一兩封，艾倫，為了林頓的緣故留下來吧！」

我解開手絹，打算把它們送進墳場。

「我就要一封，你這狠心的壞傢伙！」她尖聲叫著，把手伸到火裡，抓出燒了一半的信紙。

「好極了，我正好拿著它給主人看看。」我回答著，把剩下的又都抖回到了手絹裡，重新轉身向門口走。

她把那從火中搶出的那些信又重新扔到了火裡，並且用手勢向我示意，讓我完成這場祭祀。

燒完以後，我把這些都埋葬了起來，她懷著委屈的心情一聲也不吭，退到她自己的屋裡，我下樓告訴主人，說小姐的病好了。可是我認為最好還是讓她躺一會兒，因為她不願意下來吃飯，可是在吃茶時她又出現了，面色蒼白，眼睛也是紅紅的，沒露出一絲的破綻。

第二天早上，我用一張紙條當作回信，上面寫著：「請希斯克利夫少爺不要再寫信給林頓小姐，她不會那樣做的。」自此以後，那個小男孩來時，口袋便是空空的了。

chapter 22 把愛情當兒戲

夏天結束了，接著是早秋天氣，雖然已經過了秋收季節，但是那年秋收完，我們的田裡還有一些沒有收割。林頓先生和他的女兒常常一起去收割，在搬運最後幾捆時，他們一直逗留到黃昏，因為那天天氣很不好，我的主人得了重感冒。而這場感冒始終沒有離開過他的身體，他一冬天幾乎都待在屋子裡。

可憐的凱茜，她為那段浪漫的事擔驚受怕了半天，事過後，她就變得悶悶不樂了，她的父親勸她多多運動，少看點書。她再也沒法找爸爸作伴了，我以為能好好地做個替補者，但是很顯然我這個替補沒多大作用。因為我有很多的家務要做，幾乎沒有時間陪她，再說，我的陪伴與她爸爸比起來，顯然不那麼稱心如意。

十月的一個下午，空氣清新，但是濕氣很重。草皮與小徑上的潮濕的枯葉簌簌地發出響聲，一團團的深灰色的流雲從西邊迅速地湧起，這些都預示著一場大雨即將到來，我想讓小姐別出去散步了，因為我肯定會有一場大雨到來的。但是她不肯，我沒辦法，只好陪她溜達到園林深處去，這是她平時不開心的時候最常走的一條路，埃德加先生比平時病得更厲害了，她心情也一直很低落。她悶悶不樂地往前走著，雖然這冷風滿可以引誘她跑跑，但她不會跑了，而且我會從眼角邊看到她時不時地會抬起胳膊，從她臉上蹭掉些什麼。

我向四周打量，想找個辦法分散她的注意力。

「瞧，小姐！快看啊！」我叫道，指著一棵扭曲的樹根下面的一個凹洞。「冬天還沒有到這裡來呢。那邊有一朵小花，每逢七月的時候，那一層草坡上密密麻麻長滿了風鈴草，那淡紫色的花迷迷濛濛連成一片，這是今年的最後一枝了。你要不要摘下來給主人看看。」

凱茜看著它們望了很久，最後回答：「不，我不要碰它，它們使我憂鬱，是不是，艾倫？」

「是的，」我說：「它們像你一樣都沒有精神。讓我們手拉著手跑吧，你這樣無精打采，我敢說你都追不上我了。」

「不！」她又說，繼續向前走著，不時地，她的手總是抬起到她那扭轉過去的臉上。

「凱薩琳，你怎麼哭了？」我問，用胳膊摟著她的肩膀。「你不要因為你的父親生了病就流淚，那不是什麼大事。」

她再也忍不住她的眼淚，抽泣起來了。

「啊，他會變得更嚴重的，」她說：「等到爸爸和你都離開了我，我就會無依無靠，那我怎麼辦呢？等到爸爸和你都死了，我將怎麼生活下去？世界將變得多麼淒涼啊！」

「這個誰也不能保證，」我回答。「預測不祥不是個好事情，我們得盼著在我們死去之前還有好多好多年要過，主人還年輕，我的身體很好，我母親活到八十，直到最後還是個俐落的女人。假定林頓先生能活到六十，那也比你想的要多出好多年的，小姐，不幸的事還沒來，你這樣想不是一個很愚蠢的事嗎？」

「可是伊莎貝拉姑姑比爸爸還年輕哩。」她說，抬頭凝視著，希望能得到一點安慰。

「伊莎貝拉姑姑沒有人照顧，」我回答。「她可不會向主人這麼幸福，你要做的僅僅是好好地照看你的父親，你高興他就會高興，記住，凱茜！如果你輕狂胡來，那我可不騙你，你是會氣死他的。」

「除了爸爸的病，在這個世界上，我不會為其他的事苦惱的，」我的同伴回答。「和爸爸比起來，沒有任何的事值得我關心，只要我還有腦子，我永遠不會做一件事或說一個字使他煩惱。我愛他遠遠超過了我自己，艾倫，這你是知道的，因為每天晚上我都祈求上帝，讓他走在我前面。因為我寧願自己難過，也不願讓他替我難過，這證明，我愛他甚於愛我自己。」

「很好，」我回答，「可是不能只靠說的，等他病好之後，你要記住你說的這些話。」

我們說著說著，走近了一個通向大路的門，因為又走到陽光裡，我家小姐就活潑了起來，只見她爬上牆去，想摘點野薔薇樹頂上所結的一些猩紅的果實，低處的果子已經被被人摘光了，可是除了在凱茜現在的位置以外，只有鳥兒才能摸得到那高處的果子。她伸手去扯這些果子時，一不小心把帽子弄下去了。

因為門是鎖住的，她就想著爬下去把它撿回來。我叮囑她要小心，別摔著了。不過回來可不是一件這麼容易的事，那堵石牆很光滑，攀爬起來相當的不容易。我像個傻子似的站在那裡。

「艾倫！你必須去拿鑰匙了，不然我就得跑好遠。從圍牆這邊我攀不上去！」

「你待在那別動，」我回答，「我打算試試我口袋裡的那串鑰匙是否能打開這把鎖，要不然我就去拿。」

我把所有的鑰匙都一把一把的試了個遍，凱薩琳就在門外來回來去地跳舞玩，結果一個也不行，因此，我就叮囑她待在那裡別動。我正想往家趕，一陣由遠及近的聲音把我留住了。那是馬蹄的聲音，凱茜也停了下來。

「那是誰啊？」我低聲說。

「艾倫，你快把門打開。」我的同伴焦急地小聲回話。

「喂，林頓小姐！」一個深沉的嗓門（騎馬人的聲音）說：「我很高興再次遇見你，別慌著進去，我想向你弄明白一件事。」

「我不能夠和你說話，希斯克利夫先生，」凱薩琳回答。「爸爸說你是一個大壞蛋，你不僅恨他，而且你也恨我，艾倫也是這麼說的。」

「但是這毫不相關，」希斯克利夫（正是他）說：「你不會恨我兒子吧。我想讓你聽聽他的事，兩三個月以前，你們不是有彼此寫信的習慣嗎？你們竟敢把愛情當兒戲，真的應該受到嚴重的懲罰。特別是你，你比他受的傷害輕些，如果你要表示出任何的無禮的話，我就把這些信寄給你父親。我猜你只不過玩玩罷了，是不是？好呀，你把林頓和他的愛情一起丟到了萬丈深淵。可他卻深深地愛上了你，他為了你就要送命了，因為你的不在乎，讓他的心都碎啦。儘管哈里頓已譏笑了他六個星期了，我也對他實施了嚴厲的策略，希望能打消他的那個念頭，但他還是一天比一天糟，我想他活不長了，除非你能救救他！」

「對這可憐的孩子，你怎麼能胡說八道呢？」我從裡面喊著：「請你離開這兒，凱茜小姐，我要用石頭把這鎖敲下來啦，你可不要聽信那個人的胡言亂語。你自己也能想想，一個人因為愛上一個陌生人就要去死去，這是根本不可能的事。」

「竟然還有人在這偷聽呢，」這被發覺了的流氓嘀咕著。「尊貴的迪恩太太，我喜歡你，可是我討厭你的虛偽。」

他又大聲說：「你怎麼能夠說出這樣的彌天大謊，硬說我恨這個『可憐的孩子』？凱薩琳・林頓（就是這名字都使我感到溫暖），我的好姑娘，今後這一個禮拜我都不在家，希望你有時間就去我家看看吧，那才是乖寶貝兒！你換位思考一下，想想你的父親他親自來請求，他都不肯走上幾步路安慰安慰你，那你將會怎樣看待你這愛人呢？我起誓，如果我說假話，就讓我魂飛魄散，他就要入土啦，除了你，沒有誰能夠救他了！」

鎖終於打開了，我衝了出去。

「我發誓林頓真的快死了，」希斯克利夫重複著，無情地望著我。「奈麗，如果你不讓她去，那麼你自己可以親眼去看看，而我要到下個禮拜這個時候才回來，我想林頓先生也不會反對的。」

「我們走。」我說，拉著凱茜的胳膊，一邊說，一邊強拉她進來，因為正猶豫不決地望著說話人的臉，那張臉太嚴肅了，以至於他那真實的感情都不能顯現出來了。

他把他的馬拉近前來，彎下腰，又說：「凱薩琳小姐，我得向你承認，我們所有的人對林頓都沒有了耐心。他渴望得到和善，還有愛情，哪怕是你嘴裡的一句親熱話，都會勝過任何的名貴藥材。別管迪恩太太那些無情無義的警告，發發慈悲去看看他吧。他日日夜夜地夢著你。」

我關上了門，用一塊大石頭把門頂住，因為鎖已被破壞。我給我那要保護的人撐著傘，雨開始越下越大，警告我們不能再耽擱了。

在我們往家跑時，沒有說一句話，而且根本來不及談論剛才看見希斯克利夫的事。可是我憑直覺知道凱薩琳心中正憂心忡忡呢，她滿面愁容，簡直都不像她的臉了，顯然，她沒有對他說的話有一絲的懷疑。

我們回家以後，主人已經休息去了。凱茜悄悄地走到他房裡去看看他怎麼樣了，可他已經睡著了。我陪著她在書房裡坐著，我們一塊吃茶，然後她就躺在了地毯上，叫我不要說話，因為她說她很累，想要好好休息，於是我就假裝在看一本書。當她認為我真的在看書的時候，她就開始了她那無聲的抽泣。我讓她自我放鬆了一陣，然後才勸慰她，我對於希斯克利夫所說的關於他兒子的一切嗤之以鼻，我希望她能夠贊同我的，唉！事實並非如此，我卻沒有本事抵消他那番話所造成的影響，而那正是他的如意算盤。

「可能你是對的，艾倫，」她回答，「可是我想把事情搞清楚，我必須告訴林頓，我不寫信是另有原因的，我還是原來的我。」

對於她那樣糊裡糊塗的輕信，憤怒和抗議又有什麼用呢？那天晚上我們不歡而散，可第二天我又跟在我那執拗的年輕女主人的小馬旁邊，我們朝著咆哮山莊而去。我不想看到她難受，不忍心看到她那抑鬱的表情，所以我只好懷著一絲的希望依著她，只求林頓能夠以他對我們的接待來證明希斯克利夫的故事是沒有多少事實根據的。

chapter 23 天使

夜裡下了雨，一個霧氣濛濛的早晨，我的腳全弄濕了，我滿肚子的不高興，無精打采，我不高興的情緒正好讓我覺得這些事討厭到了極點。我們走近了農舍的屋子，想弄清楚希斯克利夫先生是不是真的不在家，因為他的話總是讓我那麼的不放心。

約瑟夫坐在一堆熊熊燃燒的烈火旁，他旁邊的桌子上有一杯麥酒，桌子上高高地堆放著烤麥餅，他嘴裡銜著他那從來都不願拿下來的黑而短的煙斗，凱薩琳跑到爐邊取暖。我問他家主人在嗎？

我的問題沒有得到回覆，我以為這老人已經變聾了，只好更大聲的重複了一遍。

「沒在，」他咆哮著。「他不在，你從哪兒來，就滾回哪兒去。」

「約瑟夫！」從裡屋傳來的一個抱怨的聲音幾乎是跟我同時叫起來的。「你到底還要叫幾次啊？現在只剩一點紅灰燼啦，約瑟夫！馬上來。」

他使勁地噴著他的煙，呆望著，好像根本不想理會這個請求似的。很長時間都沒看到管家和哈里頓的影兒，我想大概一個有事出去了，另一個在幹活吧。

「啊，但願你活活的餓死在樓上。」這孩子說，聽見我們走進來，誤以為是他那怠慢的聽差來了呢。

他一發現是我們，就馬上停住了口，他的表姐一下衝到他的跟前。

「是你嗎，凱茜小姐？」他說，從他靠著的大椅子扶手上抬起頭來。「求你別親我，這會弄得我喘不過氣來的。」他繼續說。

等他緩過神來，這時她懊惱地站在旁邊。「你能把門關上嗎？那些僕人不肯為我加煤，我太冷了。」

我攪動了一下那些快要滅了的餘燼，就去給他取了一桶煤。他抱怨說我把煤弄了他一身。可是看他咳嗽個沒完，所以我也沒有斥責他。

「喂，林頓，」等他皺著的眉頭舒展開時，凱薩琳喃喃地說：「你看到我高興嗎？我的到來有沒有讓你感覺好點？」

「你為什麼那麼久都不來看我呢？」他問：「你應該來看我而不是寫信，寫那些長信把我累死啦，我寧可跟你談談也比寫信高興。現在我什麼都幹不成了。不知道澤拉上哪兒去了？你能不能（望著我）到廚房裡去幫我找一下？」

我剛才為他做的一切，他竟沒有向我說一句感謝的話，我也就不想再替他跑腿了，我回答說：「除了約瑟夫，那裡什麼都沒有。」

「我要喝水，」他煩惱地叫著，轉過身去。「自從爸爸一走，澤拉就常常到吉默頓閒逛去，我沒辦法只好下樓到這兒，因為不管我在樓上怎麼叫，他們都不回應我的。」

「你父親對你照顧得好嗎，希斯克利夫少爺？」我問。

「照顧？不要再提了。」他叫喊。「那些想要造反的壞蛋，你知道嗎，林頓小姐，那個野蠻的哈里頓還笑我！我恨透了這裡的每一個人，他們都是一群討厭的人。」

凱茜開始為他找水喝，幸好她在食櫥裡發現一瓶水，就倒滿一大杯，端過來。他讓她給他在那裡邊加了點酒，他喝下了一點，很明顯的比剛才平靜多了。

「你見到我高興嗎？」她重複她以前的問話，他的臉上稍微露出了一絲的笑容。

「是的，我非常高興，」他回答。「不過我一直心裡煩得慌，因為怕你不肯來。爸爸說全都是因為我自己，他罵我是一個可憐的、陰陽怪氣的、不值一文的東西，說你看不起我，還說他要是我的話，那邊田莊的主人就是他了。但是你不會瞧不起我吧，是嗎，小姐？」

「我希望你叫我凱薩琳，或是凱茜，」我的小姐打斷他的話。「怎麼可以說出這種話來，除了爸爸和艾倫，你是我在這世界上最愛的人。不過，我不愛希斯克利夫先生，等他回來，我就不會來了。他出遠門需要很長時間嗎？」

「沒有好多天，」林頓回答，「可是自從獵季[44]開始，他就常常到曠野去，你答應我在他不在的時候你一定要來陪我。我們彼此都會很和睦，而且你也願意幫助我，不是嗎？」

「是的，」凱薩琳說，撫著他的柔軟的長髮。「要是爸爸答應我的話，那我就可以花我一半的時間來陪你。漂亮的林頓！你要是我的弟弟該多好。」

44. 英國狩獵法規定的可以打獵的季節，相應的，也規定有禁獵期。

「那你會像喜歡你父親那樣喜歡我嗎？」他說，比剛才愉快些了。「可是爸爸說，如果你是我的妻子，你就會愛我超過任何一個人，所以我寧願你是我的妻子。」

「不，我永遠不會愛任何人超過愛爸爸，」她嚴肅地回嘴。「人們有時候會恨他的妻子，但是永遠不會恨他們的兄弟姊妹，如果你是我的親弟弟，那麼我們就能永遠在一起，爸爸就會跟喜歡我一樣的喜歡你。」

顯然林頓不相信會有人恨他們的妻子，可是凱茜相信，而且她憑著她的那股聰明勁，舉出他自己的父親對她姑姑的厭惡為例。我想阻止她，可是我沒有攔住她，她把她知道的一切都說了出來。希斯克利夫少爺大為惱火，硬說她在欺騙他。

「爸爸告訴我的，爸爸不會對我說謊的。」她乾脆地說。

「我的爸爸瞧不起你爸爸，」林頓大叫。「他罵他是一個膽小如鼠的人。」

「你爸爸才是一個惡毒的人，」凱薩琳反罵起來，「真可惡，你竟然和他說出同樣的話。他一定是很惡毒的，所以才會使伊莎貝拉姑姑離開了他。」

「她並沒有離開他，」那男孩子說，「不許你頂撞我。」

「她是！」我的小姐嚷道。

「好，那就讓我說點什麼吧，」林頓說：「你的母親根本不愛你的父親，是吧。」

「啊！」凱薩琳憤怒地大叫。

「因為她愛著我的父親。」他又說。

「你是個大騙子，我現在不喜歡你啦。」她氣呼呼的，滿臉漲得通紅。

「她是的！」林頓叫著。他們彼此注視著。

「不要再說了，希斯克利夫少爺！」我說：「我想那是你父親為了逗你玩兒編的故事吧。」

「不是這樣的。」他回答。「她是的，她是的，凱薩琳！你要相信我，她是的，她是的！」

凱茜管不住自己了，憤怒一下子讓她把林頓推倒在椅子的扶手上。他馬上咳嗽得背過去了，他那種得意的勁頭也消失了。

他咳得這麼久，連我都嚇住了。至於他表姐呢，她被嚇得嚎啕大哭，不過她並沒說什麼。我扶著他，一直等到他咳嗽咳夠了。可是他卻把我推開我，一聲不響地低下了頭。

凱薩琳也停下了她的哭泣，坐在對面的椅子上，神情嚴肅地注視著火。

「你現在感覺怎麼樣了，希斯克利夫少爺？」等了十分鐘，我問道。

「我希望她也能嘗一下我剛才的滋味，」他回答，「狠心的人，哈里頓從來不會這麼對我，沒有人敢對我無理，今天我才好一點，就——」他的聲音消失在嗚嗚咽咽的哭泣中了。

「我也沒有打你啊！」凱茜嘀咕著，咬住她的嘴唇，儘量抑制自己的衝動情緒。

他嘰哩呱啦地不知在說些什麼，就像是在忍受著什麼巨大的痛苦。他哼了有一刻鐘之久，故意讓他表姐難過。

「對不起，我讓你難過了，林頓，」她終於說了。「可是那樣輕輕一推，連我都不會受傷，我沒有想到會是這樣，你沒傷著吧，是嗎，林頓？回答吧！求求你跟我說話呀。」

「我可不想再和你說話了，」他嘀咕著，「你把我傷得這麼厲害，咳得簡直喘不過氣來。要是你有這病，你就會知道我的感受了，但是在我受罪的時候，你卻在舒舒服服地享受，而且沒有一個人在我身邊陪伴我。我倒想知道，如果讓你過著我的這種生活，你會覺得怎麼樣？」

他因為憐憫自己，情不自禁地哭了起來。

「既然你習慣過那可怕的長夜，」我說：「那就不是我家小姐破壞了你的安寧啦，她要是不來，你也不會有什麼變化。無論如何，她今後不會再來了，也許我們離開你，你就會得到更多的安寧了。」

「我必須要走嗎？」凱薩琳憂愁地俯下身對著他問道：「你希望我離開嗎，林頓？」

「你不能讓剛才的事發生改變。」他急躁地回答。

「好吧，那我就只好走了。」她又重複說。

「至少，讓我一個人安靜一會，」他說：「光聽你說話我就不能忍受了。」

她躊躇著，不肯離去，我費了好大力氣才把她勸走，可她就是不聽。既然他不抬頭，也不說話，最後她只好向門口挪動，我就跟著過去了。

但是我們又被一聲尖叫召回來了，林頓從他的椅子上滑到了那地板上，好像是一個撒嬌的孩子，故意做出那種令人悲哀和受到了折磨的樣子，讓人看著就難受。

他的舉動使我看透他的性格，要想迎合遷就他，那才傻。可我的同伴卻不認為是這樣，她又怕又驚地跑回去，又是安慰又是哀求的，他直到沒了勁，才安靜了下來，根本不是因為感到良心不安。

「讓我把他抱到那高背椅子上，」我說：「隨便他怎麼樣吧，我們不能留下來守著他。我希望你滿意了，凱茜小姐，因為你並不是治癒他疾病的良藥，他的健康狀況也不是因你而造成的。現在，好了，讓他自己留在那吧！走吧，等到他知道沒有人會理睬他的胡鬧時，他就會很安靜的待在那裡了。」

她把一個靠墊枕在他的頭下，又給他一點水喝。

可是他拒絕喝水，又在那裡翻來覆去，好像極不舒服，就像是枕著一塊石頭一樣。她試著把它放得讓他舒服些。

「我不要這個，」他說：「它太低了。」

凱薩琳又拿來一個靠墊加在上面。

「那太高了。」這個惹人厭的東西嘀咕著。

「那你想怎麼樣呢？」她無可奈何地問道。

他靠在她身上，他就把她的肩膀很舒服地當作枕頭支撐了。

「不，那樣不可以，」我說：「你枕著靠墊就足夠了，希斯克利夫少爺。小姐已經在這裡待了太長的時間了，我們連五分鐘也不能多待了。」

「不，不，我們可以再多待一會兒的，」凱茜回答。「現在他好了，如果是因為我的來訪才把他弄成這樣的話，那我會比他更難受的，而且我再也不敢來了。說實話吧，林頓，如果我對你有害的話，我就不會再來了。」

「你一定得來，」他回答。「你應該來，因為是你弄痛了我，你知道你害得我好苦，你進來時，我可不是這個樣子吧！」

「你現在情況是你自己造成的，」他的表姐說：「不管怎樣，現在我們要做朋友了。而且你需要我，還願意看到我，這是真的嗎？」

「我說過我現在已經很高興了，」他不耐煩地回答說：「坐在長椅子上，讓我靠著你的膝。媽媽總是這樣的讓我靠著。靜靜地坐著，別說話。可是，你可以唱個歌，或者講個故事。不過，我還是願意聽到一首歌謠！」

凱薩琳背了一首她所能記住的最長的歌謠。這件事讓他們都很高興，林頓聽完還要聽一個，絲毫不顧我拼命反對，就這樣他們一直玩到了半晌午，我們聽見哈里頓在院子裡，他回來吃中午飯了。

「明天，凱薩琳，明天你還會來嗎？」小希斯克利夫問，他不捨地拉著她的衣服。

「不，」我回答，「後天也不。」

可是很明顯，她沒有和我表達一致的意見，因為在她俯身向他耳語時，他的前額明顯地開朗了起來。

「小姐，你明天不能來！」當我們走出這所房子時，我說。

「你真的不能那樣做。」她微笑。

「啊，我要對你特別小心，」我繼續說：「我可得把那把鎖弄好，這樣你就沒辦法溜了。」

「我能爬牆，」她笑著說：「田莊不是監牢，艾倫，你也不是一個看守者。再說，我已經長大了，我是個大人了。如果讓我去照顧林頓的話，他的身體會好起來的。你知道，我比他大，也比他聰明點，不是嗎？當他好的時候，他是個討人喜歡的漂亮寶貝呢。我們永遠不會吵架，等我們彼此瞭解了，我們就不會吵架了，你不喜歡他嗎，艾倫？」

「喜歡他！」我大叫。「一個勉強掙扎到十幾歲的病人，這真叫幸運，如希斯克利夫所料，他是活不到二十歲的。無論什麼時候他死了，對他的家庭來說，都不會是什麼損失。幸虧他父親把他帶走了，對他越好，他就越欺負你，越自私。我很高興你不會碰上他這樣的丈夫，凱薩琳小姐。」

我的同伴聽著這段話時，神色變得十分的嚴肅。好像傷害了她的感情。

「他比我小，」沉思好久之後，她答道：「他應該活得最長，他會跟我一樣的。我非常確定他現在的身體跟才到北方來時一樣強壯。他就像爸爸一樣只是受了點涼，你說過爸爸會康復的，那他為什麼不能康復呢？」

「好啦，好啦，」我叫著，「反正我們沒有必要自尋煩惱，你聽著，小姐，我說話可是算數的，如果你打算再去咆哮山莊，不管有沒有我的陪伴，我都會把它告訴我的主人的，除非得到他的准許，不然你就不能和你的小表弟再見面了。」

「那已經有過了啊。」凱茜執拗地嘀咕著。

「那麼一定是不能夠了。」我說。

「那我們就走著瞧吧！」這是她的回答，然後就騎馬疾馳而去，丟下我一個人在後邊跟著。

午飯之前我們到了家，我家主人一直都以為我們在花園裡，因此沒要我們解釋不在家的原因。

我一進門，就趕忙把我那濕透了的鞋襪脫下來了，可是我還是病了。第二天早上我就起不來了，足足有三個星期我都沒有履行我的職責，在這之前我還從來沒有遭受過這樣的災難，而且感謝上帝，以後就再也沒有過了。

我的小主人就像是一個天使，來伺候我，讓我打起精神。對於一個忙碌好動的人來說，整天待在屋子裡，那簡直就有要死的感受。比起其他人，我是不應該抱怨的。凱薩琳一離開林頓先生的屋子，就出現在我的床邊來照顧我。她幾乎把她一天的時間都給了我們，她簡直就是一個討人愛的天使，所以在愛著他父親的時候，還能這麼無微不至地照顧我。

chapter 24 莫名的不安

到了三個禮拜的末尾，真是感謝上帝，我能夠隨意走動了。那天晚上我頭一次坐在那沒去躺下，請凱薩琳念書給我聽，因為我的眼睛不太好使。

我們是在書房裡，主人已經睡覺去了。她不太願意地答應了，我以為我看的這類書不合她的胃口，我就讓她隨便挑一本她喜歡的書，她挑了一本她喜歡的，一下子念完了，然後就老問我：

「艾倫，你不累嗎？你現在躺下來不是更舒服嗎？你要生病啦，要早點睡覺，艾倫。」

「不，不，親愛的，我一點也不感到累。」我不停地回答著。

當她明白無法勸動我時，又試著用另一種方法，表示出她對這件事一點也不感興趣，這就變成了打打哈欠，伸伸懶腰，並且說：「艾倫，我可真的累了。」

「那麼別念啦，我們說說知心話吧。」我回答。

那就更糟糕了，她坐立不安的，又急躁又嘆氣，還不時地看她的表，一直到八點鐘，最後終於回她自己的屋子裡去了。她那抱怨的語調和不停地揉著眼睛，完全可以斷定她是睏極了。

第二天晚上，她明顯對我表現出不耐煩的神色，第三天就不願再陪我了。我覺得她的行為有點古怪，我獨自待了很久，然後決定去看看她怎麼樣了，想叫她下樓來躺在沙發上，省得待在黑洞洞的樓上。可是我竟沒有看到她的人影，僕人們也說沒看見她。我在埃德加先生的門前聽聽，也沒有一點聲音。我回到她的屋裡，吹熄了蠟燭，獨自坐在窗前。

地上是一層晶瑩的積雪被月亮照得很亮，我想她可能是去花園了。在那裡，我的確發現了一個人影，但那不是我的小主人。當那人影走進亮處時，我認出那是一個馬夫。

他站了好一會兒，好像他偵察到了什麼似的，快步地邁步過去，不一會他又出現了，牽著小姐的馬，她剛剛從馬上下來，這人偷偷地把馬牽到了馬廄裡，凱茜從客廳的窗戶那兒進來了，簡直沒有發出一點的聲音，然後就溜到我正等著她的地方。她輕輕地關上門，還不知道我在注視著這一切，她正要脫下斗篷，我突然出現在了她的面前。這個意外使她大吃一驚。

「我親愛的凱薩琳小姐，」我開始說，她最近對我的好使我不忍心再罵她，「這個時候你騎馬到哪兒去？你為什麼要對我撒謊呢？」

「到花園那邊去，」她結結巴巴地說：「我沒撒謊。」

「真的沒去其他地方嗎？」我追問。

「沒有。」她喃喃地回答。

「啊，凱薩琳。」我難過地叫道：「你意識到你錯了嗎？不然你也不會硬著頭皮跟我說瞎話，我真的對你很失望啊！我寧可病三個月，也不願讓你對我編造謊話。」

她向前一撲摟著我的脖子，開始嚎啕大哭。

「啊，艾倫，我就是怕你會生氣，」她說：「如果你答應我不生氣，我就一五一十地告訴你，我也沒想過要騙你。」

我們坐在窗臺上，我告訴她說我不會罵她，當然，我也猜到了，所以她就開始說：

「我是去咆哮山莊了，艾倫，自從你病倒了以後，我幾乎每天都去，只有幾天例外。我給邁克爾[45]一些書和畫，叫他每天晚上把敏妮給我準備好，但是，求你不要罵他。我總是六點半到山莊，通常待到八點半就回家了。我去並不是為了我自己，因為這段時間我很心煩。不過，有時候我也快樂。起初，我想要說服你肯定很費事，因為我們離開他的時候，我就約好了第二天再去看他的，可是第二天你就下不了樓了，這樣我就省了好大的事。

「我第二次去時，林頓看來精神挺好，澤拉（那是他們的管家）給我們預備出一間乾淨的屋子，而且告訴我們，我們想做什麼都可以，因為約瑟夫參加一個祈禱會去了，哈里頓帶著他的狗出去了。她十分和氣給我拿來了一點溫酒和薑餅，林頓坐在安樂椅上，我坐在壁爐邊的小搖椅上，我們有說有笑地說了很多話，我們還計畫好，夏天來了我們去幹些什麼。我不想再說了，因為我想你會說這是愚蠢的。

「可是有一次，我們爭吵了起來。他說，在一個炎熱的七月，要打發無聊的一天，最高興的辦法就是整天躺在曠野的草地上，聽著蜜蜂嗡嗡地叫，百靈鳥在頭頂上高高地歌唱，還有那蔚藍的天空萬里無雲，耀眼的太陽光芒四射。那就是他對天堂幸福的嚮往。而我想坐在一棵簌簌作響的綠樹上搖盪，迎著西風[46]，不時還有那潔白的白雲一飄而過，不止有百靈鳥、還有畫眉雀、山

45. 林頓家的馬夫。
46. 指來自大西洋的溫暖濕潤的季風。

鳥、紅雀和杜鵑在各處婉轉啼鳴，整個世界都已蘇醒過來，沉浸在瘋狂的歡樂之中。他希望萬物都是令人心碎神秘的，而我則希望一切在燦爛的歡欣中閃耀飛舞。

「他說他在我的天堂裡簡直不能呼吸了，於是他開始變得狂躁不安。最後我們同意，等到適合的時機我們就驗證一下，然後我們互相親吻，成為了朋友。

「一動不動地坐了一個鐘頭之後，我看著那間光滑的、不鋪地毯的大屋子，我想如果我們把桌子挪開，那是多麼好玩啊！我要林頓叫澤拉進來幫我們，我們可以一起玩捉迷藏，要她捉我們。這是你常玩的，艾倫。他不答應和我玩捉迷藏，他說那是沒有意思的，但是他答應和我一起玩球。我們在一個碗櫥裡找到了兩個球，那裡的舊玩具真多。

「有一個球寫著C，有一個是H，我想要那個C，因為那是代表凱薩琳，H可能是代表他的姓希斯克利夫，可是H球裡的糠都漏出來了，林頓很是傷心。而我老是贏他，他又不高興了，又咳起來，只好回到他的椅子上面。不過，到了晚上他就好多了，他出神地聽我給他唱了兩三隻歌呢，當我臨走的時候，他讓我第二天晚上再來，我就答應了。敏妮和我像風似的飛奔到了家，我夢見咆哮山莊和我的可愛的寶貝表弟，這些美夢一直持續到天亮。

「早晨我很難過，一方面是因為你的病還沒好，一方面也是因為我希望我父親知道我出遊的事，並贊成我的出遊。但是喝完茶後，我騎著馬跑出去的時候，我的心裡的憂愁就消除了，心想：一個快樂的晚上又將要來臨了，而且更使我愉快的是，林頓也與我有同樣的感受。我飛快地騎馬來到他們的花園裡，恩肖那個傢伙看見我了，他拉著我的轠繩，警告我要走前門。他拍著敏妮的脖子，看樣子他好像要跟我說說話。我告訴他不要碰我的馬，不然他就會受傷的。他土氣的口音說：『即使那樣，他也不會受傷的。』還看看牠的腿，微微一笑。可是他又走過去開門了，當他拔起門閂時，抬頭望著門上的字，帶著一種又窘又得意的傻相說：

「『凱薩琳小姐，現在我知道上邊寫的是什麼了。』

「『妙呀，』我嚷道：『請念給我們聽聽，你變得這麼能幹了。』

「他慢吞吞地念著這個名字：『哈里頓．昂休。』

「『還有數目字呢。』我看他停下來，就鼓勵他大聲喊出來。

「『我還不能念出來。』他回答。

「『啊，你這笨蛋！』我說，看他念成那樣大笑起來。

「那個傻瓜呆呆地愣著，嘴上掛著癡笑，他好像不知道該不該和我一起大笑，也不知我的笑是什麼意思，我一下子又收起笑臉，叫他走開，這才解除了他的疑惑，因為我馬上就恢復了往日的嚴肅，我是來看林頓的，跟他沒有關係。他臉紅了，躲躲閃閃地溜掉了，一種虛榮心被羞辱了的模樣。我猜想，因為他能夠念他自己的名字了，想像著像林頓一樣的有才能可是我並不這麼認為，所以他才會感覺很囧。」

「別說啦，凱薩琳小姐，親愛的寶貝，」我打斷她。「我不會罵你，但是我不喜歡你這麼做，如果你還記得哈里頓是你的表哥，你就會覺得那並不是合適的事情。他渴望和林頓一樣地有成就，也許他不是因為向你炫耀才去學習的，你以前曾使他因為無知而感到羞恥，這點我不懷疑，他願意重新得到你的歡心。因為他做得不好，你就嘲笑他，這是很不禮貌的。要是你在他的環境中長大，你就不會那麼做了，他其實是一個和你同樣聰明的孩子，現在我感覺很傷心，只因為那個卑鄙的希斯克利夫這麼不公平地對待他。」

「啊，艾倫，你別為這個哭，好不好？」她叫起來。「可是等等，我進去的時候，林頓正躺在高背長椅上，就站起身來歡迎我。

「『今晚我病了，凱薩琳！』他說，『所以只能讓你自己說話了。我知道你不會食言的。』

「這時我知道是不能逗他了，因為他病了，我必須向他輕輕地說話，而且避免說任何激怒他的話。我給他帶來一些有趣的書，隨便挑了一本念一點給他聽，我正要讀，不料這時恩肖把門衝開，很顯然他不懷好意。他徑直走到我們跟前，把坐在椅子上的林頓拉了下來。

「『滾回你自己屋裡去！』他激動得話都說不清楚了。『她要是來看你的，把她也帶去，你們兩個滾！不要讓我再看到你們。』

「他對我們咒罵著，也不顧林頓回答，幾乎把他扔到廚房裡，我也跟了過去，他握緊拳頭，好像想把我一拳打倒似的。當時我嚇得把一本書都掉了下來，隨後他一腳把書踢過來了，然後把我們關在外面了。這時一陣惡毒的笑聲從火爐旁傳了過來，我轉過身來，正瞅見那個可惡的約瑟夫得意地站著。

「『我就知道你們會被趕出來的！真是個有種的傢伙，唉，他和我一樣知道。誰應該是這裡的主人——呃、呃、呃！他做得很好，呃、呃、呃！』

「『我們現在去哪裡呢？』我問表弟。

「林頓還在哆嗦著，那時他的臉色可是十分的難看，艾倫。啊，不，他看起來真嚇人。他握住門柄，使勁搖它，可是裡面卻閂上了。

「『快點讓我進去，不然我就殺了你！』他簡直是在尖叫，而不是在說話。『惡魔！惡魔！我一定要殺了你。』

「約瑟夫又發出那嘶啞的笑聲來。

「『喏，簡直就是他父親的影子在叫，他就像他的父親身上都有他父親傳下來的東西。不要理他，哈里頓，孩子，別害怕，他碰不到你。』

「我抓住林頓的手，想把他拉開，可是他那喊叫聲不敢讓我走近了。最後他的叫聲被一陣可怕的咳嗽嗆住了，一股血從他的口裡湧出來，他倒在了地上。我嚇得跑到院子裡，我聲嘶力竭地大聲喊叫澤拉，讓她來幫忙。她正在穀倉後面的一個棚子裡擠牛奶，趕忙丟下活兒跑來，問我發生了什麼事情，我來不及解釋，便把她拉進去，馬上就去找林頓。

「恩肖已經出來想看看自己闖下了什麼禍，他把那個可憐的傢伙抱到了樓上。澤拉和我也跟著上去了，可是他卻把我攔住了，說我現在必須回家了，我喊著他害了林頓，我必須要進去看著他。約瑟夫把門鎖上，宣稱我不要白費力氣了，又問我是不是以前也是這樣的瘋癲[47]。我站在那兒哭，直到管家的再次出現。她確信地對我說他馬上就會好的，她拉著我，幾乎是把我活活拖出去的。

「艾倫，我真想把我的頭髮從頭上拽下來！我哭得很傷心，你同情的那個惡棍就站在我對面，竟敢對我無理，最後因為我聲稱我要告訴爸爸，他才怕了，他哭了起來，並且跑出去了。但

47. 原文使用的是當地土語。

是我沒有掙脫掉他。他們最終還是讓我離開了那所房子。當我走了還不過幾百碼時，他忽然從路邊的陰影處竄了出來，攔住敏妮，抓住了我。

「『凱薩琳小姐，我感到很難過，』他開始說：『那簡直太糟糕了。』

「我給了他一鞭子，我想他會對我不利。可是他放我走了，吼出一句可怕的咒罵，我騎馬飛奔回家，嚇得心都要跳出來了。

「這就是那天晚上我沒有向你道晚安，第二天我也沒有去咆哮山莊的原因，我非常想去，可是我感到了一種莫名的不安，有時候生怕聽說林頓死了，有時一想到哈里頓就要發抖。第三天我鼓起勇氣來，因為我不能夠再忍受了，我又偷著出去。我是五點鐘走著去了那裡的，心想我可以偷偷地溜進林頓的屋子裡，不讓人瞅見。可是，那些狗知道我的到來，澤拉讓我進去，說『這孩子好多了』，便把我帶進了那個乾淨的小房間，我真是說不出的高興，因為我看見林頓躺在一張小沙發上讀著我的書。我們足足有一個鐘頭沒說話，而且他也不看我。

「艾倫，他就是有那麼一種怪脾氣。使我頗為無語的是，他開口說話了，並且認為是我引起的那場禍端，不怪哈里頓！我沒有回答，氣得走出了這間屋子。他沒想得到我會有這麼大的反應，於是在我後面送來一聲微弱的『凱薩琳！』可是我真的不願意回去，第二天，就是我又在家的第二天，我真想不去看他了。可是就這麼得不到一點關於他的消息，讓我非常的難受，因此我向我的自尊心妥協了。以前到那兒去好像是不對的，可是現在又像是不去才不對了。邁克爾問我要不要套上敏妮，我說，『當然要。』當敏妮馱我過山時，我認為我是在盡一種義務。我必須經過前面的院子，想隱藏我的行蹤是沒有意義的。

「『小少爺在屋子裡。』澤拉看見我就對我說。我進去了，恩肖也在那兒，可是他看見我來了就馬上離開了那間屋子。

「林頓坐在那張大椅子上半睜著眼睛，我走近了他，用一種嚴肅的聲調和他說起話來：

「『你既然如此討厭我，林頓，如果你認為我是來害你的，而且總是這樣地想我，那麼這就是我們最後一次見面了。我們就此分別吧，以後再也不要相見了，告訴希斯克利夫先生，你並不想見我，他也不用費盡心思地編造些謊話了。』

「『坐下，把你的帽子拿下來，凱薩琳，』他回答。『你確實比我幸福多了，爸爸淨說我的缺點，他並不重視我，所以我對我自己都懷疑。我常常懷疑我是不是完全像他說我的那樣沒有出息，我覺得痛苦、苦惱，我恨每一個人，我是沒出息，脾氣壞，精神也壞，差不多總是這樣，你要是願意的話，那我們就不要再見面了，這樣你就可以擺脫掉一個麻煩了。可是，凱薩琳，請對我公平一點，如果我能像你一樣受到人們的疼愛，我是非常樂意的，甚至更好。你要相信，你的善良使我深深地愛上了你，而且比起你的愛（如果我配承受你的愛的話）還要深些，其實我並不值得你愛，而且我也不可能不暴露出我的什麼缺點，我很抱歉，我要抱恨到死！』

「我覺得他說的都是真的，而且我覺得我一定要原諒他，雖然過一會兒他又要吵，但我還是要原諒他。我們和解了，但是我們都哭了，一直哭到我離開的時候，不僅僅是因為悲哀，而我真的很難過，因為林頓有那樣的天性。他是不會讓朋友們舒服的，而他自己也不會舒服的，自從那天夜晚，我總是去他的小客廳，因為他的父親出遊回來了。

「我想大概有三次吧，我們過得非常開心和快樂，而且充滿希望，就像我們第一天晚上那樣，以後的拜訪又恢復了那種淒涼，要麼是因為他的自私和怨恨，要麼是因為他的病痛，可是我已經漸漸地學會了容忍他，就像我得容忍他的病痛一樣。希斯克利夫故意避開我，我幾乎都沒有碰到過他。

「上個禮拜天，的確，我去得比平時早了一些，我聽見他惡毒地罵可憐的林頓，是因為他頭天晚上的行為。我不知道他怎麼會知道那件事。林頓的舉止當然是惹人生氣的，不過，那和我無關，我進去打斷了希斯克利夫先生的話。他大笑起來，然後就離開了，說他十分欣賞我的這種的看法。現在，艾倫，這就是你生病期間發生的所有的事。我不能不去咆哮山莊，可是，我求你不要告訴我爸爸，你不會告訴他吧，是不是？」

「我要到明天才能把我的決定告訴你，凱薩琳小姐，」我回答。「我需要好好想想，所以我要你休息去，這事我必須要認真考慮一下。」

我所謂的考慮，是把一切都告訴了我的主人，從她的屋子出來，我就徑直去了主人的屋子，把這事和盤托出，只是沒說她跟她表弟的對話，以及關於哈里頓的人和事。林頓非常吃驚，也非常難過，不過並沒有向我表現出來。

早晨，凱薩琳知道我欺騙了她，也知道了她那秘密拜訪的旅程就要結束了。她又哭又鬧的反抗著，並且求她父親可憐可憐林頓，他答應會寫信通知林頓，讓他來田莊做客，這是凱薩琳所得到的唯一的安慰了。不過信上還要說明，他不要指望凱薩琳再去那裡了。要是他知道他侄子的性格以及他那糟糕的身體，說不定他連這點小小的慰藉都不會給予她了。

chapter 25

該來的就都來吧

「這些事是在去年的冬天發生的，先生，」迪恩太太說：「差不多一年之前。去年冬天，我不敢想像，十二個月以後，我會把這些告訴一個陌生人。可是，誰曉得你會在這裡待多久呢？你太年輕了，不會願意一個人在這裡孤獨地待下去的，我想任何人要是見了凱薩琳・林頓，都會喜歡上她的。可是，一談到她的時候你就笑了，你幹嘛顯得這樣快活而很感興趣呢？而且你為什麼要把她的畫掛在壁爐之上呢？」

「別說啦，我親愛的朋友，」我叫道：「我可能是愛上她了，可是她肯愛我麼？我很懷疑這一點，所以我是不會對她心動的，再說，我又不是這裡的人。我是來自那個熙熙攘攘的世界，我始終是要回去的。接著往下說吧，凱薩琳答應她的父親沒有？」

「她服從了，」管家繼續說：「這是她心中最有分量的感情，而且他講話也不帶火氣，他說話的時候懷著溫情，只要她能夠記住他的話，那是她得到的唯一幫助了。過了幾天，他對我說，我希望能得到我外甥的消息，艾倫。對我說實話，你感覺他怎麼樣了，他是不是變得好一點，他能變好嗎？」

「他實在很嬌弱，先生，」我回答，「可是有一點我可以肯定，他一點也不像他的父親，如果凱薩琳小姐不幸嫁給他，他是不會聽小姐的話的，除非她極端愚蠢地縱容他。可是，主人，你還有足夠的時間來觀察他，來看看他們是否相配，要經過四年多他才會成年呢。」

埃德加嘆息著走到窗前，向外望著吉默頓教堂的情景。那是一個有霧的下午，但是，我們還可以分辨出墓園裡的兩棵樅樹，以及那些零零落落的墓碑。

「我經常獨自禱告，」他一半是自言自語地說：「禱告該來的就都來吧，現在我開始畏縮了，開始害怕了。我曾經這樣想，與其回憶以前我結婚時的幸福場景，還不如預想被人抬起來放進冰冷的土坑，那將會更為甜蜜！艾倫，我和我的小凱茜在一起曾經非常快樂，她是我的所有的希望。可是我真的曾快樂過，在那些漫長的六月的晚上，躺在她母親的身邊，企盼那個時候我也能躺在下面。我能夠為凱茜做些什麼呢？我怎樣做才會對她更好呢？我一點也不在乎林頓是希斯克利夫的兒子，也不在乎她會離開我，只要他能安慰她，讓她高興讓她承受住失去我的哀痛。但是如果林頓沒出息，僅僅是他父親的一個工具，我是不會把她交到他的手上的，儘管她熱情似火，可我是不會讓步的，在我活著的這段時間就讓她難過，在我死後撇下她孤獨好了。親愛的，我寧願在死之前把她交給上帝，把她先埋在土地裡。」

「像現在這樣，把她交給上帝，先生。」我回答，「凱薩琳小姐是一個好姑娘，我並不擔心她會做出什麼傻事。」

春天來了，但是我的主人並沒有康復，即使他能夠和她一起去散步。以她那毫無經驗的眼光來看，能出外散步是好事，而且他的面頰常常發紅，她完全相信他馬上就會康復的了。

在她十七歲生日那天，主人沒有去墓地，那天下著雨，我就說：

「你今天晚上不會去外面了吧，先生？」

他回答：「不出去了，我想以後再去。」

他又再次寫信給林頓，告訴他，他很渴望見到他，如果那個病人能見人的話，我毫不懷疑他父親肯定會讓他來的。但在當時的情況下，他根本不可能會出去，便遵囑回了一封信，暗示著希斯克利夫先生不答應他到田莊來，但是舅舅的關心讓他十分高興，他希望他有時在散步時會遇到他，也希望他不要阻止他與表姐再見的機會。

他的信上把這部分寫得很簡單，我想這大概是他自己的話。

「我不讓她來這裡，」他說：「難道我就永遠見不到她了嗎，因為我父親不想讓我去她家，而您又不許她到我家來？請你讓她到這裡來吧！讓我們當著您的面說幾句話！我們並沒有做錯什麼事，您不生氣吧？您沒有什麼理由來生我的氣。親愛的舅舅！明天給我一封和氣的信吧。我相信見一次面會讓您感覺到我和我父親有著天壤之別的，他總是說我更像是您的外甥而不像是他的兒子，您問起我的健康，不過現在好些了。可是我如果一直處在這樣的環境中，我怎麼能夠快活而健康起來呢？」

埃德加雖然很同情那可憐的孩子，但他沒有答應他的請求，因為他不能陪凱薩琳去。他說，到了夏天，他們或許可以相見。同時，他希望他有空來信，並且在信上說了一些安慰他的話語，因為他知道他在家裡的處境。

林頓同意他舅舅的意見，但是他的父親像犯人一樣地看著他，當然我主人送去的信，每一個字他都要知道，所以他並沒有寫個人特有的痛苦和悲傷，他暗示，林頓先生必須早些允許見面，不然他會認為林頓先生是在敷衍他了。

凱茜在我們家裡是個有力的同盟者，他們最終說服了我的主人，在我的保護之下，同意他們每星期左右在一起騎馬或一起散步，因為他感覺他一直在衰弱下去。他想到唯一的希望就是讓她和他的繼承人結合，可他萬萬沒想到，任何人也沒想到，他的繼承人竟然和他一樣地衰落下去，我相信，沒有醫生去過山莊，也沒有人遇到過希斯克利夫少爺。在我這方面，我感覺我原來的猜想是錯的，當他提起到曠野騎馬和散步時候，而且他追求自己的目標又顯得那樣的認真，他一定是真的要康復啦。我無法想像，一個父親怎麼能夠對他將要死去的兒子這麼殘忍，像希斯克利夫一樣，這是我後來知道的。

chapter 26 久別重逢

在盛夏將要過去的時候，埃德加勉強答應了他們的懇求時，凱薩琳和我頭一回騎馬出發去見她的表弟。那是一個炎熱悶人的天氣，沒有陽光，但也不像是要下雪，我們相見的地點約定在十字路口的指路碑那兒。然而，當我們到那裡時，有個小牧童對我們說：

「林頓少爺就在不遠的地方，如果你們去看他的話，他將會很感激的。」

「那麼林頓少爺已經忘了他舅舅的禁令了嗎？」我說：「老爺吩咐過我們只能在田莊上。」

「那等到我們去了那裡再往回走吧，」我的同伴回答，「我們再回家。」

但是當我們到達他那裡時，發現離他家已經很近了，他沒有帶馬，我們只好下馬，讓馬去吃草。他正在那裡等著我們，而且一直等到我們快走近他時，他才站了起來，看到他走路這麼軟弱無力，臉色又是這麼的蒼白，我立刻嚷起來：「希斯克利夫少爺，你這是怎麼啦？」

凱薩琳上下打量著他，他們久別重逢的慶賀變成了一句焦急的問話：他是不是比以前更加嚴重了呢？

「好多了！」他喘著，顫抖著，握住她的手，他那對大藍眼睛怯懦地向她望時，眼睛周圍都深深地陷了進去，他原先那種無精打采的神情，現在變得更是憔悴不堪。

「可是你看起來比以前嚴重了，」他的表姐堅持說：「真的嚴重了，而且你瘦啦，你——」

「我累了，」他急忙打斷她。「早上，我常常不舒服，爸爸說我長得太快了。」

凱薩琳很不滿意地坐下來，他躺在她的身邊。

「這裡還真是你的天堂呢，」她說，盡力愉快起來。「下星期，要是你能行的話，我們就騎馬去試試我的方式。」

看來林頓不記得她說過的事了，他對於她所提到的一些話都沒有什麼興趣，他也同樣不能說出使她快樂的話，她再也不能掩飾她的感情了。他整個人發生了很大的改變。凱薩琳也像我一樣看出來了，他認為我們陪伴他，是一種懲罰，而不是一種喜悅，她立刻建議就此分手。出乎意料，那個建議卻把林頓喚醒了，他害怕地向山莊溜了一眼，求她再在這裡陪陪他。

「可是我想，」凱茜說：「你回家會是更好的選擇，我看今天我沒法給你解悶了，在這六個月裡，你變化很大，我的那些東西，對你來說已不算什麼了。不然，我很願意留下的。」

「留在這歇歇吧，」他回答。「凱薩琳，你別說我身體不好，只是這悶熱的天氣使我興味索然，告訴舅舅我很健康，好嗎？」

「我會告訴他你是這麼說的，林頓。但是我怎麼知道你是健康的呢？」我的小姐說。

「下週四我們還到這裡來，」他接著說：「替我感謝他能讓你出來，凱薩琳。還有，要是你真的遇見了我父親，不要告訴他我是沉默的，而且你這個樣子，會讓他難過的。」

「我才不在乎他的感受呢。」凱茜想到他會生她的氣，就叫道。

「可是我在乎，」她的表弟說：「不要讓他責罵我，凱薩琳，因為他是十分嚴厲的。」

「他對你很凶嗎，希斯克利夫少爺？」我問：「他已經厭煩你了嗎？」

林頓望望我，沒有回答，她在他旁邊又坐了十分鐘，什麼也不說，只是不時地會發出痛苦的呻吟。

「現在還有一些時間吧，艾倫？」最後，她在我耳旁小聲說：「我不明白我們為什麼要一直待在這裡。他睡著了，爸爸在期盼著我們。」

「我們不可以這樣丟下她，」我回答，「等他醒過來吧，忍一會。你本來是很熱心的啊！」

「他為什麼要見我？」凱薩琳回答。「我還是比較喜歡原來的他，總比他現在的陰陽怪氣強。可是我來這不是為了給他父親製造笑料的。雖然他的健康狀況我很高興，但是他看起來一點都不高興，而且對我也不親熱，讓我很難過。」

「那麼你真以為他的身體好些了嗎？」我說。

「是的。」她回答。

「我和你意見是不同的，」我說：「我猜想他是糟透了。」

這時林頓從迷糊中驚醒過來，問我們是不是有人在叫他。

「沒有，」凱薩琳說：「除非你是在做夢。」

「我以為是父親叫我呢，」他喘息著。「你們肯定剛剛沒人講話嗎？」

「沒錯，」他表姐回答。「林頓，你是真的比我們在冬天分手時強壯些嗎？」

「是的，是的，我變得強壯了。」

在他回答的時候，眼淚湧出來了。

這時凱茜站起來。「今天我們該分手了，」她說：「說實話，我對於我們的見面非常失望，不過我不會告訴第三個人的。」

「噓，」林頓喃喃地說：「別吭氣，他來了。」

他抓住凱薩琳的胳膊，想留住她，可是一聽這個宣告，她連忙掙脫。

「下星期四我會到這裡來的，」她喊，跳上了馬鞍。「再見，快走，艾倫！」

於是我們就離開了他，但他並不知道我們離開了他。

我們沒到家之前，凱薩琳的不快已被緩解了，雖然我勸她不要下這麼早的結論，或許再一次的出遊可以使我們做出更好的判斷。我的主人要我們說一下出門的情況，凱茜小姐把他外甥的致謝轉達了，其他也沒多說什麼，對於他的追問，我也沒說什麼。

chapter 27 殘忍的人

一個星期的時間過去了，埃德加・林頓的病情每一天都在加劇。本來我們還想瞞住凱薩琳，但她的機靈可是欺騙不了她。當星期四又來了的時候，她不想騎馬去了，因為圖書室（她父親每天只能待一會兒，他只能坐極短的時間）和他的臥房，已經成為了她全部的世界。

這些天來，她簡直不願離開他父親半步。我主人也希望她能夠離開他，那樣她就不至於孤苦伶仃了。

他有一個執著的想法，這是我從他的談話中猜到的，就是，他認為他的外甥既然長得像他，他的心地一定也像他。我自問，在他面臨死亡的時刻，即使他知道了又能怎麼樣呢？

我們把我們的出遊延遲到下午，這是在八月裡一個難得的好天氣。

凱薩琳的臉時而陰影時而光亮，但陰影停留的時間長些，陽光則比較短暫。

我們看見林頓還在老地方等著我們。

我的小主人下了馬，她決定不會在這裡待多久的。希斯克利夫少爺這一次是極其興奮地接見了我們，可是更像是害怕。

「你們遲到了！」他說，說得短促吃力。「你父親的病是不是加重了？我想你不會來了呢？」

「你為什麼不說實話呢？」凱薩琳叫著。「真奇怪，林頓，你又一次把我騙到了這裡，這無疑讓我們彼此都受罪。」

林頓戰慄著，然而他的表姐可不想去考慮他這曖昧的態度。

「我父親是不太好，」她說：「我為什麼離開他來見你呢？我完全沒有心情和你瞎聊，對你那些虛情假意的表演，我可是不奉陪了。」

「你認為我在裝腔作勢，」他喃喃著，「那是什麼樣的呢？看在上帝面上，凱薩琳，別生氣了，我是一個沒出息的可憐蟲，但是我沒有資格讓你生氣啊！」

「無聊！」凱薩琳激動得大叫。「真是個傻瓜！你用不著要求蔑視，林頓，只要你願意，誰都會這麼對你的。滾開！我要回家了。放開我的衣服！如果我會為你可憐兮兮的表情而去憐憫你，你也不應接受這種憐憫。艾倫，告訴他這種行為有多麼的不體面。」

林頓帶著痛苦的表情淚流滿面，將他那軟弱無力的身子撲在地上。

「啊，」他抽泣著，「我不能忍受了，凱薩琳，我不敢告訴你，我是一個背信棄義的人，你不要離開我，不然我就會被殺死的。請你別走吧！」

我家小姐看不了他那痛苦的表情，就過去扶他。

「答應什麼？」她問：「答應為你留下來嗎？這句話是什麼意思呢？你不會傷害我的，林頓，是不是？如果你可以的話，你也不會讓任何人傷害我的。」

「那些都是我父親讓我做的，」那孩子喘著氣，「我怕他，我不敢跟他說啊！」

「好吧！」凱薩琳說：「繼續保守住你的秘密吧，我可不像你，我可不怕！」

他的眼淚因為她的寬宏大量流了出來，卻還是不能鼓起勇氣說出來。我正在想著這個秘密到底是什麼的時候，這時我聽見了一陣陣的響聲，我猛地抬起了頭，看見希斯克利夫正在走下山莊，而且離我們越來越近了。他不屑看那兩個人，但是他還是裝出了一種誠懇的聲音。

他說：「能看到你們的到來真讓人感到高興啊，奈麗。你們在那邊過得好嗎？」他放低了聲音又說：「傳說埃德加・林頓病危了，應該是別人把它誇大了吧？」

「不，我的主人快死了，」我回答，「這對我們來說確實是一件難過的事，對於他倒是福氣。」

「那他還能活多久呢？」他問。

「我不知道！」我說。

「因為，」他接著說：「那個孩子實在讓我不知道怎麼辦，我巴不得他的舅舅搶先一步，這小畜生一直在玩他的小把戲嗎？他跟林頓小姐在一起時，應該是高興的吧？」

「高興！不，」我回答。「看他那樣子，我必須說，他應該聽醫生的話，好好躺在床上。」

「過不了多久，他就能徹底躺下了，」希斯克利夫嘀咕著。「可是，現在馬上站起來，林頓！起來！」他吆喝著。

林頓嚇得一下子癱倒了地上，他好幾次竭力想遵照他的吩咐站起來，可是他無能為力。希斯克利夫走向前，把他提到了一堆草堆上。

「現在，」他強壓住的凶狠說：「如果你不振作的話，我就要生氣了。」

「父親，我馬上起來，」他喘息著。「只要讓我自己來。我保證我已經照你的願望做了。凱薩琳會告訴你，我本來是很開心的。」

「拉住我的手，」他父親說：「站起來。林頓小姐，我就是魔鬼她本人吧，還是讓人這麼害怕，請你做做好事陪他一起回家吧，可以嗎？我一碰他，他就發抖。」

「林頓，親愛的！」凱薩琳低聲說：「我不能去，他又不會傷害你，你幹嘛這麼害怕呢？」

「我不會再回到那裡了，」他回答。「你要是不陪著我，我永遠不會進去的。」

「住口！」他的父親喊。「奈麗，那你就把他送進去吧，我這就照你的主意去請大夫，絕不耽擱了。」

「那你可以帶他去啊，」我回答：「我不能和小姐分開，我才不管照料你兒子的事呢。」

「你就是這麼固執，」希斯克利夫說：「我知道的，但你非要逼我把這嬰兒掐痛，才能打動你的慈悲之心嗎？那麼，來吧，你願意回去嗎，我領著你？」

他再次走近，做出想捉住那個生病的人的樣子，但是林頓向後縮著，緊緊地貼著他的表姐。說真的，他怎麼能夠拒絕他呢？到底是什麼使他這樣的害怕，我們不得而知。

我們到達了門口，凱薩琳走進去，我站在那兒等著，這時希斯克利夫先生把我往前一推，叫道：「我的房子可是很乾淨的，奈麗，我今天很樂意招待客人的。」

他關上門，又鎖上。我大吃一驚。

「你們現在先在這裡休息一下，然後再回家，」他又說：「現在只有我自己一個人，雖然我習慣於一個人，但我還是希望有幾個同伴陪我的。林頓小姐，坐在他旁邊吧。我把我所有的都送給你，雖然這份禮物不值得接受，我沒有別的什麼可送的了，你幹嘛瞪眼？」

他倒吸一口氣，拍打著桌子，對著自己詛咒著：「我恨他們。」

「我可不會怕你！」凱薩琳大叫，只見她走近他。「把鑰匙給我，」她說：「我就是餓死，我也不會吃這裡的一粒飯。」

希斯克利夫把擺在桌子上的鑰匙拿在手裡，她的勇氣讓他感到很驚奇。她抓住鑰匙，差一點就從他手裡奪了過來，但是她這個動作把他喚醒過來，他趕緊又把鑰匙抓緊了。

「現在，凱薩琳・林頓，」他說：「站開，不然我會把你打倒的。」

不顧這個警告，她再次抓住了他手裡的東西。

「我要離開這裡！」她重複說。

希斯克利夫望了我一眼，這一眼可把我嚇愣了，我還來不及去阻擋，他忽然張開手指，把那對他反抗的東西狠狠地一扔。但是，在她還沒有拿到以前，他用雙手把她抓了起來，讓她在他前邊跪了下來，用手對著她的臉暴打。

看此情景，我十分憤怒地跑了過去。「你這壞蛋！」我開始大叫，他當即給了我一拳，我昏沉沉地蹣跚倒退。

很快這場大鬧就結束了，凱薩琳被放開了，但她卻在桌邊驚慌失措地哆嗦著。

「你瞧，我可有辦法對付她。」這個無賴漢凶惡地說。

這時她彎腰去撿鑰匙，「現在，去林頓那哭個痛快吧，明天我就是你父親了，你以後要受的罪還多著呢。」

凱茜沒有到林頓那邊去，卻跪到了我跟前，將她那張臉靠近我的膝蓋，大聲地哭起來。她的表弟早就縮到躺椅的一角，竟像個耗子。希斯克利夫看我們都嚇呆了，就去沏茶了。

「改改你的脾氣吧，」他說：「去給他們倒杯茶吧，我可沒下毒，我現在要去找你們的馬。」

他一走開，我們就有了要逃出去的想法。這時廚房的門在外邊拴著，我們望望窗子，但它們太窄了。

「林頓少爺，」我叫著，「你知道你的凶惡的父親想做什麼，你快告訴我們。」

「是的，林頓，你一定得告訴我們，」凱薩琳說：「我是為了你才來到這裡的，你不能這樣忘恩負義。」

「給我倒上茶，」他回答。「迪恩太太，我不喜歡你待在這裡。瞧，凱薩琳，你把那杯茶弄髒了，再給我倒一杯。」

凱薩琳換了一杯給他。他一走進咆哮山莊，他以前所表現出來的痛苦全部都消失了。

「爸爸要我們結婚，」他啜了一點茶後，接著說：「他怕我會死掉，就讓我們早點結婚，如果你照他所希望的做了，第二天你便離開這裡，而且還可以把我一起帶走。」

「你這個白癡，」我叫起來。「和你結婚，你以為我們都是傻子嗎？難道你以為我們小姐會乖乖地做你的妻子嗎？你真是一個卑鄙的人，而且現在，別露出那股愚蠢樣啦！我真想狠狠地揍你一頓。」

我輕輕地搖了他一下，他竟又做出了他那呻吟咳嗽的一老套，凱薩琳責備了我。

「不可以！」她說，慢慢地望望四周。「艾倫，我要毀了這裡，反正我要離開。」

她正要實行她的威脅，但他用他的兩個瘦胳臂抱住她，抽泣著：「你不願意救我嗎？啊，親愛的凱薩琳！你千萬不要丟下我。你一定要聽我父親的話。」

「我必須聽我自己的父親的話，」她回答，「我不會讓他為我擔心的，別鬧了！你沒有危險，我可是愛爸爸甚於愛你！」

凱薩琳幾乎是精神錯亂了，但是她仍然堅持要回家，並且勸他抑制他那自私的苦惱。

他們正在這樣糾纏不清，我們的看守走了進來了。

「你們的馬不在這裡了，」他說：「而且，林頓你怎麼了，她又對你怎麼了，上床去吧。你很快就有力氣對付她了。你是為純潔的愛情而憔悴的，不是嗎，她會要你嗎？今晚澤拉不會在這兒，你就自己伺候自己吧。噓！別吭聲了，你也用不著害怕啦。其餘的事就交給我好了。」

他就打開門讓他兒子走進去，那小子膽膽怯怯地進來了。

希斯克利夫走近火爐前，我和我的小主人就安靜地站在那兒。

凱薩琳抬頭望望，又本能地將她的手舉起放到她臉上。可是他對她皺眉而且嘀咕道：「你裝起勇敢來倒是很不錯，但是我看你很害怕呢？」

「現在我是怕了，」她回答，「因為我不回去爸爸會難過的，我怎麼可以讓他難過呢？希斯克利夫先生，讓我走吧，我答應嫁給林頓，爸爸會願意我嫁給他的，而且我愛他。你為什麼要強迫我做我本來就願做的事啊！」

「他不能強迫你做什麼！」我叫。「這個國家還有法律，哪怕他是我親生兒子，我也要告他。」

「住口！」那惡徒說：「這兒怎麼會有你說話的份。林頓小姐，一想到你父親會難過，我就高興得睡不著。至於你答應嫁給林頓，我不會讓你失信的，如果你不照辦，就別想離開這裡。」

「那麼叫艾倫回家去給我報個平安吧！」凱薩琳叫著，苦苦地哀哭著。「或者現在就娶我，可憐的爸爸，艾倫，他會以為我們走丟了。」

「他才不會！」希斯克利夫回答。「你違背了他的禁令，在你這樣的年紀，看護一個病人，即使那個病人是你自己的父親，你也會不耐煩的。凱薩琳，我敢說，他詛咒你，因為你來到了這個世界（至少，我詛咒）。我不愛你，我怎麼會愛你呢？傷心了就去哭吧！除非林頓彌補了其他的損失。他給林頓寫的勸告和安慰的信使我大大開心。在他最後一封上，他勸我的寶貝要關心他的寶貝，而且要他娶了她，就要讓她高興。但是林頓卻是個自私的人，他會折磨死成群的貓。我向你擔保，等你再回去的時候，你就能夠編造些謊言告訴他舅舅了。」

「你說得對！」我說，「有其父必有其子，我想，凱茜小姐在她接受這毒蛇[48]之前可要三思啦！」

「現在我倒是願意說說他的可愛呢，」他回答，「要麼她答應，要麼就被關在這裡，而且還有你陪著，直到你的主人死去。我要把你們秘密地留在此地。如果你懷疑，鼓勵她撤回她的話，你就要有機會做出自己的判斷了！」

「我不會撤回我的話的，」凱薩琳說：「如果我結完婚可以去畫眉山莊，我願意馬上和他結

48. 原文為一種鳥頭、蛇圍的妖怪名字，比喻陰險詭詐的人。

婚，希斯克利夫先生，你是一個殘忍的人，你不是魔鬼。如果在我回去之前他死了，我怎麼還能夠活得下去呢？我要跪在你面前，我不要起來，直到你肯回頭看我一眼！不，我不恨你，即使你狠狠地打我。姑父，你一生難道從沒愛過任何人嗎？你就不能夠憐憫我一回嗎？」

「拿開你的手指，」希斯克利夫大叫。「你怎麼可以叫我可憐你？我簡直恨透了你！」

他聳了聳肩，並且把他的椅子向後一推，這時我站起來，打算痛快地罵一頓。但是還沒等我開罵就被恐嚇了回去。天快黑了，我們聽到花園門口有說話的聲音。宅子的主人馬上就出去了，他們在那談了兩三分鐘，他就回來了。

「我還以為是哈里頓，」我對凱薩琳說：「他能站到我們這邊，誰知道呢？」

「是從田莊派來找你們的，」希斯克利夫說，聽見了我的話。「你本來可以向外求救的，但我肯定，她很高興被留下來。」

我們確實失去了一個大好的機會。然後他叫我們上樓，到澤拉的臥房裡去，我叫我的夥伴同行，或者我們可以設法從那窗子出去，從天窗出去呢。但是，樓上的窗子和樓下的一樣地窄。我們誰都沒有去睡，我不斷地勸她休息一下，可回應我的總是一連串的嘆息。我坐在那裡責備著我的失職。我如今才明白，實際上根本不是這回事。

七點他來了，問林頓小姐起來沒有。她馬上跑到門口，回答著，「起來了。」

「那麼，來這裡吧。」他說，把她拉出去。可是又把門鎖上了，我要求他把我放出去。

「學著忍耐吧，」他回答，「會有人來的。」

我憤怒地捶著門板，凱薩琳問他為什麼關我？他說我還需要再忍耐一些時候，他們走了。我忍了兩三個鐘頭，最後，我聽見腳步聲，但是不是希斯克利夫的。

「來拿吃的。」一個聲音說，「把門打開。」

我急忙照辦，看見了哈里頓，他拿來了足足一天的食物。

「拿去吧！」他又說。

「等一下。」我開始說。

「不行！」他叫，我開始苦苦哀求他，可他卻對我不理不睬。

我在那裡關了五夜四天，幾乎看不見人，除了哈里頓來給我送吃的，而他簡直是一個木頭。

chapter 28 鋌而走險

第五天早晨，也許更準確的是下午[49]，我聽見了一陣輕而短促的腳步聲，這一次，是澤拉。

「呀！迪恩太太！」她叫：「在吉默頓聽到有人談論你們，我從來沒想到你會和小姐一起陷在黑馬沼裡，聽說是主人找到了你們，怎麼?，迪恩太太?不過你臉色怎麼這麼差，你受了什麼罪嗎？」

「你的主人是個十惡不赦的壞蛋！」我回答。「他遲早會遭到報應的。」

「怎麼這樣說話？」澤拉問。「那不是他編的，人們都這樣說的，那個漂亮的小姑娘怪可惜了，還有奈麗也完了。主人聽著，他自己對自己微笑著，還說，澤拉，迪恩・奈麗這會兒正在你的房間裡，你上樓時可以叫她快走吧，把鑰匙拿上。她神經錯亂了，可是我留住了她，直到清醒過來。如果她能走，你就叫他回去稍個信兒，說她的小姐跟著就來，可以趕得上送殯。」

「埃德加先生沒死吧？」我喘息著。「啊，澤拉，澤拉！」

「沒有，沒有，你別激動，我的好太太，」她回答，「他正病著呢，肯尼士醫生認為他可以再

49. 早晨指的是午餐以前的時間，而用過午餐後便為下午。

多活一天。」

我立刻抓起我的帽子，趕忙下樓，因為這路開放了。一進大廳，我希望有人會告訴我關於凱薩琳的消息。可是眼前好像看不見一個人，我猶豫不決該怎麼辦，忽然一聲輕微的咳嗽引起了我的注意。

「凱薩琳小姐在哪兒？」我嚴厲地問他，心想可以嚇唬他說出點情報。

「她離開這裡了嗎？」我說。

「沒有，」他回答，「她現在在樓上，她還不能走。」

「你們不放她走？」我叫著，「快帶我去見她，否則我對你不客氣。」

「那樣的話，爸爸會對你不客氣的，」他回答。「他說我不必對凱薩琳溫和，他說她恨我並且願意我死，好把我的錢拿走，可是她拿不到，她永遠回不了家。」

他又繼續吮著糖，閉著眼，像睡著了似的。

「希斯克利夫少爺，」我又開始說：「你忘了小姐對你的恩情了嗎？你那時候覺得她比你好幾百倍，可現在你卻不相信她了，你還和你父親聯合起來害她。」

林頓的嘴角撇下來，他把棒糖從嘴裡抽出來。

「她到這兒來是因為她不喜歡你嗎？」我接著說：「你自己好好想想吧！至於你的錢，她全然不知啊，你竟然讓她獨自承擔痛苦，我都掉眼淚了，希斯克利夫少爺，你瞧，我只不過是一個上了年紀的僕人，你呢，說自己那麼多情，卻不願為她流一滴淚，還挺安逸地躺在那裡。啊，你真是沒有良心啊！」

「我怎麼會和她在一起，」他煩躁地回答。「我不願意一個人待在那裡，她哭得我受不了。雖然我說要叫我爸爸來啦，可還是沒有用。我真叫過他一次，不過結果還是沒改變。」

「希斯克利夫先生出去了嗎？」便盤問著。

「他在院子裡，」他回答，「跟肯尼士醫生說話，醫生說舅舅沒有多長時間了。」

「你願意看著她被打嗎？」我問，有意鼓勵他說話。

「我閉上眼睛，」他回答，「我看見我父親打狗或打馬，我都會閉上眼睛，他打得可真是夠狠。」

「要是你願意的話，你能告訴我鑰匙在哪裡嗎？」我說。

「能，我上樓的時候能，」他回答，「可是我不能上樓。」

「在哪間屋子？」我問。

「啊，」他叫：「那是秘密，沒有人知道。啊呀！你讓我很累，走開！」他把臉轉過去，靠在他的胳膊上，又閉上了雙眼。

我想最好還是在看到希斯克利夫先生之前就離開這裡，再從田莊帶人來救我的小姐。一到家，夥伴們都非常的激動要去告訴主人，但我要親自通報，才幾天的時間，我發現他發生了很大的變化。他惦記著凱薩琳，因為他在喃喃地叫著她的名字。我摸著他的手說：

「凱薩琳馬上就回來了，」我低聲說：「她好好地活著呢。」

這消息最初引發的最初的效果令人震撼，他撐起半身，急切地向這屋子四下望著，跟著就暈過去了。等他恢復過來，我就告訴了他我們是怎麼進入山莊，以及在山莊怎麼被扣留的都說了。

他已經識破他的敵人目的之一就是奪得他的財產，好給他的兒子，但他也知道他的外甥馬上就要像他一樣死去了。無論如何，他覺得有必要改變一下遺囑，至少不會讓希斯克利夫得到他的遺產。

我得到這一命令之後，就派一個人去請律師，帶上合適的武器，去把我的小姐救回來。兩批人都回來的很晚，單個派出去的僕人先回來，他們說小姐病得不能離開她的屋子了，希斯克利夫不許他們去見她，我狠狠地把那夥傢伙罵了一頓，因為這明顯不是真的，我也不願意把謊話向主人說明，我決定再次進入虎穴。他父親一定要見到她，我發誓。

幸好，我三點鐘下樓去拿一罐水，一陣猛烈的敲門聲把我嚇了一跳。

「啊，那是格林。」我仍然向前走，打算去叫別人把門打開，可是門又敲起來，雖然聲音不大，但是很急促。我連忙去開門。那不是律師，而是我自己的可愛的小主人，她哭著摟著我的脖子：「艾倫，艾倫！爸爸還在嗎？」

「是的，」我叫著，「是的，你爸爸還在，謝謝上帝，你終於回來了。」

她喘著跑到林頓的屋子，但是我強迫她坐在椅子上休息休息。然後我說我必須去通報，又求她對林頓先生說，她現在過得很幸福。她愣住了，但是她馬上就明白了。

我不忍心待在那兒看他們見面，我就待在外邊。但是，一切都相安無事。

他幸福地死去了，洛克伍德先生，他是這樣死的，他親親她的臉，低聲說：「我去她那兒了，你將來也會去那裡的。」就再也沒動，也沒說話，不過他一直注視著他那寶貝孩子，沒有人能注意到他去世的準確時刻，簡直沒有一絲的騷動。

也許凱薩琳已經把所有的眼淚都哭乾了，以至哭不出來，她就這麼欲哭無淚的樣子一直到天明，直到我把她勸走。幸虧我把她勸走了，因為午飯時律師來了。他投靠了希斯克利夫先生了，這就是他在我主人召喚以後遲遲不來的原因。

格林先生自行地負責著這裡的一切。他把所有的僕人，除了我，都辭退了。他要執行他所收到的委託，堅持埃德加・林頓不能葬在他妻子旁邊，而是要跟他的家族的先人在一起。可是遺囑與此不符，我反對著一切違反遺囑的事。喪事就這樣急急忙忙的辦完了。凱薩琳，如今的林頓・希斯克利夫夫人，被允許住到了田莊，直到她父親起靈為止。

她對我說她的痛苦最終打動了林頓，他終於冒險把她放走了。她聽見我派去的人在門口爭論，她聽出了希斯克利夫真正的意思。這驅使她鋌而走險。凱薩琳在天還沒亮就偷偷溜了出去。她不敢開門，生怕驚動了那些狗，很幸運，她走到她母親的房間，她從那裡的窗臺上很容易的出來了。她的同謀者最後還為了這件逃脫的事吃了苦頭。

chapter 29 主人的特權

喪事辦完後的那天晚上，小姐和我一起坐在書房裡，一會兒哀傷地悼念，一會又對那暗淡的未來進行猜測。

我們一致認為對凱薩琳來說，讓她住在田莊是最好的辦法，至少是在林頓活著的時候，他們還可以在一起，而我還是做管家。這樣的安排有點像是太好了，真是不敢想像，我不覺得高興起來，不料，這時候一個僕人急急忙忙地衝進來說：「那個魔鬼希斯克利夫，正在向這邊走來，要不要給他點苦頭吃？」

即使我們生氣的吩咐他閂門，可是也來不及了。他沒有一點禮貌，他是主人，就利用了做主人的特權。進來報告的那個人的聲音把他引來了，他關上門就進來了。

這間屋子還是那間十八年前他被當做客人所引進去的一樣。雖然我們沒點上蠟燭，但屋子的一切都看得那麼清晰，甚至牆上的肖像，林頓夫人漂亮的頭像，以及她丈夫那張文雅的頭像。歲月沒有讓他發生多大的變化，還是這個人。凱薩琳一看見他就想跑出去。

「站住！」他一邊說，一邊抓住她的胳臂。「你要去哪兒？我是來接你回家的，我希望你做個孝順的兒媳婦。當我發現他參與了這件事時，我都不知道如何去懲罰他，總而言之，他現在非常怕我了，不管你是否喜歡你的那個伴侶，你一定得去。」

「為什麼不能讓凱薩琳留在這兒？」我懇求著，「也可以把林頓帶到這裡。」

「我要為田莊找一個房客，」他回答，「而且我希望我的孩子留在我身邊。不管怎麼說，現在，趕快預備好吧，不要敬酒不吃吃罰酒。」

「我這就去，」凱薩琳說：「林頓是我在這個世界上最愛的人了，我不會讓你控制我們的。」

「你真是一個大言不慚的人，」希斯克利夫回答，「可是我還不至於因為你而去傷害他，他有這樣一種心思，他的軟弱能夠讓他的機靈更敏銳地去尋找一種代替力氣的東西。」

「我知道他的脾氣不怎麼好，」凱薩琳說：「可是他是你的兒子。可是我高興我天性比較好，對於他的壞脾氣我可以原諒，我知道他愛我，因此我也愛他。但是希斯克利夫先生，不會有人愛你的。你是悲慘的，難道不是麼！等你死了，也沒有人會哭你，我可不願這樣。」

凱薩琳帶著一種淒涼的勝利口氣說著話。

「你會為你的神氣難過的。」她的公公說：「滾，你這個妖精，收拾你的東西去吧！」

她輕蔑地退開了。等她走開，我就提出我去山莊做澤拉的活，讓她來做我的，但是他沒有答應。這時候他頭一回讓自己把這房間打量了一遍，特別的望了望那些肖像，注視一會兒那肖像之後，他說：「我要把它帶走。」

他猛然轉身向著壁爐，帶著一種我無法用語言來形容的表情，他接著說：「我找到了給林頓掘墳的教堂司事，我就讓他把那棺木打開，我打開了那棺木。我想我以後也會待到這裡的，我又看見了她的臉，她還是老樣子，可是他說如果吹了風，那就不會是這樣了，所以我打開了棺木的一邊，又蓋上點土。我勾結了掘墳的人，等到把我下葬的時候，把它抽出來，把我的屍首也扒出來，我要那樣做，等到林頓到我們這兒來，他就不能認出誰是誰了。」

「你是非常殘忍的，希斯克利夫先生！」我叫起來，「你難道都不能讓死者安息嗎？」

「我並沒有打擾到任何人，奈麗，」他回答，「我只是給我自己一點安寧罷了，等我到那兒的時候，你就有更好的機會讓我待在地下了。我擾了她嗎？不是這樣的，是她擾了我十八年。」

「要是她已經化入了泥土，或者更壞，那你就不會夢到什麼了？」我說。

「要是夢見和她一起化入泥土，我會很快樂的。」他回答。「你以為我擔心會有這一類的變化？你知道她在死後我發狂了，每天我都會祈求她的靈魂能來到這裡，我相信它們是確實存在的，她下葬的那天，下了雪。我是單獨一個人，而且我知道我們之間僅僅隔了兩碼深的泥土，我對我自己說我要把她抱在我懷裡，如果她是冰冷的，我就認為是北風吹得我冷，如果她一動不動，那就是她睡著了。」

「她和我同在。你想笑你就笑吧，可是我真的看見她了，我確信她跟我在一起，而且我們還一起說著話。」

希斯克利夫終於肯停下來了，擦了擦他的額頭，他的頭髮被他的汗全部貼到了額頭上。他的眼睛死死盯住壁爐的紅紅的餘燼。他這番話不僅僅是對我說的，所以我一直沒吭聲，因為一點也不喜歡他說話。

過了一刻，他又恢復了對肖像的想像，他取下來把它靠在沙發上，以便更方便地注視，就這麼認真看著的時候，凱薩琳進來了，她說她已經準備好了。

「明天再送吧，」希斯克利夫對我說，然後轉身向她，又說：「今天天氣並不壞，你可以不用你的小馬，而且你在那裡也用不著小馬，你還有雙好腳呢，走吧。」

「再見，艾倫！」我親愛的小主人低聲說。她用冰冷的嘴唇親我。「艾倫，一定要來看我。」

「當心，你可不能犯傻，迪恩太太！」她的新父親說：「我需要跟你說話時，我就回來找你，我不允許你去我家裡。」

他讓她走到他前邊，她回頭望了一眼，她聽從了安排。我從窗前望著他們順著花園走去，簡直心如刀絞。

chapter 30 無能為力

我曾去過山莊一次，但是自從小姐離開後，我再也沒有見過她，澤拉告訴過我他們的一些情況，澤拉本來就是一個心胸狹窄的女人，當然很樂觀。凱薩琳對於這種怠慢表示出了孩子氣的惱怒，她記下了仇，好像她做了天大的對不起她的事似的。大約六個星期以前，我曾和澤拉長談，因為我們在曠野遇到了，以下就是她告訴我的。

「林頓夫人所做的第一件事，」她說：「她把自己關在屋子裡，一直待到早上。後來，在吃早餐的時間，她到大廳裡來，問是否可以請一個醫生來，她的表弟病得很重。

「『這不用你說，』希斯克利夫回答，『但是我不會在他身上浪費我的一分錢。』

「『可我不知道怎麼辦，』她說：『要是沒人來幫我，他就會死的。』

「『離開這裡，』主人叫道：『永遠別讓我聽到關於他的任何事，沒有人會關心他。你要是關心，那就自己去照顧他，要麼你就離開他。』

「然後她開始來麻煩我，我都已經被她煩死了。我不知道他們在一起是怎麼做的，有時候她狼狽地跑到廚房來，想要求人幫忙，但是我可不打算違背主人，即使他做得不對，我一向不願多管閒事。有那麼一兩回，我們都睡了，我偶爾打開我的房門，卻看到她在那裡傷心的哭，我就馬上關上門，怕讓她哭動了心，我會可憐她，可你知道，我當然不願意丟掉我的飯碗。

「最後，她終於在一天晚上鼓起了勇氣來到我的屋裡，她說的話讓我非常糊塗。『告訴希斯克利夫先生他的兒子要死了，馬上起來去告訴他，這次是真的。』

「說完這話，她就離開了，我又躺了一刻鐘，傾聽著四周靜悄悄的一切。『她應該弄錯了。』我自言自語。林頓不會有事，我也不必去打擾他們。我就瞌睡起來。可是我的睡眠第二次被尖銳的鈴聲打斷了，主人讓我看看發生了什麼事情，然後告訴我他不願意再聽到那個聲音。

「我向他傳達了凱薩琳的話，他自言自語地咒罵著，過了一會兒，他拿著蠟燭走進了他們的屋子，我也跟著過去了。希斯克利夫夫人手抱著膝蓋坐在床邊。她公公走上前，用燭光照了照林頓的臉，然後他轉身向她。

「『現在，凱薩琳，他說，你覺得情況怎麼樣？』

「『你覺得怎麼樣，凱薩琳？』他又說。

「她沒有回應他。

「『他平安了，我自由了，』她回答，『我應該感到高興的。』她帶著一種無法隱藏的悲痛說，『你們丟下我一個人跟死亡掙扎這麼久，所以我只能夠感覺到死亡。』

「她看上去真的和死了一樣，我給她了一點酒。哈里頓和約瑟夫被吵醒了，在外面聽見我們說話，他們也進來了。我相信約瑟夫很高興除掉了這個孩子，哈里頓倒是有點不安，不過他盯住凱薩琳比想念林頓的時間還多些，但是主人吩咐讓他去睡覺，這裡不需要他。然後他叫約瑟夫把遺體搬到他房間去，也讓我回了屋，僅僅留下希斯克利夫夫人一個人。

「早上，他讓我叫她下來吃飯，她說她不舒服，這是人之常情。我告訴了希斯克利夫先生，他答道：『隨她去吧，到出殯後再說，你好好照顧她。』」

據澤拉說，凱茜在樓上整整待了兩個星期，澤拉一天去看她兩次，本來打算對她好些，但被她高傲地拒絕了。

希斯克利夫上樓去過一次，給她看林頓的遺囑。無論如何，希斯克利夫先生根據他妻子的權利，把一切都搶了回來，我想是合法的，因為凱薩琳無權無勢。

「始終沒有人去看過她，」澤拉說：「除了那一次。她第一次下樓到大廳裡來，是在一個星期日的下午。在我給她送飯的時候，她待在一個很冷的地方，我跟她說主人去畫眉山莊了，她一聽見希斯克利夫的馬奔馳而去，她就出現在了我們面前。

「約瑟夫和我一般在周日去禮拜堂。（你知道，現在教堂沒有牧師了，迪恩太太解釋著，他們把吉默頓的衛理公會或是浸禮會的地方，我說不出是哪一個，叫做禮拜堂。）那天，約瑟夫已經走了，我想我最好還是留在家裡，年輕人有個年紀大的守著總要好多了。」

「現在，迪恩太太，」澤拉接著說，她看到我並不在意，「你也許以為你的小姐太好，哈里頓先生根本配不上她，也許你是對的。但對於這一切，那又有什麼用呢？」

哈里頓允許澤拉幫他忙，她誇他，這讓他很高興，所以，當凱薩琳進來時，據那管家說，他以把以前的她對他的侮辱忘到九霄雲外了。

「夫人走進來了，」她說：「像個冷冰冰的高貴的公主，我起身把我坐的扶手椅讓給她，但她對我不理不睬。恩肖也站起來了，請她坐在高背椅上，挨著爐火，他說她肯定餓了。

「『我已經餓了一個多月了。』她回答。

「她自己搬了張椅子，離我們很遠坐著，等到她坐暖和了，她開始向四周望著，發現櫃子上有些書，或者找些什麼可看的，哈里頓的目光卻集中到了她那漂亮的頭髮上，他看不見她的臉，她也看不見他的臉。也許，他也不知道他在做些什麼，他從開始的兩眼盯著瞧到最後動手去碰了。那個不得了了，好像是有人在她的脖子上捅了一刀似的，她猛然轉過身來。

「『馬上滾開！你怎麼敢碰我？』她厭惡的大叫：『我受不了你！』

「哈里頓先生向後退，他安靜地坐在椅子上，她繼續翻她的書，大約又過了半個鐘頭，恩肖走過來，跟我小聲說：『澤拉，你請她給我們念念好嗎？我很喜歡她念呢，但別說我要她念的，就說你想讓她念。』

「『哈里頓先生想讓你給我們念一下，太太，』我馬上說：『他會十分高興的。』

「她把皺著的眉頭抬起來，回答說：『你們每一個人請放明白點，我可不吃你那一套，收起你們的假仁假義吧，我真看不起你們，滾開吧，我不是來給你們尋開心的。』

「『我做錯了什麼？』恩肖開口了：『你為什麼要這樣對我呢？』

「『啊！你算什麼？』希斯克利夫夫人回答：『我從來都不會在乎你怎麼對我。』

「『但是我不止一次的請求過，』他被她的無禮激怒了，說：『我求過希斯克利夫先生讓我代你守夜。』

「『住口吧！我寧可現在就走出去，也不願意聽到你那討厭的聲音。』我的夫人說。

「哈里頓嘀咕著說，在他看來，她還是下地獄的好，他從牆上取下了槍，再也不受什麼星期天不幹活的約束。這會兒，他愛說啥就說啥，可自由了。

「凱瑟琳馬上覺著她還是回到自己的屋裏單獨待著更合適。可又開始下霜了，不管她怎麼傲，也不得不一點點地放下架子，越來越多地跟我們待在一起。不過，我一直提防著，我好心對她，希望可別又遭到她的奚落。打那時起，我們彼此都板著臉。我們這些人當中，誰也不愛她，誰也不喜歡她，她也不配有誰愛她、喜歡她，因為不管是誰哪怕對她說一句話，她都撅著嘴，毫不尊重別人！甚至對主人她都頂撞，實際上，這不等於在討打嗎？她越挨打，她的性子也變得越加狠毒。」

起初，聽了澤拉這一段話，我決定帶著凱薩琳一起離開這裡，可是要希斯克利夫先生答應，簡直是比登天還難，眼下我又想不出什麼辦法，除非她再嫁，我已無能為力了。

迪恩太太的故事就這樣結束了。儘管有醫生的預言，但我還是很快的康復了，雖然這不過是元月的第二個星期，但是我還是希望騎馬到咆哮山莊，告訴我的房東，我將會離開這裡半年，而且，如果他願意的話，他可以在我走後另尋房客。我真的不想在這裡過那個冬天了。

chapter 31 一頓不愉快的飯

昨天天氣晴朗，寧靜而又寒冷。我按著原先的打算，來到山莊裡，並幫我的管家給她的小姐稍封信。

房子的前門開著，我敲了門，正在花園幹活的恩肖聞聲趕來，打開鎖鏈，讓我走了進去。對於一個鄉下人來說，這個傢伙是夠帥的。可是他很明顯並沒有發現他自己的優點[50]。我問希斯克利夫先生在不在家?他回答說，不在，但在午飯的時候可以回來，我就打算在那裡等他。

我們一同進去，凱薩琳在那兒，她正在忙著準備做飯用的蔬菜，她變得更加沒有精神。她幾乎沒抬眼看我。

「她真是令人討厭。」我想，「不像迪恩太太想使我相信的那樣。」

恩肖非讓她把蔬菜弄到廚房裡。「你自己搬吧。」她說。

我走近她，假裝想看看花園景致，自以為很自然地把迪恩太太準備的短箋扔給她，可是她大聲問：「這是什麼?」而冷笑著把它丟開了。

50. 暗指恩肖仍然談吐、舉止粗俗，儘管外貌尚可，但難以讓人喜歡。

「你的老朋友給你寫的信。」我回答，我害怕引起誤會。

她聽了這話原本很高興，正準備把它拾起來，可是哈里頓先她一步，他塞到了他的口袋裡，說希斯克利夫先生得先看看。於是凱薩琳擦著她的眼睛，她的表哥經過了激烈的內心交戰之後，他妥協了。

凱薩琳拿到了，熱切地讀著，然後，她詢問我一些她家裡的情況，並且呆望著那些小山，喃喃自語著：「我多想去那裡看看啊，可是我被關起來啦，哈里頓！」

她將她那漂亮的頭仰靠在窗臺上。

「希斯克利夫夫人，」我默坐了一會兒之後說：「你還不知道我們是熟人吧！我的管家給我講了你的很多事，我很瞭解你，如果我不能夠帶回去你的一丁點的訊息的話，她會很傷心的。」

她看起來十分的驚訝，就問：

「艾倫喜歡你嗎？」

「是的，很喜歡。」我毫不猶豫地回答。

「那麼麻煩你告訴她。」她接著說：「我非常想給她寫信，但我什麼都沒有。」

「沒有書！」我叫著。「恕我冒昧，你在這兒沒有書，怎麼能活得下去？雖然我有個很大的書房，但我感覺還是很悶，如果再把我的書拿走，那我就會拼命的。」

「從前我有書的時候，我常常看它們的，」凱薩琳說：「而希斯克利夫從來不看書，所以他就打消了我讀書的念頭。我已經好長時間沒有看過一本書了。有一次，哈里頓，我在你的屋子裡發現了一堆藏書，有些拉丁文和希臘文，全是些老朋友。你把我帶來的詩歌收藏起來，僅僅是出於愛偷東西的習慣吧[51]，它們對你並沒用，即使這樣你們也不能奪走它，它印在我的腦子裡。」

當他的表妹宣布了他私下收集文學書時，恩肖超級緊張，惱怒地否認對他的指控。

「哈里頓先生是渴望能夠長些見識和本事的。」我說，為他解圍。

「讓我變成一個傻瓜。」凱薩琳回答。「是的，我聽見他自己試著拼音朗讀，他出了多少錯來呀！因為你不瞭解這一切！」

這個年輕人真是太糟了，我記起迪恩太太所說的那段趣聞，說到他是如何如何的努力，想從野蠻愚昧中覺悟過來。我就說：

「可是，希斯克利夫夫人，我們每人都會有個坎坷的開始。要是我們的老師只是嘲笑我們，而不是幫助我們，我們會怎麼樣呢，恐怕還不如他呢。」

「啊。」她回答，「我並不是想諷刺他，可是，他怎麼能夠把我的東西占為己有。」

哈里頓不能忍受著這屈辱而無動於衷，不一會兒，他手中捧著半打的書，將它們扔到凱薩琳的懷裡，叫著：「拿去吧！我永遠也不會再讀它們了。」

「我現在也不要了，」她回答。「我一看到它們就會想起你。」

哈里頓隨後就把這些書收集起來全扔到火裡，我從他臉上看得出來他是那樣的痛苦。

「是的，你就是一個畜生！」凱薩琳叫著，但眼中充滿了憤怒。

「現在你最好閉嘴吧！」他凶猛地回答。

51. 歐洲民間傳說中喜鵲喜歡偷走銀匙藏在自己的窩裡。

他的激動得說不下去了。他急忙走出去，但是在他邁過門階之前，希斯克利夫先生走上砌道正碰見他，抓住他問：「你這是怎麼了？」

「沒什麼，沒什麼。」他說，便掙脫身子。

希斯克利夫在他背後凝視著他，長長地嘆了一口氣。

「我自己給我自己找事呢。」他嘀咕著，不知道我在他背後。

他雙眼緊盯著地面，悶悶不樂地走進去。

他臉上表現出來的表情是我從來都沒見過的，他的身子也顯得消瘦了一點。他的兒媳婦一看到他就逃跑了，所以就只有我一個人了。

「我很高興你能夠出門了，洛克伍德先生，」他說：「可是，你怎麼會到這裡來的？」

「恐怕是一個奇怪的念頭，先生，」這是我的回答，「我打算下星期到倫敦去，我想最好通知你一下，我們之前約定的租期，你可以重新調整了。」

「啊，真的，你不想再過隱居的生活了嗎？」他說：「我想，如果你是為減免房租的話，你這趟旅行是白費了，我在催討房租的時候，對任何人都不會留情面的。」

「我不是來求誰的，」我憤怒地叫起來。「如果你想要的話，我們現在就可以算清楚。」

「不，不，」他冷淡地回答，「我不忙，坐下來在這裡吃了飯再走吧！不再登門拜訪的客人通常是被歡迎的。凱薩琳！你在哪呢？開飯了！」

凱薩琳這時端著一盆刀叉出現了。

「你可以跟約瑟夫一塊吃飯，」希斯克利夫暗地小聲說：「在廚房裡別出來，直到他離開。」

坐在我一邊的是冷酷陰森的希斯克利夫，另一邊是一聲也不吭的哈里頓，我吃了一頓不愉快的飯，很早就離開了。

「這家人的生活真是很憋悶！」我騎著馬在大路上走的時候想著。「如果林頓・希斯克利夫夫人和我戀愛起來，那對她來說，簡直比神話更浪漫了！」

chapter 32 「古怪」的結局

一八二〇年，這年九月，我被北方一個朋友邀請去狩獵，不料想來到了離吉默頓不到十五英里的地方。

這時路旁一家客棧的馬夫就說：「你們從吉默頓來的吧，啊！他們總是很晚收工。」

「吉默頓？」我再三念著，我在那裡居住的記憶像夢一樣模糊了。「啊！我知道了。那裡離這兒有多遠？」

「過了山大概有十四英里吧，不過，路不很好走。」他回答。

我把僕人留在那兒，我一個人去了那邊。那灰色的教堂顯得更加灰暗了，那孤寂的墓園也更加孤寂。不過還好，我在日落之前就到了那裡，正打算敲門進去，但我卻看到這家人已經搬到後屋了，所以他們沒有聽見應門聲。

在走廊下面，一個九歲或十歲的女孩子坐著正在編織著什麼東西，一個老婦人抽著煙斗靠在臺階上。

「迪恩太太在裡面嗎？」我問那婦人。

「迪恩太太？沒有！」她回答，「她在山莊上。」

「那麼，你是這裡的管家了？」我又說。

「是啊，有什麼事嗎？」她回答。

「你好，我是主人洛克伍德先生，不知道我可不可以在這裡住一夜。」

「主人！」她驚叫：「喂，誰會想到你來啊？現在可沒有乾淨的地方了！」

「山莊上的一切還好吧？」我問那婦人。

「我知道的都還好。」她回答。

過了一會，我離開了這裡，攀登上通往希斯克利夫住所的石砌的岔路。我並沒用從大門外爬進去，也沒有敲門，就那麼進去了。

門窗都敞開著，因此屋子裡的每一個人都離窗子不遠。在我進來之前，就先看見他們了，也能聽到他們講話，我站在那裡繼續聽著看著。

「相——反的！」一個聲音甜美的人說：「傻瓜，這是我第三次告訴你了。」

「好，相反的，」另一個回答，是深沉而柔和的聲調。「現在，親親我好吧！瞧我記得這麼好。」

「不，先要準確地把它們念完，不能有一個錯。」

那說話的男人開始念了，他是一個年輕人，穿著也很體面，坐在一張桌子旁，在他面前有一本書，他的漂亮面貌因愉快而煥發光彩，他的眼睛總是不安定地從書頁上溜到他肩頭上的一隻白白的小手上，但是一旦被那個人發現他心思轉移了，他就會受到懲罰，可是小手的主人一發現他有這種分心的跡象，就在他的臉上輕快地扇一下。有這小手的人站在後面，在她俯身指導他讀書時，她輕柔發光的捲髮有時和他的棕色頭髮混在一起了，而她的臉，幸虧他看不見她的臉，不然他怎麼會這麼的安穩。我倒看得清，我怨恨地咬著我的嘴唇，因為我已經失掉了本來有望獲得的機會，現在只有傻看著那個美人了。

課上完了，可是學生要求獎勵，至少得了五個吻，他自然慷慨地回敬了一番。然後他們就到曠野上去散步了。我猜想，如果我這個尷尬的人在他的附近出現，哈里頓・恩肖就是口裡不說，心裡也會詛咒我到第十八層地獄裡去的。我覺得自己很自卑。我的老朋友迪恩・奈麗坐在門口，一邊唱歌，一邊做針線。她的歌聲常常被裡面傳來的譏笑和放肆的粗野的話打斷。

「老天在上，我真的不想再聽你瞎叫喚了。」廚房裡的人說，這是回答奈麗的一句，剛才奈麗說了什麼，我也不知道。

「可真是不知羞恥啊，啊，現在你是個沒出息的，她又算個啥，那可憐的孩子落到你倆手裡就完了，」他又說，加上一聲呻吟，「我敢說，他準是中邪啦！哦，主啊，審判他們吧！因為人世間的統治者既沒有王法也沒有正義啊！」

「不！」唱歌的人反唇相譏，「老頭，閉嘴吧！像個基督徒似的念你的《聖經》吧，不要管我。」

迪恩太太剛要再開口唱，我就走了過去，她馬上就把我認出來了，叫著：「好啊，天保佑你，洛克伍德先生！你怎麼想起回來了，你應該提前給我們通知的。」

「我都安排好了，別擔心，」我回答：「明天我又要走了，你怎麼搬到這兒來住了，迪恩太太？」

「在你去倫敦不久，澤拉就走了，希斯克利夫先生要我來這兒住下，直到你回來。可是，你怎麼不進來呢？你從哪裡來？」

「從田莊來，」我回答：「趁著他們正在為我收拾房子，我要跟你的主人把我的事結束，因為我想再也沒有忙中偷閒的時候了。」

「出了什麼事嗎，先生？」奈麗說，把我領進大廳。「主人暫時不會回來的。」

「關於房租的事。」我回答。

「啊，那麼你一定得和希斯克利夫夫人接觸了，」她說：「也可以和我說，她還沒有學會管理她的事情呢，我就替她辦。」

我流露出驚訝的表情。

「啊，看來你並不知道希斯克利夫去世的消息。」她接著說。

「希斯克利夫死啦?!」我叫道，大吃一驚。「多長時間了？」

「已經有三個月了，不過你還是把帽子給我，然後坐下來，我要告訴你這一切，等一下，你是不是還沒吃點什麼？」

「我已經讓他們準備晚飯了，不用麻煩了，你也坐下來吧，讓我聽聽怎麼回事，我簡直怎麼也不會想到他會去世。你是說那兩個年輕人一時還不會回來嗎？」

「不會，我幾乎每天晚上都要責怪他們那麼晚還要去散步，可是他們根本都不理會我。至少你要喝點我們的陳年老酒吧，它會給你提提精神的。」

我來不及拒絕，她趕忙去取了。我聽見約瑟夫在問：「都這麼大一把年紀了，還要勾引野男人，這不是件很不要臉的醜事嗎？還到主人的地窖裡拿酒！人真不知害臊。」

她並沒有說什麼，帶著一個大銀盃走了進來，我稱讚了這杯酒。喝了酒，她就提供給我關於希斯克利夫的故事的續篇。正如她所說，他有一個「古怪」的結局。

你離開兩個星期我就來到了這裡，她說，[52]為了凱薩琳的緣故，我無條件地服從了。剛和她見面就讓我難過。自從我們分別以後，她變得非常的厲害。希斯克利夫先生並沒有說我來這裡要幹什麼，他只吩咐我過來，他不願再看見凱薩琳了，我必須把小客廳作為我的起居間，而且我們兩個人能夠在一起了。

她對這種安排倒是很高興，我偷偷搬運來一大堆的書，還有她喜歡的一些玩意兒，我原以為我們會這樣舒服的生活下去。但這種幻想沒多久就結束了，凱薩琳起初滿足了，不久就變得暴躁不安。她被禁止走進花園，春天來了，她卻只能待在這個狹小的地方，這是使她十分冒火的原因之一，另一件事就是我由於管理家務，常常不在她身邊，而她就抱怨寂寞，她寧可跟約瑟夫在廚房裡拌嘴，也不願意一個人孤獨的待在那裡。

對他們的爭吵我倒不怎麼在乎，可是，當主人要一個人占著大廳時，哈里頓也會到廚房裡，雖然開始時她一見他來了就走，可是沒多久，她就發生了巨大的變化，她開始議論他，毫不客氣

52. 此處「她」指奈麗，後面都是奈麗的敘述。

地批評他的笨相和懶散，表示她的驚奇，他怎麼能夠在這樣的生活中活下去啊，他怎麼能一個晚上都只盯著一個地方，打著瞌睡。

「他是一條狗嗎？艾倫？」她有一次說：「或者是一匹馬呢？他永遠做著他自己的事，他可能都沒有什麼思想！你做過什麼夢嗎，哈里頓？你要是做過，都夢見了什麼呢？你為什麼不和我說話呢？」

然後她就看著他，但他還是不吭聲，也不會抬頭望望他。

「可能他現在就在做夢，」她繼續說。「他扭動他的肩膀，像朱諾女神[53]在扭動她的肩膀似的。你問問他，艾倫。」

「要是你不能安靜點，哈里頓先生要請主人叫你上樓了！」我說。

他不只是扭動他的肩膀，還握緊他的拳頭，大有動武之勢。

「我知道當我在廚房的時候，哈里頓幹嘛永遠不說話。」又一次，她叫著。「他怕我會笑他。艾倫，你認為是不是？有一回他開始自學讀書，我笑了，他就燒了書，走開了。他不是個傻子嗎？」

「那你是不是淘氣呢？」我說：「你回答我這話。」

「也許我是吧，」她接著說：「可是我沒料想到他這麼呆氣。哈里頓，如果我給你一本書，你現在肯要嗎？我來試試！」

53. 指開始時被敘述者稱為朱諾的那條狗。

她把她正在閱讀的一本書放在他的手上。他甩開了，咕嚕著，要是她糾纏不休，他就要扭斷她的脖子。

「好吧，我就放在這兒，」她說：「放在抽屜裡，我要上床睡覺去了。」然後她小聲叫我看著他會不會去拿書，說罷就離開了廚房。可是他怎麼也不走近桌子，所以我在第二天告訴了她，這使她大失所望。我看出她對他那執拗的抑鬱和怠惰感到難受，她的良心責備她，不該把他嚇得放棄改變自己，這件事她的做法起了不好的作用。

不過她設法運用她的機靈來彌補這一創傷，在我熨衣服，或者做其他一些不便在小客廳裡做的活兒時，她就帶來一些有趣的書，大聲念給我聽。遇有哈里頓在場時，她經常念到精彩處就停了下來，讓書攤在那兒，走開了。

她一次又一次地這麼做，可是他固執得像頭騾子，不但不上她的鉤，而且碰上下雨天，他就跟約瑟夫在一起抽煙，像自動玩具似地坐著，在壁爐前一人坐一邊。好在年紀大的一個耳聾，聽不見他所說的她的胡說八道，年紀小的一個則竭力裝出不屑一聽的樣子。晚上每當遇上好天氣，他就出去打獵。

凱薩琳唉聲嘆氣，老來逗我跟她說話，可是我一開口，她又顧自跑到院子里或者花園裡去了。她的最後一招就是哭訴，說什麼她都活膩了，她活著毫無意義。

希斯克利夫先生變得越來越不喜歡跟人來往，已經差不多把恩肖從他的房間裡趕出來了。由於三月初出了個事故，恩肖有幾天不得不待在廚房裡。當他獨自在山上的時候，他的槍走火了，碎片傷了他的胳膊，回到家時流了好多血。結果是，他被迫在爐火邊靜養，一直到恢復為止。

有他在，凱薩琳倒覺得挺合適，無論如何，那使她更恨她樓上的房間了，她逼著我在樓下找事做，好和我作伴。

到了復活節那個星期的星期一，約瑟夫趕著幾頭牲口去吉默頓趕集了。下午，我正在廚房裡忙著整理被單。恩肖坐在壁爐的一角，像往常那樣沉著臉，我的小女主人則在窗玻璃上畫畫，以此來消磨無聊的時光，有時哼兩句歌，或者朝她那個老是抽煙和望著爐柵發呆的表哥，投去煩惱和不耐煩的目光。

當我對她說她擋住了我的亮光，我都沒法做事了，她就挪到壁爐那邊去了。我也就沒有去注意她幹些什麼，可是，沒過多久，我就聽到她說：

「我發現，要是你對我脾氣不這樣壞，不這樣粗暴的話，我是——很高興——很願意要你做我的表哥的。」

哈里頓沒有回答。

「哈里頓！哈里頓！你聽見沒有？」她繼續說。

「去你的！」他吼了一聲，一副毫不妥協的樣子。

「讓我拿開那煙斗。」她說，小心地伸出她的手，把它從他的口中抽出來。

在他想奪回來以前，煙斗已經折斷，扔在火裡了。他對她咒罵著，又抓起另一支。

「停停，」她叫，「你非先聽我說不可，在那些煙衝我臉上飄的時候，我沒法說話。」

「見你的鬼！」他兇狠地大叫，「別跟我搗亂！」

「不，」她堅持著，「我偏不！我不知道怎麼樣才能使你跟我說話，而你又下決心不肯理解我的意思。我說你笨的時候，我並沒有瞧不起你的意思。好了，你該理我了，你是我的表哥，你應該承認我呀。」

「我對你和你的臭架子，還有你那套作弄人的鬼把戲，沒什麼可說的！」他回答，「我寧可肉體和靈魂都下地獄，也不願再瞟你一眼！滾出去，現在，馬上就滾！」

凱薩琳皺眉了，退到窗前的座位上，咬著她的嘴唇，試著哼起怪調兒來掩蓋越來越想哭的趨勢。

「你該跟你表妹和好，哈里頓先生，」我插嘴說，「既然她已後悔她的無禮了。那會對你有很多好處的，有她作伴，會使你變成另一個人的。」

「作伴？」他叫了起來，「她討厭我，認為我給她擦皮鞋都不配呢。不，就是讓我當皇帝，我也不要再也不願為討她的好受到嘲笑了。」

「不是我討厭你，是你討厭我呀！」凱薩琳哭著說，再也掩飾不住心頭的痛苦了，「你跟希斯克利夫先生一樣討厭我，而且更討厭。」

「你這個該死的撒謊的人！」哈里頓開口說，「照你這麼說，那我幹嘛為了向著你，惹得他上百次生氣呀？可是你卻取笑我，看不起我，而且還——繼續來煩擾我，我馬上到那邊去，說你把我趕出了廚房！」

「我不知道你向著我呀，」她回答，擦乾她的眼睛，「那時候我難過，對每一個人都有氣，可現在我謝謝你，求你饒恕我，此外我還能怎麼樣呢？」

她又回到爐邊，坦率地伸出她的手。他的臉陰沉發怒像雷電交加的烏雲，堅決地握緊拳頭，眼盯著地面。

凱薩琳本能地，一定是料想到那是頑固的倔強，而不是由於討厭才促成這種執拗的舉止；猶豫了一陣之後，她俯身在他臉上輕輕地親了一下。

這個小淘氣以為我沒看見她，又退回去，坐在窗前老位子上，假裝極端莊的。我不以為然地搖搖頭，於是她臉紅了，小聲說：

「那麼！我該怎麼辦呢，艾倫？他不肯握手，他也不肯瞧我，我必須用個法子向他表示我喜歡他——我願意和他作朋友呀。」

我不知道是不是這吻打動了哈里頓，有幾分鐘，他很當心不讓人看到他的臉；等到他抬起臉來時，他顯得心慌意亂，兩眼不知該朝哪邊看才好。

凱薩琳忙著用白紙把一本漂亮的書整整齊齊地包起來，用一條緞帶紮好，寫著送交「哈里頓・恩肖先生」，她要我作她的特使，把這禮物交給指定的接受者。

「告訴他，要是他接受，我就來好好教他讀書識字。」她說：「要是不他拒絕它，我就上樓去，從今以後再也不打擾他了。」

我在我的委託人的焦急注視下，把書送了過去，並且轉達了要我帶的口信。哈里頓不肯把手指鬆開，因此我就把書放在他的膝蓋上。他也沒有把書扔掉，我又回來幹自己的活了。凱薩琳用胳膊抱著她的頭伏在桌上，等到聽見撕開包裝紙的沙沙聲音，然後她偷偷地走過去，靜靜地坐在她表哥的身邊。

他渾身顫抖，滿臉通紅，所有的莽撞無禮和所有的執拗都已棄他而去，起初面對她那詢問的目光，還有她那低聲的懇求，他都鼓不起勇氣來說一個字了。

「說你饒恕我，哈里頓，說吧！你只要說出那一個字來，就會使我快樂的。」

他喃喃地，聽不清他說什麼。

「那你願意作我的朋友了嗎？」凱薩琳又問。

「不，你以後天天都會因我而覺得羞恥的，」他回答，「你越瞭解我，你就越覺得可羞，我可受不了。」

「那麼，你不肯做我的朋友嗎？」她說，微笑得像蜜那麼甜，又湊近些。

再往下談了些什麼，我就聽不到了，但是，再抬頭望時，我卻看見兩張如此容光煥發的臉俯在那已被接受的書本上，我深信和約已經雙方同意，敵人從今以後成了盟友了。

他們研究的那本書盡是珍貴的插圖，那些圖畫和他們所在的位置魔力都不小，使他們直到約瑟夫回家時還坐著不動。他，這可憐的人，一看見凱薩琳和哈里頓坐在一條凳上，把她的手搭在他的肩上，完全給嚇呆了。對於他所寵愛的哈里頓能容忍她來接近，他簡直不明白是怎麼回事。這對他刺激太深了，使他那天夜晚對這事都說不出一句話來。直到他嚴肅地把聖經在桌上打開，從他口袋裡掏出了一天的交易所得的髒鈔票攤在聖經上，他深深地嘆幾口氣，這才洩露了他的情感。最後，他把哈里頓從他的椅子上叫過來。

「把這給主人送去，孩子，」他說：「就待在那兒，我要到我自己的屋裡去。這屋子對我們不大合適，我們可以溜出去另找個地方。」

「過來，凱薩琳，」我說：「我們也得『出去』了，我已經熨好衣服，你準備走了嗎？」

「還沒到八點呢！」她回答，很不情願地站起身來，「哈里頓，這本書我就放在爐架上了，明天我再多拿幾本來。」

「不管你留下什麼書，我都要把它拿到大廳去，」約瑟夫說：「要是你還能再找到，那才是怪事呢。所以，隨你的便！」

凱薩琳威脅他說，要是他膽敢碰她的書，他就得拿自己的藏書作代價。從哈里頓身旁走過時，她笑了笑，然後唱著歌上樓去了。我敢說，她打從走進這個家門，心情從來沒有這樣輕鬆過，也許只有最初來看林頓的那幾次除外。

這種親密的關係就這樣開始了，而且迅速地發展著，雖然這中間也遇到過暫時的挫折。哈里頓並不是憑一個願望就能變得有教養，我家小姐也不是個哲學家，不是一個能忍耐的模範。可是兩人的心都向著同一個目標——一個是愛著，而且想著尊重對方，另一個也是愛著，而且想著尊重對方——他們都盡力要求最後達到這個目標。

你瞧，洛克伍德先生，要贏得希斯克利夫夫人的心挺容易的。可是現在，我高興你沒有作過嘗試。我所有的願望中，最高的就是這兩個人的結合。在他們結婚那天，我將不羨慕任何人了，在英國將沒有一個比我更快樂的女人了。

chapter 33 願望

那個星期一之後，恩肖仍然不能去作他的日常工作，因此仍待在家裡。我很快就發覺，要把我的照顧對象像以前那樣留在我身邊，是行不通的了。

她比我先下樓，並且跑到花園裡去，她曾看見過她表哥在那兒幹些輕便活，當我去叫他們來吃早點的時候，我看見她已經說服他在醋栗和草莓的樹叢裡清出一大片空地。他們正一起忙著商量從田莊移一些花草來栽種。

在短短的半小時之內，竟完成這樣的大破壞把我嚇壞了，這些醋栗樹是約瑟夫的寶貝呀，她卻偏偏選中在這些樹中間建造她的花圃！

「好呀！這事只要一被發現，」我叫了起來，「那可全要給主人知道的，你們有什麼理由這樣自作主張地來擺弄花園呢？這一下可有好戲看了。瞧著吧，沒事才怪哩！哈里頓先生，我不懂你怎麼這樣糊塗，竟聽她的吩咐胡鬧！」

「我忘記這是約瑟夫的了，」恩肖回答，有點嚇呆了，「可是我要告訴他是我搞的。」

我們總是和希斯克利夫先生一道吃飯的。我代替女主人，做倒茶切肉的事，所以在飯桌上是缺不了我的。凱薩琳通常坐在我旁邊，但是今天她卻偷偷地靠近哈里頓些，我立刻看出她在友誼上比以前在敵對關係上還更不慎重。

「現在，你可記住別跟你表哥多說話，也別太注意他，」這就是在我們進屋時，我低聲的指示。「那一定會把希斯克利夫先生惹煩了的，他準會對你們兩人大發脾氣的。」

「我才不會呢。」她回答。

可是才過了一分鐘，她就側身挨近他，並且在他的粥盆裡插了些櫻草花。

他坐在那兒，不敢跟她說話，他幾乎看也不敢朝她看一眼，可她還是逗他，弄得他有兩次差一點笑出來。

我皺起眉頭，於是她朝主人溜了一眼。主人心裡正在想別的事，沒有注意身邊的人，這從他的臉上可以看出來，她一下子嚴肅起來，神情莊重地端詳著他。

在這以後，她又轉過臉，開始胡鬧起來，哈里頓終於忍不住撲哧一聲笑了出來。

希斯克利夫一驚，他的眼睛很快地把我們的臉掃視一遍。凱薩琳以她習慣的神經質的，卻又是輕蔑的表情回望他，這是他最憎厭的。

「好在我搆不著你，」他叫。「你中了什麼魔了，老用這種惡毒的眼神瞪著我？低下你的眼睛！別讓我想到你還在我眼前。我以為我已經治住你的笑了！」

「笑的是我。」哈里頓喃喃地說。

「你說什麼？」主人問。

哈里頓望著他的盤子，沒有再重複這話，希斯克利夫先生看他一下，然後沉默地繼續吃他的早餐，想他那被打斷了的心思。

我們都快吃完了，這兩個年輕人也謹慎地挪開一點，所以我料想那當兒不會再有什麼亂子。這時約瑟夫卻在門口出現了，他那哆嗦的嘴唇和冒火的眼睛，顯出他已經發現他那寶貝的樹叢受到劫掠了。

他在檢查那地方以前，一定是看見過凱茜和她表哥在那兒的，因為這時他的下巴動得像牛在反芻一樣，而且把他的話說得很難聽懂，他開始說：

「給我工錢，我非走不可！我本打算就死在我侍候了六十年的地方，我心想我已經把我的書和我所有的零碎搬到閣樓上去，把廚房讓給他們，為的就是圖個安靜，撂下我壁爐前的那個位子，我真捨不得啊，可我想還能受得了！可是，這會兒她不僅佔了我爐前的位子，把我的花園也給佔了。不行，老爺，這我受不了！你受得了這口氣，你就受吧——我可受不慣。一個老頭子是沒法一下子就受得慣這些新花樣的——我寧可拿把頭到大路上去混口飯吃！」

「行了，行了，你這個老糊塗，」希斯克利夫打斷他的話說：「說乾脆點！你抱怨什麼？要是你跟奈麗吵架，我可不管，她就是把你扔進煤洞裡去，也不關我的事。」

「這不關奈麗的事！」約瑟夫回答：「我不會為了奈麗走的，雖說她也不是個好東西。謝天謝地！她還勾不走別人的魂！她還從來沒漂亮到讓一個男人見了不眨眼。是那邊那個該死的不要臉的小騷婆，用她那雙放肆的眼睛和不害臊的手段，把我們的孩子給迷住了——啊，不說啦！我的心都要碎了！他全忘了我為他做的一切，我對他的照顧，竟到花園裡去拔掉整整一排長得最好的紅醋栗樹！」

說到這裏，他禁不住放聲大哭起來。想到自己所受的傷害，想到恩肖的忘恩負義和自己的險惡處境，他完全失去男子漢的氣概了。

「這呆子是喝醉了嗎？」希斯克利夫先生問：「哈里頓，他是不是在跟你找碴？」

「我拔掉兩三棵樹，」那年輕人回答，「不過，我會重新栽上的。」

「你為什麼要拔掉它們呢？」主人說。

凱薩琳聰明地插了嘴。

「我們想在那裡種點花。」她喊著：「就怪我一個人吧，因為是我要他拔的。」

「見鬼了，是誰讓你碰花園裏的一草一木的？」她的公公問。十分驚訝。

「又是誰叫你去服從她呢？」她又轉過身對哈里頓說。

後者無言可對，他的表妹回答：

「你不該連給我幾碼地美化一下都捨不得的，你把我的地全都給占走了！」

「你的地？你這傲慢的賤人！你從來沒有什麼土地！」希斯克利夫說道。

「還有我的錢！」她接著說，回瞪他，一邊咬著早餐吃剩的一片麵包皮。

「住嘴！」他大聲吼著，「吃完了就滾！」

「還有哈里頓的土地和他的錢。」那胡鬧的東西緊跟著說。

「現在哈里頓和我是朋友啦，我要把你的事都告訴他！」

主人彷彿愣了一下，他臉色變得蒼白，站起來，一直望著她，帶著一種不共戴天的憎恨的表情。

「如果你打我，哈里頓就要打你，」她說：「所以你還是坐下來吧。」

「如果哈里頓不能把你攆出這間屋子，我要把他打到地獄裡去，」希斯克利夫大發雷霆。「該死的妖精！你竟找藉口挑動他來反對我？讓她滾！你聽見了嗎？把她扔到廚房裡去！丁艾倫，要是你再讓我看見她，我就要殺死她！」

哈里頓低聲下氣地想勸她走開。

「把她拖走！」他狂野地大叫：「你還要待在這兒談天嗎？」

他走近來執行他自己的命令。

「他不會服從你的，惡毒的人，再也不會啦！」凱薩琳說：「不久他將要像我一樣地痛恨你。」

「噓！噓！」那年輕人責備地喃喃著，「我不要聽你這樣對他說話。算了吧。」

「可你總不會讓他打我吧。」她叫。

「算了，別說啦！」他急切地低聲說。

太遲了，希斯克利夫已經抓住了她。

「現在，你走開！」他對恩肖說：「該詛咒的妖精！這回她把我惹得受不了啦，我要讓她永遠後悔！」

他揪住她的頭髮。哈里頓企圖把她的捲髮從他手中放開，求他饒過她這一回。

希斯克利夫的黑眼睛冒出火光來。他彷彿打算把凱薩琳撕得粉碎，我剛剛鼓起勇氣去冒險解救，忽然間他的手指鬆開了，他的手從她頭上移到她肩膀上，注意地凝視著她的臉，然後他用手捂著他的眼睛，站了一會，顯然是要鎮定他自己，又重新轉過臉來對著凱薩琳，勉強平靜地說：

「你必須學著別讓我大發脾氣，不然總有一天，我真的會把你殺死的！跟丁太太去吧，跟她待在一起，把你傲慢的話說給她聽吧。至於哈里頓・恩肖，如果我看見他聽你的，我就要趕走他，讓他自己在外邊混飯吃！你的愛情將使他成為一個流浪漢和一個乞丐。奈麗，把她帶走！躲開我，你們所有的人！躲開我！」

我把我的小姐帶了出去，她為能倖免於難很是高興，乖乖地跟在我後頭。那一個也跟著出來，希斯克利夫先生自己一直待到吃午飯的時候。我已經勸凱薩琳在樓上吃飯，可是，他一看見她的空座位，就叫我去找她。他沒對我們任何人說話，吃得很少，以後就徑直出去，表示他在晚上以前是不會回來的。

這兩個新朋友在他不在時就佔據了大廳，在那兒，我聽見哈里頓嚴肅地阻止他的表妹揭露她公公對他父親的行為。他說他不願意忍受誹謗希斯克利夫一個字，即使他是魔鬼，那也無所謂，他還是站在他一邊的；他寧可像往常那樣地讓她罵自己一頓，也不會對希斯克利夫先生挑釁，凱薩琳對這番話有點煩惱，可是他卻有辦法使她閉嘴，他問凱薩琳要他也說她父親的環話，她是否會喜歡呢？這樣她才理解到恩肖是把主人的名譽看得和他自己的一樣，這種猶如被鎖鏈鎖在一起的牢固關係，是長年累月鑄成的，非理智所能摧毀，硬要把它拆開，也未免太殘忍了。

從那時起，她表現出好心腸來，對於希斯克利夫避免說抱怨和反對的話，也對我承認她很抱歉，因為她曾嘗試在他和哈里頓之間煽起不和來。的確，我相信她這以後一直沒有當著哈里頓的面吐出一個字來反對她的暴君。

這場輕微的不和過去後，他們又親密起來，並且在他們又是學生又是老師的各種工作上忙得不可開交。等我做完我的事，進去和他們坐在一起，我望著他們，覺得定心和安慰，而使我竟然沒有注意時間是怎麼過去的。

你知道，他們倆多少有幾分都像是我的孩子，我對於其中的一個早就很得意；而現在，我敢說，另一個也會使我同樣滿意的，他那誠實的、溫和的、懂事的天性，很快地擺脫了自小沾染的愚昧與墮落的困境。凱薩琳的真摯的稱讚，對於他的勤勉成為一種鼓舞。他頭腦中思想開朗，也使他的面貌添了光彩，在神色上加上了氣魄和高貴，我簡直難以置信這個人就是在凱薩琳到山岩探險以後，我在咆哮山莊找到她的那一天所看到的那個人竟然就是他！

就在我讚賞著他們，他們還在用功的當兒，暮色漸深了，主人隨著也回來了。他相當出乎我們意料地來到我們眼前，是從前門進來的，我們還沒來得及抬頭望他，他已經完全看到我們三個人了。

嗯，我想沒有比當時的情景更為愉快，或者更為無害的了；要責罵他們將是一個奇恥大辱，紅紅的爐火照在他們兩人的漂亮的頭上，顯出他們那由於孩子氣的熱烈興趣而朝氣蓬勃的臉。因為，雖然他二十三歲，她十八歲，但他們都還有很多新鮮事物要去感受與學習，他們既體會不到，也表現不出那種冷靜、清醒的成熟的感情。

他們一起抬起眼睛望望希斯克利夫先生。也許你從來沒有注意過他們的眼睛十分相像，都是凱薩琳・恩肖的眼睛。現在的凱薩琳沒有別的地方像她，除了寬額和有點拱起的翹鼻子，這使她顯得簡直有點高傲，不管她本心是不是要這樣。至於哈里頓，那份模樣就更進一步相似，這在任何時候都是顯著的，這時更特別顯著，因為他的感覺正敏銳，他的智力正在覺醒到非常活躍的地步。我猜想這種相像使希斯克利夫緩和了，他顯然很激動地走到爐邊，但是在他望望那年輕人時，那激動很快地消失了，或者，我可以說，它變了性質，因為那份激動還是存在的。

他從哈里頓的手中拿起那本書，瞅瞅那打開的一頁，然後沒說一句話就還給他，只做手勢叫凱薩琳走開。她的伴侶在她走後也沒有待多久，我也正要走開，但是他叫我仍然坐著別動。

「這是一個很糟糕的結局，是不是？」他對他剛剛目睹的情景沉思了一刻之後說：「對於我所做的那些殘暴行為，這不是一個滑稽的結局嗎？我用撬桿和鋤頭來毀滅這兩所房子，並且把我自己訓練得能像赫克勒斯那樣能幹堅強，等到一切都準備好，全在我的掌握之中，我卻發現掀起任何一所房子的一片瓦的意志都已經消失了！我舊日的敵人並不曾打敗我；現在正是我向他們的代表人報仇的時候：我可以這樣做；沒有人能阻攔我。可是有什麼用呢？我不想打人；我連抬手都嫌麻煩！好像是我苦了一輩子只是要顯一下寬宏大量似的。根本不是那回事，我已經喪失了看到他們被摧毀而感到高興的能力，而且，我也懶得去做那種無緣無故的破壞了。

「奈麗，有一個奇異的變化臨近了，目前我正在它的陰影裡。我對我的日常生活如此不感興趣，以至於我都不大記得吃喝的事。剛剛出這間屋子的那兩個人，對我來說，是唯一的還保留著清晰的實質形象的東西；那形象使我痛苦，甚至傷心。關於她。我不想說什麼，我也不願想，可是我熱切地希望她不露面。她的存在只能引起使人發瘋的感覺。他給我的感受就不同了，可是如果我能做得不像是有精神病的樣子，我就情願永遠不再見他！如果我試試描繪他所喚醒的或是體現的千百種過去的聯想和想法，你也許以為我簡直有精神失常的傾向吧？」

他勉強地笑了笑補充說：

「但我所告訴你的，你不要說出去，我的心一直是這樣的隱蔽著，到末了，它卻不得不向另外一個人敞開來。五分鐘以前，哈里頓彷彿是我的青春的一個化身，而不是一個人，他給我許多各種各樣的感覺，以至於不可能理性地對待他。

「首先，他和凱薩琳的驚人的相像，竟使他和她聯在一起了，你也許以為那最足以引起我的想像力的一點，實際上卻是最不足道的，因為對於我來說，哪一樣不是和她有聯繫的呢？哪一樣不使我回憶起她來呢！我一低頭看這間屋裡的地面，就不能不看見她的面貌在石板中間出現！在每一朵雲裡，每一棵樹上——在夜裡，充滿在空中，在白天，從每一件東西上都看得見——我是被她的形象圍繞著！最平常的男人和女人的臉——連我自己的臉——都像她，都在嘲笑我。整個世界成了一個驚人的紀念品彙集，處處提醒著我她是存在過，而我已失去了她！

「是的，哈里頓的模樣是我那不朽的愛情的幻影；也是我想保持我的權力的那些瘋狂的努力，我的墮落，我的驕傲，我的幸福，以及我的悲痛的幻影——

「但把這些想法反覆說給你聽也是發瘋，不過這會讓你知道為什麼，我並不情願永遠孤獨，有他陪伴卻又毫無益處，簡直加重了我所忍受的不斷的折磨，這也多少使我不管他和他的表妹以後怎麼相處，我不能再注意他們了。」

「可是你所謂的一個變化是什麼呢，希斯克利夫先生？」我說，他的態度把我嚇著了，雖然他並不像有精神錯亂的危險，也不會死。據我判斷，他挺健壯，至於他的理性，從童年起，他就喜歡思索一些不可思議的事，盡是古怪的幻想。他也許對他那死去的偶像有點偏執狂，可是在其他方面，他的頭腦是跟我一樣地健全的。

「在它來到之前，我也不會知道，」他說：「現在我只是隱約地意識到而已。」

「你沒有感到生病吧，你病了嗎？」我問。

「沒有，奈麗，我沒有病。」他回答。

「那麼你不是怕死吧？」我又追問。

「怕死？不！」他回答：「我對死沒有恐懼，也沒有預感，也沒有巴望著死。我為什麼要有呢？有我這結實的體格，有節制的生活方式，和不冒險的工作，我應該，大概也會，留在地面上直等到我頭上找不出一根黑髮來。可我不能讓這種情況繼續下去！我得提醒我自己要呼吸——幾乎都要提醒我的心跳動！這就是像把一根硬彈簧扳彎似的，只要不是由那個思想指點的行動，即使是最微不足道的行動，也是被迫而作出來的；對於任何活的或死的東西，只要不是和那一個無所不在的思想有聯繫，我也是被迫而注意的。我只有一個願望，我整個的身心和能力都渴望著達到那個願望，渴望了這麼久，這麼不動搖，以至於我都確信必然可以達到——而且不久——因為這願望已經毀了我的生存，我已經在那即將實現的預感中消耗殆盡了。我的自白並不能使我輕鬆，可是這些話可以說明我所表現的情緒，不如此是無法說明的。啊，上帝！這是一個漫長的搏鬥，我希望它快過去吧！」

他開始在屋裡走來走去，自己咕嚕著一些可怕的話，這使我漸漸相信（他說約瑟夫也相信），良心使他的心變成人間地獄。我非常奇怪這將如何結束。雖然他以前很少顯露出這種心境，甚至神色上也不露出來，但他平常的心情一定就是這樣，我是不存懷疑的。他自己也承認了，但是從他一般的外表上看來，沒有一個人會猜測到這事實。

洛克伍德先生，當你初見他時，你也沒想到，就在我說到的這個時期，他也還是和從前一樣，只是更喜歡孤寂些，也許在人前話更少些而已。

chapter 34 追悔

那天晚上之後，有好幾天，希斯克利夫先生避免在吃飯時候遇見我們，但是他不願意正式地承認不想要哈里頓和凱茜在場。他厭惡自己完全屈從於自己的感情，寧可自己不來，而且在二十四小時內吃一頓飯，在他似乎是足夠了。

一天夜裡，家裡人全都睡了，我聽見他下樓，出了前門。我沒有聽見他再進來，到了早上，我發現他還是沒回來。那時正是在四月裡，天氣溫和悅人，青草被雨水和陽光滋養得要多綠有多綠，靠南牆的兩棵矮蘋果樹正在盛開時節。

早飯後，凱薩琳堅持要我搬出一把椅子帶著我的活計，坐在這房子盡頭的樅樹底下，她又引誘那早已把他的不幸之事丟開的哈里頓給她挖掘並佈置她的小花園，這小花園，受了約瑟夫訴苦的影響，已經移到那個角落裡去了。

我正在盡情享受四周的春天的香氣和頭頂上那美麗的淡淡的藍天，這時我的小姐，她原是跑到大門去採集些櫻草根圍花圃的，只帶了一半就回來了，並且告訴我們希斯克利夫先生進來了。

「他還跟我說話來著。」她又說，帶著迷惑不解的神情。

「他說什麼？」哈里頓問。

「他告訴我盡可能趕快走開，」她回答。「可是他看來和平常的樣子太不同了，我就盯了他一會。」

「怎麼不同？」他問。

「嗯，可以說是興高采烈——不，幾乎沒有什麼——只是非常興奮，急切，而且高高興興的！」

「那麼是夜間的散步使他開心啦。」我說，作出不介意的神氣。其實我和她一樣地驚奇，並且很想去證實她所說的事實，因為並不是每天都可以看見主人高興的神色的。

我編造了一個藉口走過去了。希斯克利夫站在門口。他的臉是蒼白的，而且他在發抖，可是，他的眼裡確實有一種奇異的歡樂的光輝，使他整個面容都改了樣。

「你要吃點早餐嗎？」我說：「你晃了一整夜，一定餓了！」

我想知道他到哪裡去了，可是我不願直接問。

「不，我不餓。」他回答，掉過他的頭，說得簡直有點輕蔑的樣子，好像他猜出我是在想推測他的興致的緣由。

我覺得很惶惑。我不知道現在是不是奉獻忠告的合適機會。

「我認為在門外閒蕩，而不去睡覺，是不對的。」我說：「無論怎麼樣，在這個潮濕的季節裡，這是不聰明的。我敢說你一定要受涼，或者發燒，你現在就有點不大對了！」

「我什麼都受得了，」他回答，「而且以極大的愉快來承受，只要你讓我一個人待著。進去吧，不要打攪我。」

我服從了，在我走過他身邊時，我注意到他呼吸快得像隻貓一樣。

「是的，」我自己想著：「要有場大病了。我想不出他剛剛做了什麼事。」

那天中午，他坐下來和我們一塊吃飯，而且從我手裡接過一個堆得滿滿的盤子，好像他打算補償先前的絕食似的。

「我沒受涼，也沒發燒，奈麗。」他說，指的是我早上說的話，「你給我這些吃的，我得領情。」

他拿起他的刀叉，正要開始吃，忽然又轉念了。他把刀叉放在桌上，對著窗子熱切地望著，然後站起來出去了。

我們吃完飯，還看見他在花園裡走來走去，恩肖說他得去問問為什麼不吃飯，他以為我們一定不知怎麼讓他難受了。

「喂，他來了嗎？」當表哥回轉來時，凱薩琳叫道。

「沒有，」他回答道：「可是他不是生氣，他好像真的難得有這麼高興，倒是我對他說話說了兩遍使他不耐煩了，然後他叫我到你這兒來，他奇怪我怎麼還要找別人作伴。」

我把他的盤子放在爐柵上熱著，過了一兩個鐘頭，他又進來了，這時屋裡人都出去了，他並沒平靜多少，在他黑眉毛下面仍然現出同樣不自然的——的確是不自然的——歡樂的表情。還是血色全無，他的牙齒時不時地顯示出一種微笑；他渾身發抖，不像是一個人冷得或衰弱得發抖，而是像一根拉緊了的弦在顫動——簡直是一種強烈的震顫，而不是發抖了。

我想，我一定要問問這是怎麼回事，不然誰該問呢？我就叫道：「你聽說了什麼好消息，希斯克利夫先生？你望著像非常興奮似的。」

「從哪裡會有好消息送來給我呢？」他說：「我是餓得興奮，好像又吃不下。」

「你的飯就在這兒。」我回答，「你為什麼不拿去吃呢？」

「現在我不要，」他急忙喃喃地說：「我要等到吃晚飯的時候，奈麗，就只這一次吧，我求你警告哈里頓和別人都躲開我。我只求沒有人來打攪我，我願意自己待在這地方。」

「有什麼新的理由要這樣隔離呢？」我問：「告訴我，你為什麼這樣古怪，希斯克利夫先生？你昨天夜裡去哪兒啦？我不是出於無聊的好奇來問這話，可是——」

「你是出於非常無聊的好奇來問這話，」他插嘴，大笑一聲。「可是，我要答覆你的。昨天夜裡我是在地獄的門檻上。今天，我望得見我的天堂了，我親眼看到了，離開我不到三尺！現在你最好走開吧，如果你管住自己不窺探的話，你不會看到或聽到什麼使你害怕的事。」

掃過爐臺、擦過桌子之後，我走開了，更加惶惑不安了。

那天下午他沒再離開屋子，也沒人打攪他的孤獨，直到八點鐘時，雖然我沒有被召喚，我以為該給他送去一支蠟燭和他的晚飯了。

他正靠著開著的窗臺邊，可並沒有向外望，他的臉對著屋裡的黑暗。爐火已經燒成灰燼，屋子裡充滿了陰天晚上的潮濕溫和的空氣，如此靜，不止是吉默頓那邊流水淙淙可以很清楚地聽到，就連它的漣波潺潺，以及它沖過小石子上，或穿過那些它不能淹沒的大石頭中間的汩汩聲也聽得見。

我一看到那陰暗的爐子，便發出一聲不滿意的驚叫，我開始關窗子，一扇一扇地關，直到我來到他靠著的那扇窗子跟前。

「要不要關上這扇？」我問，為的是要喚醒他，因為他一動也不動。

我說話時，燭光閃到他的面容上。啊，洛克伍德先生，我沒法說出我一下子看到他時為何大吃一驚！那對深陷的黑眼睛！那種微笑和像死人一般的蒼白，在我看來，那不是希斯克利夫先生，卻是一個惡鬼！我嚇得拿不住蠟燭，竟歪到牆上，屋裡頓時黑了。

「好吧，關上吧，」他用平時的聲音回答著，「哪，這純粹是笨！你為什麼把蠟燭橫著拿呢？趕快再拿一支來。」

我處於一種嚇呆了的狀態，匆匆忙忙跑出去，跟約瑟夫說——「主人要你給他拿支蠟燭，再把爐火生起來。」因為那時我自己再也不敢進去了。

約瑟夫在煤斗裡裝了些煤，進去了，可是他立刻又回來了，另一隻手端著晚餐盤子，說是希斯克利夫先生要上床睡了，今晚不要吃什麼了。我們聽見他徑直上樓，他沒有去他平時睡的臥室，卻轉到有嵌板床的那間。我在前面提到過，那間臥室的窗子是寬得足夠讓任何人爬進爬出的，這使我忽然想到他打算再一次夜遊，而不想讓我們生疑。

「他是一個食屍鬼，還是一個吸血鬼呢？」我冥想著。我讀過關於這類可怕的化身鬼怪的書。然後我又回想在他幼年時，我曾怎樣照顧他，看著他長大成人，幾乎我這一輩子都是跟著他的，而現在我被這種恐怖之感所壓倒，是多荒謬的事啊。

「可是這個黑小子被一個好人庇護著，直到這個好人死去，他是從哪兒來的呢？」在我昏昏睡去的時候，迷信的意識在咕噥著。我開始半夢半醒地想像他的父母該是怎樣的人，這些想像使我自己很疲勞，而且，重回到我醒時的冥想，我把他充滿悲慘遭遇的一生又追溯了一遍，最後，又想到他的去世和下葬，關於這一點，我只能記得，是為他墓碑上的刻字的事情特別煩惱，還去和看墳的人商議；因為他既沒有姓，我們又說不出他的年齡，就只好刻上一個「希斯克利夫」。這夢應驗了，我們就這樣做的。如果你去墓園，你在他墓碑上看到的，就只有這幾個字，還有他去世的日子。你可以在他的墓碑上讀到只有那個字，以及他的死期。

黎明使我恢復了常態。我才能瞅得見就起來了，到花園裡去，想弄明白他窗下有沒有足跡。沒有。

「他在家裡，」我想，「今天他一定完全好了。」

我給全家預備早餐，這是我通常的慣例，可是告訴哈里頓和凱薩琳不要等主人下來就先吃他們的早餐，因為他睡得遲。他們願意在戶外樹下吃，我就給他們安排了一張小桌子。

我再進來時，發現希斯克利夫先生已在樓下了。他和約瑟夫正在談著關於田地裡的事情，他對於所討論的事都給了清楚精確的指示。但是他說話很急促，總是不停地掉過頭去，而且仍然有著同樣興奮的表情，甚至更比原來厲害些。

當約瑟夫離開這間屋子時，他便坐在他平時坐的地方，於是我就端了一碗咖啡放到他的面前。他把杯子拿近些，然後把胳臂靠在桌子上，向對面牆上望著。據我猜想，他是在看某個特定的部分，他上上下下打量著，兩眼閃閃發光，轉個不停，流露出極大的興趣，以至於他有半分鐘連氣也沒喘一下。

「好啦，」我叫，把麵包推到他手邊，「趁熱吃點、喝點吧，等了快一個鐘頭了。」

他沒理會到我，可是他在微笑著。我寧可看他咬牙，也不願看這樣的笑。

「希斯克利夫先生！主人！」我叫，「看在上帝的面上，不要這麼瞪著眼，好像是你看見了鬼似的。」

「看在上帝面上，不要這麼大聲叫。」他回答。「看看四周，告訴我，是不是只有我們倆在這兒？」

「當然，」這是我的回答，「當然只有我們倆。」

可是我還是身不由己地服從了他，好像是我也沒有弄明白似的。他用手一推，在面前這些早餐什物之間清出一塊空地方，更自在地向前傾著身子凝視著。

現在，我看出來他不是在望著牆，因為當我細看他時，真像是他在凝視著兩碼之內的一個什麼東西。不論那是什麼吧，顯然它給予了極端強烈的歡樂與痛苦，至少他臉上那悲痛的，而又狂喜的表情使人有這樣的想法。那幻想的東西也不是固定的；他的眼睛不倦地追尋著，甚至在跟我說話的時候，也從來不捨得移去。

我提醒他說他很久沒吃東西了，可也沒用，即使他聽了我的勸告而動彈一下去摸什麼，即使他伸手去拿一塊麵包，他的手指在還沒有摸到的時候就握緊了，而且就擺在桌上，忘記了它的目的。

我坐著，像一個有耐心的典範，想把他那全神貫注的注意力從他那一心一意的冥想中牽引出來，到後來他變煩躁了，站起來，問我為什麼不肯讓他一個人吃飯？又說下一次我用不著侍候，我可以把東西放下就走。說了這些話，他就離開屋子，慢慢地順著花園小徑走去，出了大門不見了。

時間在焦慮不安中悄悄過去，又是一個晚上來到了。我直到很遲才去睡，可是當我睡下時，我又睡不著。他過了半夜才回來，卻沒有上床睡覺，而把自己關在樓下屋子裡。我諦聽著，翻來覆去，終於穿上衣服下了樓。躺在那兒是太煩神了，有一百種沒根據的憂慮困擾著我的頭腦。

我可以聽到希斯克利夫先生的腳步不安定地在地板上踱著，他常常深深地出一聲氣，像是呻吟似的，打破了寂靜。他也喃喃地吐著幾個字，我聽得出的，只有凱薩琳的名字，加上幾聲親暱的或痛苦的呼喊。他說話時像是面對著一個人，聲音低而真摯，是從他的心靈深處絞出來的。我沒有勇氣走進屋裡，可是我又很想把他從他的夢幻中岔開，因此就去擺弄廚房裡的火，攪動它，開始鏟炭渣。這把他引出來了，比我所期望的還來得快些。

他立刻開了門，說：「奈麗，到這兒來——已經是早上了嗎？把你的蠟燭帶進來。」

「打四點了，」我回答。「你需要帶支蠟燭上樓去，你可以在這火上點著一支。」

「不，我不願意上樓去，」他說。「進來，給我生起爐火，就收拾這間屋子吧。」

「我可得先把這堆煤煽紅，才能去取煤。」我回答，搬了一把椅子和一個風箱。

同時，他來回走著，那樣子像是快要精神錯亂了；他接連不斷地重重的嘆氣，一聲連著一聲，十分急促，彷彿沒有正常呼吸的餘地了。

「等天亮時，我要請格林來，」他說：「在我還能想這些事情，能平靜地安排的時候，我想問他一些關於法律的事。我還沒有寫下我的遺囑，怎樣處理我的產業我也不能決定。我願我能把它從地面上毀滅掉。」

「我可不願談這些，希斯克利夫先生，」我插嘴說：「先把你的遺囑擺一擺，你還要省下時間來追悔你所做的許多不公道的事哩！我從來沒料到你的神經會錯亂，可是，在目前，它可錯亂得叫人奇怪，而且幾乎是完全由於你自己的錯。照你這三天所過的生活方式，就連泰坦（按：希臘神話中的巨神。）也會病倒的。吃點東西，休息一下吧。你只要照照鏡子，就知道你多需要這些了。你的兩頰陷下去了，你的眼睛充血，像一個餓得快要死去，失眠得快要變瞎的人了。」

「我吃不下，睡不著，可不能怪我，」他回答。「我向你保證，我並不是有意要這樣。只要我能做到，我就會吃，就會睡。可是，你怎麼能叫一個在水中掙扎的人，在離岸只有一臂之遙的地方停下來休息呢？我總得先到岸，然後再休息啊！好吧，不提格林先生了。至於說到反省我做過的不公正的事，我要說，我從來沒有做過什麼不公正的事，所以也就沒有什麼可反省的——我太幸福了，不過還是不夠快樂。我的靈魂的歡快毀了我的肉體，可是靈魂本身依然沒能得到滿足。」

「快樂，主人？」我叫。「奇怪的快樂！如果你能聽我說而不生氣，我可以奉勸你幾句，使你比較快樂些。」

「是什麼？」他問：「說吧。」

「你是知道的，希斯克利夫先生，」我說：「從你十三歲起，你就過著一種自私的非基督徒的生活，大概在那整個的時期中，你手裡簡直沒有拿過一本聖經。你一定忘記這聖書的內容了，而你現在也許沒工夫去查。可不可以去請個人——任何教會的牧師，那沒有什麼關係——來解釋解釋這聖書，告訴你，你在歧途上走多遠了；還有，你多不適宜進天堂，除非在你死前來個變化，這樣難道會有害嗎？」

「我並不生氣，反而很感激，奈麗，」他說：「因為你提醒了我，關於我所希望的埋葬方式。要在晚上[54]運到禮拜堂的墓園。如果你們願意，你和哈里頓可以陪我去。特別要記住，注意教堂司事要遵照我關於兩個棺木的指示！不需要牧師來，也不需要對我念叨些什麼。——我告訴你，我

54. 指葬禮不要聲張。

快要到達我的天堂了，別人的天堂在我是毫無價值的，我也不希罕。」

「假如你堅持固執地絕食下去，就那樣死了，他們拒絕把你埋葬在禮拜堂範圍之內呢？」我說，聽到他對神這樣漠視大吃一驚。

「那你能怎麼樣呢？」

「他們不會這麼做的，」他回答，「萬一他們真的這麼做，你們一定要把我偷偷運出去。」

他一聽到家裡其他人在走動了，我就回到了自己的房間，我也呼吸得自在些了。但是等到下午，當約瑟夫和哈里頓正在幹活時，他帶著狂野的神情來到廚房，叫我到大廳裡去陪他。我拒絕了。

「我想你認為我是一個魔鬼吧，」他說，帶著他淒慘的笑，「在一個體面的家裡，你怎麼會怕些什麼呢。」然後他轉身對凱薩琳半譏笑地說著。

凱薩琳正好在那裡，看到他進來，她就躲到我身後了。

「寶貝，我不會傷害你的。好吧，有一個人不怕陪我！她是殘酷的。啊，這太難堪了，我都不能忍受了。」

他不再請求誰來陪他，到晚上他就回臥室了。我們早上的時候聽見他呻吟自語，哈里頓極想進去，但我叫他去請肯尼士先生，他應該馬上回來。

等他來時，我想把門打開，我卻發現門鎖上了，希斯克利夫叫我們滾。

到了晚上下了大雨，一直下到天亮。在我清晨沿著屋子散步時，我發現主人的窗戶盪來盪去的，雨水全打進去了。我想，他要麼起來，要麼出去了。但我也不想再胡亂猜測了，乾脆鼓起勇氣進去了。

我用另一把鑰匙開了門，進去之後，我就發現那臥室是空的，我趕忙把板子推開，希斯克利夫先生在那兒仰臥著。他用凶狠的眼神注視著我，我大吃一驚，但他好像是在微笑。

我想不到他已經死了，他的臉和喉嚨被雨水沖洗著，床單也在滴水，但他卻一點也不動彈。我用我的手指一摸，我不敢再懷疑了，他死了很長時間，屍體都僵硬了！

我給他扣上扣子，並梳了梳他那額頭黑黑的頭髮，我想幫他合上雙眼，因為如果可能的話，我是不想讓任何人看到這可怕的一幕的。可他的眼睛怎麼也合不上，它們像是嘲笑我的企圖，他那分開的嘴唇和鮮明的白牙齒也在嘲笑！我感到一陣膽怯，就大聲喊叫約瑟夫。約瑟夫拖拖拉拉地上來，拒絕管任何閒事。

「魔鬼把他抓去了，」他叫：「拿走他的屍體更好呢，我可不在乎，他真是個魔鬼，到死還齜牙咧嘴地笑！」這老罪人也譏嘲地齜牙咧嘴地笑著。

我還以為他會狂歡一陣呢，可是他忽然鎮定下來，跪在那裡感謝上帝使這家合法的主人重新獲得了應有的權利。

這件事使我非常害怕，我不禁懷著一種深沉的痛苦想起以往的歲月。但是可憐的哈里頓，卻是唯一一個為他真正難過的人呢。他整夜坐在屍體旁邊，真摯地苦苦悲泣。他緊緊握住死人的手，吻著那張別人都不願直視的臉。他懷著深切地悲痛哀悼他，令人動容。

肯尼士先生對於主人死於什麼病不知道說些什麼，我隱瞞了他四天沒有吃飯的事實，生怕會引起麻煩來，[55]可我並不認為他是故意絕食，那是他可憐的病的原因，誰知道呢。

55. 此處指艾倫作為管家照顧不周，故隱瞞事實。

我們遵照他的願望的那樣把他埋葬了，鄰居們都很奇怪。恩肖和我、教堂司事和另外六個人一起抬棺木，這便是所有送殯的人。那六個人在他們把棺木放到墳穴裡後就離去了。我們一直把他埋葬好才離開。

哈里頓淚流滿面，親自掘著那墳堆。目前這個墳已像其他墳一樣地光滑青綠了，我真希望裡邊的人能得到安寧。但是如果你問起鄉里的人們，他們就會手按著《聖經》起誓，說他還在走來走去，有些人說曾經見過他。你會說這是無稽之談，我也是這麼想的。可是廚房火邊的那個老頭子肯定說，自從他離開之後的每一個雨夜，他就看到了有人朝窗子裡望，大約一個月之前，我也親眼見到了。

有天晚上在我去田莊的路上，我遇見一個趕著一隻羊和兩隻羊羔的男孩。他哭得十分厲害，我以為是那羊不聽他的話。

「怎麼回事，小傢伙？」我問。

「希斯克利夫和一個女人在那邊，」他哭著，「我不敢走過去。」

我什麼也沒看見，可是他們卻不肯走，因此我就叫他從下面繞過去。但是現在，我不會晚上一個人出去了，也不會一個人待到那黑漆漆的屋子了。我也沒辦法。等他們離開這兒搬到田莊去時我就高興了。

「那麼，他們要搬到田莊啦？」我說。

「是的，」迪恩太太回答，「等他們一結婚就會搬去的。」

「那麼還會有誰留下呢？」

「哪，約瑟夫照料這房子，或許會找個人。他們只能住在廚房，其餘的房間都要關起來。」

「這兩個鬼魂就可以來這裡住了。」我說。

「不，洛克伍德先生，」奈麗搖搖她的頭說：「我相信死者已經得到安寧了。」

這時花園的門開了，出遊的人回來了。

「他們倒是不害怕什麼，」我嘀咕著，從窗口望著他們走過來。「兩人在一起就可以勇敢地應付一切了。」

他們踏上門階，停住了腳步，對天上的月亮看了最後一眼。或者，更確切地說，借著月光四目相對，我情不自禁地想躲開他們。

我把一件紀念物塞到她手裡，我就從廚房裡溜掉了，要不是我在約瑟夫腳前丟下了一塊金幣，讓他認為我是個體面的人，他一定會以為他的同伴真的在搞風流韻事。

因為我又去了一趟教堂，所以推遲了我回去的時間。當我走到教堂的牆腳下，我看出，它大不如從前了。許多窗戶缺了玻璃，顯得黑洞洞的，屋頂右邊的瓦片有好幾塊地方凸出來，等到秋天的風雨一來，它們都會掉光的。

我找到那三塊墓碑，不久就發現了，中間的一個是灰色的，只有一半埋到土裡，埃德加・林頓的墓碑腳下剛剛被草皮青苔覆蓋，希斯克利夫的一直是光禿禿的。

我站在那天空之下，留戀著這三塊墓碑，望著飛蛾在石南叢和蘭鈴花中撲飛，聽著柔風在草間吹動，很難令人相信，在這樣平靜的土地下面，那些長眠者得不到安息呢？

經典新版世界名著：32

咆哮山莊【全新譯校】

作者：〔英〕艾米莉・勃朗特
譯者：高莉娟
發行人：陳曉林
出版所：風雲時代出版股份有限公司
地址：10576台北市民生東路五段178號7樓之3
電話：(02) 2756-0949
傳真：(02) 2765-3799
執行主編：朱墨菲
美術設計：吳宗潔
業務總監：張瑋鳳

初版日期：2023年9月
版權授權：鄭紅峰
ISBN：978-626-7303-87-0

風雲書網：http://www.eastbooks.com.tw
官方部落格：http://eastbooks.pixnet.net/blog
Facebook：http://www.facebook.com/h7560949
E-mail：h7560949@ms15.hinet.net
劃撥帳號：12043291
戶名：風雲時代出版股份有限公司

風雲發行所：33373桃園市龜山區公西村2鄰復興街304巷96號
電話：(03) 318-1378
傳真：(03) 318-1378
法律顧問：永然法律事務所 李永然律師
北辰著作權事務所 蕭雄淋律師

行政院新聞局局版台業字第3595號 營利事業統一編號22759935

定價：380元

國家圖書館出版品預行編目資料

咆哮山莊 / 艾米莉.勃朗特 (Emily Bronte)著；高莉娟譯.
-- 臺北市：風雲時代出版股份有限公司, 2023.07
面；　公分
譯自 :Wuthering heights.
ISBN 978-626-7303-87-0(平裝)
873.57　　112010676